Kathleen Kent

DER WEG INS FEUER

Thriller

Aus dem amerikanischen Englisch von
Andrea O'Brien

Herausgegeben von
Thomas Wörtche

Suhrkamp

Die Originalausgabe erschien 2020 unter dem Titel *The Burn*
bei Mulholland Books, an imprint of Little, Brown and Company,
a division of Hachette Book Group, Inc.

Klimaneutral
Druckprodukt
ClimatePartner.com/14438-2110-1001

Erste Auflage 2023
suhrkamp taschenbuch 5296
Deutsche Erstausgabe

Druck und Bindung: C. H. Beck, Nördlingen
Umschlagabbildung: FinePic®, München
Umschlaggestaltung: zero-media.net, München
Printed in Germany
ISBN 978-3-518-47296-5

www.suhrkamp.de

DER WEG INS FEUER

Für Alisa, Josh und Remi

Wo der Teufel nichts mehr ausrichtet, schickt er eine Frau.
Polnisches Sprichwort

1

Freitag, 21. Januar 1999
Alphabet City, Manhattan
Kreuzung Avenue D und 3rd Street

Meine polnische Großmutter vertraute bis ans Ende ihrer Tage niemandem, der in der Dunkelheit lächelte oder sich im Winter weiß kleidete. Der Grund: *Kostucha*, der Sensenmann, erscheint den Todgeweihten mit einem breiten Grinsen und schneeweißer Robe.

Den Kollegen meines Bruders, dessen Name mir aus zahlreichen Tischgesprächen längst vertraut war, traf ich erst in jener Nacht zum ersten Mal persönlich. Mein Vater kannte Paul Krasnow natürlich, denn er war, genau wie mein Bruder, Detective beim vierundneunzigsten Revier in Brooklyn. Paul war zehn Jahre älter als mein Bruder Andrew, seit acht Jahren als Drogenfahnder im Einsatz, vier davon undercover, und stand, so hieß es, kurz vor der Beförderung zum Sergeant.

Krasnow konnte eine unschlagbare Erfolgsstatistik vorweisen: Allein um Weihnachten herum hatte er rund zwei Dutzend mittlere und große Crack-Dealer festgenommen, fast eine halbe Million Dollar beschlagnahmt und über zwanzig Vollautomatikwaffen aus dem Verkehr gezogen.

Widerwillig hatte ich mich bereiterklärt, meinen Bruder und seinen Kollegen nach Manhattan zu fahren, wo sie mit einem Informanten angeblich »noch was zu regeln« hatten. Laut Andrew wollte einer seiner Informanten in Alphabet

City ihnen was zeigen. Als ich fragte, warum er nicht mit seinem eigenen Wagen oder Pauls brandneuem Cadillac fahren konnte, erklärte er mir mit schuldbewusstem Grinsen, sein Auto sei bei seiner Freundin, und sein Kollege habe Angst, sich mit der neuen Karosse Beulen zu holen.

»Na klasse«, hatte ich gesagt, »also darf ich meinen sauer verdienten Toyota opfern.«

Ich erinnerte Andrew daran, dass ich am folgenden Morgen eine wichtige Prüfung an der Polizeiakademie hatte und ihn und seinen Kollegen nicht bis spät in die Nacht herumkutschieren konnte. Wenn sie danach noch durch die Kneipen tingeln wollten, müssten sie das schon in Brooklyn machen.

»Betty, du bist der Mann von uns beiden, und eine Frau, wie ich sie nie verdienen werde. Aber, bitte, tu mir diesen einen Gefallen«, hatte Andrew gebettelt, in einem Ton, den er immer dann anschlug, wenn er mich weichkochen oder zu irgendwas überreden wollte. »Ich steck dir auch die Lösungen für die polizeiliche Ethikprüfung zu.«

Wir fuhren durch nasse, eisglatte Straßen zur Franklin Street, wo Krasnow schon vor seinem Apartmentblock auf uns wartete. Auf dem Brooklyn Queens Expressway und der Williamsburg Bridge ging es dann weiter nach Alphabet City. Obwohl ich vorsichtig fuhr, waren wir schon in einer Dreiviertelstunde in Manhattan.

Krasnow saß zwar hinten, doch das hielt ihn nicht davon ab, sich vorzubeugen, mir in den Nacken zu atmen und mich mit Fragen über meine Ausbildung an der Akademie zu löchern. War es schwierig, so als Frau unter lauter Männern? Wollte ich es zum Detective schaffen? Bei welcher Abteilung? Diese Fragen sollten offenbar echtes Interesse an meiner Karriere bei der Polizei suggerieren, aber ich vermutete, dass es ihm in Wahrheit darum ging, Informationen über mich herauszufinden, die er für seine Zwecke nutzen konnte.

Weil er keine der unter Polizisten so üblichen schmutzigen Witze von betrunkenen alten Damen oder Stripperinnen riss, ging ich davon aus, dass Andrew ihn vorgewarnt hatte. Aber jedes Mal, wenn sich unsere Blicke im Rückspiegel trafen, fiel mir auf, dass er mich trotz seines netten Geplauders ganz genau im Visier hatte.

Ich parkte an der Ecke Avenue D und 3rd Street, schräg gegenüber vom Haus des Informanten, ein fünfstöckiges, in die Jahre gekommenes Apartmentgebäude im Herzen der Loisaida – dem Teil der Lower East Side, der traditionell fest in hispanischer Hand lag. In den vergangenen zehn Jahren hatte sich die Gegend allerdings verändert, es herrschte zwar noch Kleinkriminalität, aber die Mieten waren gestiegen, die Läden exklusiver geworden. Obwohl die hispanische Bevölkerung zunehmend verdrängt wurde, gab es immer noch kleine Enklaven, wo die Leute in lauen Sommernächten auf den Stufen vor ihren Häusern saßen und aus weit aufgerissenen Fenstern der Duft von Kochbananen und Knoblauch wehte.

Paul und Andrew stiegen aus und versprachen mir, in zehn, maximal zwanzig Minuten zurück zu sein. Sie überquerten Avenue D, blieben aber vor dem Gebäude stehen und sprachen miteinander. Verdeckte Ermittler lernten, sich so zu unterhalten, dass man ihnen die Worte nicht von den Lippen ablesen konnte. Als ich meinen älteren Bruder beobachtete, musste ich lächeln. Er hatte die Arme verschränkt und tänzelte auf dem Gehsteig herum, um sich in der klirrenden Kälte warm zu halten. Sogar mit seinen einundzwanzig Jahren hatte sein Gesicht immer noch kindliche Züge. Ich war zwar vier Jahre jünger als er, aber größer und vor allem kantiger – in jeglicher Hinsicht. Dennoch war er mein Beschützer in allen Lebenslagen.

Seine Körpersprache verriet mir, dass er diese Sache so schnell wie möglich hinter sich bringen wollte.

In diesem Moment sah Paul Krasnow mir direkt in die Augen. Mit seinen hohen Wangenknochen und dem ziselierten Kinn wirkte er auf verstörende Weise attraktiv, wie er so dastand, in seiner mit Schnee bestäubten Schaffelljacke über der acid-washed Jeans. Edle Klamotten, die ich mir nie leisten könnte, selbst wenn ich das Trinkgeld von sechs Monaten Kellnern zusammenkratzen würde. Er verzog die Lippen zu einem Grinsen und bleckte die Zähne wie ein Raubtier. In dem Moment überkam mich ein Schutzinstinkt, und ich hätte Andrew am liebsten zurückgerufen, ihn angefleht, mit mir nach Brooklyn zu fahren und seinen Kollegen mit seinem Vorhaben allein zu lassen. Aber Krasnow hatte meinem Bruder bereits mit besitzergreifender Geste den Arm um die Schultern gelegt und ihn in Richtung Aufgang manövriert.

Sie klingelten und verschwanden kurz darauf ins Gebäude.

Ich drehte das Radio auf und zog das schwere Lehrbuch der Akademie aus der Tasche, schaltete meine Taschenlampe ein und las. *Korruptionsprävention, Dienstvergehen, Strafermittlungs- und Disziplinarverfahren, Prozesse und Grundlagen des COMPSTAT-Systems ...*

Eine Weile beschäftigte ich mich konzentriert mit dem Thema Dienstaufsichtsbeschwerden. Sie drohten, wenn Einsätze nachweislich von Vorurteilen motiviert waren, Zeugen eingeschüchtert oder bedroht wurden oder Polizisten anderweitig ihre Befugnisse überschritten. Als ich das nächste Mal auf die Uhr sah, waren bereits zehn Minuten vergangen, doch mein Bruder und sein Kollege waren immer noch nicht zurück. Der Schneeregen gefror auf der Windschutzscheibe. Im Radio lief schon wieder »1999« von Prince, der Song hing mir schon zum Hals raus, also suchte ich einen anderen Sender, Britney Spears, »Baby One More Time« – besser.

My loneliness is killing me ... sang ich lauthals mit, in Gedanken bei Carla, die mit mir auf der Akademie war. Die süße Carla mit ihrem Bitte-fick mich-Blick.

Langsam wurde es kalt im Wagen. Ich drehte die Heizung hoch und nahm das Gebäude gegenüber genauer in Augenschein. Im ersten Stock stand ein kleines Mädchen in einem hell erleuchteten Fenster, das sich wie ein goldenes Rechteck von der grauen, schmutzigen Fassade abhob. Die Kleine trug einen gelben Schlafanzug, ihre dunkelbraunen Haare ringelten sich in kleinen Löckchen um das runde, apfelbäckige Gesicht. Sie patschte mit beiden Händen sanft gegen die Scheibe, und ihr lachender Mund formte ein überraschtes O, als sie bemerkte, dass ihr Atem einen geisterhaften Schleier aufs Glas zauberte. Ich winkte ihr zu, war aber zu weit entfernt, außerdem war es dunkel im Wagen, sodass sie mich nicht sehen konnte.

Mittlerweile waren zwanzig Minuten vergangen. In meinem vierhundert Seiten dicken Wälzer stand nichts über die zermürbende Langeweile der Observation, das Los eines jeden Undercoveragenten.

Das kleine Mädchen im Fenster hatte mir den Rücken zugekehrt. Jetzt erkannte ich, dass sie vor einer Netzgardine stand. Dahinter bewegten sich Schattenfiguren, Erwachsene huschten im Apartment hin und her, mal schnell, mal langsamer, es sah aus, als würden sie tanzen. Dann wurde einer von ihnen offenbar heftig geschubst und stieß das Kind dabei gegen die Scheibe. Ich fuhr hoch, fürchtete, dass das Glas brechen, das Mädchen sich verletzen oder, noch schlimmer, hinausstürzen könnte.

Sekundenschnell waren alle Schatten hinter der Gardine aus meinem Sichtfeld verschwunden. Nur das Kind stand noch am Fenster, jetzt eng an den Rahmen gepresst. Die Kleine hatte den Blick auf das gerichtet, was in der Wohnung geschah, die Hände vor Schreck oder Überraschung auf den Mund gelegt. Es war ihre Körperhaltung, starr, wie vom Donner gerührt, die bei mir alle Alarmglocken schrillen ließ. Ich stellte das Radio leise, aber da waren nur die vom Schneematsch gedämpften, auf- und abschwellenden Verkehrsgeräusche. Mittlerweile war eine halbe Stunde vergangen. Ein finsterer Gedanke schlich sich in mein Hirn, pochte mir wie der Vorbote einer Migräne in den Schläfen: *Andrew und Paul sind in diesem Apartment.*

Wieder krachte jemand gegen das Fenster, diesmal mit dem Gesicht, der vor Schmerz oder Angst aufgerissene Mund eines Mannes war zu sehen. Die Kleine ging in Deckung, die Arme schützend über dem Kopf verschränkt.

Ich muss da rein!, dachte ich, aber meine Unsicherheit hielt mich zurück. Ich könnte einfach klingeln, um ins Gebäude zu kommen, und dann versuchen, die Apartmentnummer des Informanten zu raten, aber wenn ich mich einmischte, brachte ich damit womöglich meinen Bruder und seinen Kollegen in Gefahr. Mittlerweile fror ich nicht mehr, hier im Wagen wurde es langsam unerträglich heiß.

Auf dem Gehweg vor dem Haus herrschte plötzlich Bewegung: Andrew und Paul hasteten über die Straße auf meinen Wagen zu, mein Bruder hatte den Kopf so tief gebeugt, dass ich sein Gesicht nicht erkennen konnte. Pauls Miene war wie versteinert, völlig ausdruckslos. Als ich diesen toten Blick sah, ohne jegliche Gefühlsregung, riss ich die Tür auf und wollte sofort davonlaufen.

»Bleib im Wagen!«, befahl Paul mit barscher Stimme.

Diesmal rutschte Andrew auf die Rückbank, Krasnow hechtete auf den Beifahrersitz.

»Fahr los!«, rief er, den Blick starr nach vorn gerichtet.

Im Rückspiegel sah ich, dass mein Bruder komplett in sich zusammengesunken war und seine Hände anstierte.

Ich warf einen raschen Blick zum Apartmentfenster, aber das Kind war nicht mehr da.

»Was ist passiert?«, stieß ich hervor.

»Erzähl ich dir auf dem Weg«, sagte Paul knapp.

Als ich immer noch zögerte, funkelte er mich mit solcher Boshaftigkeit an, dass mir eines klar wurde: In dem Apartment war etwas Entsetzliches passiert. Und Paul Krasnow trug die Schuld daran.

»Was ist hier los?«, fragte ich, an Andrew gewandt.

»*Fahr los!*«, zischte Paul, sein Gesicht dicht vor meinem. »Du versaust uns gerade den Einsatz!«

Also legte ich den Gang ein, wendete und warf einen letzten Blick auf das Fenster, suchte nach dem Mädchen mit dem gelben Schlafanzug. Aber sie stand nicht mehr dort, stattdessen wehte jetzt die Gardine nach hinten, als würde sie von einem Vakuum eingesogen.

Wir standen an der Houston Street an einer roten Ampel,

als die Explosion die Luft zerschnitt. Ich fuhr herum und sah hinter mir nichts als brennende Trümmer und eine riesige Staubwolke, Ziegel und Metallteile wirbelten darin herum.

Pauls Finger legten sich wie ein Stromkabel um mein Handgelenk.

»Fahr weiter«, sagte er. »Oder steig aus.«

Als wir in die Delaney Street einbogen, kreischten die ersten Sirenen. Hinter uns stieg eine schmuddelgraue Rauchwolke auf. Wir fuhren weiter Richtung Osten, über die Brücke nach Brooklyn. Erst kurz vor der Franklin Street ergriff Paul Krasnow wieder das Wort. Er klang sachlich wie bei einem Vortrag. Der Informant habe ihn, Andrew und zwei andere verdeckte Ermittler unter falschen Vorgaben in seine Wohnung gelockt. Dort habe er mehr Geld für seine Information gefordert. Nachdem die Polizisten nicht auf die Forderung eingegangen seien, habe der Informant ihnen gedroht, sie bei den Dealern auffliegen zu lassen. Einer der beiden Kollegen habe daraufhin seine Waffe gezogen und Paul und Andrew aufgefordert, die Wohnung zu verlassen, er und sein Kollege würden sich um den Informanten kümmern.

»Und die Explosion?«, fragte ich, das Steuer fest umklammert.

Paul sah mich mit seinem toten Blick an. »Ein tragischer Unfall.«

Ich hielt vor Krasnows Apartment und wartete darauf, dass mein Bruder diese Version bestätigen oder eine alternative Erklärung liefern würde. Als ich endlich den Mut aufbrachte, in den Rückspiegel zu schauen, saß Andrew immer noch so da wie vorher, in sich zusammengesunken, das Kinn im Mantelkragen vergraben. Er sagte kein Wort.

»Hör zu, der Typ hat in seiner Wohnung Drogen gekocht«, sagte Paul, die Hand schon am Türgriff. »Der hatte genug gefährliche Chemikalien in seiner Hütte, um die Chelsea Pier in die Luft zu jagen. Es war klar, dass die Bude irgendwann hochgehen würde.«

Doch schon bevor er den Satz zu Ende gebracht hatte, war mir klar, dass er die Story frei erfunden hatte, und zwar auf dem Weg zurück nach Brooklyn. Und jetzt tischte er sie uns beiden auf. Die offizielle Version.

Paul öffnete die Tür und stieg aus. »Ein Wort von dir über das, was heute Abend passiert ist, und wir sind erledigt. Das gilt auch für deinen Bruder. Verstanden?«

Er wartete, bis ich nickte, dann sagte er zu Andrew: »Alles klar?«

Als mein Bruder nicht reagierte, streckte Paul den Kopf zur Tür herein und fragte erneut: »Alles klar, Kollege?«

Andrew sah ihn an und nickte.

Während ich nach Greenpoint fuhr, kauerte Andrew immer noch auf der Rückbank, stumm, ein Bild des Elends. Ich parkte an der Straße vor meinem Elternhaus, wo wir beide noch immer wohnten, ließ den Motor laufen, aber die Heizung konnte nichts ausrichten gegen die Kälte. Ich hatte tausend Fragen. Wann waren die anderen Polizisten aufgetaucht? Stimmte Krasnows Geschichte? Ich war allerdings nicht sicher, ob ich die Antworten hören wollte, denn die Wahrheit über das, was mein Bruder getan hatte, war schwerer zu ertragen als die Unsicherheit.

Ich betrachtete meinen Bruder, den ich so gut kannte wie mich selbst, bemerkte seinen neuen Mantel, seine teure Armbanduhr, erinnerte mich an die edle Kette, die er seiner Freundin vor Kurzem geschenkt hatte, und da hatte ich auf einmal alle Antworten, die ich nicht wissen wollte.

»In der Wohnung war ein Kind«, flüsterte ich.

Es sah aus, als wollte Andrew vor mir fliehen. Er hechtete förmlich aus dem Wagen und stolperte die Stufen hinauf ins Haus. Ich blieb ihm auf den Fersen, alle Angst verflogen, von loderndem Zorn getrieben. Als ich ins Haus stürzte, sah ich meinen Bruder gerade noch nach oben verschwinden, so panisch, dass er zwei Stufen auf einmal nahm. Mein Vater stellte sich mir in den Weg, blockierte die Treppe wie ein Wachmann. Als hätte er schon den ganzen Abend auf uns gewartet.

»Lass ihn in Ruhe!«, blaffte er mich an, breitbeinig, die Augen blutunterlaufen. Er stank nach Whiskey.

Ich versuchte, mich an ihm vorbeizudrängen, aber er tänzelte geschickt vor mir her, ausgebuffter Straßenkämpfer, der er war, die Lippen missbilligend verzogen.

»Dir braucht hier niemand Rechenschaft ablegen«, schnaubte er mir seine saure Fahne ins Gesicht. »Du bist kein Cop. Noch nicht. Die schweren Fragen stellst du erst, wenn du dir deine Sporen verdient hast.«

Als er sicher war, dass ich Andrew nicht nach oben folgen würde, wankte er zurück zu seinem Sessel und stellte den Blick wieder scharf, um das Geschehen in der Glotze weiterzuverfolgen.

Er kippte den Whiskey in sich hinein, dann verbarg er das Gesicht wieder im Schatten. »Solange du die Nummer nicht durchgezogen hast, mit allem, was dazugehört«, nuschelte er, »hast du keine Ahnung, was es heißt, für seinen Kollegen einzustehen. Erst wenn – und das ist ein großes Wenn – du deine Marke bekommst, wirst du lernen, dass es ›keine blaue

Linie‹ gibt, kein Schwarz oder Weiß. Sondern ein graues Band, ungefähr so groß wie Brooklyn, das uns von den Kriminellen trennt und dem Rest der ahnungslosen Zivilisten.«

Ich blieb bei ihm im dunklen Zimmer sitzen, um die Nachrichten zu verfolgen. Schon kamen die ersten Eilmeldungen über die Explosion in Alphabet City rein. Ein Großbrand, Alarmstufe 4, hatte einen gesamten Gebäudekomplex an der Avenue D zerstört und wäre auch auf andere Gebäude übergegangen, wenn das Haus nicht freistehend gewesen und die Dächer nicht so nass gewesen wären. Die meisten Wohnungen hatte man rechtzeitig evakuieren können, aber die Bewohner im ersten Stock waren in den Flammen umgekommen.

Am Morgen fand man die sterblichen Überreste von drei Erwachsenen und einem Kind, nur noch verbrannte Knochen. Nach der Explosion sei das Feuer ausgebrochen, das sich dank eines Brandbeschleunigers mit extremer Hitze sekundenschnell ausgebreitet und alles in seinem Weg vernichtet hatte. Die Wohnung gehörte aber nicht etwa einem armseligen Junkie, der angeblich als Informant für meinen Bruder tätig war, sondern einem Großdealer namens Raphael Trujillo-Sevilla. Am Nachmittag stand dann fest, dass es sich bei den anderen erwachsenen Opfern um zwei Polizisten handelte.

Nach dem Brand gab es eine offizielle Untersuchung. Die Gerüchteküche brodelte, man munkelte von Korruption, Polizisten, die sich von Dealern bestechen ließen, denjenigen, die nicht mitspielten, Beweise unterschoben und sogar Spitzel zum Abschuss freigaben, wenn die drohten, als Zeugen gegen sie aufzutreten, doch am Ende kam nichts dabei raus. Kein einziger Polizist wurde diszipliniert, auf den Straßen lief alles weiter wie bisher. Nur der damalige Staatsanwalt exponierte sich aus politischem Kalkül mit Forderungen nach weiteren Untersuchungen, woraufhin man seiner Karriere ein jähes Ende setzte, indem man mehrere pikante Fotos in einer bekannten Tageszeitung veröffentlichte, die ihn in eindeutigen Posen mit einer Prostituierten zeigten.

Selbstverständlich gab es Zeugen, die Aussagen über die Ereignisse jenes Abends machen konnten. Einer gab sogar zu Protokoll, vor dem Gebäude einen roten Toyota Corolla gesehen zu haben, der nur Minuten vor der Detonation weggefahren sei. Dasselbe Modell wie meiner. Aber diese Autos waren in Manhattan so zahlreich, dass die Aussage folgenlos blieb.

Eines Abends, es war bereits spät, tauchten zwei Polizisten vom NYPD bei uns auf, sie verschwanden rasch mit meinem Vater in sein Allerheiligstes – ein vollgequalmtes Hinterzimmer, das ich so gut wie nie richtig gesehen, geschweige denn betreten hatte. An jenem Abend änderte sich das. Nach einer Stunde rief mein Vater mich zu sich und schloss die Tür hinter uns. Auf seinem Schreibtisch stand eine teure Flasche Edelwhiskey, bereits halb leer. Einer der Männer, dessen Rangabzeichen ihn als Lieutenant auswiesen, grinste mich an – schmallippig, todernst –, bevor er mir versicherte, dass ich nichts zu befürchten hatte. Eine ohnmächtige Wut stieg in mir auf, so heftig, dass ich fürchtete, mir würde gleich der Kopf platzen. Wie gern hätte ich ihnen die Wahrheit entgegengeschleudert, doch stattdessen blieb sie mir wie ein bitterer Kloß im Halse stecken: Ich hatte den anonymen Brief an den Staatsanwalt geschickt, der Tipp mit dem roten Toyota stammte von mir.

Nach diesem Treffen sprach ich kein Wort mehr mit meinem Bruder und hielt mich die meiste Zeit von zu Hause fern.

Unsere vereinzelten Begegnungen, wenn er stumm durch den Flur ging oder wir uns zwangsläufig in der Küche begegneten, verliefen flüchtig, und ich vermied peinlichst jeglichen Körperkontakt mit ihm.

Andrews Stimme hörte ich zum letzten Mal an dem Abend, als er vor meiner geschlossenen Tür stand.

»Betty«, hatte er damals gefleht und sanft an die Tür geklopft, »bitte ...«

Ich stand nur auf, um den Schlüssel umzudrehen und die Musik lauter zu stellen.

Zwei Wochen nach der Explosion nahm sich mein Bruder das Leben. Seine Leiche, ohne Hemd, wurde Anfang Februar in New Jersey an einen desolaten Strand gespült. Sie wies keine Anzeichen äußerer Gewalt auf, die erklären könnten, wie ein kräftiger, offenbar gesunder junger Mann im Atlantik gelandet sein könnte. Bei der Autopsie stieß man dann auf den tödlichen Mix aus Barbituraten und Alkohol. Im rechtmedizinischen Bericht stand auch, dass er roten Haare und blaue Augen hatte. Genau wie ich.

Die schweren Fragen hatte ich ihm nie gestellt. Gar nichts hatte ich ihn gefragt. Aber in einem an mich adressierten Brief hatte Andrew mir alles über den Brand gestanden. Er und Paul Krasnow hatten Schutzgeld erpresst, von Trujillo-Sevilla. Irgendwann hatte der Dealer die Schnauze voll, wollte nicht mehr so viel zahlen und hatte gedroht, sie auffliegen zu lassen. Die beiden Undercoveragenten, die bei der Explosion ums Leben gekommen waren, gehörten auch zur Riege der Bestechlichen, aber sie hätten sich auch mit weniger zufriedengegeben. Ein Wort gab das andere, Waffen wurden gezogen, und am Ende erschoss Andrew einen seiner Kollegen.

Paul erschoss daraufhin den zweiten Agenten und den Dealer. Der Rest war leicht gewesen: einfach beim Gasherd alle Knöpfe aufdrehen, eine Kerze anzünden, Chemikalien aus dem kleinen Hauslabor umschütten und schnell die Biege machen. Andrew hatte allerdings keine Ahnung, dass sich in der Wohnung ein Kind befunden hatte. Dieser Umstand hatte ihn schließlich gebrochen. Mit der Schuld konnte er nicht leben.

Ich hatte den Brief zerrissen und keiner Menschenseele je davon erzählt.

Ein Jahr darauf wurde Krasnow zum Sergeant befördert. Seine Hand musste ich schütteln, als ich auf der Bühne vor versammelter Akademie mein Abschlusszeugnis entgegennahm, mit seinem Händedruck besiegelte er meine Aufnahme in die Bruderschaft des Schweigens, mit selbstzufriedenem Raubtiergrinsen. Seit dem Tag, als ich den aktiven Dienst angetreten hatte, hatte ich Paul Krasnow nicht mehr aus den Augen gelassen, ich wusste über jedes Detail seiner Arbeit Bescheid, bis zu dem Moment, als ihm eine Kugel das Licht ausblies. Ein Schuss in den Hinterkopf, die Rache eines Kartellsoldaten. Oder vielleicht die eines Polizisten, der noch eine Rechnung mit ihm offen hatte.

Die Zeitungsseite mit Paul Krasnows Nachruf hatte ich angezündet, während mein Vater sie las, bei seinem üblichen Frühstück aus Bitterkeit und Jameson. Ich hatte mich einfach vorgebeugt und mein Feuerzeug ans Papier gehalten. Als die Seite in Flammen aufging, trafen sich unsere Blicke. In diesem Moment hat mein Vater verstanden, dass seine Tochter eine ehrliche Polizistin war.

2

Montag, 30. Dezember 2013
Dallas, Texas

Das hat mich meine Erfahrung mittlerweile gelehrt: Unbequeme Wahrheiten kann man nicht meiden. Es ist, als würde man sich mit einer dünnen Matratze auf einen Boden voller Steine legen. Egal, wie sehr man sich auch davor zu schützen versucht, es bleibt schmerzhaft. Am besten stellt man sich der Herausforderung und räumt den Weg frei.

Trotzdem liege ich lieber hier in einem heruntergekommenen Schuppen, das Gesicht auf einer harten Bank, und lasse mich von einem Mann mit einem Folterwerkzeug quälen – in diesem Fall eine Tattoomaschine.

In dieser unbequemen Position bekomme ich prompt einen Krampf in der rechten Wade, direkt oberhalb meiner zerrissenen und wieder zusammengeflickten Achillessehne. Die Gewebefetzen wurden mit medizinischen Fäden verbunden, die so stark sind, dass sie auch Hängebrücken halten könnten. Meine Wadenmuskeln zucken so bedrohlich, dass ich vorsichtig die Zehen hebe, um den nächsten Megakrampf abzuwehren.

Die Operation ist nun schon drei Monate her, danach folgten lange Wochen der Heilung und Reha. Drei Monate und ein paar Zerquetschte, seit man mir einen dünnen, mit Plastik ummantelten Stahlring durch einen Schnitt ins Fußgelenk und hinter besagte Sehne hindurchgefädelt hatte. An diesem Stahlring war eine Kette befestigt worden, an der ein großer Stein hing. In diesen Stein hatten meine Kidnapper das Wort DEMUT geritzt.

»Demut vor dem Herrn, Ehrfurcht vor seinem großen Plan. Demut ist der Schlüssel zur Erlösung«, hatte sie gesagt, Evangeline Roy, die Frau, die mich bis in meine Alpträume verfolgt.

Wenn ich die Augen schließe, höre ich sogar noch ihre Stimme, den Singsang ihres texanischen Akzents. Sie und ihre Söhne hatten mich während einer langen, gefährlichen Drogenermittlung brutal in ihre Gewalt gebracht und mich in ihrem kultähnlichen Meth-Tempel gefangen gehalten. Mehrere Menschen waren dabei gestorben, darunter auch ein Mitglied meines Teams, aber ich hatte überlebt, wenn auch nur um Haaresbreite. Diese Verletzung hatte allerdings nicht nur meine Achillessehne, sondern mit ihr etwas nicht weniger Essenzielles vernichtet: meine Fähigkeit zu joggen. Und im Joggen lag der Schlüssel zu meiner mentalen Gesundheit. Vor dieser Katastrophe hatte ich täglich meine Kilometer abgerissen, kein Fieber, Ziehen oder Brennen hatte mich davon abgehalten. Mit dem Lauftraining hielt ich meine zerstörerischen Kräfte unter Kontrolle, die bitterbösen Impulse, Gift und Galle zu speien, mit spitzer Zunge und bösem Blick jedes friedliche, ausgeglichene und geordnete Ereignis in meinem Leben zu sabotieren.

Das Beste in meinem Leben war meine Partnerin und große Liebe Jackie. Aber drei Monate Freistellung von meiner Arbeit beim Dallas Police Department, drei Monate, in denen ich ohne konstruktive Beschäftigung in unserem neuen Haus herumgehumpelt bin, zu aufgedreht, um nachts zu schlafen, zu erschöpft, um tagsüber irgendwas auf die Reihe zu kriegen, haben meine Beziehung zu Jackie fast zerstört. Meine Reizbarkeit, die explosive Frustration, die ich nur schlecht unter

Kontrolle bekam, hatte sie trotz ihrer legendären Geduld in die Resignation getrieben.

Hinter mir tritt jemand ungeduldig von einem Bein aufs andere. Ich drehe den Kopf. Über mir steht ein Typ mit freiem Oberkörper, sein kahlrasierter Kopf glänzt im Neonlicht, ein großer, mit Schlangen umgebener Totenkopf ziert seine hervortretenden, jetzt nervös zuckenden Brustmuskeln. Man sagte mir, er sei ein Meister seines Faches.

»Ich hab nicht den ganzen Tag«, sagt er und packt mein Fußgelenk.

»Verstehe. Nur noch eine Minute, okay? Bitte.«

Ich bin so ein Jammerlappen.

Du hast dir diese Suppe selbst eingebrockt, denke ich.

Das Schlimmste am Ende meiner Läuferinnenkarriere ist, dass ich jetzt keinen Kontakt mehr zu Onkel Benny herstellen kann – der Bruder meines Vaters, der ebenfalls Cop in Brooklyn war, aber von allen respektiert wurde. Seine Stimme ist verstummt, und mit ihr die vielen Ratschläge, Warnungen, Tadel, die mir beim Laufen in den Kopf kamen. Auf langen Strecken habe ich ihn gehört, als würde er neben mir laufen, mir ins Ohr schnaufen. Dass er seit Jahren tot ist, tut nichts zur Sache, für mich wartet mein Onkel irgendwo da draußen darauf, wieder mit mir zu sprechen, wenn ich ihm nur eine Möglichkeit dazu eröffnen, den richtigen Kanal in meinem Verstand finden würde.

Betty, würde er mir vermutlich in diesem Moment sagen, *hör auf, dich wie ein Arschloch zu benehmen. Du zerstörst das Beste in deinem Leben. Du vertreibst Jackie, und wenn sie weg ist, versinkst du in deinem eigenen Sumpf …*

»Hey!«, ruft der Typ.

»Okay«, stoße ich hervor. »Ich bin so weit, du Bastard. An die Arbeit.«

Ein metallisches Sirren erklingt. Mit dem eingeschalteten Tattooinstrument bewaffnet setzt sich der Typ auf einen Hocker neben mich und beginnt den langen, zähen Prozess, mir den von ihm auf Papier vorgezeichneten Entwurf auf die rechte Wade zu tätowieren, direkt über dem verletzten Fußgelenk. Der Meister, der unter dem Namen Tiny firmiert, wurde mir von meinem Lieblingskollegen Seth empfohlen, der schwor, Tiny sei ein echter Künstler, der Beste in ganz Texas.

Ich umklammere meine Sankt-Michaels-Medaille, die an einer Kette von meinem Hals hängt. Das Original, ein Geschenk von meiner Mutter, ist verschwunden. Sie hatte den alten, bereits verbeulten Talisman aus Polen mitgebracht und ihn mir in dritter Generation vermacht. Evangeline hatte mir dieses Erbstück abgenommen, als ich bewusstlos war, und ich hatte keine Hoffnung, es je zurückzubekommen.

Jackie, stets fürsorglich, hatte die fehlende Medaille durch eine neue ersetzt. Sie war schön, wie moderne Repliken es oft an sich haben – glänzend, mit scharfen Kanten, ein bisschen zu perfekt –, doch ich trug sie jeden Tag, auch wenn ich den Verlust der alten Medaille betrauerte.

Das Tattoo an meiner Wade nimmt langsam Form an: Der Erzengel Michael, Schutzheiliger der Polizisten, hat das Schwert erhoben, um den Drachen zu töten, der sich unter seinem Fuß – nur mit Sandale bekleidet – windet. Das Tattoo wird groß sein: *In your face, baby.*

Aber die Schmerzen sind vom anderen Stern, die stechende, hämmernde Nadel reizt die noch wunde, überempfindliche Haut rund um die Narbe, die am Ende den Körper des

Schlangenteufels bilden wird. Die Prozedur wird sich noch Stunden hinziehen. Entgegen Tinys Empfehlung lasse ich mir das Tattoo in einer Sitzung stechen. Er hatte mich gewarnt, dass ein Bauchschuss vermutlich angenehmer wäre als die Prozedur länger als eine halbe Stunde zu ertragen. Tiny ist schon ein paarmal angeschossen worden, also weiß er, wovon er spricht.

Aber die Schmerzen sind ja gerade der Sinn der Übung, auf diese Weise büße ich dafür, dass ich mich wie ein Arschloch benommen habe. Dafür, dass ich Menschen, die ich liebe, undiplomatisch, ungeduldig und fies behandle. Dafür, dass ich Geheimnisse habe.

Das hier ist die Strafe dafür, dass ich bin, wie ich bin.

Als ich zusammenzucke, fragt Tiny: »Solln wir aufhören?«

»Fick dich!«, sage ich. »Weitermachen.«

»Braves Mädchen. Wenn wir hier fertig sind, brauchst du keine Waffe mehr. Roll einfach dein Hosenbein hoch und erschreck sie zu Tode.«

3

Neujahr, 2014
Continental Avenue Bridge, Dallas

An Neujahr liege ich schon vor Morgengrauen wach. Jackie schläft noch, die Decke über den Kopf gezogen. Ich gleite aus dem Bett, ziehe mich an und schleiche mich aus dem Haus. Seit ein paar Tagen nieselt es, und nachts liegen die Temperaturen um den Gefrierpunkt, was nicht nur die Straßen unberechenbar macht, sondern auch die Fahrer, die solche Wetterverhältnisse in Dallas nicht gewohnt sind.

Ich fahre am Zentrum vorbei zum Trinity Grove, ein ehemaliges Industriegebiet, in dem seit Kurzem eine Reihe neuer Restaurants und Mikrobrauereien eröffnet haben. Den Wagen stelle ich auf einem leeren Parkplatz an der steilen Uferböschung des Trinity River ab. Die lange Fußgängerbrücke über den Fluss ist ein beliebtes Ziel, hier beginne ich meine Laufrunde. Oder versuche es zumindest.

Ich lege los, versuche, die Brücke unelegant, aber schnell von West nach Ost zu überqueren. Dabei stoße ich kleine Atemwolken in die kalte Luft. Mir ist natürlich klar, dass zu schnelles Anlaufen keine gute Idee ist, und die Strafe folgt auf dem Fuß: Auf halbem Weg durchfährt mich der vertraute, schmerzhafte Krampf, meine rechte Wade macht dicht und ich knicke weg. Keine Menschenseele ist an diesem frühen Neujahrsmorgen unterwegs, niemand kann mir helfen, mich höflich fragen, ob ich einen Gehstock, Rollstuhl oder gleich eine Trage brauche, keine anderen Jogger rufen mir zu: »Nicht aufgeben! Weiter so!« Aber das ist gut so, denn ich habe keinen Bock auf diese ausgelutschten Parolen, die mich aufmuntern sollen, in mir aber stets den Wunsch auslösen, dem jeweiligen guten Samariter eins aufs Maul zu hauen oder ihm die umweltfreundliche Wasserflasche aus der Hand zu treten und in den Fluss zu befördern.

Frohes neues Scheißjahr! Rutsch mir den Buckel runter.

Ich schaffe es schließlich doch noch ohne weitere Vorfälle ans andere Ufer. Aber auf dem Rückweg geht es wieder los. Muskelkrampf. Ich bleibe stehen, beuge mich übers Geländer und betrachte das aufgewühlte Wasser unter mir. Ein paar

Enten treiben in der Mitte herum, am Ufer haben sich Plastiktütenfetzen in Ästen verfangen, sie flattern wie zerrissene Flaggen im Wind. Aber da liegt etwas Größeres, Festes auf der Böschung, direkt über dem Wasserpegel. Es ist ein Mann, er liegt mit dem Gesicht im Schlamm, der Oberkörper ist nackt, blass und bewegt sich nicht.

Ich sehe mich um, aber immer noch ist es menschenleer. Mehr humpelnd als gehend taste ich mich zum westlichen Ende der Brücke vor, gehe vorsichtig die Stufen bis zum Fluss hinunter. Der Mann liegt nur einen Steinwurf weit vom nächsten Stützpfeiler entfernt.

Die steile Böschung ist uneben und schlammig, und schon bald fliege ich hin, rutsche auf dem Allerwertesten weiter bis ans Wasser, werfe mich in letzte Sekunde auf die Seite und lande fast auf der Leiche. Mein Kopf liegt nur ein paar Millimeter von dem Toten entfernt, ich sehe sein Profil, ein Auge starr, die Iris noch immer strahlend blau, noch nicht trüb wie bei Leuten, die schon länger verstorben sind. Er ist jung, sicher noch nicht mal zwanzig. Seine Arme liegen unnatürlich verrenkt neben seinem Körper. Ich kann keine unmittelbaren Anzeichen von Gewalteinwirkung erkennen, nur zahlreiche alte Einstichwunden. Er trägt Jeans, die Unterschenkel liegen unter Wasser.

Ich bleibe eine Weile neben ihm liegen, mein dampfender Atem streicht über sein Gesicht, und auf einmal erfasst mich ein Gruseln, die Furcht, der Junge könnte plötzlich aufwachen. Doch er bleibt natürlich starr liegen, und nach einer Weile bin ich einfach nur noch traurig. Er ist noch so jung, und sein nackter Oberkörper lässt ihn verletzlich wirken, sogar im Tod. Ich stoße mich vom Boden ab und kämpfe mich auf allen Vieren zurück auf den Uferweg. Nachdem ich mir den eisigen Schlamm abgewischt habe, krame ich das Handy aus der Jackentasche und wähle den Notruf.

Eine Erinnerung steigt in mir auf, es schmerzt, als würde ich mit abgenagten Fingernägeln auf Beton kratzen. Mein Bruder, am Strand im Winter, seine Haut bleich bis auf ein paar marmorierte Stellen, vom eisigen Atlantikwasser blau verfärbt.

Als ich den ersten Streifenwagen sehe, reiße ich mich zusammen. Ich warte auf die Sanitäter und den einsamen Detective, der unrasiert und fern der Heimat am Einsatzort aufschlägt, sichtlich genervt, weil er am Neujahrstag hier antreten muss. Er fröstelt in seiner dicken Jacke, auch seinem dunklen Gesicht ist die Kälte anzusehen.

Wir begrüßen einander. Und als ich immer noch rumstehe, weil ich auf die Einsatzkräfte warte, fragt er: »Kennen Sie das Opfer?«

»Nein.« Er betrachtet den halbnackten toten Jungen, seinen Arm. »Er hat Einstichstellen auf beiden Seiten«, erkläre ich.

»Irgendwo gibt es eine Mutter, einen Vater«, sagt der Mann überraschend emotional. »Sie sind bei der Drogenfahndung, nicht?« Als ich nicke, fährt er fort: »Dachte ich mir doch, den Namen habe ich schon mal gehört.«

Er zieht sich die Jacke fester um den Körper und wendet sich von der Leiche ab. »Ich beneide Sie nicht um Ihren Job«, sagt er, bevor er sich in sein warmes Auto zurückzieht. Es ist das erste Mal, dass ein Mordermittler – dessen Aufgabe darin besteht, Leichen zu Fällen zu machen – so was wie Mitgefühl für meinen Job zeigt.

Die Sanitäter geben mir eine Decke und heißen Kaffee aus der Thermoskanne, damit ich beim Warten nicht erfriere.

Eine Stunde später ist auch der Kriminaltechniker von der Rechtsmedizin eingetroffen, er macht hastig ein paar Fotos vom Toten am Fundort. Als seine Leute die Leiche auf den Rücken drehen, entdecken sie die Einstichstellen an beiden Armen. Wie er heißt, lässt sich nicht feststellen, er hat keinen Ausweis in der Tasche, trägt keinen Schmuck, keine sichtbaren Tätowierungen, nichts, woraus man seinen Namen oder Wohnort ableiten könnte.

»Sieht nach Überdosis aus. Die Kälte hat die Sache dann beschleunigt«, sagt der Mann von der Rechtsmedizin.

Sie packen den Toten in einen Leichensack, hieven ihn in den Transporter, und alle fahren davon.

Auch ich gehe zu meinem Wagen zurück, bleibe aber noch eine ganze Weile sitzen und starre durch die Windschutzscheibe auf den Fluss, das Steuer umklammert. Es nieselt wieder, ein starker Wind bläst den Regen jetzt seitwärts, die grauen Wolken ballen sich und wogen wie die Wellen des Ozeans, und ich denke wieder an meinen Bruder, den man erfroren an einem menschenleeren Strand gefunden hat.

Irgendwann ziehe ich eine Münze aus der Jackentasche, einen alten Dime, den ich seit meiner Rettung aus den Fängen der Familie Roy immer bei mir trage. Jemand hatte ihn in der Kammer verloren, in der sie mich gefangen hielten. Im Fieberwahn meines von Drogen verwirrten Verstands hatte ich geträumt, dass ich damit meinen Onkel Benny – oder seinen Geist oder was auch immer jetzt im Jenseits umgeht – aus einer altmodischen Telefonzelle in Brooklyn angerufen hatte. Und es war seine Geisterstimme, die mir am Hörer verklickerte, was ich mit dem Dime anstellen sollte, um meinen Peinigern zu entkommen.

In Wahrheit gibt es bei uns keine funktionierenden Telefonzellen mehr, aber der Dime ist meine einzige Verbindung zu Benny, zu allem, was er für mich bedeutete, zu seiner Stimme. Ich lege mir die Münze an die Lippen und meine, ihren salzigen Metallgeruch wahrzunehmen. Vielleicht ist es auch nur der Geruch des Meeres, wenn die Wellen über deinem Kopf zusammenschlagen.

4

6. Januar 2014
Dallas Police Department, North Central Division

Ich betrachte mich lange im Kosmetikspiegel der Sonnenblende meines Wagens. Dunkle Ringe unter den Augen, die Haare kurz, wie abgehackt, es ist nur ein paar Monate her, seit Evangeline sie mir mit der Schere abgeschnitten hat, als Strafe für meine mangelnde Kooperation. Ich bin nicht eitel, aber meine rote Mähne war mein ganzer Stolz – »hurenrot«, wie meine Mutter es immer genannt hatte – das Vermächtnis meiner polnischen Großmütter. Wer braucht da noch eine Kriegsflagge? Jackie beruhigte mich immer wieder, sie würden wieder nachwachsen, und das ist ja auch schon passiert, aber gefühlt geht es bei der Gletscherbildung schneller voran. Die Frau im Spiegel ist ausgemergelt und hohlwangig wie jemand, den man gerade noch rechtzeitig aus der Wildnis gerettet hat. Obwohl ich mich nie schminke, hatte ich mir heute

Morgen mit einer Art vorauseilendem Ungehorsam Jackies Kosmetiktäschchen geschnappt und die Augen mit schwarzem Kajal umrundet. Natürlich habe ich das nicht getan, um mich hübscher zu machen, sondern als Warnsignal an alle, die mir auf den Sack gehen wollen.

Mit meiner schwarzen Lederjacke und Jeans ist der Look perfekt. Ich sehe aus wie ein Goth.

Der Motor läuft noch, aus dem CD-Spieler dröhnt »Brother« von The Organ, eines der Stücke von dem Mixtape, das Jackie mir eigens zusammengestellt hat

Here we go, they're back again. Look alive, warn your friend …

Ich strecke die Hand aus, um den Motor abzustellen, aber wenn ich das tue, muss ich aussteigen, über den Parkplatz humpeln und das Gebäude betreten, um meinem ersten Arbeitsbriefing seit dem 23. September 2013 beizuwohnen, der Tag, als ich mit meinem Teamkollegen Detective Bob Hoskins nach Uncertain, Texas, gefahren war. Nur einer von uns war lebend zurückgekehrt.

Vor meinem geistigen Auge blitzt etwas Rotes auf, Blut von einem zertrümmerten Schädel, und ich zwinge mich, an etwas anderes zu denken. Ich schließe die Augen und atme tief ein und aus, konzentriere mich auf den Geruch des nagelneuen Wagens. Auf Jackies Drängen hin hatte ich meinen treuen alten Viertürer gegen ein neueres Sport-Coupé eingetauscht. Vermutlich erhoffte sie sich, dass der eigenbaute Turbo auch meine neuerdings sehr träge Libido auf Hochtouren bringen würde. Tja. Dumm gelaufen.

Die Band singt etwas darüber, dass es nie vollständige Sicherheit geben kann, für niemanden, mögen die Mauern, die wir um uns herum errichten, auch noch so hoch und dick sein.

Wie recht sie doch haben. Mich verfolgen immer noch dieselben alten Alpträume, trotz neuem Haus, neuem Auto, neuem Tattoo.

Ich hatte Jackie im Vorfeld gewarnt, aber als ich ihr das Ergebnis präsentierte – der Erzengel Michael im Großformat auf meiner Wade, glänzend, das Schwert gezückt –, war sie trotzdem sprachlos. Das Tattoo sah aus wie das Wandbild in einem mexikanischen Schrein. Ein paar Tage lang hatte Jackie darauf bestanden, mir die Wunde vor dem Zubettgehen einzucremen, mit sanften Fingern und verbissener Miene.

Noch ein letzter Blick in den Spiegel, ich blecke die Zähne wie ein Wolf. *Reiß dich zusammen, Betty. Besser wird's erstmal nicht.*

Als ich die Sonnenblende hochklappe, entdecke ich meinen Lieblingskollegen Seth, er steht mit verschränkten Armen vor meinem Wagen, den Kopf schiefgelegt, die Stirn besorgt gerunzelt. Er fragt sich vermutlich, wen ich da gerade angeknurrt habe.

Im grellen Tageslicht sieht er magerer aus, als ich ihn in Erinnerung hatte, und abgespannt, mit Dreitagebart am Kinn. Monatelang habe ich ihn nur nach Feierabend getroffen, wenn er sich mal nicht als Undercover-Agent in engen Gassen und Bierhallen herumdrückte, Dealer verhaftete oder in den Stadtvierteln Geschäfte einfädelte, in die sich kein Weißer trauen würde. Es sei denn, er braucht Drogen.

Trotz Seths ungepflegtem Äußeren ist er immer noch attraktiv, auf eine maskuline Art, mit athletischem Körper und skandinavischen Gesichtszügen, ein XXL-Frauenmagnet, und sein Undercoverlook verleiht ihm, dem höflichen Typen von nebenan, die unwiderstehliche Aura des Bad Boy. Auf den ersten Blick käme niemand auf die Idee, dass er nur einen Monat vor meiner Verletzung durch einen Bauchschuss außer Gefecht gesetzt worden war und seinen Dienst ebenfalls vorübergehend quittieren musste. Er war zwar schneller wieder im Einsatz als ich, aber ich freue mich trotzdem, dass er hier als Ein-Mann-Begrüßungskomitee vor mir steht. Bei seinem Anblick merke ich erst, wie sehr ich ihn vermisst habe. Grinsend krümmt er den ausgestreckten Finger, und wenn ich es nicht besser wüsste, würde ich glatt glauben, dass mein starker Kollege mit seinem blonden Bedhead, der wie Platin in der Sonne glänzt, bei mir erotische Gefühle auslöst.

Seth tritt ans Fenster, ich lasse es herunterfahren.

»Was für eine Nummer ziehst du da ab, Riz?«, fragt er. Nur Seth darf mich mit diesem Spitznamen ansprechen. »Wartest du auf eine gravierte Einladung?«

»Kurze Bestandsaufnahme«, sage ich und stelle endlich den Motor ab. Plötzlich ist es sehr still.

Ich steige aus und schließe Seth in die Arme. Fühlt sich gut an.

»Verdammte Scheiße, Riz, hast du Gewichte gestemmt? Dein Bizeps ist ja dicker als meiner.«

»Ja, musste ja irgendwie für das hier kompensieren«, sage ich mit Blick auf mein verletztes Bein.

Ich verbringe täglich Stunden im Kraftraum: Klimmzüge, Liegestütze, Beintraining, Spinning. Nur kein Laufen. Walking auf dem Band geht, für kurze Zeit, mit viel Schweiß und Fluchen – gerade genug für die dienstliche Fitnessprüfung –, aber Verbrecher jage ich so nicht, es sei denn sie sind Ü80.

»Okay, zeig her«, sagt Seth.

»Was?«

»Jackie hat mir erzählt, dein neuestes Tattoo stellt die Sixtinische Kapelle in den Schatten.«

Gehorsam drehe ich mich um und kremple mein Hosenbein hoch, um ihm den Erzengel Michael auf meiner Wade zu präsentieren.

»Heilige Scheiße!«, ruft Seth. »Ich weiß nicht, ob ich niederknien oder weglaufen soll.«

»Tja, für die Special Effects kannst du dich bei Meister Tiny bedanken.«

Er grinst. »Und? Bereit für den ersten Arbeitstag?« Gott, der Mann freut sich wie ein Schnitzel, dass ich wieder an seiner Seite bin. Wie ein kleiner Junge, der seinen besten Freund vermisst hat.

»Klaro«, sage ich und folge ihm ins Gebäude, obwohl es mir schwerfällt, mit seinem Tempo mitzuhalten. Bloß nicht humpeln!

Ich gehe mit Seth über die vertrauten Flure zum Konferenzzimmer, grüße hier und da Kollegen, die mir zulächeln oder »Willkommen zurück« sagen, nur um hinter meinem Rücken darüber zu tuscheln, wie mitgenommen ich noch immer aussehe.

Aber sie haben die Geschichte gehört, sie wissen, wie ich meinen Kidnappern entkommen bin, dass ich einem Widersacher mit einer Glasscherbe die Halsschlagader aufgeschlitzt und den anderen praktisch ausgeweidet habe – mit einem Bajonett aus dem Bürgerkrieg.

Ein Frischling starrt mich unverhohlen an, mein struppiges rotes Haar, meine Größe und das morbide Outfit stellen alle Regeln der Dienstordnung infrage, die er bisher gelernt hat.

»Beetlejuice!«, rufe ich ihm zu, und er zuckt zusammen.

Ein halbes Dutzend Cops lachen darüber, ich mache ein Siegeszeichen, bevor ich mich unter dem Türrahmen hindurchducke und das Konferenzzimmer betrete, wo sich die Drogenfahnder der North Central Division versammelt haben.

Die ersten Kollegen, die ich sehe, weil sie schon an der Tür auf mich warten, sind Kevin Ryan und Tom Craddock. Nur drei sind noch übrig von meinem ursprünglichen Team: Seth, Ryan, Craddock. Bob Hoskins ist tot. Mein alter Sergeant Verne Taylor ist drei Tage nach meinem Verschwinden einem Herzinfarkt erlegen.

Ryan schüttelt mir die Hand, sein scheues Grinsen ist wärmer als das kalte Neonlicht an diesem grauen Morgen. Er hat sich verändert, wirkt irgendwie älter. Jetzt sieht er nicht mehr wie achtzehn aus, eher wie zwanzig, obwohl er in Wahrheit schon sechsundzwanzig ist. Er war als verdeckter Ermittler für mich an einer Highschool im Einsatz, wo er einen Heroindealer auffliegen lassen sollte, der Drogen an Minderjährige verkaufte. Ich hatte gehört, dass er kurz vor Weihnachten geheiratet und eine Woche später ein Mitglied seiner Familie verloren hatte.

»Gratuliere zur Hochzeit«, sage ich. »Und mein Beileid wegen deines Schwagers.«

Ryan blinzelt ein paarmal, den Blick abgewandt, und nickt. »Willkommen zurück«, stößt er hervor, bevor Craddock ihn zur Seite schiebt, mir unsanft auf den Rücken schlägt und schließlich freundschaftlich die Schultern drückt wie ein

Trainer, der einen zögerlichen Spieler ermutigt, wieder aufs Feld zu laufen.

»Gut siehst du aus, Betty«, sagt er.

»Beschissen, wolltest du wohl sagen.« Ich zeige auf seinen beachtlichen Bauch. »Aber schön zu sehen, dass du in der Zwischenzeit viel für deine Gesundheit getan hast, Tom. Hast du heute Morgen die *kolaches* angekarrt?«

»Aber klar doch! Hast du gedacht, ich hätte die Rückkehr der Polnischen Prinzessin vergessen?«, sagt er laut. Und leiser: »Ich habe die mit Frischkäse genommen, die du so gern magst, aber, ich, ähm …«, er schüttelt theatralisch den Kopf, »… hab sie leider alle aufgegessen.«

Dann stößt er sein seltsames Stakkatolachen aus, und ich lache mit. Craddock und Ryan sind damals einer Blutspur gefolgt, die ich wegen meines verletzten Beins hinterlassen hatte, und waren auf diese Weise auf mein Versteck gestoßen, in das ich mich geflüchtet hatte, nachdem ich meinen Kidnappern entkommen war. Dank seines Jagdinstinkts hatte Craddock die Spur entdeckt, aber am Ende hatte Ryan mir das Leben gerettet, indem er Tommy Roy erschoss, bevor dieser mich abstechen konnte.

Eine tiefe Bassstimme ertönt von ganz vorn. »Können wir anfangen?«

Wir setzen uns, ich nehme den Stuhl neben Seth in Beschlag und starre mit verschränkten Armen nach vorn zu Marshall Maclin, dem Nachfolger von Verne Taylor.

»Guten Morgen, Detective Rhyzyk«, sagt er. »Schön, dass Sie wieder bei uns sind.«

Sein Blick und der spöttische Unterton suggerieren allerdings das Gegenteil.

»Schön, wieder hier zu sein«, erwidere ich und schenke ihm ein verkniffenes Lächeln.

Maclin war aus dem Morddezernat gewechselt, um hier die Leitung zu übernehmen. Und angesichts der Ereignisse der vergangenen Monate – die Jagd auf mexikanische Koksdealer und einheimische Methproduzenten, die in Texas eine Spur von verstümmelten Leichen hinterlassen hatten – war der Sprung von Mord zur Drogenkriminalität gar nicht mehr so groß.

Sowohl Taylor als auch Maclin waren gute, erfahrene Polizisten. Aber Verne war ein gemütlicher, angenehm kompetenter Sergeant gewesen, dessen Tür stets allen offen gestanden hatte, während Maclin, vom Ehrgeiz getrieben, die Schuhe stets auf Hochglanz poliert, diensteifrig und scharfkantig war. Ob er auch die nötigen Führungsqualitäten hatte, würde sich zeigen.

Vernes brennender Zorn auf die Kartelle und ihre Dealer hatten ihn bei seiner Mission befeuert, die Straßen der Stadt zu säubern. Er nahm die Nachwirkungen des Drogenkriegs persönlich. Das hatte ihn vermutlich am Ende das Leben gekostet. Maclins Ansatz ist rein taktischer Natur. Die Dealer sind nicht mal Menschen, sondern Figuren auf einem Schachbrett, die es zu schlagen gilt. Das kommt davon, wenn man zu lange bei der Mordkommission war.

Maclin zeigt jetzt auf die auf dem Whiteboard hinter ihm aufgelisteten Punkte. »Letzten September hat die mexikanische Polizei Alberto Carrillo Fuentes festgenommen. Seitdem sind hunderte Köpfe gerollt.«

Fuentes war der Anführer des Nuevo-Juarez-Kartells, ein ernstzunehmender Konkurrent des größeren Sinaloa-Kartells. Ich senke den Kopf und lächle traurig. Bob Hoskins hat mich gern mit Fuentes' Spitznamen aufgezogen, der lautet nämlich Betty La Fea: *Hässliche Betty*.

»Finden Sie es witzig, wenn jemand geköpft wird, Detective?«, fragt Maclin spitz.

Seth atmet tief ein. Er weiß Bescheid – und ich bin sicher, dass auch Maclin das tut. Ich hatte eine ziemlich unangenehme Begegnung mit dem abgeschlagenen Kopf von Tomás »El Gitano« Ruiz, der zu Fuentes' treuesten Soldaten gehörte.

Auf dem Whiteboard hinter Maclin prangt eine Statistik in Rot, die Kosten des mittlerweile schon sechs Jahre andauernde Drogenkriegs: 60 000 Tote, 26 000 Vermisste, 6700 Waffenhändler, die mexikanische Kriminelle an der Grenze mit Schusswaffen versorgen, 70 % der Waffen, die von mexikanischen Verbrechern bei Straftaten benutzt werden, stammen aus den USA, 90 % des in den USA verkauften Kokains wird über Mexiko transportiert, 19 bis 29 Milliarden Dollar Gewinn für die Kartelle, die Straßen der mexikanischen Grenzstädte voller Leichen und Leichenteile.

»Ob ich es witzig finde, wenn jemand geköpft wird?«, wiederhole ich Maclins Frage. »Nein, es sei denn, es steckt eine süße Überraschung drin.«

Ein paar Kollegen kichern böse, und Craddock, der hinter mir sitzt, verpasst mir einen anerkennenden kleinen Tritt.

Jetzt lächelt Maclin mich verkniffen an. Er nimmt einen Papierstapel vom Tisch und gibt ihn weiter an den Polizisten neben ihm, damit der die Kopien austeilt.

»Die Zahlen vom vergangenen Jahr. Das meiste wussten wir bereits oder haben es geahnt. Die gute Nachricht zuerst: Es ist weniger Kokain im Umlauf, aber nur geringfügig. Die schlechte Nachricht: Es kommt mehr Heroin aus Mexiko ins Land. Viel mehr. Und zum ersten Mal sehen wir Labels auf den Ballons und Tütchen mit Black Tar und Powdered Brown: Sie nennen es Mud, Dog Food, Ace of Diamonds und Hearts. Sie verticken es an Straßenecken, wie sie es früher mit Crack gemacht haben. Dieser Stoff hat's in sich ...«

»... und er ist billig«, fügt Seth hinzu. Die anderen murmeln zustimmend.

»Wir haben viel mehr Überdosen, und das nicht nur bei den Hardcore-Usern«, sagt Maclin, »sondern auch bei Jugendlichen an der Highschool.«

Er knöpft sich die Anzugjacke auf und setzt sich auf die Tischkante.

»Wie die meisten von Ihnen bereits wissen, ist Meth unser zweitschlimmstes Problem, das nur noch von Marihuana übertroffen wird. Liquid P2P Meth aus Mexiko ist stärker und macht schneller süchtig als alles, was aus einheimischen Shake-und-Bake-Labors kommt.«

Hinten meldet sich ein Latino-Cop namens Ortega. »Dabei heißt es immer, Mexikaner wären faul.«

Mehr Gelächter, bis Maclin aufsteht und auf Ortega zeigt. »Sie haben völlig recht, Ortega – wir wissen genau, dass das nicht stimmt. Mexikaner sind sehr fleißig. Deshalb übertrage ich Ihnen die Leitung der Operation *Buy and Bust* für Nord-Dallas. Ihr Team geht auf die Straße, findet die Dealer und nimmt sie hoch, sobald sie ihnen was verkaufen. Vom Chef kam eine klare Ansage: Wir müssen unsere Kinder vor Black Tar Heroin schützen!«

»Besonders die, die auf der Privatschule sind«, murmelt Seth.

»Sie können sich Ihr Team zusammenstellen, vier Leute aus diesem Raum«, sagt Maclin zu Ortega. »Wir koordinieren das mit der DEA und unserer Grenzpolizei, damit wir rauskriegen, wer die Player sind und wann sie kommen. Weitere Information in meinem Büro, elf Uhr.«

Ortega nickt mit Leichenbittermiene, sein Kollege klatscht ihn unterm Tisch ab.

Maclin wendet sich wieder Seth zu. »Detective Dutton, Sie übernehmen *Buy and Bust* für Dallas Central. Sie haben bereits einschlägige Erfahrung und Ihre Informanten vor Ort. Craddock und Ryan, Sie sind im Team.«

Dann richtet Maclin den Blick auf mich. »Einen Kollegen können Sie sich noch aussuchen, aus diesem Raum«, sagt er zu Seth.

Bevor Seth sich mir zuwenden kann, geht Maclin dazwischen. »Ich sagte Kollege. Nicht Kollegin.«

Im Raum herrscht schlagartig Stille.

»Für Sie, Detective Rhyzyk, habe ich was ganz Besonderes geplant.«

Alle Blicke sind auf mich gerichtet, aber ich verziehe keine Miene. Sein Ton verspricht keine angenehme Aufgabe, aber die Hoffnung stirbt zuletzt, sogar in meinem finsteren polnischen Herzen. Die Versammlung ist aufgelöst, ein paar Kollegen stehen auf, die Schicht beginnt.

»El Cuchillo«, sagt Maclin, und der Raum steht erneut still. »Schon mal gehört?«

Schweigen.

»*Das Messer?*«, übersetzt Ortega. »Nie gehört.«

Ortega hat Erfahrung mit Gangs und Drogen, wenn dem dieser Typ noch nie untergekommen ist, dann muss El Cuchillo ein perfider Tarner und Täuscher sein, einer, der seine Spuren perfekt verwischt.

»Letzte Nacht haben die Sanis auf der Straße einen Mann aufgegabelt, den man wie ein Karnickel gehäutet hat. Auf dem Weg ins Baylor Hospital hat noch er gelebt, aber nicht mehr lange. Wie sich herausgestellt hat, war der Mann ein ranghoher Dealer fürs Nuevo-Juarez-Kartell. Hat zwar das Zeitliche gesegnet, aber vorher noch verraten, dass El Cuchillo ihn aufgeschlitzt hat. Ich hatte Don Haslett am Telefon, Special Agent von der DEA, der dreht gerade frei bei der Vorstellung, dass El Cuchillo hier in der Stadt sein Unwesen treiben könnte.«

»Wer ist dieser Mann?«, fragt Seth.

»Man munkelt, dass El Cuchillo mit bürgerlichem Namen Alfonso Ruiz Zena heißt, aber genau weiß das keiner. Hat ne Blitzkarriere im Sinaloa-Kartell hingelegt und Los Antrax angeführt.«

Das Schweigen im Raum spricht Bände. Mir läuft es kalt den Rücken runter. Los Antrax ist die Schutztruppe für Joaquín »El Chapo« Guzman, der Boss des Sinaloa-Kartells. In einer Welt, in der Folter und Mord zum Tagesgeschäft gehören, ist Los Antrax ungefähr gleichrangig mit Pol Pot, zumindest, was Grausamkeit betrifft. Sogar die mexikanische Armee, mit erstklassigen Killern ausgestattet, hat Angst vor dieser Truppe.

Maclin schreitet durch die Reihen, geht ganz in seinem Vortrag auf. »Zena hat weder Frau noch Kinder, auch sonst keine Familie. Er hatte mal zwei Brüder, Ismael und Hector, aber die hat er angeblich selbst umgebracht. Keine Partner oder Partnerinnen. Wie es aussieht, kommt er tagelang ohne Schlaf aus. Trinkt nicht, nimmt keine Drogen, wird also schwierig, ihn zu ködern. Niemand weiß genau, wie alt er ist.

Wenn es Machtkämpfe mit rivalisierenden Kartellen gibt, macht El Cuchillo das Ding klar. Er ist der Fixer. Der Mann hat vier hochrangige Soldaten von zwei anderen Kartellen an ihre Leute zurückgeschickt, in Einzelteile zerlegt. Sie wurden gehäutet, bei lebendigem Leib. Einer der Gefolterten trug ein Tattoo auf dem Arm, einen Skorpion. Der andere hatte eines auf der Brust, einen Totenschädel, von Dornen umrankt. Die tätowierten Hautteile wurden ihnen herausgeschnitten. Bei der DEA hat einer seiner verhafteten Bodyguards ausgesagt, dass El Cuchillo sich aus der Haut der Toten Stiefel nähen lässt. Angeblich hat er dutzende Paare.«

Für einen kurzen Moment gebe ich mich der Hoffnung hin, dass Maclin mich mit der Fahndung nach den Sinaloa-Leuten beauftragt.

»Wo El Cuchillo waltet, stapeln sich die Leichen«, fährt Maclin fort. »Und bis jetzt hat man ihn noch nie außerhalb Mexikos gesichtet. Diesen Mann festzusetzen wäre gleichbedeutend mit der Festnahme von El Chapo. Also: Augen und Ohren auf! Wenn hier jemand irgendwas darüber hört, will ich es wissen. Sofort.«

Maclin geht zur Tür. »Dutton und Ortega, wir sehen uns später in meinem Büro. Die anderen machen sich an die Arbeit. Alle außer Detective Rhyzyk.«

Diesmal strömen alle aus dem Raum. Seth wirft mir noch einen ermutigenden Blick zu und murmelt: »Bis gleich.«

Ich bleibe sitzen, bis alle draußen sind.

»Sind Sie fit für den Dienst?«, fragt Maclin.

»Der Arzt hat mir grünes Licht gegeben«, sage ich selbstbewusst. »Ich habe alle Sitzungen mit der Peer-Support-Gruppe absolviert. Waffenschein wurde erneuert, vom Staatsanwalt abgesegnet. Und der Amtspsychologe hat mir ein hervorragendes Gutachten ausgestellt.«

»Ja, ich habe die Unterlagen auch gelesen«, sagt er. »Sie empfehlen für den ersten Monat leichte Tätigkeiten …«

»Ja, habe ich auch«, unterbreche ich Maclin, obwohl der mich böse anfunkelt, »und da steht nichts von ›empfehlen‹, sondern, dass ich körperlich topfit bin – und zwar in allen Kategorien – und unbedingt einsatzbereit …«

»Ach, tatsächlich? Mit Ihrem kaputten Bein könnten Sie nicht mal ein Huhn jagen. Was machen Sie, wenn Ihnen ein Verdächtiger abhaut? Humpeln Sie hinterher, während Ihr Teamkollege die harte Arbeit erledigt?«

Wie auf Knopfdruck bekomme ich einen Wadenkrampf. Ich atme tief durch, versuche, mich zu entspannen, meine Ungeduld loszulassen.

Maclin setzt sich neben mich, verschränkt die Arme und starrt aufs Whiteboard. Er sitzt breitbeinig, lässt die Eier hängen wie ein echter Mann, und sein Bein ist verdammt nah an meinem, berührt es fast. Bevor er es besser wusste, hat mir dieser Typ diverse Avancen gemacht und jedes Mal einen Korb kassiert. Selbst als ich ihn schließlich aufklärte, war er nur noch aufdringlicher geworden, hat mich bei jeder Gelegenheit bedrängt und angestarrt, mir im wahrsten Sinne des Wortes im Nacken gesessen. Und als das nicht funktionierte, hat er sich allen Ernstes an Jackie rangemacht.

Während meiner Krankschreibung erfuhr ich, dass man mich als Nachfolgerin für Verne Taylor in Betracht gezogen hatte. Und ich erfuhr auch, dass Maclin, der auf diese Position total scharf gewesen war, alles darangesetzt hatte, meinen Namen durch den Schmutz zu ziehen.

Aber ich verstehe genau, warum Maclin schon an meinem ersten Arbeitstag versucht, mich einzuschüchtern. In Wahrheit hat er Angst vor mir. Ich stelle nämlich sein Weltbild infrage. Ich verhalte mich nicht so, wie es eine Frau seiner Meinung nach tun sollte. Er kann mich nicht erfassen, in keine seiner Schubladen sortieren und abhaken, wie er es vermutlich sonst mit Kolleginnen macht. Ich biete ihm Paroli. Lautstark. Ich hinterfrage ihn, gnadenlos. Und sein männlicher Charme, wenn man es denn so ausdrücken will, wirkt bei mir nicht. Er ist gezwungen, mich wie seine männlichen Mitstreiter zu behandeln.

Ich sehe ihn an. »Ich bin fit für den Dienst.«

»Da bin ich aber froh, Detective. Ich weiß doch, wie gern Sie wieder mitmischen wollen, aber ich bin für Ihre Sicherheit verantwortlich«, sagt er in bevormundendem Ton. »Und für die Sicherheit meiner Männer. Schauen wir mal, wie Sie die nächsten Tage überstehen. Erledigen Sie Schreibtischarbeit. Beantworten Sie E-Mails. Und nachher kommen Sie zu mir ins Büro, wir werden schon eine Aufgabe finden, bis Sie wieder voll einsatzbereit sind.«

Er hebt die rechte Hand, und es sieht tatsächlich kurz aus, als wollte er mir den Oberschenkel tätscheln. Reflexartig ziehe ich mein Bein weg. Er streicht sich lässig über die Hose.

»Eh Sie sich versehen, sind Sie wieder da draußen«, versichert er mir.

Mit kaltem Grinsen steht er auf und geht zur Tür.

Ich schaue aufs Whiteboard, auf die erschütternde Statistik, die enormen Kosten dieses scheinbar endlosen Kriegs,

Zeit und Ressourcen für einen Kampf, den wir nie gewinnen können, der unzählige Opfer fordert, Leben zerstört, all das sehe ich dort, in roten Zahlen aufgeschrieben. All die Bemühungen der Polizei, aber kein wesentlicher Erfolg.

Instinktiv greife ich mir an die schmerzende Wade, die sich vom langen Sitzen verkrampft hat.

»Übrigens«, Maclin steht noch in der Tür und sieht mich mitleidig an. Dann macht er eine kreisende Bewegung um sein Auge. »Den Vampirlook würde ich nochmal überdenken. Wir sind hier nicht bei der Sitte.«

5

6. Januar 2014
Slugger Anne's Bar, Dallas

Ich sitze mit der linken Backe auf einem Barhocker und wische gelangweilt an dem feuchten Ring herum, den mein Glas Jameson auf der Theke hinterlassen hat. Dottie, hinter der Bar, hievt einen Rieseneimer Eis vom Boden und kippt den Inhalt lässig in einen Metallbehälter. Ein paar Eiswürfel gehen daneben, aber Dottie wischt sie rasch auf, bevor sie sich den Lappen über die Schulter wirft und mich ins Visier nimmt, die Hände flach auf der Holzfläche, die nackten, mageren Arme voller Muskeln, Zeugnis einer harten Kindheit auf einer Ranch in El Paso. Dottie gehört die Bar, und wenn es in ihrem Laden mal wieder zu heiß wird, gibt sie mir ein paar Informationen über die Aktivitäten der Drogendealer aus der Gegend. Dottie war lange süchtig, Drogen und Alkohol, und während dieser Zeit habe ich mehr als einmal die Kaution für sie gestellt, wenn niemand anders für sie geradestehen wollte.

»Nachschub?«, fragt sie.

Statt zu antworten, schiebe ich ihr das Glas hin, und sie zückt die Flasche mit der Aufschrift: *Eigentum der polnischen Armee.* Dieser Jameson ist nur für mich.

Sie schiebt sich eine graue Strähne aus der Stirn und mustert mich mit schmalen Augen. »Wie war's?«

»Supi«, sage ich, runzle aber die Stirn.

»Oho«, sagt sie, doch bevor sie mich noch weiter über meinen beschissenen Tag ausquetschen kann, wird sie von einer der Kellnerinnen ans andere Ende der Bar gerufen.

Ich trinke einen Schluck und sehe mich um. *Slugger Anne's* ist immer bumsvoll, unter der Woche wie am Wochenende, Frauen in Gruppen, allein oder zu zweit. Männer sind hier nicht so willkommen, außer Seth. Mein Lieblingskollege trägt den Spitznamen *Riot*, frei nach dem Motto *one riot, one Ranger.* Den hat man ihm verliehen, nachdem er sich mit schierer Chuzpe aus einem extrem brenzligen Undercovereinsatz im Bikermilieu gerettet hatte, aber ich bin mir sicher, ob er im Notfall nicht lieber den Zorn der Biker ertragen würde als Dotties bösen Blick. Sie zeigt ihm immer noch die kalte Schulter, obwohl sie insgeheim mittlerweile eine gewisse Zuneigung zu ihm entwickelt hat – hat sie mir selbst gestanden. Aber es ist einfach zu witzig, ihn zappeln zu sehen, daher spielen wir das Spiel lieber noch eine Weile weiter.

Die Schwarzweißfotos von Cowgirls, sorgfältig gerahmt und von kleinen Leuchten angestrahlt, sind zahlreicher geworden, so langsam glaube ich, Dottie hat das gesamte Inventar eines pleitegegangenen Western-Museums aufgekauft.

Ich bemerkte die Blicke einer Frau, die allein in einer Nische sitzt. Schlank, langes schwarzes Haar, asiatische Gesichtszüge. Sie lächelt mir zu und hebt dann grazil wie eine Tänzerin das Kinn, ihre weichen Züge reflektieren kurz das Licht. Flüchtig erwidere ich das Lächeln, wende mich dann aber rasch ab und starre wieder die Bar an.

Dottie steht vor mir, die Lippen zu einem spöttischen Grinsen verzogen. »Wie geht's Jackie eigentlich? Jackie, erinnerst du dich? Deine Partnerin?«

Ich leere das Glas und tippe auf den Rand. Dottie betrachtet mich böse, schenkt aber nach.

»Sie kriegt sicher bald ihren Heiligenschein verliehen«, sage ich. »Nein, das ist fies von mir. Ich habe sie nicht verdient. Ehrlich, Dottie, es war sicher nicht leicht mit mir in den letzten Monaten.«

»Ach, woher das wohl kommt?«, fragt sie sarkastisch. »Wo du doch nur entführt, fast vergewaltigt, gefoltert und lebensgefährlich verletzt wurdest?« Ihre Stimme ist lauter geworden.

Das Pärchen links von mir, beide in Trainingsklamotten, ist verstummt. Sie sehen mich zwar nicht an, aber ich weiß genau, dass sie jedes Wort mitbekommen haben und mehr hören wollen.

»Herrje, Dottie«, sage ich mit hochgezogenen Schultern. »Nimm doch gleich ein Megafon. Magst du vielleicht auch noch die Ergebnisse meiner letzten Untersuchung beim Frauenarzt verkünden?«

»Keine Ahnung. Hast du noch ein paar Überraschungen in deiner alten Dose?«

Ich breche in lautes Gelächter aus, und die beiden neben mir schnauben in ihre Drinks.

Ich hebe das Glas. »Auf dich, Dottie, ich liebe dich.«

Sie beugt sich zu mir vor. »Tust du nicht. Du willst nur mit mir ins Bett.«

Hinter Dottie hängen zwei lebensgroße Fotos, eines von Annie Oakley, das andere von Calamity Jane. Zwei Frauen, die gegen das verstoßen hatten, was in der damaligen Gesellschaft für Frauen als ziemlich galt, beide hatten Grenzen überschritten und Gebiete erobert, die bis dato fest in männlicher Hand gewesen waren. Annie Oakley war allerdings das beliebte »gute« Mädchen gewesen, sanft und höflich, Calamity Jane galt bis heute als »böse«, aufsässig, streitbar und dreist.

»Ich bin eine echte Zicke gewesen«, gestehe ich Dottie.

»Wir haben alle unsere schlechten Tage. Aber dabei sollte es bleiben. Tage. Wie lange warst du zu Hause?«

»Drei Monate und sechs Tage.«

»Da hat es Jackie aber echt lange mit dir und deiner schlechten Laune ausgehalten. Vielleicht wird es jetzt besser, wenn du wieder arbeitest. Aber vermutlich hast du bei ihr eine Menge gutzumachen. Stimmt's?«

Ich funkle mein fast leeres Glas an.

»Hallo?« Dottie hat sich weit zu mir vorgebeugt.

Ich hole tief Luft. »Ja«, murmle ich schließlich, dann hebe ich den Blick. »Ja, muss ich.«

»Weißt du, was mein Sponsor immer gesagt hat, wenn ich mich mal wieder in Selbstmitleid gesuhlt habe? ›Dottie‹, hat sie gesagt, ›hör auf in dein Bier zu heulen und zeig mal ein bisschen Dankbarkeit.‹ Du hast eine Geliebte, die deine Scheiße aushält. Du hast deinen Job zurück, und«, sie zeigt auf meinen wirren Schopf, »du musst nur noch ein paar Monate wie Johnny Rotten rumlaufen.«

Die Kellnerin ruft erneut, und Dottie hält mir den erhobenen Zeigefinger vor die Nase, bevor sie ans andere Ende der Bar verschwindet, um ihren Gästen ein paar Drinks zu mixen.

Dottie hat recht: Ich habe meinen Job zurück. Aber egal, wie schwierig ich mir diese erste Zeit auch vorgestellt haben mochte, für einen dermaßen todlangweiligen, banalen Arbeitsauftrag wie den, den ich heute antreten musste, hat selbst meine dunkelste Fantasie nicht gereicht.

Als ich mit meinen E-Mails fertig war, hatte Maclin mich endlich zu sich gerufen und mir meinen ersten Auftrag erteilt: Ich sollte sämtlichen Headshops im Stadtgebiet einen Besuch abstatten, um herauszufinden, in welchen Läden noch K2 verkauft wurde – synthetisches Cannabis. Davon sollte ich ein paar Gramm kaufen, für die DEA. Offiziell wird das Zeug unter dem Namen »Spice« verkauft, angeblich eine harmlose Kräutermischung, doch das nimmt den Händlern niemand mehr ab. Die Kräuter werden mit starken, künstlich hergestellten Cannabinoiden besprüht, und die Wirkung ist ähnlich wie die von THC. Der Preis für drei Gramm ist so hoch wie der, den man auf der Straße für ein gleichwertiges Tütchen Gras zahlen würde.

Kaum hat man die halluzinogenen Anteile im Spice analysiert und zur illegalen Substanz erklärt, ändern die Macher ihr Rezept – und schon ist das Ganze wieder legal. Neuerdings schlagen jedoch die Notaufnahmen in Dallas Alarm, weil man dort immer öfter mit Überdosen konfrontiert wird, schwere Psychosen und sogar Herzinfarkte – und das überwiegend bei Teenagern.

In und um Dallas gab es fast sechzig Headshops. Ich würde Wochen damit verbringen, das Zeug zu kaufen, untersuchen zu lassen und nach der Analyse den entsprechenden Papierkram zu erledigen.

Jemand quetscht sich zwischen mich und die Frau zu meiner Rechten. Ein warmer Körper. Es ist die Kellnerin – jung, gesund, mit wilder blonder Mähne, tiefblauen Augen und einem winzigen Nasenring. Sie trägt ein knallgelbes T-Shirt mit der Aufschrift *Slugger Anne's, when you wanna …*

»Hi«, sagt sie und zieht mir mit ihrem Lächeln glatt die Schuhe aus.

»Hi«, sage ich und bemühe mich, ihren Duft zu ignorieren – *Rosen und …* –, während sie sich vorbeugt, um das Glas mit den Limettenhälften hinter der Bar hervorzuholen.

»Kann ich was für dich tun?«, fragt sie. Ich rieche ihren warmen Atem – *Lavendel, Minze …*

»Nein«, sage ich, viel zu traurig. »Alles gut.«

»O ja, das sehe ich«, flirtet sie, bevor sie davongleitet.

Dottie steht wieder vor mir. Sie wischt sich über die Stirn und verzieht den Mund.

»Bist du immer noch hier? Wiedergutmachen geht nicht, wenn du hier auf dem Arsch sitzt.«

»Dottie«, sage ich, »ich kenne keine Frau außer dir, die tatsächlich Wiedergutmachung geleistet hat.«

Beim Zahlen fragt sie: »Wie geht's Seth übrigens?«

»Seth? Gut. Sieht ein bisschen abgekämpft aus.«

Sie verschränkt die Arme, baut sich vor mir auf und sieht mich ernst an. Ich kenne Dottie gut genug, um zu wissen, dass sie abwägt, wie viel sie mir verraten soll.

»Was?«, frage ich.

»Sicher?«

Ihre Frage klingt seltsam, und ich muss sofort daran denken, wie abgezehrt Seth heute Morgen ausgesehen hat. »Okay, ich höre.«

»Man munkelt, er tummelt sich in üblen Kreisen.«

»Der Mann arbeitet undercover, Dottie. Er ist kein Oberlehrer.«

Achselzuckend wendet sie sich ab. Ich halte sie auf. Dottie weiß genau, was dummer Tratsch ist und welche Gerüchte sie ernst nehmen sollte. Was von ihr kommt, ist zuverlässig.

»Ich wollte dir nur sagen, dass du dir deinen Kollegen mal zur Brust nehmen solltest. Vielleicht ist ja was im Busch.«

»Geht es noch ungenauer?« Sofort frage ich mich, ob Seth mir etwas Wichtiges über seinen Gesundheitszustand verheimlicht.

»Bei Narcotics Anonymous heißt es immer: ›Was hier gesagt wird, bleibt unter uns‹, was dazu führt, dass manche Leute bei den Sitzungen richtig üble Sachen von der Straße auspacken. Vieles davon ist Bullshit. Aber manches stimmt. Du solltest mit Seth reden.«

Ich danke ihr, stopfe das Kleingeld in die Hosentasche und bewege mich Richtung Ausgang.

Dottie ruft: »Schöne Grüße an Jackie! Ach, und richte Seth aus, die Mädels vermissen ihn ... nicht!« Sie kichert und winkt, dann klappert sie in ihren uralten Cowboystiefeln ans andere Ende der Bar.

Draußen schlinge ich mir den Schal enger um den Hals, der Wind ist saukalt, und die wachsende Sorge um Seth trübt mein Jameson-High. Ich habe nur ein paar Meter entfernt geparkt. Auf der anderen Straßenseite entdecke ich eine Frau, sie steht allein an der Bushaltestelle. Es ist schon dunkel, hier gibt es keine Straßenlaternen, aber das Gebäude hinter ihr ist grell erleuchtet, daher sehe ich genau, dass sie mich anstarrt. Sie ist klein, trägt Steppmantel und praktische Schuhe. Und sie hat feuerrotes Haar. Wie Evangeline Roy.

Ich bleibe stocksteif stehen. Eigentlich wollte ich gerade die Autotür aufschließen, aber ich halte mitten in der Bewegung inne, meine Hand schwebt in der Luft wie in einem billigen Horrorfilm.

Die Frau mustert mich gelassen, beobachtet mit leicht geneigtem Kopf meine Reaktion. Langsam hebt sie die Hand und zupft an ihren Haaren herum. Aber Moment ... das sind keine Haare, sondern eine orangefarbene Wollmütze! Kaum hat mein Hirn die Täuschung entlarvt, kann ich nicht mehr nachvollziehen, wie ich die so offensichtliche Kopfbedeckung mit Haaren verwechseln konnte.

Ich winke ihr verlegen zu, und steige leise vor mich hin fluchend ins Auto. Durch die Windschutzscheibe sehe ich, dass sie mich immer noch beobachtet. Wahrscheinlich hält sie mich für besoffen oder verrückt. Möglicherweise hat sie recht. Mit beidem.

Als ich mich wieder eingekriegt habe, starte ich den Motor und mache mich auf den Weg nach Hause. Unterwegs rufe ich bei Seth an, kriege aber nur die Mailbox. Spontan beschließe ich, bei ihm vorbeizufahren. Vielleicht liegt er ja nur auf dem Sofa und hat das Handy nicht gehört. Bei der Gelegenheit kann ich mich für seinen freundlichen Empfang an meinem ersten Arbeitstag bedanken und ihm von der lächerlichen Begegnung mit der Frau in der orangefarbenen Mütze berichten. Er wird mit mir darüber lachen, mir eins von seinen grässlichen Bieren aufdrängen – die aus den Flaschen mit dem langen Hals – und mich dann zu Jackie schicken. Ja, wenn ich bei Seth war, komme ich mit einem Lächeln nach Hause.

Und ...

Dottie hat einen Warnschuss abgegeben. Ich muss mir Seth vornehmen und mich versichern, dass es ihm gut geht, dass alles so ist, wie es sein sollte. *Schau! Keine bösen Monster.*

Seth wohnt in der M Street im Osten von Dallas in einem kleinen Haus aus den 1920ern, als die Leute noch Wert auf Handwerkskunst legten. Die Straßenbeleuchtung ist minimal, die Zufahrten eng, und weil hier jeder über achtzehn ein Auto hat, sind Parkplätze rar. Ich halte am Straßenrand vor seinem Haus und will gerade aussteigen, als das Licht über Seths Eingang aufleuchtet. Die Tür geht auf, ein Mann kommt heraus und redet noch kurz mit Seth.

Das Licht ist recht hell, daher kann ich erkennen, dass sein Besucher klein und stämmig ist, breitschultrig, mit Stiernacken – also gebaut ist wie ein Rausschmeißer. Sein Gesicht sehe ich nur im Profil, die flache Boxernase, unzählige Male beim MMA-Training zertrümmert, bevor der Mann zum Dealer, Dieb und Zuhälter wurde.

Chuffy Bryant.

Er war Seths Informant, bevor er eines seiner Mädchen fast totgeprügelt hatte und dafür zwei Jahre ins Gefängnis wanderte. Die Tatsache, dass er seine Gegner im Ring schon vorher zu Brei geschlagen, einen Neuling so verprügelt hat, dass er heute blind ist, und einen anderen mit wiederholten Tritten in die Lendengegend fast kastriert hatte, schien niemanden zu interessieren, bis der Typ seine durchgeknallten Gewaltorgien auf der Straße auslebte. Seinen Spitznamen Chuffy hat er dem Geräusch zu verdanken, dass er macht, wenn er durch seine pürierten Nebenhöhlen schnauft.

Chuffy geht über den dunklen Rasen zu seinem Wagen,

den er gegenüber geparkt hat. Doch statt wegzufahren, öffnet er den Kofferraum und holt eine kleine Einkaufstasche heraus, die er Seth in die Hand drückt. Die beiden wechseln noch ein paar Worte, dann fährt Chuffy davon. Das Licht über dem Eingang verlöscht, es ist wieder dunkel.

Seth hatte seine Zusammenarbeit mit Chuffy für immer beendet, nachdem er mit eigenen Augen gesehen hatte, was sein Informant mit seinen Frauen anstellte. Aber selbst, wenn er seine Meinung geändert haben sollte und jetzt doch wieder auf Chuffys Info zurückgriff, hätte er den Typen garantiert nicht an seiner Tür empfangen, geschweige denn in sein Haus gelassen.

Ich bleibe noch eine ganze Weile mit klopfendem Herzen vor Seths Haus sitzen. Erst als Jackie mich per Nachricht fragt, wann ich endlich heimkomme, lasse ich den Motor an und fahre davon.

6

6. Januar 2014
Home Sweet Home

Ich sitze schon seit einer Weile im Auto vor dem Haus, aber irgendwie mag ich nicht reingehen. Ich sehe Jackie im großen Erkerfenster hin und her laufen. Sie hat den Tisch gedeckt, die guten Weingläser rausgeholt und Kerzen angezündet. Zur Feier meines ersten Arbeitstages. Im ganzen Haus brennt Licht, es sieht aus wie eine glitzernde Unterwasserwelt im nachtdunklen Meer.

Ich stehe immer noch ein bisschen unter Schock von meiner Begegnung mit der Frau an der Bushaltestelle und dem Anblick von Chuffy Bryant in Seths Haus. Am liebsten würde ich mich unter die Dusche stellen und mir das alles mit ein paar weiteren Gläsern Jameson schöntrinken, aber wie ich Jackie kenne, will sie, dass wir reden, schließlich haben wir uns den ganzen Tag nicht gesehen.

Also bleibe ich noch ein bisschen hier sitzen. Auch in unserem Viertel ist die Straßenbeleuchtung nicht der Rede wert, und unsere Nachbarn, fast alle älteren Datums, gehen so um acht ins Bett. Der Strahl einer einzelnen Taschenlampe gaukelt über den Gehweg – vermutlich ein Nachbar, der seinen Hund Gassi führt. Ich verfolge das Licht eine Weile, bis es verlöscht wie eine ausgeblasene Kerze. Schwarze Schatten tauchen unseren Hauseingang in Dunkelheit. Ein perfektes Versteck. Ich nehme mir vor, mehr Außenlampen zu installieren, um die Schatten zu vertreiben. Um die finsteren Gedanken zu vertreiben, die mir den friedlichen Abend verderben wollen.

Nach meiner Entlassung aus dem Krankenhaus war ich nachts im Schlaf durchs Haus gewandelt, tief in Alpträumen versunken, spitze Drähte schnitten mir schmerzhaft ins Fleisch, während ich in einem schwarzen, stinkenden Sumpf versank. Jackie erzählte mir hinterher, ich hätte dabei unzusammenhängendes Zeug gemurmelt. Einmal, als ich mit geschlossenen Augen durch den Flur gestolpert bin, hat sie mich am Arm berührt, und ich bin voll auf sie losgegangen. Sie hat so laut geschrien, dass ich wach geworden bin, kurz davor, ihr mit der Faust ins Gesicht zu schlagen.

Die Angst vor meinen Kidnappern ließ mich auch tagsüber nicht in Ruhe. Sämtliche Türen im Haus sind mehrfach gesichert, meine Pistole liegt im Nachttisch, Jackies Glock in einer Schublade im Wohnzimmer. Ein lauter Auspuff konnte mich zu Tode erschrecken, eine zum Scherz in unserer Straße gezündete Silvesterrakete trieb mich zeternd und fluchend aus dem Haus – Anzeichen, dass meine Psyche, anders als mein Bein, noch lange nicht verheilt war.

Evangeline Roy ist immer noch irgendwo. Ihre beiden Söhne sind tot – einen habe ich auf dem Gewissen, den anderen ein Kollege aus meinem Team –, aber die Frau hat eine weit verzweigte »Familie«, die Jünger ihres Kults sind überall verstreut, von Louisiana bis nach Texas – darunter Polizisten, Ärzte und Krankenhauspersonal, Anwälte –, und sie verfügt über ausreichend Geld und Ressourcen, um eine ganze Weile unterzutauchen. Drei Monate nach meinem Martyrium fehlt von Evangeline Roy noch immer jede Spur. Beim Gedanken an die Frau von der Bushaltestelle läuft es mir eiskalt den Rücken runter.

Ich halte mir die Hand vor den Mund und atme aus: Eau de Jameson. Und kein Kaugummi im Handschuhfach. Also schlucke ich ein paarmal, bevor ich mich aus dem Auto schäle und zur Haustür schlappe.

Jackie kommt in den Flur und begrüßt mich mit einer zaghaften Umarmung, aber ihr Blick ist voller Erwartung. Wie Seth möchte sie mir die Welt so schön machen, so normal, dass ich schnell wieder zu meiner alten Form zurückfinde. Aber Jackie ist eine ausgebuffte Schwimmerin, sie weiß, dass sie erst die Wassertemperatur testen muss, bevor sie reinspringt.

»Du hast die Tür nicht abgeschlossen«, sage ich. Seit der Entführung achte ich penibel darauf, dass die Türen – alle Türen – immer verriegelt sind.

»Ich wusste doch, dass du auf dem Heimweg bist«, sagt sie mit angespannter Miene.

Dann schiebt sie mich ein bisschen von sich weg, ihre Nasenflügel blähen sich leicht. »Warst du noch mit Seth was trinken?«

Ich zögere zu lange, sie runzelt die Stirn.

»Nein«, sage ich schließlich. »Ich war noch bei Dottie.« Schweigen. »Sie wollte mir zum ersten Arbeitstag einen ausgeben.« Dass ich auch bei Seth vorbeigefahren bin und was ich dort gesehen habe, erzähle ich ihr lieber nicht, denn ich verstehe es selbst noch nicht.

Sie holt tief Luft. Ich weiß genau, was in ihr vorgeht. *Vorsicht, Hochspannung! Abstand halten, Thema wechseln.*

»Okay«, sagt sie. »Regel Nummer eins nach den Ferien: Frage nicht, wie der erste Tag war.«

Sie nimmt mich an der Hand und führt mich ins Esszimmer.

»Regel Nummer zwei: Sorge für Speisen und Getränke.«

Jackie macht eine ausladende Geste: Der Tisch ist gedeckt, eine Flasche Wein wartet im silbernen Kühler, eine Platte ihrer köstlichen gefüllten Champignons auf dem Tisch, dazu grüner Salat, ein Korb warmes Brot. Sie hat das edle Familiengeschirr aufgefahren, das ihre Mutter uns zu Weihnachten geschenkt hat. Neun Jahre hat es gedauert, bis Annes Abneigung gegen mich endlich etwas abgeflaut ist. Sie ringt allerdings immer noch mit der Vorstellung, dass ihre Tochter mit jemandem wie mir zusammen sein möchte.

»Das sieht fantastisch aus, Babe!«, sage ich.

Jackie zieht einen Stuhl vom Tisch und schenkt uns Wein ein.

»Regel Nummer drei: Keine Bemerkungen darüber, wie müde die Heimkehrerin aussieht. Stattdessen«, sagte sie und setzt sich mit verschmitztem Grinsen auf meinen Schoß, »spar dir die Worte, und zeig deiner Süßen, wie sehr du sie liebst.«

Sie küsst mich, ich ziehe ihr spielerisch an den Haaren. Es geht mir ziemlich auf den Senkel, dass sie mich wie ein Schulkind behandelt, aber ich lächle trotzdem. »Ich glaube, ich gehe ab jetzt jeden Tag arbeiten, wenn der Feierabend so aussieht.«

»Trink deinen Wein«, mahnt sie, springt auf und verschwindet in die Küche. »Ich hole das Essen aus dem Ofen.«

Der Pinot Grigio schmeckt intensiv, würzig, aber ich trinke ihn gierig, wie Limonade. Bevor Jackie zurückkehrt, schenke ich schnell nach. Hoffentlich merkt sie nicht, dass die Flasche schon halb leer ist. Aus der Küche wabert ein köstlicher Duft ins Zimmer, Knoblauch, Kräuter, Fisch – ich weiß, dass sie ihre katalanische Zarzuela kocht, die Zubereitung dauert Stunden. Jetzt habe ich doch ein schlechtes Gewissen, dass ich vorher bei Dottie war und schon gut getankt habe.

Dagegen hilft nur eines: schnell noch etwas Wein trinken.

Jackie kommt zurück ins Esszimmer. »Noch zwei Minuten«, sagt sie.

Während sie Salat und Pilze auf unsere Teller verteilt, fällt ihr Blick auf mein halbleeres Glas, und sie zieht die Flasche aus dem Kühler. Sie stutzt, lang genug, um mir zu zeigen, dass sie genau Bescheid weiß. Aber sie hält den Mund, schenkt mir nach.

Sie schenkt sich ebenfalls nach und setzt sich. »Ein Toast«, sagt sie und hebt das Glas. »Auf meine unbezwingbare Frau.«

Als wir einander ansehen, merke ich, dass Jackie diejenige mit dem müden Gesicht ist, mit den tiefen Falten um die Augen, die garantiert nicht vom Lachen kommen. Seit Monaten ist sie nun schon meine Krankenschwester, Therapeutin, Schiedsrichterin, Zielscheibe, Blitzableiter. In diesem Moment wird mir klar, dass wir uns beide daran gewöhnt haben, mein völlig inakzeptables Benehmen zu akzeptieren. Dottie hat recht – ich habe wirklich einiges gutzumachen. Die letzten Wochen wären ohne exzessives Krafttraining und die paar Drinks danach unerträglich gewesen. Es ist nicht etwa so, dass ich mich täglich besoffen hätte, aber die paar Bierchen (und Jamesons) haben mir das Leben in der Warteschleife erleichtert.

Ich trinke einen großen Schluck, und gerade, als ich Jackie sagen will, wie sehr ich sie liebe, und dass ich bereit bin, mich zu ändern, wie viel besser jetzt alles wird, weil ich wieder arbeite, macht sie den Mund auf. »Mach mal ein bisschen langsamer, Baby«, sagt sie. »Ich habe nur eine Flasche Wein gekauft.«

Sie bemüht sich um Leichtigkeit, aber mir stellen sich sofort die Nackenhaare auf.

Ich ziehe meinen Schlüssel aus der Hosentasche und lege ihn demonstrativ auf den Tisch. »Ich spring gern ins Auto und hol Nachschub, wenn du willst.« Das ist allerdings kein nettes Angebot, sondern eine Drohung. *Wenn das hier so weitergeht, mach ich mich vom Acker.*

Jackie stellt vorsichtig ihr Glas auf den Tisch. Ihre Wangen sind gerötet, ihre Kiefermuskeln arbeiten. »Bin gleich zurück«, sagt sie und steht auf. Mit glänzenden Augen geht sie in die Küche.

Ich lasse die Gabel fallen und starre auf meine Hände. Jackie gibt sich solche Mühe, und ich sehe ein, dass ich mein Versprechen an Dottie gebrochen habe und mich immer noch so aufführe wie schon die letzten Monate: wie ein richtiges Miststück. Minuten später kommt sie mit einer dampfenden Auflaufform zurück, die sie auf den Tisch knallt.

»Ich mach das nicht mehr mit«, sagt sie.

»Was?«

In ihren Augen stehen nun keine Tränen mehr. Da ist nur noch Wut. Kalte, nackte Wut, die sich seit Wochen angestaut hat.

»Ich lasse mich von dir nicht in das Klischee von der leidgeprüften Polizistengattin pressen.«

»Was redest du da?«

»Das weißt du haargenau.« Sie setzt sich hin, die geballten Fäuste auf dem Tisch. »Hast du eigentlich eine Ahnung, womit ich es heute zu tun hatte? Wir hatten ein dreijähriges Kind mit mehreren Rippenbrüchen in der Notaufnahme, dazu diverse schwere innere Verletzungen. Der Vater – übrigens selber Arzt – hat uns allen Ernstes weismachen wollen, dass die Kleine unter OI Typ 4 leidet.«

Ich schüttle verständnislos den Kopf.

»Glasknochen! Dass ich nicht lache! Die Kleine war voller Hämatome. Es grenzt an ein Wunder, dass sie das Trauma überlebt hat. Der Staatsanwalt ist eingeschaltet, die Anzeige basiert auf meinem Gutachten. Die Sache ist völlig klar: Diese Flecken haben sich nicht von innen nach außen gebildet, sondern umgekehrt.«

Jackie arbeitet als pädiatrische Radiologin. Uns beide verbindet ein für Polizisten und Notärzte typischer Galgenhumor, der uns hilft, die oft entsetzlichen Dinge zu verarbeiten, denen wir täglich begegnen. Ein Außenseiter würde unsere Witzeleien vermutlich geschmacklos finden.

Aber in diesem Moment lacht Jackie nicht.

»Weißt du, warum ich dir das erzähle? Ich sage dir, warum: Als ich mir heute die Akte dieses kleinen Mädchens angesehen habe, war es, als würde ich in meinen eigenen Körper blicken. So fühlt es sich in mir drin an, wenn du die Beherrschung verlierst. Aber ich sage dir noch was: Ich mache mich nicht länger zum Prügelknaben.«

»Jackie, es tut mir leid. Wirklich.« Ich nehme ihre geballten Hände in meine.

Sie entspannt sich, aber nur ein bisschen.

»Du musst mit jemandem sprechen«, sagt sie.

»Mach ich doch.« Ich lächle sie an. »Mit dir.«

»Nein, machst du nicht.« Ihre Stimme klingt emotionslos, resigniert. »Du manipulierst mich, erzählst mir Märchen. Du blaffst mich an, verletzt mich. Aber reden tust du nicht.«

Sie nimmt ihr Glas und leert es in einem Zug. »Deine Angst verschwindet nicht von selbst. Ich kann dir nur dringend raten, dir Hilfe zu suchen.« Sie steht auf und geht zur Tür. »Ich lasse mir ein Bad ein.«

Ich humple ins Wohnzimmer, von den noch immer brennenden Kerzen auf dem Esstisch nebenan in gemütlich trübes Licht getaucht, dazu schallt sanfte Musik aus den Lautsprechern. Das angespannte Gespräch mit Jackie hat mir einen veritablen Wadenkrampf beschert. Ich quäle mich trotzdem bis ans Erkerfenster und sehe hinaus auf die leere Straße. Im Augenwinkel meine ich einen Lichtschein auf unserem Rasen wahrzunehmen, doch als ich den Kopf drehe, verschwindet er abrupt. Im Gras raschelt es kurz, da ist ein Schatten, so groß wie ein Mann, schwärzer als die Nacht, dann herrscht wieder Stille. Hastig überprüfe ich die Schlösser und Riegel an der Haustür und sehe nach, ob Jackies Glock noch an ihrem Platz in der Wohnzimmerschublade liegt. Dann gehe ich zurück zum Fenster, aber im Garten ist alles ruhig, das Licht ist verschwunden. Ich gehe in die Küche, um abzuwaschen.

Mit den Händen tief im warmen Schaumwasser versuche ich, meine destruktiven Gedankenfetzen wieder einzufangen und zu einem Plan zu ordnen. Als Detective bei der Mordkommission wusste mein Onkel Benny ganz genau, wie sehr unterdrückte Erinnerungen die Seele vergiften können, daher hatte er ein Ritual entwickelt, solche Dämonen ein- für allemal zu verbannen. Er nannte es *Den Grimm austreiben*: eine Art Gruppentherapie, angereichert mit Voodoo-Elementen, unangemessenen Lachorgien und großen Mengen Alkohol. Der Erfolg lag aber vor allem daran, dass Benny selbst Erfahrung mit der dunklen Seite der Menschen hatte und bei diesen »Sitzungen« mit großer Empathie vorging, er fand stets die richtigen Worte zur rechten Zeit, um seinen traumatisierten Kollegen, oft frisch vom blutigen Tatort in die Bar getaumelt, wieder zur Vernunft zu bringen.

Onkel Benny war eine Legende. Sein Team hatte die niedrigste Burnout-Rate in ganz New York. Jetzt, da ich nicht mehr Laufen gehen konnte, hatte ich keinen Zugang zu seiner Stimme mehr, seiner Weisheit, seiner Begabung, Frieden zu stiften.

Benny, flehe ich innerlich, *was soll ich tun?*

Nach einer Weile lösche ich das Licht im Esszimmer und beobachte ein letztes Mal den Garten. Nur ein paar winterkahle Äste schaukeln sanft im Wind. Nachdem ich erneut alle Riegel und Schlösser kontrolliert habe, ziehe ich die Vorhänge zu.

Als ich endlich ins Schlafzimmer komme, liegt Jackie bereits auf ihrer Seite des Bettes, das Gesicht von der Tür abgewandt. Ich frage sie sanft, ob sie schon schläft, bekomme aber keine Antwort.

Lange liege ich wach, meine Nerven überreizt, die Ohren gespitzt, lausche auf jedes nächtliche Geräusch, das da draußen vor dem Fenster ertönt. Die letzte Frau am Echolot eines U-Boots, an der tiefsten Stelle des Marianengrabens.

7

7. Januar 2014
Rebel Yell Smoke Shop, Dallas

Der Besitzer beäugt mich schon, seit ich seinen Headshop betreten habe. Argwöhnisch verfolgt er jede meine Bewegungen, während ich durch die Gänge schlendere, mir Pfeifchen ansehe, Feuerzeuge, Blättchen. Das ist heute schon der fünfte Laden. Alle Headshops sind unterschiedlich eingerichtet, anders beleuchtet und beschallt, aber sie verkaufen dasselbe: Zubehör für den Drogenrausch. Die meisten haben K2 im Angebot, in Beutelchen mit der Aufschrift »Badesalz« oder »Spice«.

Im ersten Laden, Al Fakher Smoke Shop, hat mich der leicht manische Mann hinter der Theke mit einem freundlichen »*Willkommen im Ole Fucker*« begrüßt – zumindest klang es so. Ich fragte ihn nach K2, er zog einen großen Plastikkorb unter der Theke hervor, voller Tütchen mit verschiedenen Labeln: *Syn Incense*, *Burn*, *Mr Nice Guy*.

Ich fragte ihn freundlich nach seinem Lieblingsprodukt.

Er grinste. »Sind alle gut.«

Der Mann, mager, weiß, trug aufwendig mit Perlen verzierte Dreadlocks unter der Bandana und roch stark nach Kokosöl. Er beugte sich vertraulich zu mir vor, musste sich aber den Nacken verrenken, um zu mir aufzublicken. Ich war nicht nur erheblich größer als er, sondern auch schwerer.

»Willste tanzen oder mit deinem Typen chillen?«

»Oh, definitiv mit meinem Typen chillen«, sagte ich mit kokettem Grinsen.

»Dann empfehle ich dir *Cloud 10*.«

»Vielleicht sollte ich ein paar verschiedene mitnehmen. Allzeit bereit.«

»Cool.« Er nickte zustimmend, fischte vier Tütchen aus dem Korb und band sie mit einem Gummi zusammen. Ich gab ihm meine Kreditkarte.

Als er sie mir zurückgab, hielt er mich fest. Seine Hände waren schwitzig, die Nägel zu lang, der am kleinen Finger war schwarz lackiert. Ein Fremder, der mich hier einfach so anfasste. Es war, als würde mir eine giftige Schlange über die Haut kriechen. Vor mir blitzte ein Bild auf: fremde Hände, die mich festhielten, meinen halbnackten Körper betatschten.

Ich musste wirklich an mich halten, den Typen nicht mit einer Kopfnuss ins Nirwana zu befördern.

»Die richtig feinen Sachen hab ich hinten«, sagte er, während er mir die Finger massierte. »Ich könnte den Laden dichtmachen, und wir rauchen ein bisschen was in meinem Büro, was meinst du?«

Mit meiner freien Hand zog ich die Marke aus dem Gürtel und legte sie sanft auf die Verkaufstheke.

»Oder«, sagte ich, »wie wär's mit einem Date auf dem Revier, nur du und ich in *meinem* Büro. Deinen Laden machen wir einfach gleich für immer dicht.«

Sein Gesichtsausdruck änderte sich von Schock und Wut zu Empörung, als hätte ich seinen Hund konfisziert, weil er nicht an der Leine war. Seine Wangen liefen tiefrot an. Er ließ mich los und murmelte: »Nicht cool.«

Ich wedelte grinsend mit den Tütchen und verließ den Laden. Er würde sich nun umgehend von seinem gesamten Vorrat an K2 trennen, und in ein paar Wochen wäre der Plastikkorb wieder voll, mit neuer Ware, die Mischung so verändert, dass sie gerade noch legal war. Egal. Der Ausdruck im aknegeplagten Gesicht des Verkäufers war nämlich unbezahlbar.

Die nächsten drei Läden boten mir ein ähnliches Schauspiel, allerdings musste ich keine Marke zücken. Ich verlangte die Ware und bekam sie ohne weitere Fragen.

Aber jetzt, hier im Rebel Yell Smoke Shop, hat mich der Besitzer offenbar sofort als Gesetzeshüterin erkannt und behauptet steif und fest, er verkaufe kein K2. Er lässt deutlich raushängen, dass ich in seinem Laden nicht erwünscht bin. Umso verärgerter ist er, dass er wegen mir schon echte Kunden wegschicken musste, die auch K2 kaufen wollten.

Ich bleibe vor einem Poster von Bob Marley stehen – der Musiker als junger Mann, die Gitarre in der Hand. Er sieht unglaublich verletzlich aus mit dem Spliff zwischen den zupfenden Fingern. »Das ist mein Lieblingsbild von ihm«, sage ich.

Der Besitzer, dessen Visitenkarten – in einem Kojotenschädel aufbewahrt – ihn als *Ricky »Bluebird« Morgan* ausweisen, ist ein vierschrötiger Geselle mit Vollbart und schmalen, misstrauischen Augen. Er steht vor einer lakengroßen Konföderiertenflagge, und ich frage mich, ob er kapiert, wie ironisch es ist, dass er direkt daneben Marley-Poster, falsche kubanische Zigarren und Medaillen mit der jamaikanischen Flagge verkauft.

Ich baue mich vor der Theke auf und betrachte extra lange die vielen bunten Glaspfeifen auf den Regalen dahinter und vor allem das ganz oben thronende Paradeexemplar. Eine abgrundtief hässliche, kindsgroße Bong aus grellem orangefarbenem Glas, die allen Ernstes zwölfhundert Dollar kosten soll. Ich tappe laut auf der Theke herum, nur um ihn so richtig auf die Palme zu bringen. Wenn Blicke töten könnten, würde ich auf der Stelle umkippen. Schließlich zeige ich auf eine Pfeife in Drachengestalt und frage ihn süßlich, ob er sie mir zur Ansicht aus dem Schrank holen könnte.

»Hör zu, Mädel«, sagt er. »Du verschwendest deine Zeit. Ich habe kein K2 im Laden, also warum gehst du nicht einfach?«

Wie auf Zuruf kommt ein zweiter Mann von hinten und baut sich neben Ricky auf. Beide sind gebaut wie Holzfäller, beide tragen Vollbart, vermutlich sind sie Brüder, der Neuzugang ist der jüngere von beiden.

Wieder fordert Ricky mich auf zu gehen.

Bluebeard der Jüngere pflichtet ihm bei. »Hast du den Mann nicht gehört? Er hat gesagt, du sollst abhauen.«

»Oder was?«, höhne ich. »Oder ihr ruft die Polizei?«

Hätte ich es hier nur mit einem Neandertaler zu tun, wäre

ich vermutlich gegangen. Aber ich habe ein echtes Problem mit Männern, die versuchen, mit ihrem aggressiven Verhalten Frauen einzuschüchtern. Ihre Taktik – mich anstarren, sich dicht zu mir vorbeugen, die Arme verschränken wie ein böser Dschinn – wirkt so, als hätte man meine burgunderroten Doc Martens mit Sekundenkleber am Boden fixiert. Ich rühre mich nicht von der Stelle.

»Verpiss dich einfach aus meinem Laden!« Ricky hat die Schweinsäuglein so fest zusammengekniffen, dass sie zwischen seiner vorgewölbten Stirn und der Gesichtshecke fast nicht mehr zu sehen sind. Sein Bart bebt. Allen Ernstes!

Ich trete so dicht an ihn heran, dass ich seine Nikotinfahne rieche. »Soll das eine Drohung sein?«

Bluebird der Jüngere übernimmt das Ruder. »Drohung? Wie wär's damit: Wir sperren den Laden zu und ficken dich so richtig durch, du arrogante Fotze.«

Zwei Dinge gehen mir durch den Kopf. Erstens: Bluebird der Jüngere hat offenbar nicht kapiert, dass ich Polizistin bin. Er war hinten in seinem Büro und sieht jetzt nur diese selbstbewusste Frau in seinem Laden, die sich nicht einschüchtern lässt. Zweitens: Es ist scheißegal.

Ich zeige zur Decke, wo eine Kamera montiert ist.

»Willst du das vielleicht wiederholen, für die Kamera?«

»Keine Tonaufnahmen«, sagt er mit süffisantem Grinsen.

»Ach, schade. Ohne Ton wirkt es gar nicht so dramatisch«, sage ich, während ich die Arme ausbreite, als wollte ich die Brüder herzen oder mich entschuldigen. Doch mit der rechten Hand schlage ich gegen die kindsgroße Bong, deren mundgeblasenes Glas mit den orangefarbenen Wirbeln im Licht des sorgfältig ausgerichteten Spotlights glänzt. Sie wackelt, kippt, fällt und zerbirst mit einer spektakulären Explosion in tausend glitzernde Teilchen, die bis in jede Ecke des Ladens katapultiert werden.

»Hoppla«, sage ich und trete ein paar Schritte zurück. Ich grinse so breit, dass meine Lippen spannen. »Das tut mir aber leid.«

Ricky klappt die Kinnlade herunter, kurz sieht es aus, als würde er gleich losheulen. Bluebird der Jüngere hechtet auf mich zu, das Gesicht puterrot, die Speicheltropfen auf seinem Bart funkeln wie kleine Glitzersteine.

Ich zücke Dienstmarke und Waffe und trete abrupt zurück, denn Junior hat so viel Schwung, dass er mich glatt umgerannt hätte.

»Stopp! Auf der Stelle«, befehle ich, und er bleibt stehen, wutschnaubend.

»Du Fotze!«, brüllt er und verteilt noch mehr Speichel auf seinem Bart.

»Ja, genau. Parkt eure Ärsche da vorn«, brülle ich zurück. »Beide! Auf die Hände setzen und Fresse halten.«

Kurz sieht es aus, als wollten die Jungs rebellieren, und das wäre wirklich schade, denn ich will niemanden erschießen. Daher ziele ich auf das nächstgrößte Objekt auf der Theke: eine antike Wasserpfeife mit edler Messingverzierung und Intarsien aus Emaille.

Bluebird der Ältere macht große Augen. »Weißt du, was das Ding wert ist?«

»Nicht mehr viel, wenn ich es in Stücke schieße.«

Beide setzen sich auf ihre Hände. Fünf Minuten nach meinem Funkruf fahren die Kollegen vor und nehmen die Gebrüder Bluebird fest: versuchter Angriff auf eine Polizistin. Eine

Plastikwanne unter dem Verkaufstisch enthält K2, geschätzter Wert: dreitausend Dollar. Bluebird der Ältere kreischt was von absichtlich beschädigter Glasware.

»Wie ist die Pfeife zu Bruch gegangen?«, fragt mich der Streifenpolizist.

»Ich stamme aus Polen«, sage ich, »wir gestikulieren viel.«

Er schmunzelt. »Was Sie nicht sagen.« Sein Kollege zerrt den unwilligen Bluebird Junior aus der Tür. »Ich bin Italiener. Aber bei mir wäre die Pfeife vom Regal gesprungen und hätte sich direkt in seinen Arsch gerammt.«

Eine Stunde später sitze ich in Marshall Maclins Büro. Er ist am Telefon, funkelt mich aber böse an.

Ich bin sicher, Maclin parliert mit einem seiner Exkollegen von der Mordkommission, weil sogar sein Dreitagebart auf einmal viel männlicher wirkt. Außerdem redete er so mit dem Anrufer, wie Mordermittler das tun, wenn sie ihren Kollegen beschreiben, wo sie sich nach Feierabend treffen wollen. Also ungefähr so: »Okay, also du gehst zwei Straßen weiter, an dem Dreifachmord von letztem Weihnachten vorbei. Ja, da bei der Pizzeria, wo der ukrainische Winzling den Koreaner abgestochen hat.«

Maclin legt auf. Ich halte seinen Blick aus, bis er bereit ist, seine Ansage zu machen.

»Was zum Teufel, Detective? Sie sind nicht mal eine Woche zurück im Dienst.«

Wie gern hätte ich ihm die passende Antwort gegeben. *Ach je, Sergeant, und da habe ich doch glatt die Glacéhandschuhe vergessen.*

»Ich hatte nicht erwartet, dass man mich bedroht. Ich wollte nur meinen Job machen. *Sir.*«

»Es ist nicht Ihr Job zu randalieren. Sie sollen verdeckt ermitteln. Also leise rein, leise raus.«

Er starrt mich noch eine Weile an, dann sagt er: »Ich werde beantragen, dass man Sie einer weiteren psychologischen Untersuchung unterzieht. Sie haben offensichtlich Probleme mit der Aggressionskontrolle.«

»Und ich dachte immer, das sei auf der Straße so erwünscht ...«

»Sparen Sie sich die dummen Sprüche. Im Moment sind Sie ein Risiko für unsere Abteilung.«

Die Wut, die ich zu unterdrücken versuche, kriecht mir langsam die Kehle hoch. Ich zwinge mich, die Schultern zu entspannen. »Heißt das, ich bin suspendiert?«

»Ich weiß noch nicht, was das heißt.«

Mein Mund ist trocken, mein Herz rast. Als ich die Finger zusammenkralle, muss ich an die roten Stressbälle denken, die Sergeant Taylor immer in der Nähe hatte, um seinen Frust und Zorn daran abzuarbeiten. Sergeant Taylor ist nicht mehr hier, aber ich frage mich, welchen Rat er mir in dieser Situation wohl erteilt hätte. Garantiert hätte er mich nicht zum Seelenklempner geschickt. Eher hätte er mir empfohlen, Westernreiten zu lernen oder Kälber zu branden – schließlich war er selbst Rodeo-Fan gewesen.

»Hör zu, Betty, das ist nicht persönlich gemeint«, sagte Maclin. Weil er mich beim Vornamen anspricht, weiß ich genau, wie es gemeint ist.

»Ich meine das nicht persönlich«, wiederholt er eindringlich. »Wir hatten unsere Konflikte, aber ich weiß Ihre Arbeit zu schätzen. Es geht hier nicht darum, dass Sie *meinen* Ansprüchen nicht genügen. Sie genügen Ihren eigenen Ansprüchen nicht mehr, und das wissen Sie auch.

Sie haben schlimme Dinge durchgemacht ...« Er hält inne und schüttelt den Kopf. »Dinge, die ich mir gar nicht vorstellen kann. Und ich will sie mir auch nicht vorstellen, denn dann würde ich durchdrehen, die ganze Nacht die Wände anstarren. Das ist nicht als Strafe gedacht. Es geht um Ihr Überleben in dieser Abteilung. Ich brauche starke, einsatzfähige Cops in meinem Team.«

Ich reiße den Mund auf, um zu widersprechen, aber er fährt mir dazwischen. »Das ist kein Vorschlag, Detective. Sondern ein Befehl.« Er drückt mir eine Karte in die Hand, darauf steht der Name eines Psychologen.

»Ich rufe ihn heute an«, sagt er. Dann bin ich entlassen.

8

7. Januar 2014
The Goat Bar and Grill, Dallas

»Das ist doch Scheiße, Riz!«, sagt Seth wütend. »Ich hasse Zwangstherapiestunden.«

Seth hat sich dicht zu mir vorgebeugt und schreit mir ins Ohr, weil die beiden Karaoke-Sängerinnen auf der Bühne ganze Arbeit leisten. Beide halten ein Mikro und geben einen Popsong zum Besten, so ein Stück mit Rap-Einlage, die dank ihrer sauber gebügelten Jeanshosen und passenden pinkfarbenen T-Shirts wunderbar ironisch rüberkommt. Der Lärm ist ohrenbetäubend, die Lichter auf der Bühne wechseln irrwitzig schnell zwischen Rot, Gelb, Grün.

Ich versuche, die Aufschrift auf den T-Shirts der beiden zu entziffern, aber das Licht macht mich fertig, und sie zappeln, angefeuert von ihren versprengten Freundinnen in der ersten Reihe, dermaßen aufgedreht herum, dass ich nur das Wort *Pokeno* erkenne.

Außerdem habe ich bereits drei Tequila-Shots und zwei Bier intus – all das innerhalb einer Stunde. Die offensichtliche Frage habe ich noch immer nicht gestellt: Was zum Teufel hatte Chuffy Bryant in Seths Haus zu suchen? Momentan finde ich es erheblich angenehmer, die Alarmglocken zu ignorieren und mich diesem entspannten, angetrunkenen Abend mit meinem Lieblingskollegen hinzugeben, statt ihm auf den Zahn zu fühlen.

»Was soll das eigentlich sein, *Pokeno?*«, frage ich stattdessen.

»Ein Kartenspiel. Südstaatending«, erklärt er im passenden Südstaatensingsang und winkt den Freundinnen vor der Bühne lässig zu. Einige der Damen haben Seth bereits vorher bemerkt und angelächelt.

Ich stupse ihn in die Rippen. »Wow. Die ganzen Diamanten auf ihren Eheringen glitzern so sehr, dass ich mich kaum auf die Bühne konzentrieren kann.«

»Deswegen ist Pokeno ein feines Spiel. Macht einen total geil«, sagt er grinsend.

»Ach, tatsächlich?« Ich hebe die Flasche an die Lippen, obwohl mir meine mittlerweile leicht lallende Stimme des Gewissens rät, die Reißleine zu ziehen, so lange ich noch auf die Toilette gehen kann, ohne auf dem Weg dahin wie eine Flipperkugel gegen sämtliche mit rauflustigen Gästen gefüllten Tische zu krachen. »Gibt es so was auch für Lesben?«

»Ja«, sagt Seth. »Ich glaube, es heißt *Schlitz, pass auf!*«

Ich falle vor Lachen fast vom Hocker, und mir läuft das Bier aus der Nase.

»Riot, du bist der Beste!«, sage ich, als ich wieder Luft kriege. *Auch wenn du mir was verheimlichst.*

»Okay, ich glaube, dann rate ich dir jetzt, mal einen Gang runterzuschalten.«

Ich schieb die Flasche weg. »Ja, hast recht. Kommt vermutlich nicht gut, mit Fahne und Kater bei der ersten Therapiesitzung aufzuschlagen.« Der Polizeipsychologe hatte mir gleich am nächsten Tag einen ersten Termin freigeräumt. Keine Ahnung, was Maclin ihm erzählt hat und warum der Mann so schnell Zeit für mich hat. Entweder erfreuen sich die Polizisten in Dallas einer verstörend stabilen geistigen Gesundheit und brauchen keine Therapie oder mein Chef hält mich für so durchgeknallt, dass ich sofort auf die Couch muss.

Craddock hat mir erzählt, dass die Kollegen einen neuen Ausdruck erfunden hatten, nachdem bekannt wurde, unter welchen Umständen ich Curtis Roy und einen seiner Komplizen umgebracht hatte. Er lautete: »volle Betty« und wurde verwendet, wenn eine Situation den Einsatz tödlicher Waffen erforderte.

Seth nimmt meine Hand. »Du musst dich einfach durchbeißen. Man hat dich schwer verletzt.«

Ich verziehe das Gesicht, tue seine Anteilnahme ab, aber seine Hand fühlt sich gut an, warm, ohne Forderungen.

»Ich wünschte nur, ich wäre dabei gewesen, als du die Riesenbong umgehauen hast«, sagt er lachend.

Ich bekomme einen Krampf im Bein und reibe mir über den Muskel.

Seth zieht etwas aus seiner Jeansjacke. »Hast du noch Schmerzen von der OP?«

»Manchmal.«

Er streckt mir die Hand hin, zeigt mir die weiße Pille. »Willst du eine?«

»Wieso hast du noch immer Oxys?«

Er zuckt die Achseln. »Nervenschmerzen. Ab und zu werfe ich noch was ein.«

»Wo hast du die her?«

Er sieht mich an, als wäre ich besonders dumm. »Ähm ... von meinem Arzt?«

Könnte schon stimmen, aber die aalglatte Antwort lässt das Gegenteil vermuten.

»Hattest du in letzter Zeit wieder Kontakt zu Chuffy Bryant?« Ich bedaure die Frage sofort, aber ich brauche Seths Versicherung, dass die Welt da draußen nicht so schlimm ist wie die in meinem Kopf. Seth weicht meinem Blick nicht aus. Er wartet.

»Ich bin gestern Abend bei dir vorbeigefahren, gerade rechtzeitig, um deinen Ex-Informanten aus deinem Haus kommen zu sehen.«

Er weicht zurück und blinzelt, als müsste er ein ausländisches Straßenschild entziffern. »Warum hast du mir nicht gesagt, dass du im Auto vor meinem Haus sitzt? Du hättest reinkommen sollen.«

»Arbeitest du wieder mit Chuffy?« Ich bemühe mich um einen entspannten Ton, er soll nicht denken, dass ich ihn beschuldige, aber der anschwellende Lärm in der Bar macht eine vernünftige Unterhaltung schwierig.

»Nein«, sagt er und trinkt langsam aus der Bierflasche. »Natürlich nicht. Er hatte ein paar Infos, die er mir nicht übers Telefon sagen wollte. Mehr ist nicht.«

»Er hat dir was aus seinem Auto gegeben, ein Päckchen.« Ich beuge mich zu ihm vor, um ihn besser zu verstehen, aber auch, um ihm direkt in die Augen zu sehen.

Seth schüttelt langsam den Kopf, als wäre er enttäuscht, und schnaubt pikiert. »Das ›Päckchen‹«, sagt er und macht Gänsefüßchen in der Luft, »war mein Abendessen vom Chicken Express.«

Er kommt näher heran. »Und es hat affengeil geschmeckt«, flüstert er theatralisch. Dann schiebt er sich grinsend die angebotene Pille in den Mund. Er zerkaut sie und spült sie mit Bier runter. »Ich hätte dir sogar was abgegeben, wenn du nicht wie ein Amateurdetektiv in deinem Wagen vor meinem Haus gesessen hättest.«

Seth grinst immer noch, aber seine Stimme kling hart, als hätte ich seine Gefühle verletzt oder gegen ihn Partei ergriffen. Ich senke den Blick, komme mir vor wie ein Kollegenschwein. Aber vor allem will ich nicht, dass er mein Misstrauen sieht, die Befürchtung, dass er mir was vom Pferd erzählt hat. Er ist ein erfahrener Undercovercop. Märchen erzählen gehört zu seiner Routine, er ist verdammt gut darin. Aber auch ich beherrsche das Metier, und Misstrauen gehört zu meiner Routine.

Er packt mich an der Jacke, zieht mich zu sich heran und schüttelt mich spielerisch. »Ich bin's, Riz! Erinnerst du dich? Und du bist wieder im Dienst, also entspann dich einfach. Kein Grund, ständig nervös zu sein. Und rumzunörgeln.« Er tippt mir an die Stirn, leert sein Glas.

»Ich glaube, du solltest Tabletten nicht mit Alkohol mischen«, sage ich im besten Nörgelton.

»Falls du es bemerkt hast: Ich hatte nur ein Bier. Im Gegensatz zu dir.«

»Jaja«, sagte ich. »Wie gut, dass du mich heimfährst.«

Mal sehen, wann, denke ich. Ich habe Jackie nicht angerufen, um ihr zu sagen, dass ich später als sonst komme, denn ich habe keine Lust auf die Enttäuschung in ihrer Stimme. Was die Sache nur noch schlimmer macht.

Ein paar neue Leute haben die Bar betreten, sie blinzeln im bunten Licht, die Haare nass vom Regen. Sie sehen aus wie mexikanische Tagelöhner, ihre Klamotten und die Arbeitsstiefel sind schmutzverkrustet. Die Männer bewegen sich Richtung Theke, schüchtern und zaghaft. Sie fragen den Barmann nach dem billigsten Bier vom Fass. Es ist traurig, aber auch irgendwie würdevoll, wie sie ihr Kleingeld aus den Hosentaschen kramen und mit ihren schwieligen Arbeiterhänden die exakte Summe abzählen. Als die Pokeno-Damen am Nebentisch vor Lachen herumkreischen, hebt sich ihre Laune allerdings sichtlich.

»Deswegen stehe ich so auf diesen Laden«, sagt Seth. »Hier hast du Biker, Vorstadtmütter, Migranten …«

»Wir sind alle Migranten, Pard«, sage ich mit Craddocks bestem Texasnäseln.

Mein Blick fällt auf mein Spiegelbild: ein fahles Gesicht, umrahmt von einem wirrem Medusa-Mopp, der im pinken Licht fast violett leuchtet. Zwei fremde Augen, misstrauisch und rastlos. Der Eindringling unter den Migranten.

Eine ältere Frau sitzt allein an einem Tisch. Im Spiegel treffen sich unsere Blicke. Stocksteif sitzt sie da, völlig fehl am

Platze in dieser lauten, bierseligen Bar. Ihre roten Haare sehen aus wie festgetackert.

Ich fahre so heftig herum, dass ich fast vom Hocker kippe, aber die Frau schaut jetzt auf die Bühne. In Wahrheit sind ihre Haare gar nicht rot, das Licht hat sie nur so eingefärbt.

Seth, der meinen panisch starren Blick bemerkt hat, schiebt das Kinn vor, als wollte er mich auffordern, mich zusammenzureißen und weiterzufeiern.

»Du würdest es mir sagen, wenn irgendwas los wäre, oder?«, frage ich.

»Riz, du wärst die Erste, die es erfährt«, sagt er, aber seine Konzentration gilt bereits wieder den Pokeno-Damen auf der Bühne, die munter mit den Hüften kreisen.

Ein Blick auf mein Handy verrät mir, dass Jackie bereits zweimal angerufen hat. Ich schiebe das Teil zurück in die Tasche, will noch nicht heim.

Stattdessen schnappe ich mir mein pisswarmes Bier, und weil ich will, dass alles wieder gut ist, knuffe ich Seth in die Schulter und sage: »Du weißt, wie mein Tag war. Wie war deiner?«

»Irgendwas ist im Busch«, sagt er. »Mein Informant ist verschwunden.«

»Du meinst Wayne?«

Wayne Rutherford war derjenige, der uns im vergangenen Jahr das erste Mal von der *Family* erzählt hat. Wayne, ein harmloses Rädchen im Meth-Business, trägt den Spitznamen »Flush«, weil man ihm im Gefängnis zwei Finger abgehackt und im Klo runtergespült hatte. Er ist seit Jahren ein wichtiger Informant für Seth.

»Wie vom Erdboden verschluckt«, sagt Seth. »Er hat kein

Geld, um unterzutauchen, nicht mal genug, um sich den nächsten Trip zu kaufen. Deswegen wollte er mich auch unbedingt treffen, denn ich hatte ihm fünfzig Dollar in Aussicht gestellt.« Seth zuckt die Achseln. »Na ja. Wenn es ihm richtig dreckig geht, wird er sich schon wieder melden.« Er flirtet mit einer Blondine am Pokeno-Tisch, bringt seine Flasche an die Lippen und steckt lasziv die Zunge hinein.

Ich lache. »Du bist so vulgär!«

Am liebsten würde ich noch ein Bier bestellen, aber Seth meint, es sei Zeit zu gehen. Als wir am Pokeno-Tisch vorbeikommen, beugt er sich zu der lächelnden Blondine hinab, flüstert ihr was ins Ohr und steckt ihr seine Karte zu.

Im Auto rufe ich endlich Jackie an, an ihrer Stimme erkenne ich sofort, dass was nicht stimmt.

»Jemand hat versucht, bei uns einzubrechen«, sagt sie. Sie klingt zu Tode erschrocken.

»Bist du allein?« Ich bedeute Seth, dass er Gas geben soll.

»Nein, James ist bei mir.«

James Earle ist Jackies Onkel, ein Vietnam-Veteran und Ex-Militärpolizist. Der Mann steht mir fast so nah wie Onkel Benny. Im vergangenen Herbst hatte er dank seines feinen Gespürs für akute Gefahren kurz nach meinem Aufbruch nach Uncertain bei Jackie angerufen, um ihr zu sagen, dass etwas nicht stimmte. Zu diesem Zeitpunkt war Hoskins bereits tot. Hätte James damals nicht Himmel und Hölle in Bewegung gesetzt, um mich zu finden, wäre es vermutlich auch für mich zu spät gewesen.

»Lass mich mit ihm sprechen«, sage ich. Sein Zigarettenatem rasselt bereits durch die Leitung, bevor er noch ein Wort gesagt hat.

»Wo bist du, Red?«, fragt er.

»War mit meinem Kollegen in der Bar. Was ist los?« Der wuschige Tequila-Rausch ist vorbei, Adrenalin hat ihn mir aus dem Kopf gespült.

»Jackie hat gesagt, hinter dem Haus wäre jemand herumgelaufen und hätte versucht, die Tür zur Küche zu öffnen.«

»Hat sie jemanden gesehen? Du?«

»Bis ich gekommen bin, war die Luft wieder rein.«

»Wir sind in zwanzig Minuten da.«

Ich bin schon rausgesprungen, bevor Seths Truck in unserer Auffahrt zum Stehen gekommen ist. Der Regen ist heftiger geworden, mittlerweile gießt es in Strömen, und als ich endlich im Flur stehe, ist meine Jacke schon klatschnass. James sitzt mit Jackie im Wohnzimmer, Jackies kleine Pistole liegt in seinem Schoß.

Sie steht nicht auf, um mich zu umarmen, also schäle ich mich aus der Jacke und setze mich neben sie aufs Sofa.

»Ich hab hier im Dunkeln gelegen, und auf einmal ist am Fenster ein Schatten vorbeigehuscht. Dann hat es sich angehört, als würde jemand hinten durchs Gebüsch kriechen. Also bin ich in die Küche und hab aus dem Fenster geschaut. Und da habe ich gesehen, wie sich der Knauf an der Tür zum Garten gedreht hat. Jemand hat versucht reinzukommen.« Jackie fährt sich durch die Haare. »Ich hab geschrien wie am Spieß. Wer auch immer das war, der Typ hat schleunigst die Flucht ergriffen.«

James schüttelt den Kopf. »Da wusste einer offensichtlich nicht, dass er es mit dem Haus einer Polizistin zu tun hat, sonst hätte er so was Blödes gar nicht erst versucht.«

Seth, der mir dicht auf den Fersen war, hat bereits alle

Zimmer inspiziert. Er signalisiert mir, dass er sich nun den Garten vornimmt.

»Jackie meinte, du hättest gestern Abend schon jemanden hinten rumschleichen gehört?«, fragt James.

»Ich bin ziemlich sicher, dass es ein Mann war«, sage ich. »Habe das Licht seiner Taschenlampe gesehen. Es war zu dunkel, um mehr zu erkennen.«

Seth kommt völlig durchnässt und dampfend zurück ins Wohnzimmer, das Handy am Ohr. Als er das Gespräch beendet hat, sagt er zu mir: »Kann ich kurz draußen mit dir reden?«

In der Küche sagt er: »Das war Wayne. Er hat mir was zu sagen, will sich aber in der Stadt treffen.«

»Ich komm mit«, sage ich. Der Alkohol brennt mir wie Fieber auf der Haut. Das Haus ist völlig überheizt, ich fühle mich eingeengt und rastlos, an der Grenze zur Klaustrophobie.

»Was ist mit Jackie?«, fragt er. »Meinst du nicht, du solltest jetzt bei ihr sein?«

»Ich frag James Earle, ob er noch ein bisschen bleibt.« Sein Blick spricht Bände. Offiziell habe ich Innendienst, aber Jackie weiß das nicht. Außerdem hoffe ich, dass Seth versteht, dass ich meine Familie verspeisen werde, wenn man mich noch länger in einen Käfig sperrt und von einer sinnvollen Beschäftigung abhält.

»So, wie ich gerade drauf bin, nütze ich Jackie herzlich wenig«, erkläre ich ihm.

Er verschränkt die Arme und knibbelt nachdenklich an seiner Unterlippe herum. »Sie sieht ziemlich fertig aus.«

»Komm schon!«, bettle ich. »In der Zeit kann ich ein bisschen ausnüchtern.«

Schließlich nickt er, und wir gehen gemeinsam zurück ins Wohnzimmer. »Einer von Seths Informanten hat gerade angerufen, er will sich mit uns treffen.«

»Kein Problem«, sagt James. »Wenn's sein muss, übernachte ich einfach auf dem Sofa.«

Ich beuge mich zu Jackie hinab, um ihr einen Kuss aufzudrücken, aber sie weicht zurück.

»Klar«, sagt sie eisig. »Du fährst, oder?«, fragt sie Seth bedeutungsvoll.

Verlegenes Schweigen. Dann ziehe ich abrupt meinen Mantel an und gehe zur Tür.

»In ein paar Stunden bin ich zurück«, sage ich über die Schulter hinweg. Ich drehe mich nicht nach Seth um.

Im Wagen sagt er: »Sie macht sich nur Sorgen um dich. Ich finde, du hättest bei ihr bleiben sollen.«

Ich rutsche tiefer in den Sitz, starre nach vorn in den Regen und trinke zwanghaft aus der Wasserflasche, um Seth nicht anzupampen. Aber es fühlt sich gut an, endlich wieder mit Seth im Einsatz zu sein. In einer zwielichtigen Pinte mit einem Informanten zu reden, mir wieder die Stiefel schmutzig zu machen. Das Bollwerk der alkoholbefeuerten Taubheit bröckelt langsam, jetzt macht sich Hochstimmung breit.

»Was gibt's da zu grinsen?«, spottet Seth.

»Wenn du Jackie verrätst, wie sehr ich das hier gerade genieße«, sage ich, »gibt's aufs Maul.«

Wir fahren auf dem Freeway in südliche Richtung, nehmen die Ausfahrt nach Osten, Richtung Zentrum, und erreichen schließlich Deep Ellum. Früher ein Viertel voller Abbruchhäuser aus der Jahrhundertwende und leerstehender Lagerhallen, ist Deep Ellum heute voller kleiner Läden und Restaurants. Aber da, wo wir uns mit Wayne treffen – am südlichen Ende, unter der US 75 an der Dawson Street –, ist den Malern offenbar die Farbe ausgegangen. Die Unterführung bietet denjenigen eine Heimat, die nicht mitbekommen haben, dass sie sich wie die Cotton-Gin-Fabriken und Autohersteller gentrifizieren sollten. Die Einheimischen nennen diesen Ort Tent City oder The Jungle. Nur ein paar Straßen weiter steht das bunkerähnliche Bürogebäude des Marshalls von Dallas City, daneben das Untersuchungsgefängnis.

Seth fährt auf den Parkplatz eines Fast-Food-Restaurants und holt Burger, Pommes und einen großen Kaffee für Wayne, dann parken wir unter dem Highway, neben einem Stacheldrahtzaun, der die Obdachlosen davon abhalten soll, sich auf öffentlichem Grund anzusiedeln. Weil alle paar Meter riesige Lücken im Zaun klaffen, verfehlt er seinen Zweck völlig.

Es gießt immer noch in Strömen, der Regen hat die Rinnsteine geflutet, genau wie den matschigen Boden hinter der nutzlosen Barriere, wo dutzende Zelte stehen. Zwei Gestalten kauern am Zaunpfosten, einer hält sich im grellen Scheinwerferlicht den Arm vor die Augen. Seth schaltet Motor und Licht aus. Eine der Gestalten nähert sich dem Wagen.

Seth lässt sein Fenster herunter und bedeutet seinem Informanten einzusteigen. Die andere Gestalt ist offenbar eine junge Frau, hochschwanger, eine Decke über den Schultern.

Wayne gleitet schnell auf den Rücksitz, und sofort verbreitet sich sein Geruch: Er stinkt wie eine mehrere Tage alte Imbissverpackung aus dem Chinarestaurant.

»Hey, Wayne«, sagt Seth, während er auch mein Fenster herunterlässt. »Du siehst ein bisschen mitgenommen aus. Bist du krank?«

Wayne schüttelt den Kopf. Er zittert in seiner dünnen Jacke. »Nee, Mann. Tank ist fast leer, verstehste?«

Seth gibt ihm den Kaffee und die Imbisstüte. Wayne schüttet sechs Päckchen Zucker in den Becher und schlürft das Gesöff. Ich bedeute Seth, das rückwärtige Fenster herunterzulassen.

Wir drehen uns zu Wayne um und sehen ihm dabei zu, wie er Burger und Pommes inhaliert.

Nachdem er auch noch die Verpackung abgeschleckt und das Ketchuptütchen leergezuzelt hat, wischt er sich die Finger an der Hose ab. »Danke, dass du einem Bruder aushilfst, Mann. Den anderen Burger behalte ich für mein Mädchen.« Er sieht mich an. »Haste Zigaretten?«

Ich schüttle den Kopf. »Nee, tut mir leid.«

»Kein Problem. Is sowieso schlecht für die Gesundheit.« Er bleckt die grauen, kaputten Zähne zu einem Grinsen und schlürft den Rest seines Kaffees. »Mit viel Zucker komm ich besser von den Drogen weg. Sagt meine Lady zumindest. Schritt für Schritt, richtig?« Er starrt in den leeren Becher, als würde der sich von Zauberhand nachfüllen.

»Worum geht's, Wayne?«, fragt Seth. »Du hast mir was Wichtiges zu sagen?«

Wayne schaut eine Weile aus dem Fenster und pult nachdenklich mit der dreifingrigen Hand zwischen seinen Zähnen herum. »Dich haben sie erwischt, ne? Die von der Family?«

Ich brauche kurz, bis ich kapiert habe, dass er mit mir redet.

»Ja«, antwortet er selbst. »Hab davon gehört. Wochenlang haben sie auf der Straße darüber geredet.« Er beugt sich vor, bläst mir seinen Hundeatem ins Gesicht. »Hey, Riot meint, du hättest ein supergeiles Tattoo. Kann ich sehen?«

Ich funkle Seth böse an, drücke Wayne an der Stirn zurück in seinen Sitz und sage: »Nein, kannst du nicht.«

Er lacht gutmütig, doch dann wird er ernst. »Hab gehört, du hast Tommy und Curtis Roy umgebracht. Aber du hast einen großen Fehler gemacht.«

»Ach, echt jetzt?« Ich korrigiere ihn nicht. In Wahrheit habe ich nämlich nur Curtis Roy umgebracht. Kevin Ryan hat Tommy mit seiner Dienstwaffe erschossen. »Und welcher Fehler ist das?«

»Du hast die Königin leben lassen. Das wird sich noch rächen.«

Seth, der offenbar meinen Gesichtsausdruck verstanden hat, geht rasch dazwischen: »Hey, Wayne, hier bin ich! Du hast mich angerufen. Was ist los?«

Er sieht Seth hoffnungsvoll an. »Die fünfzig Dollar, die du mir versprochen hattest?«

»Klar. Jetzt sag an.«

Der Knall einer Fehlzündung lässt Wayne zusammenzucken. Er rutscht tiefer in den Sitz und zieht sich die Cap in die Stirn. »Lass uns hier weg.«

Seth schnaubt ungeduldig. »Hier ist gut. Wir sind allein.«

Sein Handy vibriert. Er zieht es aus der Hose und legt es mit einem flüchtigen Blick aufs Armaturenbrett.

»Hey, nimmst du das auf?«, fragt Wayne panisch, die Hand schon am Türgriff.

»Verdammte Scheiße, Wayne! Ich hab keinen Nerv auf dein Affentheater. Spuck's aus oder hau ab.«

»Ein neuer Player holt die mexikanischen Dealer von den Straßen«, sagt Wayne.

Seth inspiziert Waynes Gesicht. »Okay, mehr.«

»Hast du von den Leichen gehört?«, fragt Wayne.

»Leichen?«

»Ja, Mann, die ganzen Toten. Hier in Deep Ellum.«

»Ich bin nicht bei der Mordkommission, Wayne. Und mein Bezirk liegt weiter im Norden.«

»Du hast keine Ahnung, was auf den Straßen abgeht. Zwei mexikanische Dealer, abgeknallt ... heute Abend.« Er zeigt mit zwei Fingern auf seine Stirn. »Bumm! Ist echt irre, weil die waren von rivalisierenden Gangs. Latin Kings und MS-13.«

»Rivalisierende Gangs, die sich gegenseitig abknallen, wo ist der Witz?«

Wayne schüttelt heftig den Kopf. »Nee, kein Witz. Denen haben sie direkt in die Birne geschossen, ganz intim. Und der Täter ist einfach verschwunden, hat Stash und Kohle dagelassen. Das war keine Rache oder so was. Außerdem hätten die Gangs die Scheiße groß rausposaunt.«

»Klingt nach Profinummer.«

»Aber so was von«, sagt Wayne. »Und wisst ihr, was sie bei einem von denen gefunden haben?«

»Nee, was?«, fragt Seth.

»Einen Bibelspruch!« Wayne macht den Wackeldackel und glotzt mich mit großen Augen an. »Scheiße, oder?«

In meinem Kopf sirrt ein wütender Fliegenschwarm.

Bevor ich ihn nach dem Spruch fragen kann, liefert Wayne mir schon die Antwort. »Auf einem Zettel. Irgendwas über Schwerter und Strafe. So'n Scheiß aus dem Alten Testament.«

Jetzt bin ich diejenige, die angestrengt aus dem Fenster späht, in die Schatten starrt, die Gestalt beobachtet, die mit zackigen Bewegungen über die Straße geht. Mit einem Duschvorhang über Kopf und Schultern wirkt sie formlos, bedrohlich. Die Family hatte mir damals eine ähnliche Nachricht auf einen Zettel gekritzelt, bevor sie mich entführte. Bevor sie einem Kollegen in den Kopf schoss.

Dieser Spruch hat sich in mein Hirn gebrannt. Er stammt aus dem Deuteronomium: *Habe ich erst die Klinge meines Schwertes geschliffen / um das Recht in meine Hand zu nehmen, / dann zwinge ich meinen Gegnern die Strafe auf …*

Seth legt mir die Hand aufs Bein, eine Geste, die mich beruhigen soll, mich aber erschreckt zusammenzucken lässt.

»Und wie genau hilft uns diese Info weiter?«, fragt er.

»Einer von den Leichen war Pico«, sagt Wayne.

Pico, ein Dealer von den MS-13, stand schon eine Weile unter Seths Beobachtung, weil er seine Leute in North Dallas mit Meth und Heroin versorgt, die es an den Highschools verkaufen.

»Cool! Das nimmt mir ne Menge Arbeit ab«, sagt Seth zu mir. »Ich wette, Maclins Freunde von der Mordkommission werden ihm morgen die freudige Nachricht überbringen.«

»Woher weißt du das mit dem Bibelvers, Wayne?«, frage ich.

»Gary, so'n Kumpel von mir, wartet in der Gasse auf seinen Mann und sieht, wie Pico mit einem Typen quatscht, so wie wenn er dem was verkaufen will. Aber dann zieht der Typ sein Teil, voll mit nem *Schalldämpfer* drauf und so, hält es Pico an den Schädel und schießt. Der Typ verschwindet, Gary rennt auch los, und dabei sieht er den weißen Zettel mit dem Spruch auf Picos Gesicht. Wie eine verdammte Maske.«

»Aha«, sagt Seth. »Und bevor Gary panikartig die Flucht ergreift, liest er noch schnell, was draufsteht? Oder war es nicht eher so, dass ihm der Spruch aufgefallen ist, als er Pico nach Drogen und Kohle gefilzt hat?«

»Hey, wer will's dem Bruder verübeln, bei so 'ner Gelegenheit? Aber jetzt kommt der Knaller.« Wayne reibt sich die Hände. »Gary meint, der Typ mit der Wumme war'n Cop.«

Seth verzieht das Gesicht. »Ja, klar ...«

»Warum meint er das?«, frage ich.

»Hat sich so bewegt, von der Haltung her, weißte? Der war sauber, keiner von der Straße. Keine Tattoos. Das Teil war eine SIG.«

»Meinst du etwa, Kriminelle haben keine SIG Sauer?«, frage ich.

»Gary sagt, der Typ hat seine Marke gezogen, bevor er Pico eine Kugel in den Schädel gejagt hat«, flüstert Wayne verschwörerisch. »Ich dachte, dass euch das vielleicht interessiert.« Er schaut aus dem Fenster, wo die junge Frau ungeduldig am Zaun herumzappelt.

Seth zählt fünfzig Dollar ab und drückt Wayne die Scheine in die Hand. »Ich glaube, dein Freund Gary hat eine übersteigerte Fantasie. Aber wenn du noch was hörst, melde dich, okay?«

Wayne lächelt traurig. »Du kennst mich, Mann. Ich bin ein Quell der Information.« Er steigt aus, die Imbisstüte unter der Jacke, schlufft zu seiner Freundin am Zaun und gibt ihr das Essen. Sie geht in die Hocke und macht sich über die Tüte her.

Seth startet den Motor. »Warte noch kurz«, sage ich.

Ich springe raus und jogge rüber zu Wayne und seiner Lady, die mich misstrauisch ansieht, als wollte ich ihr die einzige Mahlzeit wegnehmen, die sie den ganzen Tag zu essen bekommen hat. Älter als achtzehn ist sie garantiert nicht.

»Hey«, sage ich zu Wayne. »Wo schläfst du heute Nacht? Hast du ein Zelt?«

Wayne schüttelt den Kopf, schiebt die geballten Hände in die Jackentasche. »Nee, wir latschen gleich rüber zum Obdachlosenheim in der Austin Street. Manchmal haben die noch Betten frei.«

Ich sehe rasch zu Seth rüber. Er heb das Kinn. *Was liegt an?*

»Los«, sage ich zu dem Mädchen, »steig ein.«

Sie sieht mich besorgt an. »Du verbringst die Nacht nicht hier draußen. Und du musst auch nicht im Regen zur Unterkunft laufen. Du auch nicht, Wayne. Kommt mit.«

Die beiden folgen mir zum Auto. Als ich sie auf die Rückbank geschoben habe, steige ich wieder vorn ein und sage Seth, er soll sie zur Unterkunft bringen. Die ist zwar proppenvoll, aber nach ein bisschen Betteln kramt man für das Mädchen noch ein Feldbett hervor, für Wayne findet man eine Decke und ein Eckchen im Männerschlafsaal. Ich gebe dem Mädchen meine Karte und stecke ihr noch vierzig Dollar zu. Wayne rate ich dringend, sich ein Zelt und seiner Freundin ein warmes Frühstück zu besorgen.

Auf der Fahrt zurück nach Hause breitet sich im Auto unangenehmes Schweigen aus. Erst nach einer ganzen Weile erkundigt sich Seth, ob es mir gut geht.

»Ein mexikanischer Drogendealer wird tot aufgefunden«, sage ich, »auf dem Gesicht einen Zettel mit demselben Bibelzitat, das ich letzten Herbst von den Roy bekommen habe. Waynes Kumpel meint, der Schütze ist ein Cop. Und jetzt schleicht noch einer um mein Haus herum. Nee, *gut* ist nicht das richtige Wort.«

»Dieser Gary labert doch Blödsinn. Maclin erzählt uns morgen sicher mehr darüber«, sagt Seth. »Kann ich dich jetzt nach Hause bringen?«

Ich nicke, drehe die Heizung auf. Mir ist so kalt, dass ich zittere, aber das liegt wohl nicht an den Temperaturen. Mittlerweile bin ich wieder stocknüchtern und frage mich, ob ich zu Hause nachladen muss, damit ich schlafen kann. Vielleicht finde ich noch eine vergessene Flasche Tequila im Küchenschrank – versteckt hinter Jackies Vitamintabletten. Ich will früh ins Büro, auch wenn ich nur am Schreibtisch sitze und auf meinen Termin beim Seelenklempner warte, denn ich will unbedingt mitkriegen, ob die Mordkommission uns was über die Dealermorde von gestern Abend mitteilt.

Seth kramt verstohlen eine zweite weiße Pille aus der Jackentasche und schiebt sie sich hastig in den Mund. Er zerkaut sie wie ein Minzbonbon und hört erst damit auf, als er meinen Blick bemerkt.

»Bei Regen tut's besonders weh, Riz. Mehr ist nicht.«

Ich halte seinen Blick.

»Echt jetzt«, sagt er genervt. »Fang bloß nicht an, mich zu bemuttern.«

Bei mir zu Hause brennt nur noch das Licht über der Tür, woraus ich schließe, dass James Earle und Jackie schon im Bett sind.

Statt auszusteigen, wende ich mich an Seth. »Mal ehrlich, was hältst du von dem, was Wayne gesagt hat? Dass der Schütze ein Cop ist?«

Seth verzieht das Gesicht. »Ja, hab ich auch gedacht«, sage ich.

Ich steige aus und winke, bevor ich die Straße genau inspiziere. Nur die Bäume rascheln im Wind, sonst ist alles ruhig. Am liebsten würde ich Seth anrufen, damit er zurückkommt und ich mit ihm rumfahren kann, bis die Sonne alle dunklen Schatten vertrieben hat.

9

8. Januar 2014
Dallas Police Department, North Central Division

Ich hänge am Schreibtisch rum und schiebe Papiere von links nach rechts, bis Seth mich ruft, um mit mir in Maclins Büro zu zuckeln. Wir erwischen ihn mit einem Spiegel in der Hand, er pult zwischen seinen Zähnen rum. Schnell lässt er das Ding in der Schreibtischschublade verschwinden und nickt Seth zu. Als er bemerkt, dass ich auch dabei bin, verfinstert sich seine Miene.

»Wissen Sie was über zwei tote Dealer, die man gestern in Deep Ellum gefunden hat, einer von den Latin Kings, der andere MS-13?«, fragt Seth.

»Und woher wissen Sie davon?«

»Ein Informant hat es mir gestern Abend gesteckt. Wayne. Er hat gesagt, dass es unter anderem auch Pico erwischt hat, den wir schon eine Weile auf dem Schirm haben.«

Maclins Blick wandert von Seth zu mir. »Brauchen Sie was, Detective?«

Klar! Ich will zurück in den aktiven Dienst, hätte gern ein vollständig verheiltes Bein, dass meine Freundin mir vergibt, eine Verbindung zu Benny und Klarheit über den momentan besorgniserregenden Gemütszustand meines Kollegen. Ach, außerdem muss ich dringend wissen, was es mit den toten Dealern auf sich hat.

»Ich war bei dem Treffen dabei«, sage ich.

Maclins Miene ist mittlerweile maximalverfinstert.

»Hey«, rufe ich, »ich war nicht im Dienst. Seth hat mich nach Hause gebracht, deswegen musste ich mit.«

Maclin wendet sich an Seth. »Erinnern Sie sich an Bernard Tate von der Mordkommission?«

Seth nickt. Tate hat ein paar Jahre an Maclins Seite gearbeitet: ein taffer Typ von der Ostküste, Exboxer im Bantamgewicht, der ständig auf den Ballen federt, egal ob er mit Freund oder Feind redet, als könnte jedes Gespräch im Handumdrehen in einem Boxkampf enden.

»Er hat mich heute Morgen angerufen und mitgeteilt, dass Pico Guerto und ein anderer Dealer namens Ernesto Patron in der Nacht erschossen wurden. Beide mit einer Neunmillimeter. Keine Hülsen am Tatort. Die Rechtmedizin hat im Schädel beider Opfer je eine Kugel gefunden.«

»Wayne hat einen Kumpel, der Picos Ermordung gesehen hat.«

Maclin lehnt sich überrascht zurück. »Echt?«

»Ein Junkie namens Gary.«

»Kennen Sie ihn?«

Seth schüttelt den Kopf. »Nee, der Name sagt mir nichts. Aber ich kann ihn ausfindig machen.«

»Wo würden Sie die Suche starten?«

»Wahrscheinlich in Tent City bei den anderen Junkies.«

»Würde er herkommen und eine offizielle Aussage machen?«

»Möglich. Wenn wir den Leuten von der Mordkommission einen Zeugen servieren, würden die uns vielleicht bei der Fahndung nach dem Schützen auf dem Laufenden halten.«

»Und wieso sollten wir das wollen?«, fragt Maclin. »Ich hätte gedacht, Sie wären froh, die Akte Pico vom Tisch zu haben. Und die Energie in die offenen Fälle stecken.«

Seth sieht mich an. »Der Informant hat uns auch erzählt,

dass Pico einen Zettel mit einem Bibelspruch auf dem Gesicht hatte«, erkläre ich. »Derselbe Spruch, den mir die Familie Roy geschickt hat, damals im Herbst.«

Maclin verzieht keine Miene, was mir klarmacht, dass er bereits Bescheid weiß. »Ja. Bernard hat es mir gesagt.«

»Da ist noch was«, sagt Seth.

Er zögert. Was gleich kommt, ist ihm offenbar ein bisschen unangenehm.

»Laut Gary war der Schütze ein Cop. Hat Pico angeblich seine Marke gezeigt, bevor er ihm die Kugel in den Kopf gejagt hat«, sagt er schließlich.

Maclin atmet tief ein und starrt Seth an. »Und das glauben Sie?«

»Ich halte es für wahrscheinlicher, dass ein konkurrierendes Kartell versucht, sich ein Stück vom Kuchen zu sichern.«

Weil Maclin mich nicht nach meiner Einschätzung fragt, melde ich mich einfach so zu Wort. »Angesichts der Folgen, die wir das letzte Mal gesehen haben, als jemand mit Bibelsprüchen um sich geworfen hat, würde ich gern wissen, wie die Sache weitergeht.«

»Das heißt nicht zwingend, dass Sie in Gefahr sind«, sagt Maclin. »Das Gerücht von einem Killer mit Dienstmarke und die Bibelzitate könnten eine falsche Fährte darstellen. Außerdem hat es der Mörder offensichtlich auf Dealer abgesehen.«

»Könnten es Leute vom Sinaloa-Kartell sein?«, frage ich beim Gedanken an die Gerüchte über El Cuchillos Auftauchen in Dallas.

»Möglich, ist aber nicht ihr Stil«, sagt Maclin. »Ich will nicht, dass Sie Ihre Theorien vor irgendwem sonst ausbreiten. Wenn Sie mehr darüber hören, kommen Sie direkt zu mir – nur zu mir. Sie sind noch im Innendienst, Detective Rhyzyk. Keine nächtlichen Ausflüge in irgendwelche dunklen Gassen mehr, bis der Arzt grünes Licht gibt. Das ist hoffentlich Anreiz genug, damit Sie die Sache so ernst nehmen wie ich.«

Maclin schiebt mir einen Terminzettel über den Tisch. »Name, Adresse, Uhrzeit. Er entscheidet, wann Sie wieder auf der Straße sind, also reißen Sie ihm am besten nicht gleich beim ersten Gespräch den Kopf ab.«

Ich betrachte die Karte. *Dr. Theo Theodosiou.* »Also sollte ich mich nicht über seinen Namen lustig machen?«

»Mit einem Nachnamen wie Rhyzyk«, sagt Maclin, während er uns bedeutet, dass wir entlassen sind, »würde ich mich eher zurückhalten.«

Kaum sind wir aus Maclins Büro raus, zieht Seth sich seinen Mantel über und hastet zum Ausgang.

»Wo willst du hin?«, frage ich.

»In die Stadt«, ruft er mir über die Schulter hinweg zu. »Wir sehen uns später.«

Beim Anblick meines Kollegen, der sich voller Tatendrang ins Getümmel stürzt, weil er echte Aufgaben zu erledigen hat und nicht die Dokumentenablage, kriege ich vor Sehnsucht fast Bauchweh. Ich komme mir vor wie ein kleines Kind, das man ohne Pausenbrot in der Vorschule abgegeben hat. Mein Privathandy vibriert in meiner Jackentasche. Am anderen Ende der Leitung ist James Earle. »Hallo!«, schnarrt er.

»Selbst hallo«, sage ich und bin sofort alarmiert. »Alles okay?«

»Das wollte ich dich gerade fragen.«

»Ja, alles gut.« Sein Schweigen spricht Bände. James Earle macht man so leicht nichts vor.

Er zieht lange an seiner Zigarette, stößt den Rauch aus. »Ich würde mich gern mit dir zum Mittagessen treffen. Heute. Wie's aussieht, läuft's in letzter Zeit nicht so gut zwischen dir und Jackie.«

»Ich weiß nicht, ob ich hier wegkomme. Ist gerade hektisch.«

Wie nannte Benny Leute wie mich noch mal? *Tchorz*. Feigling.

»Aber ich versuch's«, sage ich schnell. »Wäre echt nett. Halb eins in *Norma's Café*?«

»Passt«, sagt James Earle.

Als ich das Gespräch beendet habe, bemerke ich Craddock vor meinem Schreibtisch. Er liest eine Fachzeitschrift für Sammler von antiken Waffen. »Lesen« ist vielleicht zu milde ausgedrückt. Sein beseelter Blick erinnert mich an meine Großmutter bei der heiligen Kommunion. Offiziell besitzt Craddock angeblich »nur« ein Dutzend Sammlerstücke – Gewehre aus dem Sezessionskrieg, Pistolen aus dem Zweiten Weltkrieg, eine Thompson-Maschinenpistole aus der Prohibitionszeit –, aber er hat sicher noch ein paar modernere Modelle im Kleiderschrank versteckt. Auf meinem Schreibtisch steht ein Karton Donuts.

Craddock zeigt darauf und grinst wie ein Kind auf einer Geburtstagsfeier mit Clowns und Ponyreiten.

»Hey, Tom!«, sage ich und zeige auf die Zeitschrift. »Bezieht sich das Wort ›antik‹ auf die Waffen oder auf die Sammler?«

Statt zu antworten, hält er mir einen Donut vor die Nase.

»Nicht für mich, danke«, sage ich mit sehnsuchtsvollem Blick auf das weiche, mit Puderzucker glasierte Gebäck. Als ich noch gelaufen bin, hätte ich mir ohne Zögern gleich mehrere reingezogen.

Craddock schüttelt mitleidig den Kopf. »Angst vor weiblichen Rundungen, Detective?«

Ich drücke ihm spielerisch die Faust in den Bauch. »An deiner Stelle würde ich lieber den Mund halten, Tom.«

In diesem Moment taucht Kevin Ryan auf. Craddock sieht auf die Uhr. »Du bist zu spät, Pard. Mal wieder.«

Ryan sieht unrasiert und müde aus. Er wirft seinen Mantel über den Stuhl und kommt zu uns rüber. Seine Fingernägel sind abgekaut bis auf die Haut.

»Seth sagte was von mehreren Morden in der Stadt? Zwei mexikanische Dealer?«

»Ja. Seths Informant hat es uns schon gestern gesteckt«, sage ich.

»Wissen wir schon was über den Täter?«, fragt er.

Ich gebe meinen Widerstand auf und nehme mir einen Donut. »Noch nicht. Maclin redet gerade mit den Leuten vom Morddezernat.«

Der erste Bissen zergeht mir auf der Zunge, der Zucker ist Balsam für meinen Körper.

»Klingt nach einer Aufräumaktion von rivalisierenden Gangs«, murmelt Craddock mit vollem Mund.

»Könnte man denken, aber der Killer hat seinen Opfern weder Geld noch Drogen abgenommen.«

»Die Botschaft ist deutlicher, wenn man die Ware des Gegners unangetastet bei der Leiche lässt«, sagt Ryan.

Ich lecke mir die Glasur von den Fingern. »Möglich. Der

Schütze war vorsichtig – hat einen Schalldämpfer benutzt und die Hülsen eingesammelt.«

Ryan runzelt die Stirn. »Schalldämpfer? Woher wissen wir das?«

»Es gab einen Zeugen. In der Seitenstraße, wo man Pico erschossen hat. Seths Informant hat mit ihm gesprochen. Wir versuchen gerade, ihn dazu zu bewegen, eine Aussage zu machen.«

»Wir?«, fragt Craddock. »Ich dachte, du hättest Innendienst?«

»Macht der Gewohnheit«, sage ich. »Natürlich meinte ich, dass *Seth* versucht ihn zu überreden.«

»Was wissen wir über den Typen?«, fragt Ryan.

Ich zucke die Achseln. »Er heißt Gary.«

Erst nachdem ich mich vergewissert habe, dass niemand mithört, kehre ich Maclins Büro den Rücken zu. »Am Tatort hat man noch was anderes gefunden«, sage ich leise zu Ryan. »Erinnerst du dich an den Bibelvers, den mir die Roys geschickt haben?«

Ryan nickt. »*Habe ich erst die Klinge meines Schwertes geschliffen …*«

Craddock nickt beeindruckt. »Merket auf, ihr Heiden. Bibelwissen zahlt sich aus.«

»Du hast das doch damals auf so einer Website entdeckt. Wie hieß die noch?«, frage ich.

»OneNation OneTruth OneRace«, sagt Ryan.

»Genau die. Könntest du da mal ein bisschen nachforschen? Sind die wieder aktiv?«

Ryan sieht mich zunächst ausdruckslos an, er hat tiefe Schatten unter den Augen. Dann lächelt er schwach.

»Klar«, sagt er. »Ich schau da mal drauf.«

Als Ryan wieder an seinem Platz ist, wende ich mich an Craddock. »Wirkt Ryan auch auf dich ein bisschen neben der Spur?«

»Der Tod seines Schwagers hat ihn mitgenommen«, sagt Craddock, während er sich die klebrigen Finger an einer Serviette abwischt. »Da bist du ein verdammter Cop, und jemand aus deiner Familie stirbt an einer Überdosis.«

»Es kriegen alle was ab«, sage ich.

Craddock streckt die Hand zu seinem dritten Donut aus. »Was ist mit Seth?«, frage ich, und Craddock hält mitten in der Bewegung inne.

»Was soll mit dem sein?«

»Sieht auch nicht gerade gesund aus.«

»Du arbeitest doch am engsten mit ihm zusammen«, sagt Craddock. »Warum fragst du ihn nicht selbst?«

»Seth ist in letzter Zeit nicht gerade redselig.«

Craddock zuckt die Achseln. »Wenn man diesen Job lange genug macht, setzt irgendwann Ennui ein, und dagegen hilft auch kein Alk oder Tabletten.«

Seine putzige Wortwahl lässt mich grinsen. »Also glaubst du, dass er was nimmt, um im Dienst klarzukommen?«

Craddock zeigt amüsiert auf meinen Donut. »Wie viel Gramm Zucker hast du da gerade inhaliert?«

Wir lachen verstohlen.

Craddock sieht auf den ersten Blick aus wie ein texanischer Hinterwäldler. Ein übergewichtiger Cop, der sich jedes Jahr bei der Weihnachtsfeier als fetter Elvis verkleidet und dessen Alltag ansonsten von KKK bestimmt wird: Knarre, Kirche, Karohemd. Aber Craddock hat sich von ganz unten hochgearbeitet, ist jahrelang in Houstons schlimmsten Vierteln Streife gegangen. Auch wenn er ständig vom Jagen und NASCAR-Rennen quatscht, hat dieser Mann, der Jahr für Jahr für wohltätige Zwecke den Weihnachtsmann gibt, sein Leben riskiert, um ein Kind vor einem pädophilen Entführer zu retten, der zuvor zwei Jungs ermordet und irgendwo vergraben hatte. Und er hat Kopf und Kragen riskiert, um mich aus den Fängen der Roys zu befreien. Abgesehen von Seth ist Craddock mein engster Vertrauter hier.

Ich senke die Stimme. »Kann ich dich was fragen?«

Er nickt. »Klar.«

»Redet man auf der Straße über Chuffy Bryant?«

Craddock wirkt überrascht. »Chuffy? Nee, nicht, dass ich wüsste. Ich dachte, der sitzt noch. Wieso?«

»Ich hab ihn gestern Abend was ausliefern sehen.«

»Was denn?«

»Keine Ahnung. Pizza war's sicher nicht.«

»Soll ich das mal überprüfen?«

»Nein.« Weitere Nachforschungen würden nur Fragen nach dem Empfänger nach sich ziehen und darüber, wo genau ich Chuffy gesehen hatte. »Schon okay, das erledige ich selbst. Ich bin im Innendienst, schon vergessen? Da kann ich stundenlang am Computer rumdaddeln.«

Um das Thema zu wechseln, zeige ich auf Craddocks verwaschene Jeans und Polohemd. Normalerweise trägt er gebügelte Stoffhosen und Blazer.

»Mensch, Tom«, sage ich. »Was ist denn mit dir los? Hat deine Putzfrau dich verlassen?«

Er verzieht die zuckerverschmierten Lippen zu einem Grinsen. »Ich bin heute bei der Operation *Buy and Bust* im Einsatz. Da muss ich mich entsprechend kleiden.«

Ich reiße ihm den halb gegessenen Donut aus der Hand. »Na gut, Tom, wie schön, dass hier wenigstens einer von uns Spaß hat. Genug Zuckerschlecken, Kollege.«

»Hey!«, ruft er. Dann wird seine Miene ernst. »Jetzt mal ehrlich. Kann ich dich was fragen? Ist ziemlich wichtig.«

»Klar«, sage ich, aber mein Magen krampft sich zusammen. »Schieß los.«

Er beugt sich zu mir vor. »Seth hat mir erzählt, dass du ein richtig geiles Tattoo hast«, flüstert er. »Kann ich mal sehen?«

»Den bringe ich um!« Ich schlage Craddock auf den Rücken. »Nein, kannst du nicht.«

Craddock zieht lachend Leine. Kaum ist er weg, hole ich mein Handy aus der Hosentasche und rufe Dottie an. »Hat jemand bei deinen Treffen von Narcotics Anonymous mal den Namen Chuffy Bryant erwähnt?«

»Eines muss ich dir zugestehen, Betty«, sagt sie. »Du hast eine ziemlich schnelle Auffassungsgabe.«

»Wo finde ich den Typen am besten?«

»Romanzen oder Finanzen, Süße. Ich würde es zuerst mit Romanzen versuchen.«

Ich danke ihr und rufe als Nächstes Seths Kumpel bei der Sitte an, ein Detective, der uns damals mit wichtigen Informationen bei der Ermittlung gegen die Roys ausgeholfen hatte.

»Hey, Brant«, sage ich zur Begrüßung. »Wenn ich Chuffy Bryant sprechen wollte, welche entzückende Dame der Nacht müsste ich dann anrufen?«

»Hat der schon wieder seine Finger irgendwo drin?«

»Wo der seine Finger hat, will ich gar nicht wissen. Aber ich würde ihn ungern aus den Augen verlieren«, sage ich.

Er sagt mir, dass er dazu ein paar Anrufe machen muss, und legt auf. Zwanzig Minuten später liefert er. »Sieht aus, als hätte Chuffy sich bei einer seiner Mädchen einquartiert. Eine Transfrau namens Pearla Simms. Die hat damit angegeben, dass der neue Mann in ihrem Leben ehemaliger Mixed Martial Arts Champion ist und sie jetzt auf Händen trägt.«

»Wo finde ich Pearla?«

Er lacht. »Um halb elf? Im Bett. Wenn sie nicht auf der Straße arbeitet, steht sie nachmittags hinter der Bar, in einem Club namens The Church an der Swiss Avenue. Heute ist sie wahrscheinlich dort.«

»Wo wohnt sie? Ich würde gern sofort mit ihr sprechen.«

»In der Innenstadt, beim Messegelände. Willst du die Adresse?«

»Ja, danke.« Ich notiere sie mir. Seth hat vorhin gesagt, er wollte »in die Stadt«. Was nichts heißen muss. Downtown Dallas ist der Ort, wo sich nicht nur die verdeckten Ermittler der Sitte tummeln, sondern auch alle anderen, die irgendwie exotisch, interessant oder an Spaß interessiert sind.

»Tust du mir einen Gefallen? Sag mir Bescheid, falls du hörst, dass Chuffy wieder dealt.«

»Sei vorsichtig mit dem Typen«, sagt Brant und legt auf.

Ich schiebe Akten herum, obwohl ich viel lieber im Wagen vor Pearlas Haus sitzen würde, bis Chuffy dort auftaucht und ich … ja, was würde ich dann eigentlich tun? Ihn fragen, ob er Seth Drogen verkauft?

Während ich darüber nachdenke, fällt mein Blick auf die Uhr. Es ist fast halb eins. *Scheiße!* Ich komme zu spät zu meinem Treffen mit James Earle.

10

6. Januar 2014
Norma's Café

»Danke, dass du gestern Abend so schnell gekommen bist«, sage ich zu James, nachdem die Bedienung unsere Bestellung aufgenommen hat.

Er nickt und schüttet sich einen Haufen Zucker in den Kaffee. »Wozu hat man eine Familie?«

Mit beiden Händen führt er sich den Becher an die Lippen, die blutunterlaufenen Augen fest auf mich gerichtet.

»Hast du immer noch Alpträume?«

»Manchmal«, sage ich, allerdings zu schnell und zu betont entspannt, was ihm nur ein trauriges Lächeln entlockt. Er fährt sich durchs Haar, mit viel Pomade aus der Stirn gekämmt.

»Weißt du«, setzt er an, »nach Vietnam habe ich lange gebraucht, bis ich die schlimmsten Ängste losgeworden bin. Und mir ging es noch gut. Andere hatten ganz andere Horrorszenarien miterlebt. Heute nennen sie das PTSD. Damals gab es keine richtige Bezeichnung dafür. Alpträume, Konzentrationsprobleme, erhöhte Reizbarkeit. Meine Frau hat das meiste abbekommen. Reiß dich zusammen, hat mein Arzt gesagt, sei ein Mann. Hab ihn beim Wort genommen. Gesoffen. Meine Frau verloren, meinen Job und so ziemlich alles andere. Die ganze Zeit war ich wütend. Zwanzig Jahre habe ich gebraucht, um zu kapieren, wovor ich so eine Scheißangst hatte. Und ich war nur bei der Militärpolizei. Habe nur zweimal geschossen, als Warnung.«

Die Bedienung serviert mir Chicken Fried Steak mit Kartoffelpüree und weißer Soße, James bekommt seinen Burger. Sie bleibt am Tisch stehen und beobachtet uns mit Adleraugen, während sie mit dem Stift in ihrer hochtoupierten und mit Haarlack fixierten Mähne herumspielt. Erst als ich meinen ersten Happen verspeist habe, wendet sie sich ab.

»Gott liebt Menschen mit einem gesegneten Appetit«, sagt sie, bevor sie davonrauscht.

Ich ziehe Dr. Theodosious' Karte aus der Tasche und gebe sie James.

»Hab heute Abend einen Termin bei ihm.«

»Das ist schon mal gut«, sagt er ermutigend.

»Tja, wenn ich nicht gehe, muss ich weiterhin Innendienst machen. Momentan sitze ich nur am Schreibtisch rum. Mein Chef meint, ich hätte ›Probleme mit der Aggressionskontrolle‹.« Ich grinse spöttisch und male Gänsefüße in die Luft.

Er gibt mir die Karte zurück. »Glaubst du das auch?«

Ich schiebe mir noch ein Stück Steak in den Mund, aber das Fleisch ist bereits kalt, die Soße erinnert an feuchten Zement. Ich schiebe den Teller weg. »Ich bin frustriert, James«, sage ich. »Ich will zurück an die Arbeit, aber mein Chef bremst mich aus, wo er nur kann, hat mich total auf dem Kieker. Ich kann nicht trainieren, ich kann nachts nicht schlafen. Und ich kann nicht arbeiten, wenn ich den ganzen Tag am Schreibtisch sitze.« *Außerdem sehe ich überall Evangeline Roy.*

James trinkt seinen überzuckerten Kaffee, den Hamburger hat er noch nicht angerührt. »Das würde schon reichen, um mich auf die Palme zu bringen«, sagt er leise.

»Alle behandeln mich wie ein rohes Ei.«

»Vielleicht haben sie Angst vor dir.«

Ich schüttle den Kopf. »Die Leute, die mit mir arbeiten, sollten wissen, dass ich belle, aber nicht beiße.«

»Von denen rede ich nicht.«

Als ich kapiere, dass es um Jackie geht und er recht hat, laufe ich rot an.

Und das macht mich wütend.

Ich lese das Schild über dem Tresen: *Das Leben ist kurz … fang mit dem Nachtisch an.* Auf einmal verspüre ich einen Heißhunger auf irgendwas Süßes, Pie, Brownie, Kuchen, völlig egal, Hauptsache, ich werde den bitteren Geschmack los, der sich in meinem Mund breitgemacht hat. Ich halte nach einer Kellnerin Ausschau, die ich in irgendein Geplänkel verwickeln kann, damit das Thema »Aggressionskontrolle« vom Tisch ist.

James Earle sagt etwas, aber ich konzentriere mich auf die Auslagen in der Vitrine neben der Kasse.

Erst als er mir auf den Arm tippt, sehe ich ihn an. »Betty«, sagt er, »du hast einen Menschen getötet. Zwei sogar. Nicht aus der Ferne, sondern mit eigenen Händen, Auge in Auge. Und das, nachdem dein Kollege direkt neben dir erschossen wurde. Das macht etwas mit dir. Verändert dich. Und wenn du nichts dagegen tust, vergiftet es dein Leben. Jackie macht sich Sorgen um dich. Ich auch.«

»Versinke nicht im eigenen Sumpf«, murmle ich. James Earle sieht mich fragend an. »Das hat Onkel Benny immer gesagt. Okay, ich muss weniger trinken und nicht ständig wie angestochen durchs Haus toben. Ich bringe Ordnung in meinen Arbeitsalltag, fang mit Yoga an oder Tai-Chi oder irgendwas anderes, um mein inneres Zen zu finden. Ich weiß, ich hab mich benommen wie ein Arsch, und es tut mir leid, dass Jackie das meiste abgekriegt hat …«

Mein Diensthandy vibriert in der rechten Jackentasche.

»Riz«, sagt Seth. Er klingt angespannt. »Wir haben noch einen Exdealer gefunden.«

»Tot?«, frage ich, zu laut. James mustert mich ernst.

»Mausetot. Carlos Rivera, noch einer von den MS-13. Sie haben seine Leiche östlich vom Stemmons Freeway gefunden, direkt hinter dem *Spearmint Rhino*. Er war schon ein paar Stunden tot.«

Das *Spearmint Rhino* ist ein besserer Stripclub, wo bekannte Sportler und Politiker ein und aus gehen – genau wie Drogendealer und Zuhälter.

»Ich dachte, du wolltest in die Stadt?«

»Wollte ich auch, aber dann hat sich Craddock gemeldet. Rate mal, was wir bei der Leiche gefunden haben?« Er klingt wie ein Arzt, der seinem todkranken Patienten die Ergebnisse der letzten Blutuntersuchung beibringen muss.

»Scheiße!«, sage ich. Mehr muss ich gar nicht hören. Wieder haben die Mörder einen Zettel mit einem Bibelzitat hinterlassen.

Hektisch signalisiere ich der Kellnerin, dass ich zahlen will. »Wer hat ihn gefunden?«

»Craddock und Ryan waren ihm auf den Fersen. Craddock hatte ein vermeintliches Geschäft mit ihm eingefädelt und wollte ihn hochgehen lassen. Aber als er am Treffpunkt ankam, war Rivera schon tot. Kopfschuss.«

Der arme Craddock. Das erste Mal seit Monaten, dass man ihm eine Ermittlung übertragen hat, und er fängt sich eine Leiche ein.

Die Kellnerin schiebt mir die Rechnung unter den Teller und schenkt Kaffee nach, bevor sie davonschaukelt.

»Ein paar Streifenpolizisten sind schon vor Ort«, sagt Seth. »Die von der Mordkommission kommen auch jeden Moment.«

Ich suche in der Tasche nach Geld. »Wer ist sonst noch da?«

»Nur Craddock und Ryan. Willst du einen Blick drauf werfen, bevor die Fleischbeschauer kommen?«

»Blöde Frage. Bin in zwanzig Minuten da.« Ich werfe ein paar Scheine auf den Tisch.

»Was ist los?«, fragt James. Er sieht sehr besorgt aus.

»Sie haben einen Dealer erschossen«, sage ich, schon im Stehen. »Tut mir leid, James, aber ich muss los.«

»Ich dachte, man hätte dich in den Innendienst versetzt?«

Ich schüttle ungeduldig den Kopf. »Deswegen muss ich vor der Mordkommission da sein …«

»Wir sind noch nicht fertig, Betty«, sagt er und streckt die Hand aus. »Das hier ist wichtig.«

Ich drücke ihm kurz die Finger. »Ich weiß, James. Ich erzähle dir alles, wenn ich beim Therapeuten war.«

Als ich durch die Tür haste, werfe ich noch einen letzten Blick zurück. James sitzt auf der Bank, den Blick auf seine verschränkten Hände gerichtet, das Essen unberührt vor sich auf dem Tisch.

11

8. Januar 2014
The Spearmint Rhino

Der Stripclub, in einem pseudoitalienischen Gebäude mit römischen Gipsgöttinnen am Eingang, befindet sich in einer deprimierend hässlichen Gegend neben einer fensterlosen Bowlinghalle, einer Autowerkstatt und einem Getränkemarkt. Ich fahre auf den großen Parkplatz hinter dem Club – zu diesem Zeitpunkt fast leer, aber an Wochenenden knallvoll –, wo Seth bereits auf mich wartet. In der Nähe stehen sechs Uniformierte herum, das gelbe Absperrband haben sie bereits an einigen extragroßen Müllcontainern befestigt. Zwei der Männer unterhalten sich angeregt mit drei jungen graziösen Frauen in nahezu identischem Outfit, Skinny Jeans und Lederjacke. Sie lachen über irgendeinen Witz, so ein Bauchpinsel-Kichern, um das fragile Männer-Ego zu streicheln. Eine drückt beiden Polizisten ihre Karte in die Hand.

Die anderen Polizisten sind damit beschäftigt, ein paar neugierige Club-Gäste auf Abstand zu halten. Als ich aussteige, ruft einer der Männer, ein Typ mit Cowboy-Stiefeln und Stetson: »Hey, Red! Die Show ist drinnen!«

Aus unerfindlichen Gründen ist die Mordkommission immer noch nicht eingetroffen.

Craddock und Ryan stehen hinter dem Absperrband, beide wirken nervös. Seth führt mich zu den Müllcontainern.

»Beschissener Start in den Tag«, sage ich zu Craddock.

»Kannste wohl sagen. Eine Woche habe ich damit verbracht, diesen Deal einzufädeln. Aber trotzdem, jemand sollte eine Medaille kriegen, weil er diesen Scheißkerl abgenickt hat.«

»Erzähl ihr, was passiert ist«, sagt Seth zu Tom.

»Ich komme um eins auf den hinteren Parkplatz und warte dort, wie vereinbart. Ich sehe seinen Truck, aber keinen Rivera.« Craddock zeigt auf einen großen weißen Pick-up. »Also fahre ich vorn vorbei, falls ich ihn verpasst habe. Als ich zum zweiten Mal vorbeikomme, sehe ich zwei Beine zwischen den Müllcontainern. So hab ich Rivera gefunden, aber er war schon kalt und steif. Sieht aus, als wäre er schon seit Stunden tot gewesen.«

»Hat man ihn bewegt?«, frage ich.

Craddock schüttelt den Kopf und tritt beiseite, damit ich die Leiche sehen kann. Rivera liegt auf dem Rücken zwischen zwei Containern, ein sauberes Einschussloch mitten in der Stirn, eine Blutlache unter dem Kopf. Auf seiner Brust liegt ein Zettel mit einer Botschaft.

Ich gehe in die Hocke, um sie besser lesen zu können. Handgeschrieben. »*Habe ich erst die Klinge meines Schwertes geschliffen / um das Recht in meine Hand zu nehmen, / dann zwinge ich meinen Gegnern die Strafe auf.*«

Ich atme ein paarmal tief durch, um meine Panik wieder in den Griff zu bekommen. Dann richte ich mich auf. »Das ist dieselbe Botschaft«, sage ich zu Seth.

Die Metalltür zum rückwärtigen Teil des Clubs knallt gegen die Wand und lässt uns alle zusammenzucken. Ein übergewichtiger Mann, sichtlich verärgert, dass seine Tänzerinnen auf dem Parkplatz herumlungern, fordert die jungen Frauen auf, wieder reinzukommen. Sie ignorieren ihn, ihr Interesse gilt dem Zivilfahrzeug, das gerade auf den Parkplatz kommt, und dem dahinter eintreffenden Streifenwagen.

Ich gehe zu meinem Auto zurück und lehne mich an die Fahrertür, bis sich das Zittern in meinen Beinen beruhigt hat. Mir ist schon klar, dass ich schleunigst abhauen sollte, aber ich will wissen, was hier los ist, und das ist mir wichtiger als eine mögliche erneute Disziplinierung durch Maclin.

Zwei Zivile steigen aus und versammeln sich mit Seth, Craddock und Ryan um die Container, um sich einen ersten Überblick zu verschaffen. Zwei Tänzerinnen versuchen, sich an den Polizisten vorbeizukokettieren, um das Gespräch zu belauschen. Die Dritte im Bunde, die mit dem straffen, durchtrainierten Körper, hat mich schon die ganze Zeit über im Visier gehabt und schlendert jetzt auf mich zu.

Es ist sonnig, der Himmel klar – das Unwetter der vergangenen Nacht ist abgezogen –, aber es ist kalt, und ihr Atem formt weiße Dampfwölkchen. Sie winkt mir lässig zu, als wäre ich eine alte Freundin. Die Frau hat glänzende schwarze Haare, die ihr lang über den Rücken fallen. Sie gleitet elegant über den Parkplatz.

»Hey«, ruft sie.

Sie baut sich ein paar Meter vor mir auf, mit der Hüfte an meinen Wagen gelehnt, den Männern am Container den Rücken zugekehrt. Ich müsste sie anpfeifen, ihr erklären, dass ich hier zu tun habe und nicht mit Zivilistinnen plaudern kann. Aber dann setzt sie die Sonnenbrille ab und lächelt mich an.

»Nette Karosse«, sagt sie.

»Danke.«

Sie hat braune Augen mit goldenen Einsprengseln.

»Bist du ’n Cop?«

»An guten Tagen«, sage ich.

Sie legt den Kopf schief, betrachtet meine Waffe. »Wieso fragst du mich dann nicht?«

»Was soll ich dich fragen?«

»Wann ich arbeite. Wann ich frei habe.« Sie drückt mir eine Karte in die Hand. *Sheela G. hat um 16 Uhr frei* hat sie draufgeschrieben.

»Mittags arbeite ich hier, abends mache ich eine Ausbildung zur Physiotherapeutin. Ich kann dir helfen, dich zu entspannen.«

Ich muss grinsen und wedele mit der Karte herum, als würde sie brennen. »Hier steht alles, was ich wissen muss.«

»Nicht alles«, sagt sie und beugt sich dichter zu mir vor. Sie hat einen kleinen Leberfleck über der Lippe, der nur darauf wartet, abgeleckt zu werden.

»Okay, wie wär’s damit. Wo waren Sie heute Morgen? Vor ein paar Stunden?«

»Im Bett. Allein«, sagt sie, die Lippen zum Schmollmund verzogen.

»Also haben Sie nicht zufällig gesehen, wie dieser Herr hier zwischen den Containern erschossen wurde?«

»Nein. Aber, ähm …« Sie blickt über die Schulter, wo einer der Detectives in die Hocke gegangen ist, um Riveras Leiche zu inspizieren. »Ich habe gesehen, wie einer deiner Kollegen dem Herrn was aus der Tasche gezogen hat.«

Es dauert ein paar Sekunden, bis ich verstehe, was die Frau mir da erzählt. »Wie bitte?«

Sie zeigt auf Seth. »Der da mit dem Knackarsch und den Zähnen. Der hat dem Toten was aus der Jacke genommen und es sich in die Tasche gesteckt. Etwas, das seine Kollegen nicht sehen sollten. Ein Plastiktütchen mit Pillen.«

Ich habe mich von Sheela G. abgewandt und beobachte Seth, der zuschaut, wie einer der Detectives Riveras Taschen durchsucht. Als würde er meinen Blick spüren, dreht er den Kopf und hebt fragend das Kinn. Ich möchte mir gern einreden, dass er Rivera was abgenommen und diese Tatsache verschwiegen hat, weil er seinen Fund zunächst nur mit mir besprechen will. Aber mein Körper ist schlauer. Mir läuft der Schweiß nur so runter.

»Hör zu«, sagt Sheela G. »Ist mir egal. Aber ... wenn man was sieht, sagt man das, oder?«

»Sonst noch was?«, frage ich. Der Glanz der Fantasie ist verloschen, ich will sie dringend loswerden.

»Nee«, sagt sie, offenkundig enttäuscht über meinen eisigen Ton. Sie wendet sich ab, gleitet zum Club und verschwindet ohne einen Blick zurück durch die Tür.

Ich gehe auf die Container zu. Ryan und Craddock sprechen mit ein paar Zivilisten, aber Seth stellt mich einem der Detectives vor, Euell Tilton. Tilton, schwarz und muskulös wie ein Bodybuilder, schüttelt mir die Hand und grinst, als würde er mich kennen. Irgendwie kommt er mir bekannt vor. Ich brauche ein bisschen, bis es mir einfällt.

»Die Leiche am Trinity River!«, sage ich.

»Was für ein Start ins neue Jahr, hm?«

»Haben Sie rausgefunden, wie das Opfer heißt?«

»Ja, habe ich«, sagt er leise, aber mehr kommt nicht. »Detective Craddock hat mir erzählt, dass Sie die Botschaft kennen, die man auf dem Opfer hinterlassen hat?« Tiltons mitleidiger Blick sagt mir, dass Craddock ihm auch den Rest erzählt hat, meine Wochen bei der Family.

»Das trifft leider zu. Sie wissen sicher von den anderen beiden Dealern, die man gestern Nacht tot in Deep Ellum gefunden hat. Pico Guerto und Ernesto Patron. Bei Pico lag derselbe Bibelspruch.«

Tilton nickt. »Bei Patron auch.«

»Haben Sie bei Riveras Leiche Patronenhülsen gefunden?«

»Noch nicht.«

»Unser Chef hat gemeint, in Deep Ellum hätte man auch keine entdeckt«, sage ich.

»Wer ist Ihr Chef?«

»Marshall Maclin.«

Tilton zögert kurz, dann lächelt er. »Sie Glückspilz«, flüstert er.

»Kennen Sie ihn?«

»Hab mit ihm Poker gespielt, damals, als er noch bei der Mordkommission war. Der wettet auf alles, was bei drei nicht auf dem Baum ist.«

»Oder wanzt sich ran.«

Sein Lächeln wird breiter. »Ja, so ist er, unser Mac.«

»Nur, damit das aus dem Weg ist«, sage ich, »offiziell sollte ich nicht hier sein. Aber ich habe ein persönliches Interesse daran, bei der Ermittlung nicht außen vor zu bleiben, wegen ...« Ich zeige auf den Zettel.

»Okay«, sagt er. »Verstehe.« Tilton gibt mir seine Karte und bittet um meine. »Aber ich würde gern mit Ihnen sprechen, wenn Sie Zeit haben.«

Er hält einen Schlüsselbund hoch, den er aus Riveras Hosentasche gezogen hat, und winkt Craddock und Ryan dazu.

»Sind Sie bereit, Riveras Truck zu durchsuchen?«, fragt er.

Craddock nickt. »Jepp.«

Er folgt Tilton zum weißen Pick-up, ich bleibe mit Ryan und Seth zurück.

»Sobald wir hier fertig sind, muss ich Waynes Jungen suchen. Bernard Tate will wegen Pico mit ihm sprechen.«

»Weißt du, wie Gary aussieht?«, fragt Ryan.

Seth schüttelt den Kopf. »Kenn den Mann nicht.«

»Wo willst du mit der Suche beginnen?«

»Tent City oder das Obdachlosenheim an der Austin Street«, sagt Seth. »Wayne hat gesagt, Gary bewegt sich nie weit aus Deep Ellum weg.«

»Also gehst du definitiv heute dahin und suchst nach ihm?«

Seth seufzt. »Meine Güte, Kevin. Hab ich doch gesagt.«

Ryan runzelt die Stirn, seine Kiefermuskeln arbeiten sichtlich. Ich ergreife seinen Arm. »Ich muss mal kurz mit Seth allein sprechen.«

»Klar«, sagt Ryan kurz angebunden. »Ich geh und helfe Tom.«

Er macht sich vom Acker, Hände in den Hosentaschen, eindeutig beleidigt. Während er mit Craddock und Tilton Riveras Truck durchsucht, sieht er immer wieder zu uns rüber. Vielleicht war Sheela G. nicht die Einzige, die bemerkt hat, dass Seth dem Toten was weggenommen hat.

»Ist dir was über die Leber gelaufen?«, frage ich.

»Nee, ich will hier nur fertig werden.«

»Hast du mir sonst noch was zu sagen?«

Ich sehe Seth durchdringend an, warte, dass er mir erzählt, was er aus Riveras Tasche genommen hat. Er hält meinen Blick, als hätte er nichts zu verbergen. Das Schweigen wird länger, er sagt nichts.

Irgendwann hält er es nicht mehr aus. »Okay«, sagt er, »ich kann mir vorstellen, dass dich die Sache mit dem Bibelspruch fertigmacht.«

»Mir geht's gut«, sage ich, obwohl ich das Gegenteil empfinde. Der zunehmende Verdacht, dass der nächtliche Besucher in unserem Garten was mit den Bibelzitaten zu tun haben könnte, und die deutlichen Alarmsignale, dass Seth gerade dabei ist, im Drogensumpf zu versacken, tragen nicht gerade zu meiner Beruhigung bei.

»Willst du mitkommen nach Tent City?«, fragt er.

Ich schüttle den Kopf. »Ich muss um fünf zum Psychologen.«

»Au Scheiße, Riz!« Er lacht auf, dann hält er sich die Hand vor den Mund. »Das tut mir echt leid. Nicht für dich, sondern für den armen Teufel, der versuchen muss, dir ins Hirn zu leuchten.«

»Also hast du mir nichts zu sagen?« Ich will ihm eigentlich suggerieren, dass er mir vertrauen kann, weil ich ihn nie verraten würde, doch meine Stimme klingt frostig und hart.

Er sieht mich an, als könnte er kein Wässerchen trüben. »Nein. Aber ich werde dir sofort Meldung machen, wenn Wayne und ich Gary finden. Ich rufe später an. *Stay frosty*.«

Stay frosty? Wie bitte?

Ich sehe Seth hinterher, der in sein Auto steigt und davonfährt. Ein paar Zuschauer haben ebenfalls gelangweilt das Theater verlassen, es passiert ja nichts mehr, seit die Rechtsmedizin eingetroffen ist, außerdem wird im Rhino gleich das tägliche Mittagsbuffet eröffnet. Der Mann mit dem Stetson und den Cowboystiefeln steht allerdings immer noch vor dem Absperrband und reißt Witze mit einem der Polizisten.

Als er mich sieht, leckt er sich anzüglich über die Lippen. »Hey, Red!«, ruft er. »Ich hätte einen Undercoverjob für dich. Unter meiner Bettdecke, hahaha!«

Ich winke Craddock und Ryan zu und steige ein, um zum Büro zurückzufahren.

Mister Stetson quatscht immer noch, dann schürzt er die faltigen Lippen und schmatzt mir Luftküsse zu. Sein Mund sieht aus wie ein Arschloch. Die Typen um ihn herum knuffen einander in die Rippen und lachen, auf einmal die besten Kumpel.

Ich fahre langsam an ihm vorbei und lasse das Fenster herunter. »Komm, setz dich auf mein Gesicht, Baby«, säuselt er.

»Nein, danke«, sage ich laut, damit die anderen auch was davon haben. »Ein Klo hab ich schon zu Hause.«

12

8. Januar 2014
The Trap House

Ich bin auf dem Tollway Richtung Norden, als mein Diensthandy sirrt. Die Nummer ist unbekannt, daher antworte ich vorsichtig.

»Spreche ich mit Detective Rijack?«, fragt eine Frau.

»Fast«, sage ich, bereit, den Spam-Anruf zu beenden.

»Sie haben mir Ihre Karte gegeben«, sagt die Frau. Sie klingt jung und verängstigt.

»Okay …« Ich warte, höre sie aber nur atmen.

»Hier ist Mary Grace«, sagt sie schließlich, dann schweigt

sie wieder eine Weile. »Sie haben mich und Wayne gestern Abend zum Obdachlosenheim gebracht.«

»Ah, ja, klar. Alles okay?«

Ihr Atem geht jetzt lauter, unregelmäßiger. Sie klingt verzweifelt. Ich fahre runter auf die nächste Tankstelle, während Mary Grace weint.

Ich bin etwas aufgeschmissen, daher stelle ich ihr eine blöde Frage: »Ist alles okay?«, woraufhin sie nur noch heftiger weint.

Natürlich nicht, du dumme Nuss – sie ist im siebten Monat schwanger und lebt auf der Straße.

»Wo bist du gerade?«

»Immer noch im Heim.« Sie schluchzt. »Aber Wayne ist heute Morgen los und nicht zurückgekommen, und jetzt sagen sie hier, sie hätten keinen Platz mehr für mich, weil ich kurz weggegangen bin, um nach Wayne zu suchen, und als ich wiedergekommen bin, musste ich mich wieder hinten anstellen …«

»Moment, Moment«, gehe ich dazwischen, um ihren panischen Monolog zu unterbrechen.

Sie hört tatsächlich auf zu reden, schnieft stattdessen laut in den Hörer. Dazu hat sie einen Schluckauf.

»Mary Grace, gibt es eine Unterkunft für Frauen, in die du gehen könntest?«

»Ich habe schon bei zweien angerufen, die sind voll. Eine Frau hier hat gemeint, ich soll in die Notaufnahme gehen und sagen, ich hätte Wehen. Aber die geben mir nur irgendwelche Medikamente, die meinem Baby schaden …« Sie weint wieder.

»Okay, ich komme«, sage ich.

Ich beende das Gespräch und rufe sofort im Revier an. Shania geht ran, sie ist die Empfangsdame. Ich bitte sie, Maclin auszurichten, dass ich heute wegen meines Beins zum Arzt müsse, was ich leider vergessen hätte, und erst in ein paar Stunden wieder zurück sein könne.

Eine halbe Stunde später stehe ich vor der Unterkunft in der Austin Street, wo Mary Grace schon am Straßenrand auf mich wartet. Sie sieht aus wie eine Vierzehnjährige, die ungewollt schwanger geworden ist – war durchaus zutreffen mag. Neben ihr stehen Menschen um ein Bett für die Nacht an, immer mehr kommen dazu. Jedes Jahr wird die Schlange länger, und diejenigen, die hier warten, sind immer öfter Frauen mit kleinen Kindern.

Mary steigt bei mir ein, und wir sehen einander eine Weile an. Ihre Hände und ihr Gesicht sind schmutzig, aber der Dreck sitzt nicht so tief wie bei denjenigen, die schon lange auf der Straße leben. Der Schmutz von der Straße verfärbt die Haut wie eine Brandverletzung. Mary Grace ist ungepflegt, aber hübsch und hat offenbar noch keine Zähne verloren. Wie es aussieht, ist sie noch nicht lange wohnungslos.

»Wie alt bist du?«, frage ich.

»Siebzehn.« Sie presst die kleine Stofftasche mit ihren Habseligkeiten fester an sich.

»Hast du eine Familie?«

»Keine, die mich will.« Das sagt sie emotionslos, als wäre der Umstand, dass eine Familie ein junges, schutzloses Mädchen verstößt, das geringste Problem. Sie ist allein und schwanger.

»Sieht aus, als wäre es bei dir bald so weit«, sage ich.

»Vielleicht noch ein paar Monate?«, erwidert sie unsicher.

»Hast du dich untersuchen lassen?«, frage ich, aber

sie schüttelt schon den Kopf, bevor ich den Satz beendet habe.

Ich betrachte die lange Schlange der Obdachlosen, die traumatisierten Gesichter, ihren leeren Blick, von Drogen betäubt, von Alkohol oder einfach vom Schicksal. Menschen, die hier warten, auf ein bisschen Glück in ihrem beschissenen glücklosen Leben.

»Moment«, sage ich. »Ich glaube, ich kann dir helfen.« Ich steige aus und gehe ein paar Schritte. Dann wähle ich Jackies Nummer.

Sie geht schon nach dem zweiten Klingeln ran. »Ist alles okay?«

»Ich bringe heute Abend einen Gast mit«, sage ich und erkläre ihr Mary Grace' Bredouille.

»Weißt du irgendwas über sie? Woher sie kommt?«, fragt Jackie.

»Nein und nein.« Jackie ist die warmherzigste, mitfühlendste Person, die ich kenne, aber sie ist nicht dumm, und wie die meisten Menschen hat sie keine Lust, ihren Hausstand, Fernseher und Schmuck zu verlieren.

»Es ist nur für ein, zwei Nächte, bis wir eine sichere Unterkunft für sie finden.«

Kurz herrscht Stille in der Leitung, und ich stelle mir vor, dass sie den Hörer von sich weghält, damit ich sie nicht ungeduldig atmen höre. Ich drehe mich zu meinem Wagen um. Mary Grace' blasses Gesicht starrt mich durch die Scheibe an, sie sitzt aufrecht da, als würde sie nur darauf warten, dass ich sie abweise.

»Jackie? Bist du noch dran?«

»Ja. Bin ich.«

»Ich habe um fünf einen Termin beim Psychologen. Ich werde James Earle bitten, bei ihr zu bleiben, bis du heimkommst, okay?«

»Ja, okay. Und Betty? Ich bin froh, dass du mit jemandem sprichst.«

»Ja, ich bin froh, dass du froh bist«, sage ich. »Hey, wer weiß, wozu das noch führt? Zuerst rette ich Waisenkinder und rede mit Psychologen. Als Nächstes könnte ich Kätzchen adoptieren und mit Ballettstunden anfangen.«

Jackie lacht, es fühlt sich gut an. Es ist schon so lange her.

»Bis später«, sagt sie und legt auf.

Ich kehre zum Wagen zurück und sage Mary Grace, dass sie die Nacht bei uns verbringt.

Sie lächelt, neigt den Kopf, und als sie wieder aufsieht, erkenne ich, dass sie vor Erleichterung Tränen in den Augen hat.

Wieder zurück auf dem Tollway rufe ich James Earle an, den ich nicht lange beknien muss, natürlich ist er bereit, auf Mary Grace aufzupassen, bis Jackie von der Arbeit kommt. Sein alter Crown Vic parkt schon in der Auffahrt, als ich zu Hause vorfahre. Als ich Mary Grace ins Haus bringe, bleibt sie schüchtern im Flur stehen und betrachtet ihre ausgefransten Stoffschuhe, als hätte sie Angst, Schmutz hineinzutragen. Dann kommt James in einer Schürze aus der Küche, Pfannenwender in der einen, Pfanne in der anderen Hand, und Mary Grace tritt einen Schritt zurück.

Er nickt mir zu, dann sagt er: »Willkommen!« zu Mary Grace, als wäre das alles ganz normal.

»Hallo«, erwidert sie unsicher und beäugt misstrauisch die gerüschte Schürze, die einst Jackies Mutter gehört hat. James trägt außerdem ausgeblichene Jeans, ein Arbeitshemd und Wanderstiefel, sein verwittertes Gesicht ähnelt einer Schotterpiste mit Schlaglöchern.

»Magst du Sandwiches mit gegrilltem Käse?«, knurrt er.

Sie nickt. »Gut. Ich habe festgestellt, dass die besten Leute Sandwiches mit gegrilltem Käse mögen.« Er bedeutet ihr mit dem Pfannenwender, ihm in die Küche zu folgen. Und einfach so, ohne einleitende Worte oder Vorstellungsrunden, mit einem einzigen »Willkommen!« hat er Mary Grace unter seine Fittiche genommen. Sie stellt ihre Stofftasche auf den Boden und folgt ihm in die Küche.

Ich lege frische Handtücher ins Gästebad und mache das Bett im Gästezimmer. Dort übernachtet eigentlich nur Jackies Mom Anne, wenn sie zu Besuch kommt, aber seit einiger Zeit bleibt sie nicht mehr über Nacht, weil es zwischen Jackie und mir ständig zu Spannungen kommt. Wegen mir.

Ich setze mich kurz aufs Bett und grüble über Seths Verhalten nach, seinen Diebstahl. Sheela G. hatte keinen Grund, mir Lügen aufzutischen. Wenn jemand nur so zum Spaß Oxys einwirft, ist das schon schlimm genug, aber sie einer Leiche zu stehlen ist auf einem ganz anderen Level. Soweit ich weiß, hat Seth mich noch nie angelogen. Und er ist der letzte Mensch, von dem ich das erwartet hätte. Im Land der Narcos gibt es einen Spruch, der leider zutrifft: *Woran erkennt man, dass ein Junkie lügt? Daran, dass sich seine Lippen bewegen.*

Ich versuche es auf Seths Privathandy, lande aber sofort auf der Mailbox.

Er ist auf dem Weg in die Stadt, um nach Gary zu suchen. Wenn ich den Mann zuerst finde, habe ich vielleicht bei Maclin was gut.

Der Gedanke, an meinen Schreibtisch zurückzukehren und den anderen dabei zuzuhören, wie sie über ihren prall gefüllten Arbeitstag auf der Straße plaudern, erfüllt mich mit großem *Ennui*, wie Craddock es ausdrücken würde.

Ich gehe schnell ins Schlafzimmer, ziehe mir eine bequeme Hose und ein altes T-Shirt an, schnüre meine Kampfstiefel. Aus dem Flurschrank ziehe ich eine Skimütze, die Stirn und Ohren bedeckt, und die alte Tarnjacke von Jackies Großvater – die wir beide benutzen, wenn wir an frostigen Tagen draußen arbeiten –, ich setze eine große Pilotenbrille auf und trete so in die Küche. In der Tasche habe ich wie fast immer meine Dienstmarke und zwei Handys, das Private in der linken Tasche, das für den Dienst in der rechten. Im Hüftgürtel unter der Jacke steckt meine SIG Sauer.

Mary Grace sitzt an unserem kleinen Küchentisch. Ein Sonnenstrahl bringt ihr Gesicht zum Leuchten. Wie verzaubert lauscht sie James Earle, der ihr eine Geschichte erzählt. Den Rest ihres Sandwiches hält sie in beiden Händen, ein weiteres liegt noch auf ihrem Teller.

»Hey, James«, sage ich. »Kann ich mir für ein paar Stunden deinen Wagen ausleihen?«

Er sieht mich verwirrt an, mustert mich in meinem seltsamen Outfit. »Willst du dich der ukrainischen Armee anschließen?«

»Ich muss was erledigen«, sage ich, »und will nicht, dass man meinen Wagen erkennt.«

»Mehr Schreibtischarbeit?« Er hält meinen Blick.

»Na gut, wenn du's unbedingt genau wissen musst: Ich will meinem Kollegen auf die Finger schauen, könnte wichtig sein.«

James runzelt die Stirn, gibt mir aber seinen Schlüssel. »Sei bitte um sechs zurück.« Er zwinkert Mary Grace zu. »Ich muss zum Töpferkurs.«

Mary Grace kichert und beißt in ihr zweites Sandwich.

»Im Gästebad sind saubere Handtücher für dich. Und das Bett ist auch bezogen. Ruh dich nach dem Essen doch ein bisschen aus. Jackie kommt bald, bis dahin bleibt James Earle bei dir.«

James salutiert übertrieben, was Mary Grace erneut zum Lachen bringt.

Der Crown Vic springt nicht sofort an, aber irgendwann rumpelt der Motor drauflos und der Wagen schnarrt aus der Einfahrt. Auf dem Highway rufe ich bei Dr. Theodosiou an und behaupte, ich hätte die Grippe und müsse den Termin um fünf deswegen absagen. Wenn ich wieder gesund sei, würde ich einen neuen ausmachen. Bei Maclin habe ich sowieso schon ausgeschissen, also kann ich auch noch einen draufsetzen, damit es sich lohnt, wenn ich morgen bei ihm zu Kreuze kriechen muss.

Der Verkehr Richtung Norden staut sich, aber nach Süden Richtung Innenstadt ist alles frei. Ich parke neben Tent City an der Dawson Street und hoffe, dass der Wagen während meiner Abwesenheit heil bleibt. Dann nehme ich mir zwei Päckchen Zigaretten aus James Earles Vorrat im Handschuhfach und stopfe sie mir in die Jackentaschen. Mit der Mütze tief in der Stirn schließe ich den Wagen ab und quetsche mich durchs nächstbeste Loch im Zaun, der den Bereich absperren soll. Dann schlurfe ich wie der Rest der Leute über den Platz. Ich habe es auf eine Ansammlung schlammbespritzter, zerschlissener Zelte abgesehen, über die die Bewohner Plastiktüten und Klamotten zum Trocknen drapiert haben. Sie sehen aus wie lange verlassene Sherpa-Behausungen. Viele der hier untergekommenen Leute schlafen tagsüber in ihren Zelten, doch ein paar sitzen auf plattgelegten Pappkartons oder klapprigen Gartenstühlen davor und rauchen, quatschen oder starren Löcher in die Luft. Die Geduld der Armen.

Einige sehen mich an, die meisten ignorieren mich, sogar als ich mich neben eine Gruppe stelle, die im Zeitlupentempo auf einer alten Picknickdecke Poker spielt. Leere Pistazienschalen dienen ihnen als Einsatz.

»Hey, ich suche Gary«, sage ich und ziehe eine Schachtel Zigaretten aus der Tasche.

Neben einer Spielerin gehe ich in die Hocke, sie hat wirre Haare und ein verblichenes Tattoo auf der Hand. Ein Herz, aus dem Blumen wachsen. Ihre violette Skijacke ist an einigen Stellen mit Gewebeband geflickt. Ich halte ihr die Schachtel hin. »Hat ihn heute schon jemand gesehen?«

Die Frau funkelt mich böse an, nimmt sich aber zwei Zigaretten. Ich halte die Schachtel dem Mann neben ihr unter die Nase, aber er weicht zurück, als wäre ich giftig. Keine Frage, sie haben meine Tarnung durchschaut, aber vielleicht kann ich trotzdem was aus ihnen herausbekommen.

»Was ist mit Wayne? Schon gesehen heute?«

»Schon gesehen heute?«, imitiert mich die Frau mit dem Tattoo mit übertriebener Piepsstimme.

Ich setze mich im Schneidersitz in den Dreck neben sie und reibe mir die kalten Hände. »Na, dann muss ich wohl hier sitzenbleiben, bis jemandem einfällt, wo Gary ist.«

»Haste hundert Dollar?«, fragt einer. Er setzt seine abgeranzte Basecap ab und hält sie mir unter die Nase.

»Nee. Leider nicht.«

»Dann verpiss dich«, sagt er und setzt die Cap wieder auf.

Alle lachen hämisch und spielen weiter. Als sie merken, dass ich mich nicht von der Stelle rühre, stehen sie auf und driften davon, die Pistazienschalen und die Picknickdecke bleiben liegen.

Hinter mir ertönt fieses Gelächter, spitz und laut. Als ich mich umdrehe, sehe ich einen älteren Mann mit Dreadlocks, dessen massiver Hintern über den Sitz seines großen Holz-Klappstuhls quillt. Auf seinem breiten Schoß liegt ein Stapel Romane. Er mustert mich.

»Suchst du wen?«, fragt er.

Er hat die Lippen zu einem mitleidigen Grinsen verzogen, als hätte er gerade meine intimsten Geheimisse erraten.

Ich stehe auf und klopfe mir den Schmutz von der Hose. »Ja, einen Freund.«

»Soso, einen *Freund.*« Sein Grinsen wird breiter. Das oberste Buch auf seinem Stapel ist *Der scharlachrote Buchstabe*. Er streichelt den Umschlag, als wäre er eine Katze.

Ich trete näher und halte ihm die Zigaretten hin. »Willst du eine?«

Er betrachtet meine ausgestreckte Hand, dann meine Jacke und schließlich mein Gesicht. Vorsichtig, fast zärtlich nimmt er mir die Schachtel ab und steckt sie ein.

»Danke«, sagt er höflich, als hätte ich ihm gerade einen Logenplatz in der Oper spendiert.

»Kennst du einen Typen namens Wayne? Nennt sich auch Flush.«

»Willst du den festnehmen?«

»Wie kommst du denn darauf?«

»Weil die Leute aus zwei Gründen hier auftauchen«, sagt er. »Entweder kommen sie dir mit der Bibel – oder sie schlagen dir den Schädel ein. Und ich sehe bei dir keine Bibel, Eisprinzessin.«

»Ich will nur mit ihm sprechen.«

»Hab ihn heute noch nicht gesehen.«

»Kennst du Gary?«

Er rutscht leicht auf seinem Stuhl herum und reckt die Finger zum Abzählen in die Luft. »Ich kenne viele Garys«, sagt er. »Big Gary, Little Gary, Tattoo Gary, Pädo-Gary ...« Er hält kurz inne. »Aber Pädo-Gary war nicht lange hier. Den haben wir gleich wieder verjagt.«

»Dann nennen wir meinen mal Junkie-Gary. Ein Kumpel von Wayne. Ich will ihn nicht festnehmen, nur mit ihm reden.«

Unter der Wollmütze juckt es. Weil sowieso jeder hier geblickt zu haben scheint, dass ich Polizistin bin, nehme ich das Ding ab und kratze mir erst mal ausgiebig die Kopfhaut. »Gestern Nacht sind hier in der Gegend ein paar Leute erschossen worden. Waynes Freund könnte ein wichtiger Zeuge sein.«

Der Mann starrt auf meine Haare, wirr und abstehend. »Du bist die, die gestern Mary Grace zur Unterkunft gebracht hat. Und ich hab gehört, dass sie heute Morgen von einer ruppigen Rothaarigen im teuren Auto abgeholt wurde.« Er legt den Kopf schief und mustert mich mit halb geschlossenen Lidern.

»Ja, sie bleibt ein bisschen bei mir, bis wir eine Lösung für sie gefunden haben.«

»Bunsen-Gary«, sagt der Alte. »Den suchst du.«

Er legt die Bücher auf den Boden und schält sich mit erstaunlicher Wendigkeit aus dem Holzstuhl, der sich trotz seines Gewichts anhebt. Der Mann ist groß, mindestens eins achtzig, und wiegt garantiert über 180 kg.

»Ich glaube, ich weiß, wo er steckt. Komm mit«, sagt er und geht in Richtung Hickory Street davon.

Als ich ihn eingeholt habe, streckt er mir die Hand entgegen. »Ich bin Mountain«, sagt er.

»Betty«, sage ich.

»Red Betty, Red Betty ...«, Mountain singt drauflos, im Takt unserer Schritte.

An der Hickory Street biegen wir links ab und gehen fast bis zur Orleans Street weiter. Mitten auf dem Weg bleibt Mountain abrupt stehen, als wäre er gegen eine Glaswand geprallt.

»Weiter kann ich nicht gehen«, schnauft er. Er hat sich zu weit vom Schutz der Brücke entfernt, unter der sich die Bewohner von Tent City sicher fühlen. Gequält blinzelt er ins Licht der untergehenden Sonne. Er zeigt gen Osten zum Ende der Straße. »An der alten Fleischfabrik vorbei, kurz vor der Malcolm X steht ein Dope-Haus. Rotes Vogelbad im Garten. Da hängt er wahrscheinlich rum.«

Er sieht mich an, dem einst lebendigen Viertel den Rücken zugekehrt.

»Hast du eine Waffe dabei?«

Ich tätschle meine rechte Hüfte.

»Gut«, sagt er. »Früher haben hier bestimmte Regeln geherrscht, an die sich jeder gehalten hat. Die Zeiten sind vorbei. Tent City ist gefährlich, aber hier draußen ist es lebensgefährlich.«

Er verzieht das Gesicht und reibt sich das Knie.

»Alte Sportverletzung?«, frage ich.

»Sport?«, fragt er mit frostiger Stimme. Mountain richtet sich zur vollen Größe auf und blickt verächtlich auf mich herab. »Nicht alle Schwarzen spielen Basketball, *Stretch*. Bis vor einem Jahr war ich Bibliothekar.«

Ich beuge den Kopf, um ihm zu signalisieren, dass ich seinen Seitenhieb verdient habe, danke ihm für die Hilfe und gebe ihm die zweite Zigarettenschachtel. Lange sehe ich ihm nach, wie er langsam Richtung Tent City davonwankt, zurück zu seinem Thron.

Mein Diensthandy klingelt. Es ist Maclin. Also gehe ich nicht ran, sondern höre hinterher die Nachricht ab. Er klingt richtig angepisst. Offenbar hat Dr. Theodosiou ihm Bescheid gegeben. Er hofft für mich, dass ich todkrank im Bett liege. Wenn ich mich nicht innerhalb der nächsten Stunde melde, werde er mich suspendieren. Ich rufe Seth an, lande aber direkt auf seiner Mailbox. Wenn Seth meine Nummer sieht, geht er ran. Immer.

Weder auf der Hickory noch auf der Orleans Street herrscht Verkehr, obwohl es halb sechs ist und der Freeway hinter mir nur so brummt. Ein paar Leute sind zu Fuß unterwegs zu den Suppenküchen-Trucks. Ein Mann rumpelt mit seinem Einkaufswagen voller Schätze über den Gehweg, er zerrt das Ding mit Gewalt über die Bordsteinkante und verschwindet damit in den langen Schatten einer Unterführung.

Ich gehe in östliche Richtung weiter die Hickory Street entlang, mittlerweile eine schattige Schlucht, zu beiden Seiten ragen große Lagerhallen auf, die Schicht ist vorbei, die Tore sind verschlossen. Hinter einem Drahtzaun befindet sich rechter Hand ein Parkplatz, wo alte, ausgeschlachtete Transporter vor sich hin rosten.

Ich setze mir wieder die Skimütze auf, ziehe sie tief in die Stirn und gehe schneller. Die Sonne geht jeden Moment unter, und es ist schon jetzt erheblich abgekühlt. Die Straße vor mir ist wie leergefegt, aber ich sehe mich immer wieder um. Nicht, dass mir jemand folgt. Ich halte Ausschau nach Dealern, ihren Spähern und ihren Kunden, vor allem in der Nähe des Dope-Hauses, aber es ist niemand da. Das Viertel ist leer wie eine Filmstadt nach den Dreharbeiten, auch dort, wo der Gehweg in der Unterführung zur Malcom X Street verschwindet. Auf der anderen Seite stehen weitere Lagerhallen zwischen überwachsenem Brachland und ein paar verfallene, verrammelte Häuser, die vor mehr als fünfzig Jahren erbaut wurden.

Am Ende der Lagerhalle zu meiner Rechten befindet sich ein stabiler Metallkäfig, der den Stromkasten für das Gebäude schützt. Um an die wertvollen Kupferdrähte zu kommen, müsste man dem dicken Stahlgitter schon mit einem Schweißgerät zu Leibe rücken oder es mit einem hydraulischen Rettungsspreizer aufsprengen. Neben dem Käfig steht das Dope-Haus. In den 1920ern war es sicher ein gemütliches Heim, aber mittlerweile ist die Farbe fast komplett abgeblättert und hat das weiche Holz freigelegt. Dem hohen Spitzdach fehlen die Ziegel, es sieht aus wie ein Vogel in der Mauser. Die meisten Fensterscheiben wurden zertrümmert und sind jetzt mit Karton oder Sperrholz verbarrikadiert. Im Garten steht ein kleines Vogelbad, feuerrot angestrichen.

Das Haus wirkt verlassen. Alles ist still. Ich warte ein paar Minuten an den Metallkäfig gelehnt und behalte die Straße im Blick, falls jemand auf der Suche nach dem nächsten Schuss hier aufkreuzt. Die hohe Sicherheitsbeleuchtung der

Lagerhalle und eine einsame Straßenlaterne sorgen in der unmittelbaren Umgebung für ein bisschen Helligkeit. Die Innenstadt mit ihrer Festtagsbeleuchtung liegt nur ein paar Kilometer östlich von hier, aber in dieser Straße herrscht bereits tiefste Nacht.

Ich gehe zur Tür und horche. Im alten Holz knirscht und raschelt es. Ich drehe am Knauf, der sich zwar dreht, aber nichts bewirkt. Die Tür ist offenbar verschlossen.

Auf der Seite des Hauses, das zur Überführung zeigt, befinden sich weitere vernagelte Fenster und ein hoher Sichtschutzzaun. Einige Latten hängen halb herunter, aber es ist zu dunkel, um zu erkennen, was sich im Garten dahinter befindet. Ein leises Geräusch aus der Unterführung hinter mir lässt mich herumfahren und reflexartig nach der Waffe greifen. Aber dann ist wieder alles still.

Vorsichtig bahne ich mir den Weg zurück zum Eingang, stelle mir Glasscherben, schmutzige Nadeln und gebrauchte Kondome vor. Es ist zu dunkel – und zu gefährlich –, um in diesem Drogennest herumzustolpern, und ich bin nicht mehr sicher, ob ich Bunsen-Gary und Seth unbedingt finden will. Nach Sonnenuntergang in dieser Gegend herumzuspazieren ist ziemlich dumm. Die Junkies haben vermutlich keine Pistolen, die hätten sie längst verkauft, aber die Dealer sind bis an die Zähne bewaffnet, und die schießen, bevor sie Fragen stellen. Ich bin auch nicht mehr so versessen darauf herauszufinden, wer die Bibelverse auf den Leichen verteilt. Außerdem muss ich Maclin zurückrufen und ihm glaubhaft machen, dass ich krank im Bett liege, damit er seine Drohung nicht wahrmacht.

Unter der Überführung blitzt die Glut einer Zigarette auf,

wie das Auge eines Tiers, das allerdings so groß ist wie ein Mensch. Ich erstarre, verziehe mich tiefer in die Schatten. Die Zigarette wird ausgetreten, danach ertönt das unverwechselbare Klackern von Absatzschuhen auf dem Gehweg. Eine schattenhafte Gestalt löst sich aus der Dunkelheit, breitschultrig, mit muskulösen Beinen, nackt bis auf extrem hohe Plattformschuhe. Sie schwingt übertrieben die Hüften, ihr langes, welliges Haar ist rot wie Lava und so künstlich, dass es sich nur um eine Perücke handeln kann. Im Licht der Straßenlaterne erkenne ich eine Frau in einem kurzen Fellmantel, die Finger in ihrer großen Handtasche. Sie nickt mir zu. *Ich sehe dich, Schlampe, und das hier in meiner Hand ist kein Lippenstift.* Sie bleibt breitbeinig stehen und mustert mich. Dann wendet sie sich ab und geht rasch Richtung Orleans Street weiter.

Ich beschließe, ebenfalls den Rückzug anzutreten, zurück nach Tent City und James Earles Crown Vic. Aber weil ich sie nicht erschrecken will, folge ich ihr nicht sofort. Stattdessen betrachte ich erneut die Haustür.

Die steht auf einmal einen Spaltbreit offen, ein paar Zentimeter verstörende Finsternis zwischen Tür und Rahmen.

Irgendwer im Haus – Bunsen-Gary? – hat die Tür geöffnet. Entweder hat die Person mich gesehen und beschlossen, nicht abzuhauen, was bedeutet, sie ist noch im Haus, oder sie hat sich verzogen, als ich nicht aufgepasst habe.

Während ich mich an der Hausmauer vortaste, rieseln um mich herum abgeblätterte Farbplättchen herab. Wieder herrscht absolute Stille, aber mir stellen sich die Nackenhaare auf, ich habe das Gefühl, dass mich jemand von drinnen beobachtet.

»Polizei!«, rufe ich und ziehe die Waffe. »Rauskommen!«

Nichts. Nicht mal das Holz knarrt.

»Komm raus! Ich werde dich nicht festnehmen, will nur sehen, dass du nicht bewaffnet bist.« Ich schleiche bis zur Tür, lege die Wange an den Rahmen. Drinnen ist es zu dunkel für eine schnelle Erfassung der Gemengelage. Ich ziehe mein Handy hervor, tippe auf die Taschenlampe und leuchte ins Haus. Direkt vor mir erkenne ich einen Turnschuh, dann das Bein dazu. Eine Person liegt auf dem nackten Boden. Ich bewege den Lichtkegel über den Oberkörper bis zum Kopf. Da liegt ein Mann in seinem eigenen Blut. Hinter ihm liegen noch mehr.

Rasch leuchte ich das Innere aus, aber nichts rührt sich. Lauter reglose Gestalten. Ich trete die Tür auf, hechte hinein, geduckt, versuche, sämtliche Winkel auszuleuchten. Mein Atem rasselt laut, aber hier drinnen bewegt sich nichts außer mir.

Insgesamt liegen hier ungefähr fünf Personen, mit dem Gesicht nach unten, eine sitzt vornübergebeugt in einem Sessel. Im Licht meines Handys sieht das Blut an Wänden und Boden aus wie Schokosirup.

»Hey«, flüstere ich dem Mann vor mir zu und berühre sein Bein. Sein Fleisch ist weich. Er ist noch nicht lange tot, aber Schüsse hätte man schon von Weitem gehört, besonders, wenn jemand in diesem Haus mit seinen dünnen Wänden ein ganzes Dutzend abgefeuert hätte. Ich habe mich sicher eine Viertelstunde in der Nähe aufgehalten und nichts gehört. Diese Leute hier sind aber garantiert nicht länger als eine halbe Stunde tot.

Ich richte das Handy aufs nächste Opfer, eine Frau. Im

Lichtstrahl erkenne ich ihre starren Augen, es ist nichts mehr zu machen. Ich drehe das Handy um, um den Notruf zu wählen.

Da ist ein Huschen, etwas bewegt sich, und ich wirble herum. Der Mann im Sessel ist wieder lebendig, er hat sich die Kapuze ins Gesicht gezogen und mich zu Boden gerungen, bevor ich die Waffe heben kann, hat mir das Handy aus den Fingern geschlagen, die Pistole. Groß ist er nicht, aber muskulös und wendig, und stark. Etwas Schweres erwischt mich am Kopf, und ich stürze direkt auf die Tote vor mir.

Der nächste Schlag, diesmal auf den Hinterkopf, befördert mich ins Land der Träume.

Als ich wieder zu mir komme, liege ich auf einem weichen, stinkenden Kissen, kalter Rauch und Schweißgeruch steigen mir in die Nase. Meine Hände liegen ausgestreckt hinter dem Kopf, und als ich die Finger bewege, fasse ich in etwas unangenehm Klebriges. Schokosirup, denke ich, und sofort kommt mir das Bild von Blut, Spritzern, Lachen, überall, an Wänden und Boden. Mir wird kotzübel, weil mir wieder einfällt, dass ich nicht auf einem stinkenden Kissen liege, sondern auf einer toten Frau. Ich reiße die Augen auf. Doch da über mir sind zwei Personen, ein Mann und eine Frau, sie haben sich so dicht vorgebeugt, dass ich ihren üblen Atem riechen kann. Die Haare der Frau hängen mir ins Gesicht, kitzeln mich an der Wange. Sie sind rot, so grellrot, dass sie nicht echt sein können. Rot wie die Perücke von Evangeline Roy.

Ich schlage um mich, stoße sie weg von mir. Beide sind von meinem Handy beleuchtet, das irgendwo am Boden liegt, die Taschenlampenfunktion immer noch aktiviert. Sie weichen entsetzt zurück und verschwinden in den Schatten. Die Frau gibt beruhigende Geräusche von sich und signalisiert mir mit beschwichtigenden Gesten, dass sie mir nichts tun will. Ich betaste meinen schmerzenden Schädel. Die Mütze ist weg.

»Alles okay?«, fragt der Mann.

Ich blinzle und spähe ins Halbdunkel. Da steht Seths Informant Wayne.

Die Frau funkelt ihn böse an. »Sieht die etwa okay aus? Süße, bleib ganz ruhig«, sagt sie und tätschelt mir den Arm. »Es kommt gleich Hilfe.«

Jetzt erkenne ich die Frau, sie ist die Dame mit der lavaroten Perücke, die Richtung Hickory Street verschwunden ist.

Sie helfen mir in Sitzposition. Mein Kopf schmerzt, als würde er gleich zerbrechen. Im Nacken spüre ich etwas Nasses. Vorsichtig betaste ich die Wunde an meinem Hinterkopf, aber da ist nur getrocknetes Blut.

»Was ist passiert?«, frage ich.

»Jemand hat dir was auf die Glocke gegeben«, sagt die Frau mit der roten Perücke. »Ich war auf dem Weg nach Tent City, als ich Wayne getroffen habe, der schon überall nach dir gesucht hat. Seine Beschreibung passte auf dich. Ich hab dich sofort als Polizistin erkannt, als du da ums Haus geschlichen bist. Kindchen, du kannst hier nachts nicht allein rumlaufen!

Wayne und ich waren schon auf dem Weg, als ein Typ wie angestochen aus dem Haus gerannt kam und in der Unterführung verschwunden ist. Wenn ich nicht diese netten Schühchen angehabt hätte, wäre ich dem Mistkerl gleich mal hinterher, voll klar, dass der nichts Gutes im Sinn hatte, und dann komm ich hier rein, und da liegen lauter arme tote Junkies rum ...«

»Hast du ihn genau gesehen?«, unterbreche ich sie.

»Es war ein Mann, das ist schon mal klar. Aber weiß, schwarz oder irgendwas dazwischen, kann ich dir nicht sagen.«

Ich drehe den Kopf, um Wayne anzusehen. Meine Nackenmuskeln verkrampfen sich. »Wo ist Seth?«, frage ich. »Er hat gesagt, er wollte dich treffen.«

Wayne wirkt sichtlich erschüttert. »Ähm«, sagt er unsicher. Sein Blick wandert unruhig durchs Zimmer.

In der Ferne heulen Sirenen.

»Ich will hier raus«, sage ich. Die beiden helfen mir auf die Beine, und auf sie gestützt bahne ich mir den Weg an den Leichen vorbei ins Freie. Sie lassen mich sanft auf die Bordsteinkante fallen, wo ich mit dem schmerzenden Kopf zwischen den Knien sitzen bleibe und gegen die aufsteigende Übelkeit ankämpfe.

Wayne setzt sich neben mich und wiegt sich verstört vor und zurück, die Arme schützend um seinen Körper geschlungen. »Wo ist Seth?«, frage ich ihn erneut.

Drei Streifenwagen kommen mit blinkenden Lichtern und kreischenden Sirenen herangerast. Wayne springt auf und winkt sie herbei.

Dann wendet er sich zu mir um. »Irgendwo, wo er nicht sein sollte«, antwortet er.

13

8. Januar 2014
Baylor Hospital

Ich sitze auf dem Krankenhausbett, die nackten Beine baumeln über dem Rand, nur Zentimeter vom eiskalten Boden entfernt. Ein Notarzt untersucht mich. Er bohrt mit dem Finger in die Beule, als wäre ich eine Avocado. Als ich mich am Krankenhemdchen festkralle und das Gesicht verziehe, hält er kurz inne.

»Tut das weh?«, fragt er.

Ich funkle ihn böse an. »Ähm, nö. Fühlt sich super an.«

»Das CT zeigt, dass Sie von dem Schlag auf den Hinterkopf eine leichte Gehirnerschütterung davongetragen haben, aber die linke Schläfe ist so weit okay, da haben wir nur ein Hämatom. Wir müssen nicht nähen, die Leuko-Strips reichen. Wir müssen uns also erst mal keine Sorgen machen.«

»Na, da sind *wir* aber froh, dass *wir* uns keine Sorgen machen müssen.«

Der Arzt ist noch jung, hat wohl gerade erst sein Studium abgeschlossen. Sarkasmus haben sie auf der Uni offenbar nicht gelehrt.

»Ich habe Halsweh. Fühlt sich an, als wäre alles zugeschwollen.«

Er schaut mir in den Mund, betastet meinen Hals und zuckt die Achseln. »Ich verordne Ihnen ein paar Tage Bettruhe«, sagt er knapp. »Ihr Blutdruck ist leicht erhöht. Wenn Ihnen schlecht oder schwindelig wird oder Sie Schluckbeschwerden haben, kommen Sie bitte wieder her. Falls die Kopfschmerzen nicht nachlassen, gehen Sie zu Ihrem Hausarzt. Den sollten Sie ohnehin in den nächsten Tagen aufsuchen, wegen der Nachuntersuchung. Die Schwester bringt Ihnen den Entlassungsbrief.«

Er zieht den Vorhang zur Seite. Während er mich untersucht hat, wurden zwei Verletzte mit Schusswunden eingeliefert, Baylor ist die Top-Adresse für rivalisierende Gangs in Dallas. »Viel Glück!«, sagt er zum Abschied.

»Mein Hausarzt ist übrigens eine Ärztin«, rufe ich ihm nach, aber er ist schon davongerauscht, hinter ihm bauscht sich der Vorhang.

Plötzlich taucht Maclin neben mir auf, wie ein Todesengel steht er da, ein gewinnendes Sensenmann-Lächeln auf den Lippen, Weiß trägt er auch, in Form eines frisch gebügelten Hemds, die Ärmel lässig hochgekrempelt. Zunächst macht er auf freundlich und mitfühlend – als er die Nachricht gehört habe, sei er sofort ins Krankenhaus gefahren und noch vor Jackie eingetroffen –, aber seine Stimmung schlägt sofort um, als er merkt, dass seine persönliche Nemesis überleben wird.

»Ich werde eine zweiwöchige Suspendierung ohne Lohn beantragen«, sagt er wütend. »Die einzige Möglichkeit, wieder in den aktiven Dienst zurückzukehren, geht über Dr. Theo.« Er hält drei Finger in die Luft. »Mindestens drei Sitzungen, bei ihm vor Ort abgehalten – haben wir uns verstanden, Rhyzyk?«

Als ich das Gesicht verziehe, verliert er die Geduld. »Was stimmt bei dir nicht?«, zischt er.

Am liebsten hätte ich ihm eine witzige Antwort gegeben, aber selbst ich merke, wenn ich den Bogen überspannt habe. Maximal. Mich in Gefahr begeben, meinem Kollegen nachspioniert, wegen eines Verdachts, den ich meinem Vorgesetzten vorenthalten habe, Maclins Anordnung missachtet, eine vorgeschriebene Sitzung beim Psychologen abgesagt, einen frischen Tatort betreten, ohne Verstärkung anzufordern. Und das sind nur die Sachen, über die Maclin Bescheid weiß.

»Ich will Sie morgen früh um Punkt zehn in meinem Büro sehen, mit dem Bericht in der Hand. Wir haben vier tote Junkies, einer von ihnen war vermutlich Zeuge des Angriffs auf Pico Guerto. Und eine fast ermordete Expolizistin hätten wir auch fast dabeigehabt.« Er mustert mich vorsichtig. »Haben Sie den Angreifer gesehen?«

Ich schüttle den Kopf.

In diesem Moment streckt Bernard Tate, Maclins ehemaliger Kollege von der Mordermittlung, den Kopf ins Untersuchungszimmer.

»Heilige Scheiße, Rhyzyk!«, ruft er. »Da hat dir aber jemand richtig eins aufs Maul gegeben.«

Maclin und Tate nicken einander freundlich zu. »Nur zu, sie gehört dir«, sagt Maclin zu ihm.

Er dackelt genervt ab. Tate will wissen, an was ich mich erinnere.

Ich erzähle ihm alles, nur meinen Verdacht gegen Seth lasse ich weg. »Ich bin einem Hinweis auf den Aufenthaltsort eines wichtigen Zeugen gefolgt, der vermutlich etwas über die Morde in Deep Ellum aussagen könnte.«

»Mensch, Rhyzyk, wir Mordermittler finden es echt dufte, dass du uns so tatkräftig unter die Arme greifst. Wo du doch so viel Erfahrung hast mit Mordermittlungen.«

»Immer gern«, sage ich und verschränke aufsässig die Arme. Aber halbnackt, nur mit einem himmelblauen Krankenhaushemdchen angetan, ist die taffe Nummer ziemlich unglaubwürdig.

Wir funkeln einander an, während er einen Klarsicht-Asservatenbeutel hervorzieht, in dem ein Zettel steckt. »Hast du das hier gesehen, als du über die Leichen gekrochen bist?«

Wieder dieser Bibelspruch.

»Also nicht«, sagt er, weil ich nur stocksteif dasitze und nicht antworte. »Geht es dir gut genug, um mit meinen Leuten zu sprechen?«

Ich nicke, und Tate wendet sich zum Gehen. Dann wirbelt er plötzlich herum, als wäre ihm gerade noch etwas Wichtiges eingefallen. »Übrigens«, sagt er, »geiles Tattoo. Verteilst du Popcorn vor der Show?« Er kichert böse und geht.

Tates Detectives nehmen meine Aussage auf, danach liege ich auf dem Bett und warte auf meine Entlassungspapiere. Die Matratze vibriert förmlich, so sehr stehe ich unter Strom. Aus Sorge um meinen Kollegen und Frust über meine Einschränkungen habe ich mich in Lebensgefahr begeben. Ständig gehe ich Risiken ein, um mir zu beweisen, dass diese Einschränkungen nichts bedeuten – was natürlich nicht stimmt. Genau wie damals in New York. Beim NYPD war ich meist die Erste, die in ein abbruchgefährdetes Haus gerannt ist, und die Letzte, die nach einer Razzia wieder rauskam.

Jackie betritt den Raum und stellt sich an mein Bett. Sie nimmt meine Hand, küsst sie und fragt allen Ernstes: »Hast du den Verstand verloren?«

»Sieht so aus«, sage ich. »Bin für ein paar Wochen suspendiert.«

Als ich Jackies Erleichterung sehe, ziehe ich meine Hand weg. »Freu dich bloß nicht zu früh.«

Mit traurigem Blick reicht sie mir meine Hose. »Du glaubst doch nicht, dass ich nicht genau weiß, wer das wieder ausbaden darf.«

»Was soll das heißen?«, frage ich scheinheilig.

»Ich warte draußen.«

Sie wendet sich zum Gehen, aber ich packe sie am Arm und ziehe sie zu mir heran. Ich schnuppere an ihren Haaren – ihr blumiger Duft übertüncht den Gestank nach Alkohol und Desinfektionsmittel – und bin zu Tränen erleichtert, als ich spüre, dass sie mich umarmt.

»Wir kriegen das schon hin«, sage ich zu ihr.

Sie weicht zurück, umschließt mein Gesicht und sieht mich an. Vermutlich setzt sie dieselbe mitfühlende, hoffnungsvolle Miene auf, die sie für ihre Patienten parat hat, wenn sie ihnen mitteilt, dass sie einen bösartigen, aber behandelbaren Tumor haben.

»Betty, das ist nichts, was du mal eben hinkriegst. Ich kenne dich. Du denkst, wenn du alles in kleine Kartons packst und den Rest im Jameson ertränkst, wird es schon wieder gut. Aber du kannst deine Angst nicht kleinkriegen, indem du dich in Gefahr begibst.«

»Du hast nicht vergessen, dass ich Polizistin bin?«

Sie lächelt. »Ja, Polizistin. Aber nicht bei der Terrorabwehr, Bagdad Betty.«

Jackie streichelt mir sanft über die Halsschlagader. Ich spüre sie unter ihrem Finger pochen. Schnell und stark.

Ich lächle. »Wie lautet die Diagnose, Frau Doktor?«

»Dass du Angst hast«, sagt sie sanft. »Die ganze Zeit.«

Ich versteife mich sofort, aber sie lässt mich nicht los. Sie hält meinen Blick, als wolle sie mich zwingen, das zu sehen, was ihr sofort ins Auge springt. Was ich nicht zugeben will, nicht vor mir oder vor irgendwem sonst: Das Engegefühl in meiner Kehle, von dem ich gerade dem jungen Arzt erzählt habe, ist nichts als Panik. Panik, weil ich fürchte, dass sich die Bibelverse an den Tatorten als Werk der Family herausstellen könnten, die Rache der Evangeline Roy, die ein bisschen mit mir spielt, während sie die Konkurrenz ausschaltet.

»Du bist nicht allein«, sagt Jackie. »Denk dran, ich bin auf einer Farm aufgewachsen und halte eine Menge aus.«

»Ich wette, du hattest so einen richtig fiesen Pick-up«, sage ich, während ich ihr den Nacken küsse.

»Ha! Du hättest mich mal auf dem Mähdrescher sehen sollen. Das war die *richtig* harte Nummer.«

Wir lachen, und die Schwester mit den Entlassungspapieren amüsiert sich über unsere Plänkelei.

»Meine Liebste und ich haben gerade unser Zwanzigstes gefeiert«, flüstert sie theatralisch. »Sie ist auch Krankenschwester.«

Dann erklärt sie uns, was nach der Entlassung zu beachten ist: Ruhe, nichts Schweres heben, kein Fahrzeug steuern, kein Bücken, nicht allein schlafen. Dazu bekomme ich ein Rezept für Schmerzmittel, die ich aber erst nach vierundzwanzig Stunden einnehmen soll, sofern ich wieder klar im Kopf bin.

Keine Chance, denke ich, denn ich kann es kaum erwarten, mich endlich wegzuschießen. *Ich werde mir die Dinger reinpfeifen, sobald die Apotheke sie rausrückt.*

Als ich auf dem Rezept »Oxycodon« lese, muss ich an Seth denken, der, wie Jackie mir sagte, draußen im Wartebereich sitzt, zusammen mit ein paar Kollegen, Freunden und neuen Bekannten: Craddock, Ryan, James Earle, Mary Grace und

Wayne, der vergeblich versucht hat, Betäubungsmittel abzustauben – gegen den Schock, versteht sich. Die große Transfrau heißt Dusty Rose und ist auch noch hier, sie hat bereits eine Aussage gemacht und dabei mit jedem Pfleger geflirtet, der in ihrer Nähe war.

Ich ziehe mich an und stakse aus dem Untersuchungszimmer in den Wartebereich. Hier ist das Licht so grell, dass ich unwillkürlich die Augen zusammenkneife.

Alle stehen gleichzeitig auf, aber niemand kommt auf mich zu. Keiner weiß so recht, wie er mir begegnen soll. Sie wissen alle, ich habe vier Leichen gefunden, zwei Frauen und zwei Männer, alle durch einen Kopfschuss getötet, und bin dem mutmaßlichen Killer vermutlich selbst begegnet. Ich sehe Seth an, dessen Lächeln erstirbt, als er meinen Gesichtsausdruck versteht. Ich bedeute Craddock, mir in den Flur zu folgen.

»Hast du bei Carlos Rivera noch was gefunden außer dem Bibelvers?«, frage ich ihn. Offenbar klinge ich sehr ernst, denn er weicht einen Schritt zurück. »Irgendwelche Drogen?«

Craddock mustert mich besorgt, vielleicht glaubt er, der Schlag auf den Hinterkopf hat irgendwelche Schäden hinterlassen. »Nein«, sagt er schließlich.

Ich bedanke mich und erkläre ihm, dass ich am nächsten Tag kurz ins Büro kommen werde. Zumindest so lange, bis ich den Bericht für Maclin fertig habe, danach werde ich meine Siebensachen packen und das Gebäude mit gebeugtem Haupt verlassen.

»Maclin hat uns schon gesagt, dass er dich ein paar Wochen suspendiert.«

»Tja, da habe ich wohl selbst schuld.«

»Kommst du klar?«, fragt Craddock, eine Hand auf meinem Arm.

Da steht er vor mir, dieser Mann mit seiner schlechtsitzenden Jacke, dem Kugelbauch, der sich darunter spannt, den schlecht getarnten, bereits abgetragenen orthopädischen Schuhen – und in seinem schlaffen Gesicht steht pures Mitgefühl. Insgeheim wünsche ich mir nichts sehnlicher, als dass er mich in die Arme schließen und mir versichern würde, dass alles wieder gut wird. Aber ich werde einen Teufel tun und ihm in diesem Moment meine Schwäche offenbaren.

Stattdessen behaupte ich, dass alles in Butter ist und ich einfach eine kleine Auszeit brauche, damit die Wunden gut verheilen, dann strecke in den Kopf ins Wartezimmer und signalisiere Jackie, dass wir gehen können. »Danke, dass ihr alle auf mich gewartet habt«, sage ich. »Aber ich muss jetzt heim.«

James Earle tritt auf mich zu und schließt mich umständlich in die Arme.

»Ach Mist, James! Dein Auto steht noch in Tent City«, sage ich.

Er zuckt nur die Achseln. »Kein Ding, Red. Ich kümmere mich später drum.«

Ich ignoriere Seth und humple mit Jackies und Mary Grace' Hilfe aus der Notaufnahme auf den überfüllten Parkplatz. Dusty Rose und Wayne folgen mir.

Ryan kommt hinterhergelaufen und hilft Jackie, mich ins Auto zu verfrachten. Er fummelt besorgt am Gurt herum, weil ich ihn aus unerfindlichen Gründen nicht selbst anlegen kann. Sein Gesicht ist ganz nah an meinem, er mustert mich so eindringlich, dass ich mich frage, ob mir noch Blut an den Wangen klebt.

»Hast du den Angreifer gesehen?«, fragt er. Er hat die Stirn in Falten gelegt, die Erschöpfung steht ihm ins blasse Gesicht geschrieben. Ein Auge zuckt nervös.

Ich schüttle den Kopf und bereue es sofort. Es fühlt sich an, als hätten sich ein paar Hirnfragmente selbstständig gemacht.

»Sicher?«

»Ja, Kevin. Ganz sicher. Es war stockdunkel, und der Mistkerl hat mich von hinten erwischt.«

»Kann ich sonst noch was für dich tun?«

Ohne Aufforderung hat sich Dusty Rose bereits auf den Rücksitz geschoben, während Wayne noch verloren neben Ryan auf dem Parkplatz steht.

»Könntest du dafür sorgen, dass Wayne irgendwo unterkommt«, frage ich. »Mary Grace übernachtet heute bei uns ...«

»Und ich auch«, ruft Dusty von hinten. »Nachdem ich dir das Leben gerettet hab, lässt du mich sicher nicht hier in der Kälte stehen.«

Ich fische James Earles Autoschlüssel aus der Hosentasche und drücke sie Ryan in die Hand. »Würdest du James bitte nach Tent City bringen, wo sein Auto steht?« Nachdem ich ihm den genauen Standort erklärt habe, nickt er und schließt sanft die Tür. Ich klappe das Visier mit dem Kosmetikspiegel herunter, um einen ersten Blick auf den Schaden zu werfen, und sehe dabei, dass da tatsächlich Blut klebt, ein blassrosa, verschmierter Fleck auf der linken Schläfe, direkt neben dem schwarz angelaufenen Auge.

Jackie hat etwas gesagt.

»Was?«, zische ich ungehalten. Ich bin auf hundertachtzig, das Kopfbrummen macht mich fertig, genau wie die Angst.

Sie berührt meine Hand. Eigentlich müsste sie mich anbrüllen – dafür, dass ich mich in Gefahr begeben habe, dass ich hier immer mehr Leute von der Straße anschleppe, die sich in unserem Heim einquartieren, und dafür, dass ich die Kluft zwischen uns täglich größer werden lasse –, aber sie lächelt nur. Blass ist sie, traurig, aber sie lächelt.

»Soll ich das gute Geschirr rausholen?«

»Gott, ich liebe dich so!«, bricht es aus mir hervor.

Jackie fährt los. Im Rückspiegel sehe ich Ryan auf dem Parkplatz stehen, er blickt uns hinterher. Er war so besorgt um mich, wollte unbedingt helfen. Aber er wirkt steif, seine Arme sind verkrampft, die Hände zu Fäusten geballt, als müsste er sich gleich mit jemandem prügeln. Wayne tippt ihm auf die Schulter und fragt ihn etwas, aber Ryan ignoriert ihn. Er lässt uns nicht aus den Augen, und er ist sehr zornig.

Ich verbringe eine unruhige Nacht im Bett neben Jackie, mein Schädel pocht trotz der Schmerzmittel. Sie passt gut auf mich auf, sorgt dafür, dass ich nicht bewusstlos werde, und kontrolliert alle paar Stunden, ob ich noch atme. Mary Grace schläft im Gästezimmer, Dusty Rose hat es sich mit Schlafsack und Kissen im Wohnzimmer bequem gemacht. Ich liege unter meiner Decke in einer Rauschwolke und horche nach verdächtigen Geräuschen, wie sie zum Beispiel von Dusty kämen, wenn sie das Haus auf der Suche nach Bargeld umkrempeln würde. Aber ich höre nur Schnarchen.

Trotz dieser friedlichen Atmosphäre kann ich einfach nicht schlafen. Ich komme mir vor wie eine Gefangene, aufgekratzt, verängstigt und angespannt. Je länger ich über Seths Lüge nachdenke – oder sein Verschweigen von Tatsachen –, desto zorniger werde ich. Und Seth ist nicht der Einzige, der mich gerade auf die Palme bringt. Zum ersten Mal im Leben bin ich wütend auf Onkel Benny, weil er mich im Stich gelassen hat, mir einfach nicht helfen will. Er hat mir immer mit Rat und Tat zur Seite gestanden und mir auf diese Weise geholfen, nie vom rechten Pfad abzukommen. Ich muss seine Stimme hören! In meiner momentanen Lage ist das allerdings so, als wollte man mit einem kaputten Radio einen fernen Sender empfangen. Mir kommt der verrückte Gedanke, mich einfach anzuziehen und draufloszufahren, irgendwohin, Scheiß auf die Gehirnerschütterung. Hauptsache weg aus Dallas.

Jackie und ich wachen früh auf, weil jemand im Wohnzimmer herumrumst. Wie sich herausstellt, hat Dusty, in voller Montur, mitsamt roter Perücke und Absatzschuhen, unseren Staubsauger am Wickel. Sie fuhrwerkt damit unter unserem Esstisch herum wie ein Holzfäller mit seiner Axt. Ihr Schlafsack und das Kissen sind ordentlich auf dem Sofa verstaut.

Dusty hat bereits Kaffee und Porridge für Mary Grace zubereitet und informiert uns, dass sie uns auch gern ein köstliches Omelett kredenzt hätte, aber in unserem Kühlschrank gebe es ja nur »Wurzeln und Samen«.

Beim Kaffee erzählt uns Dusty ihre Lebensgeschichte. Als Kind in Kilgore, Texas, aufgewachsen, vernachlässigt und in der Schule ausgegrenzt, Jahre in der Armee, unehrenhafte Entlassung wegen sexueller Eskapaden, immer wieder gescheiterte Beziehungen, der Versuch, einen Club zu betreiben, mehr gescheiterte Beziehungen und schließlich die Obdachlosigkeit. Sie könne uns jedes Jerome-Kern-Musical vorsingen und für eine weitere Nacht unter unserem Dach würde sie für uns kochen, putzen und Mary Grace betreuen, nur bis ihre Freundin wiederkommt, ein oder zwei Tage, bitte bitte.

»Überlegt doch mal, wenn ich euch hätte ausrauben wollen, wäre das schon längst passiert. Ich hätte dich halbtot in dem Abbruchhaus liegenlassen können, hab ich aber nicht. Das ist gutes Karma, Baby. Bitte. Bringt mich nicht dazu, euch anzubetteln. Nur noch eine Nacht.«

Ich sehe zu Jackie rüber, die sich hinter ihrem Kaffeebecher verschanzt.

»Schnuckelchen«, säuselt Dusty, »selbst wenn ich dich beklauen würde, könntest du mich leicht ausfindig machen. Mich übersieht man nicht.«

Das Schlussplädoyer kommt von Mary Grace. »Sie ist eine von den Guten – echt jetzt. Hat mir immer geholfen, in Tent City was zu essen zu finden.«

»Okay«, sagt Jackie, wirft Dusty Rose aber einen warnenden Blick zu. »Aber wenn du meine Küche umräumst, fliegst du raus.«

Dusty schwört hoch und heilig, dann legt sie ihre Pranke auf Mary Grace' zarte Finger. Eine muskulöse Mary Poppins mit tiefer Sonnenbräune.

Auch ich gestehe ihr eine weitere Nacht in unserem Haus zu, aber nur, wenn sie in meiner Gegenwart die Perücke absetzt. Dieses Rot erinnert mich zu sehr an Evangeline Roy.

14

9. Januar 2014
Praxis Dr. Theodosiou

Das Wartezimmer mit seinen beruhigenden Farben und Strukturen ist auf körperliches Wohlbehagen ausgelegt und bietet dem angeschlagenen Verstand ein stilles Refugium: weiche Sessel, saumseliges Blaugrau an den Wänden, Teppiche mit subtilen monochromen Mustern.

Drei Stunden. Drei Termine muss ich mit dem nötigen Gleichmut überstehen und mich ausreichend kooperativ zeigen, damit ich wieder zu meiner Truppe darf. Ich tappe nervös mit dem Fuß, mein Bein zittert mit. Ich checke mein Handy, den immer noch schmerzenden Kopf in eine Hand gestützt.

Genau achtunddreißig Minuten habe ich heute Morgen im Büro verbracht, eine halbe Stunde für den Bericht, drei Minuten, um mich von Maclin zur Schnecke machen zu lassen (der auf meine Fragen nach dem bisherigen Stand der Ermittlungen mit Schweigen reagierte), und eine Minute, um meine SIG Sauer abzugeben, damit ich ja nicht in Versuchung gerate, mich mit einer Dienstwaffe ins Jenseits zu befördern (wen interessiert es schon, dass ich zu Hause noch drei weitere Waffen habe. Überraschung, wir sind in Texas!).

Maclin erklärte mir, dass der Suspendierungsantrag bereits »auf den Weg gebracht« sei, aber jederzeit zurückgezogen werden könne, sobald der Psychologe mich für diensttauglich erkläre. Danach brauchte ich noch geschlagene vier Minuten, um mich davonzuschleichen und ins Auto zu steigen. Der einzige Trost: Maclin hat mir meine Dienstmarke gelassen, was mich mit der winzigen Hoffnung erfüllt, dass ich nach der Suspendierung wieder in den aktiven Dienst darf.

Ich bin hin- und hergerissen, einerseits muss ich hier den Therapieturbo einschalten, um meinen Job und meine Beziehung zu retten, andererseits würde ich der Welt – inklusive dem ehrenwerten Dr. Theo – am liebsten ein inbrünstiges »Fickt euch!« zurufen. Ganz hinten in meinem Kopf meldet sich eine Stimme. Sie flüstert mir zu, dass mein Impuls, diejenigen wegzustoßen, die mir helfen wollen, Teil eines größeren Problems sein könnte. Misstrauen war der Schutzschild meines Vaters, feindseliger Corpsgeist sein Schwert. Ein stolzer Pole braucht keine Hilfe. Wer nicht allein klarkam, galt als schwach. Und diejenigen, die Hilfe anboten, kassierten eine erboste Abfuhr. Wenn ich meinen Stolz mal beiseiteschiebe, muss ich gestehen, ich bin froh, ja sogar erleichtert, dass man mich zwingt, Hilfe zu suchen. Aber diese Gefühle sind leise, und ich kann sie nur mir selbst eingestehen.

Die Tür zum Sprechzimmer öffnet sich sanft, und ein großer bärtiger Mann tritt herein.

»Betty Rhyzyk?«, fragt er. Er hat einen leichten Akzent, der süße Klang nach Sonne am Mittelmeer.

Ich nicke, und er streckt mir die Hand entgegen. Sein Lächeln ist herzlich, der Blick neugierig. Ein attraktiver Mann, Typ sanftmütiger Professor.

»Ich bin Dr. Theodosiou. Schön, Sie kennenzulernen.«

Ich gebe ihm die Hand. Er bedeutet mir, ihm durch den langen Flur ins Sprechzimmer zu folgen. Dort stehen mehrere Stühle und ein Ledersofa neben einem wuchtigen Schreibtisch.

»Wo soll ich mich setzen?«, frage ich.

»Wo Sie möchten, Detective.«

Also pflanze ich mich mitten aufs Sofa, womit ich mich vermutlich gleich als besonders gestört verraten habe. *Die Patientin hat sich sofort auf der größten Sitzgelegenheit breitgemacht und dazu noch in der Mitte (will nicht teilen), verschränkt die Arme (reflexartiges Abwehrverhalten) …*

Mit Bedacht lege ich die Hände mit den Handflächen nach unten neben mich, stelle beide Füße flach auf den Boden und ermahne mich innerlich, die Beine still zu halten. Ich habe die Pose eines ägyptischen Pharaos eingenommen: stumm, reglos, unnachgiebig – und völlig überflüssig.

»Wie geht es Ihnen?«, fragt er. Auf seinen verschränkten Beinen liegt ein Notizblock, daneben eine Akte. In der Hand hält er einen alten Füller. Mir ist klar, dass er die Frage nicht einfach so gestellt hat. Er hat den Kopf geneigt, bereit, mir zuzuhören, sein Blick ist erwartungsvoll, aber ruhig.

Ich starre auf die Akte. »Ging schon mal besser«, sage ich schließlich.

»Geht es Ihnen nach dem Angriff gestern schon gut genug, um diese Stunde zu bestreiten?«

»Ja, ich glaube schon.«

»Gut. Sie verstehen, warum Sie hier sind?«

Ich sehe ihn an. »Ja. Damit ich wieder arbeiten kann.«

»Die Arbeit ist sehr wichtig für Sie«, sagt er, den Stift bereit, um sich die ersten Notizen zu machen. »Das Wichtigste in Ihrem Leben?«

Ich will gerade nicken, als mir Jackie einfällt. Jackie ist das Wichtigste in meinem Leben. Doch als ich den Mund öffne, um ihm das zu sagen, geht mir auf, dass ich meine Gedanken bereits verraten habe.

Ich erwarte, dass er meine obsessive Dienstbeflissenheit gleich mal schriftlich festhält, aber seine Aufmerksamkeit gilt ganz mir und meinen wortlosen Enthüllungen.

Dann sehen wir uns meinen Personalbogen an, die Ereignisse, die mich in sein Sprechzimmer geführt haben, meine Reizbarkeit, Verweigerung von Dienstanweisungen, Kontrollverlust im Umgang mit Kollegen – Menschen, die ich festnehmen soll und Bürger im Allgemeinen. Das alles vor dem Hintergrund meiner Entführung durch die Familie Roy.

»Sie haben schwere Verletzungen davongetragen«, sagt er, offenbar mit aufrichtiger Anteilnahme. »Wie geht es Ihrem Bein jetzt?«

»Es ist steif, tut weh, und ich habe regelmäßig Muskelkrämpfe. Deswegen kann ich nicht mehr trainieren, was ein echter Rückschlag für mich ist.«

Er betrachtet mich schweigend.

»Früher war ich ständig joggen. Zehn, elf Kilometer pro Tag. Der Arzt ist nicht sicher, ob ich das je wieder schaffen kann.«

»Das ist sicher sehr schwierig für Sie.«

»Das können Sie sich nicht vorstellen«, murmele ich kläglich. Völlig in Gedanken ziehe ich an dem Band mit der Medaille und bewege sie an meine Lippen. Kurz bevor sich sie mir zwischen die Zähne schiebe, halte ich inne.

Dr. Theo lächelt, zieht an dem Band um seinen Hals und holt seine eigene Sankt-Michaels-Medaille hervor.

»Der Schutzheilige der Polizei, überall auf der Welt«, sagt er. »Meine Karriere bei der Polizei hat auf Zypern begonnen, vor vielen Jahren.«

Ich weiß, dass mich die Vorstellung beruhigen sollte, dass

ich hier vor einem ehemaligen Polizisten sitze, aber diese Information macht mich misstrauisch, als hätte er sich das alles nur ausgedacht, um mein Vertrauen zu gewinnen. So wie in: *Wir stehen alle auf derselben Seite*. Zypern. In meinem Kopf spielt eine griechische Bouzouki.

»Das hier ist nicht die echte Medaille. Ich meine, ich hatte früher die von meiner Mutter, die sie wiederum von ihrer Mutter hatte. Und die hat man mir während der Gefangenschaft bei den Roys weggenommen.«

»Hatten Sie ein enges Verhältnis zu Ihrer Mutter?«

»Überwiegend schon. Zumindest enger als zu meinem Vater.«

Er sieht mich fragend an.

»Mein Vater hatte Probleme mit Aggressionskontrolle und Alkohol. Und das nicht zwingend in derselben Reihenfolge. Er war auch Polizist. Bei der Mordkommission in Brooklyn. Mein Vater und sein Bruder waren beide Cops.«

»Ich sehe in Ihrer Akte, dass auch Ihr Bruder bei der Polizei war und sehr jung gestorben ist. Standen Sie sich nahe?«

Mein glühendes Verlangen, mich zu verteidigen, dieser Vulkan, der unter der sanften Befragung und den mitfühlenden Blicken etwas abgekühlt war, ist wieder erwacht und droht, seine glühend heiße Lava direkt in Dr. Theos gepflegtes, sauberes Sprechzimmer zu speien. Wie immer, wenn jemand meinen Bruder Andrew erwähnt, flackern vor meinem geistigen Auge chaotische Bilder von brennenden Gebäuden und den verkohlten Überresten eines menschlichen Lebens auf – Möbel, Kleidung, Kinderspielzeug –, alles liegt in Schutt und Asche. Seine blasse Leiche am Strand, umgeben von gelbem Polizeiabsperrband, das wie verrückte Schlangen im eisigen Wind flattert.

Ich habe seine Frage nach meinem Bruder nicht beantwortet, erwidere den ruhigen, unnachgiebigen Blick des Therapeuten mit meinem routinemäßigen feindseligen Starren. Eine Furcht macht sich im Zimmer breit, wie Schatten kriecht sie aus allen Winkeln, verengt mein Sichtfeld, und ich betrachte meine Hände, mittlerweile fest miteinander verschränkt, die Fingerknöchel weiß, die Haut zum Zerreißen gespannt. Mein Hirn ist wie ein expandierender Ballon voller Giftgas.

»Was denken Sie gerade?«, fragt Dr. Theo.

Etwas an seinem Ton bringt mich wieder zurück. Ich hebe abrupt den Kopf. Hinter seiner kontrollierten, professionellen Fassade steckt noch etwas anderes. Die verinnerlichten und nie vergessenen Fähigkeiten eines Verhörprofis. Ein brillanter, erfahrener Detective. Ein Cop.

»Nichts«, antworte ich.

»Dieses Nichts hat Drachenzähne.« Er hält meinen Blick. »Wie lange leiden Sie schon unter Panikattacken?«

Sein Ton ist sachlich, aber ich habe das Gefühl, dass die Wände auf mich zukommen.

»Brauchen Sie einen Moment?«, fragt er. »Ein Glas Wasser …?«

Das Dröhnen in meinem Schädel schwillt an. Dr. Theo bewegt die Lippen. Er spricht mit mir, aber ich verstehe ihn kaum. Er wiederholt einen Satz, den Onkel Benny immer zu mir gesagt hat.

»Was haben Sie gesagt?«, frage ich.

Versinke nicht in deinem eigenen Sumpf.

Dr. Theo legt den Kopf schief. »›Es ist, als würden Sie in einem Bus festsitzen und es gibt kein Benzin mehr‹, das habe ich gesagt.«

Nervöses Kichern drängelt sich an meinen zusammengebissenen Zähnen vorbei ins Freie.

»Ich hatte was anderes verstanden«, murmle ich.

»Was denn?« Der alte Verhörprofi wieder. Bemerkt jede Geste, jedes Wort, das ich hinter zusammengepressten Lippen zurückzuhalten versuche. Sieht alles. Verpasst nichts.

Ich gebe meinem Drang nach, die Arme zu verschränken, halte aber den Mund. Er rutscht etwas in seinem Sessel herum, nimmt die Akte und den Notizblock vom Schoß und legt beides auf den Schreibtisch. Die Unterarme auf seine Knie gestützt beugt er sich zu mir vor und untermalt die folgenden Worte mit eleganten Handbewegungen. »Die körperlichen Verletzungen, die Sie sich zugezogen haben, halten Sie davon ab, das zu tun, was Sie an Geist und Körper gesund erhält – und Ihre explosiven Gefühle in Schach. Ich kann Ihr Bein nicht heilen, aber ich kann Ihnen helfen, einen Teil Ihres Zorns loszuwerden, den Frust und die Angst, damit Sie Alternativen entwickeln können, um sich in Zukunft aus eigener Kraft davon zu befreien.«

»Das klingt mir aber langsam nach sehr viel länger als drei Stunden«, sage ich, den Kopf gebeugt.

Er breitet die Hände aus und lächelt ermutigend, das Lächeln eines Wärters, der seine Gefangene nicht beunruhigen will. Dann sagt er das, wovor ich solche Angst hatte. »Es dauert, so lang es dauert.«

Ich komme mir vor, als hätte jemand mein Hirn in eine Schraubzwinge gesteckt. »Was genau soll das heißen?«

Er lehnt sich wieder zurück, bestimmt will er meine Reaktion in Gänze betrachten – Ticks, Grimassen und schnelles Atmen. »Es bedeutet, Detective, dass ich entscheide, wann

Sie wieder diensttauglich sind. Und beschließe – mit Ihrer Kooperation –, wann Sie Ihre Impulse wieder unter Kontrolle haben, die momentan von Angst oder Zorn oder Panik ausgelöst werden.« Er sieht mich mitfühlend an. »Haben Sie jetzt gerade die volle Kontrolle?«

»Aber so was von!«, sage ich, springe auf und presse die Knie zusammen, damit sie aufhören zu zittern.

Innerhalb von Sekunden bin ich aus dem Sprechzimmer gestürmt, durch den Flur und durch die Haustür. Ich marschiere erhobenen Haupts zum Auto, erfüllt von meiner starken Reaktion, machtduselig von meinem Akt der Rebellion. Ich setze mich ans Steuer und starte den Motor.

Mit über hundert Sachen rase ich auf den Freeway und für ganze zwei Minuten jauchze ich himmelhoch. Keine Ahnung, wohin ich fahre, aber ich schlage Funken.

Keine fünfhundert Meter weiter hat ein Unfall mit zwei Lastzügen den Highway in einen riesigen Parkplatz verwandelt. Völliger Stillstand, die Blinklichter der Einsatzfahrzeuge sind grell genug, um eine Kleinstadt zu erleuchten.

Das erhebende Gefühl ist verebbt, jetzt geht es nur noch um Fliehen oder Kämpfen. Ich schlage aufs Lenkrad ein, suche nach einer Lücke, sei sie noch so klein, um mich zwischen den stehenden Fahrzeugen durchzuquetschen, abzuhauen. Am liebsten würde ich hupen, hupen, hupen, nur um meinen Frust rauszulassen. »Verdammte Mistscheiße!«

Vor mir steht ein alter schwarzer Pick-up. Hinten prangt ein Fischsymbol in grellem Rot, darunter steht: *»1. Kor 14, Weiber sollen schweigen und untertan sein. Lest die Bibel!«*

Die Briefe des Paulus an die Korinther. Aus denen hat mir Evangeline Roy ständig vorgelesen, nachdem sie mich an einen großen Stein gebunden hatte. Ein Bibelvers, der seit der Bronzezeit dazu verwendet wurde, um Frauen zum Schweigen zu bringen, sie zu versklaven und zu unterdrücken.

Ich zwinge mich, das Lenkrad loszulassen, und checke beide Handys. Verpasste Anrufe von Jackie, James Earle, Dr. Theo und Seth, gleich zweimal. Doch statt mich zu beruhigen, erdrückt mich ihre Sorge, schnürt mir die Kehle zu und raubt mir den Atem.

Hinter mir hupt jemand, und als ich aufblicke, sehe ich, dass sich der Truck vom Texas-Taliban ein ganzes Stück vorbewegt hat. Die roten Lettern tanzen wie Punkte vor meinen Augen. Ich lege den Gang ein und trete das Gaspedal durch.

Der Aufprall katapultiert den Pick-up ein paar Meter nach vorn. Zwar ist die Botschaft immer noch zu sehen, aber dank des zertrümmerten Hinterteils kaum noch lesbar. Dass mir der Gurt schmerzhaft in Brust und Knochen schneidet, bemerke ich erst nach ein paar Minuten. Auch, dass mein Kopf heftig zurückgeschnellt ist, nehme ich erst jetzt wahr.

Der Fahrer kommt wie angestochen aus seinem Truck geschossen, besieht sich den Schaden und fängt an zu schimpfen. Er stapft auf mein Seitenfenster zu, schreit, spuckt Gift und Galle. Ich ziehe meine Dienstmarke aus der Hosentasche und halte sie ans Glas, was ihn nur noch mehr gegen mich aufbringt. Leute steigen aus ihren Wagen, und es wird nicht lange dauern, bis einer der Polizisten, die sich jetzt noch um den anderen Unfall kümmern, hier auftaucht, um den Schaden aufzunehmen. In der Zwischenzeit kann ich nur hoffen, dass der Irre vor mir nicht die Wumme zückt und mir Gerechtigkeit nach Texas-Art serviert.

Ich muss unbedingt mit einem Polizisten sprechen, der

weiß, wie es sich anfühlt, von Drachenzähnen zermalmt zu werden. Mit zitternden Fingern wähle ich Dr. Theos Nummer. Nach der Ansage spreche ich ihm aufs Band. »Dr. Theo, hier ist Detective Betty Rhyzyk ...«

In der Pause bis zum Piepston würde ich ihm am liebsten gestehen, dass ich in meinem eigenen Sumpf versinke, aber ich weiß, dass er das noch nicht verstehen würde.

Stattdessen sage ich: »Ich muss nochmal zu Ihnen kommen. Bald.«

15

9. Januar 2014
Home Sweet Home

Die Kopfschmerzen, die mich schon seit dem Aufstehen quälen, haben mittlerweile die Stärke eines Presslufthammers erreicht. Ich habe mich auf die rückwärtige Terrasse zurückgezogen, wo ich ohne Kissen auf den harten Holzplanken sitze, die Füße auf der Stufe, und durch die Sonnenbrille in die Nachmittagssonne blinzle. Es ist kühl, ich zittere in meiner viel zu dünnen Kleidung, weite Shorts, Sneaker ohne Socken, dünnes Kapuzenshirt. Alles mit Absicht. Ich tue Buße. Ich bin eine Anachoretin, mit geschorenem Schädel, gepeinigtem Körper und katholischem Markenzeichen am rechten Fuß, abgezehrt, verwundet, zurückgezogen von der Welt. Im Geist höre ich Gregorianische Choralgesänge.

Die wichtigsten Personen meiner intimen Welt stehen in einer ernsten Versammlung in der Küche hinter mir. Sie sprechen über mich, diskutieren darüber, was sie »mit mir anstellen sollen«. Durch die halboffene Tür höre ich sie besorgt säuseln und wispern. Jackie, James Earle (dessen heißgeliebtes Auto gestohlen war, bevor er in Tent City eingetroffen war), Seth und Jackies Mutter Anne. Alle sind gekommen. Eine Beerdigung, obwohl die Tote noch atmet.

Mary Grace hatte mich als Erste fest umarmt, direkt nachdem mich Dallas Finest nach Hause chauffiert hatten, ihr dicker Bauch hatte mich fast umgehauen. Sie hielt mich umschlungen, als wäre ich nach vielen Jahren auf See zurückgekehrt. Sie ist im Haus, zusammen mit Dusty Rose, die garantiert in der Küche herumwerkelt, vermutlich trägt sie eine von Annes Schürzen und serviert den Trauernden Häppchen.

Dusty Rose hat auch mich versorgt. Als sie mich mit desolater Miene und Oxy-Packung in der Hand entdeckte, hat sie sich mit einer halbleeren Flasche Jameson und einem Glas auf die Terrasse geschlichen.

»Und die da gibst du schön Tante Dusty«, sagte sie mit missbilligendem Blick auf das Tablettenröhrchen. »Sonst zeige ich dir meine Imitation von DeMarcus Ware.«

Ich sah sie verständnislos an.

»Hallo? Tackle für die Dallas Cowboys?«, rief sie ungläubig.

Ich überließ ihr das Röhrchen, damit sie mich in Ruhe ließ, was sie auch tat, nachdem ich nicht weiter auf ihre Versuche einging, Konversation zu machen.

Jetzt ist der Jameson fast leer, ich gieße mir die letzten Tropfen ins Glas und trinke, aber es schmeckt nicht mehr. Ich könnte mir genauso gut einen äthergetränkten Lappen vor die Nase halten.

Jackie kommt auf die Terrasse, setzt sich neben mich, die Arme um den Körper geschlungen, um sich zu wärmen.

»Warum hast du mich nach dem Unfall nicht angerufen?«

»Ich wollte nicht, dass du dir Sorgen machst.«

»Ach, da lässt du dich lieber von einem Streifenwagen herfahren, mit blauen Flecken, und ich muss von anderen hören, dass du absichtlich in einen Truck gebrettert bist? Klar, auf diese Weise mache ich mir überhaupt keine Sorgen.«

»Das war nicht einfach ein Truck. Das war eine Waffe auf Rädern.«

»Sie haben gesagt, sie mussten den Fahrer festhalten, sonst hätte er dich angegriffen.«

Ich kann mein Grinsen nicht unterdrücken. »Tja, dumm gelaufen. Dabei habe ich ihm sogar gesagt, wie leid es mir tut, dass er jetzt nicht mehr rumfahren kann, um die nächste Zwölfjährige zu seiner Braut zu machen.«

Jackie seufzt und senkt den Kopf. »Der Polizist meinte, dein Auto wäre ein Totalschaden.«

»Ich bezahle das schon …«

»Verdammt noch mal, Betty! Es geht nicht ums Auto! Das ist mir scheißegal. Ich verstehe nicht, was mit dir los ist.«

»Ha, willkommen im Club!«

Ihr Blick ist so eisig, dass er mir fast das Haar aus dem Gesicht bläst.

»In meinem ersten Jahr in New York hatten wir einen betagten Südafrikaner namens Hans Ottinger als Chefarzt, der People of Colour ›bleks‹ nannte. Sein Spitzname lautete ›Doktor Hands‹, weil er jede Ärztin im Praktikum betatschte, die nicht schnell genug abhauen konnte. Als er es bei mir versuchte, habe ich mich bei meinem Betreuer beschwert. Und als das nichts brachte, habe ich mich gewehrt. Dabei habe ich mir fast den Daumen ausgerenkt.«

»Schön für dich ...«

Sie schüttelt ungeduldig den Kopf. »Das hat seine Annäherungsversuche nur noch schlimmer gemacht. Ich konnte nicht mehr schlafen, hatte keinen Appetit mehr, konnte mich nicht konzentrieren. Ich habe fast überlegt, die Ausbildung abzubrechen. Du willst nicht wissen, was ich diesem entsetzlichen Typen an den Hals gewünscht habe.«

»Davon hast du mir noch nie was erzählt.«

»Weil ...« Sie unterbricht sich und richtet den Blick in den Garten. »Ich wollte nicht, dass du je erfährst, was ich mit ihm gemacht habe.« Sie holt tief Luft. »Ich und eine Kollegin sind in sein Büro eingebrochen und haben dort eine Kamera versteckt. Dann habe ich gefilmt, wie er mich angegrapscht und mir erzählt hat, was er alles für mich tun würde, wenn ich Sex mit ihm hätte. Ein paar Tage später hat er bei einem Treffen mit Ärzten und Chirurgen ein Video zeigen wollen, so einen Übungsfilm. Aber vor versammelter Kollegenschaft lief stattdessen unser kleiner Film, und jeder konnte sehen, wie er versuchte, mir seine Hand in die Hose zu schieben. Die Kamera war so eingestellt, dass man keine Gesichter erkennen konnte. Aber jeder wusste, wer der Mann mit dem südafrikanischen Akzent war. Das hat einen Riesenskandal ausgelöst. Er hat gekündigt und das Krankenhaus verlassen.«

»Wow, Jackie!« Ich lächle. »Ich bin echt beeindruckt.«

»Aber damit war es nicht vorbei. Ich habe den Film auch seiner Frau geschickt. Sie hat ihn verlassen, nach dreißig Jahren Ehe.«

»Das hat der alte Bock verdient.«

»Vielleicht«, sagt sie mit gesenktem Blick, »erzähle ich dir das, damit du weißt, dass ich nicht die unschuldige Person bin, für die du mich offenbar hältst. Ich bin keine Heilige und nicht aus Zucker. Ich glaube … ich glaube, du steckst mich in diese Schachtel, damit du mir nicht erzählen musst, was in deinem Kopf vorgeht.«

Manchmal trifft einen die Wahrheit wie ein Schlag. Oder sie schmerzt wie ein scharfes Messer. Geht tief, blutet aber erst später. Ich sehe sie schweigend an. Das saß.

»Versprich mir nur, dass du die Therapie durchziehst.«

Ich halte zwei Finger hoch. »Ich schwöre. Bei meinem Leben.«

Sie steht auf. »Der erste Teil gibt mir Hoffnung. Der zweite nicht so.«

Drinnen öffnet sich quietschend die Küchentür, leises Gemurmel zwischen Jackie und einer anderen Person, dann klappt sie zu. Schritte, dann Seth. Er setzt sich neben mich, nimmt die leere Flasche, stößt einen Pfiff aus und stellt sie wieder ab.

»Wie geht es dir, Riz?« Er trägt Sonnenbrille, ich kann nicht sehen, was dahinter vorgeht.

Ich setze meine ab, um ihm mein blaues Auge zu präsentieren. »Was glaubst du wohl?«

»Hast du den Truck echt mit Absicht geschrottet?« Er grinst, versucht mich aufzuheitern, seine perfekten Zähne glänzen im Licht der tiefstehenden Sonne.

»Hast du Drogen von Riveras Leiche genommen?«, frage ich. Jackie hat den Geständnisreigen eröffnet, jetzt ist Seth dran.

Sein Lächeln erstirbt.

»Wie bitte …?«

»Setz die Brille ab«, sage ich knapp.

Er tut wie geheißen. Von Lächeln keine Spur mehr.

»Hat … du … Drogen … von … Carlos Riveras Leiche … genommen?« Ich sehe ihn an, meine Nase ist nur Zentimeter von seiner entfernt, Auge in Auge.

»Moment mal!« Er hebt beschwichtigend die Hand. »Worum geht es hier?«

»Eine der Stripperinnen im *Spearmint Rhino* sagt, sie hätte gesehen, wie du Rivera ein Tütchen Pillen aus der Jackentasche gezogen hast.«

»Welche Stripperin?«

»Nennt sich Sheela G. Sie hat gesagt, du hättest das Tütchen eingesackt.«

Seth rutscht von mir weg, sieht mich aber weiterhin an. »Ich habe keine Ahnung, wovon du redest.«

Plötzlich springt er auf. Auf einmal wirkt er gar nicht mehr so ahnungslos, sondern wütend. »Wie lange kennen wir uns nun schon?«

»Beantworte einfach die verdammte Frage.«

Er wendet sich ab, kopfschüttelnd, die Arme verschränkt. »Die Stripperin, hatte die dunkle Haare und einen Leberfleck über der Lippe?«

»Genau.«

Er atmet tief durch, beugt den Kopf, setzt sich wieder hin. »Das Mädel hat mich auf dem Parkplatz angebaggert. Und als ich ihr klargemacht habe, dass ich nichts von ihr will, ist sie sauer geworden.«

»Also hat sie sich eine Geschichte ausgedacht, weil du … warum genau? Weil du nicht mit ihr ausgegangen bist? Ihr deine Handynummer gegeben hast?«

»Sie ist praktisch über mich hergefallen, da hinter dem Müllcontainer. Ich musste schon verdammt deutlich werden, bis sie's kapiert hat.«

Er packt mich am Arm. »Riz«, sagt er, »sieh mich an. Ich habe Rivera keine Drogen abgenommen.«

Sein Blick ist so aufrichtig, ich würde ihm gern glauben. Ich weiß, dass Frauen Seth um den Hals fallen, selbst wenn er sie festnimmt. Aber ich habe auch gesehen, wie er Pillen geschluckt hat, als wären es Süßigkeiten. Er ist gestern nicht ans Handy gegangen. Und dann war da noch die Sache mit Chuffy Bryant.

»Du bist gestern abgetaucht«, sage ich. »Warst unerreichbar. Wayne hat mir gesagt, du wärst irgendwo, wo du nicht sein solltest.«

Er zieht seine Hand weg. Noch einmal atmet er tief ein, es klingt gequält.

»Ich hab was ausgekundschaftet.«

»Was?«

»Maclin hat mich gebeten, mir was genauer anzusehen. Er hat mich von Tent City ferngehalten. Und er hat mir verboten, mit dir darüber zu sprechen.«

Das ist ein herber Schlag. Maclin hat schon vor der Suspendierung versucht, mich aus dem Team zu entfernen. Ich will mehr wissen, will Seth ausquetschen, seine Loyalität einfordern. Aber er schuldet mir nichts. Ich bin offiziell suspendiert, also habe ich kein Recht auf Informationen.

Ich hebe die Flasche. »Prost! Viel Spaß bei der Ermittlung«, sage ich und trinke. Ich klinge verbittert und missgünstig. Bin ich auch.

Als ich seinen schmachtenden Blick nicht mehr ertrage,

sage ich: »Du siehst aus wie ein kleiner Junge, dem man seinen Lolli weggenommen hat.«

Das entlockt ihm ein schwaches Lächeln, und er rückt wieder näher, bis sich unsere Beine berühren. »Erinnerst du dich noch an unseren ersten gemeinsamen Fall?«

»Die berüchtigte *Operation Big Tex*? Wie könnte ich die vergessen?«

Ich war erst ein paar Wochen beim Drogendezernat von Dallas, als man mich und Seth bei einer großen Razzia zusammengespannt hatte.

Er knufft mich in die Schulter. »Am Anfang hattest du nicht viel für mich übrig.«

»Ja, ich dachte, du wärst ein eingebildeter Muskelprotz, der sich nur für Sport und schnelle Autos interessiert.«

»›Mit jemandem wie Ihnen hab ich noch nie gearbeitet.‹ Das hab ich zu dir gesagt.«

»Weil du noch nie mit einer Lesbe …«

Er tut ganz überrascht. »Nein, ich meinte nur deinen unaussprechlichen Namen.

Wir lachen. Dieser erste Tag mit Seth ist mir auch wegen anderer Dinge in Erinnerung geblieben. Der Dealer, den wir hochgehen lassen wollten – ein Typ, der damit angegeben hatte, dass seine riesige Python namens Big Tex Menschen fräße –, hatte vor seinem Haus mit einer AR-15 auf ein halbes Dutzend uniformierter Polizisten gefeuert. Seth und ich waren durch die Hintertür hineingeschlichen. Die Waffe hat einen solchen Lärm gemacht, dass der Dealer uns nicht hörte, als wir in die Küche kamen. Auf dem Herd brodelte ein großer Topf Suppe. Geistesgegenwärtig warf Seth ihn zu Boden und rief: »*Oye, maricón!*« Der Dealer rauschte durch den Flur in die Küche, rutschte prompt auf dem Essen aus und landete auf dem Hintern, sodass wir ihm nur noch die Handschellen anlegen mussten. Als man ihn in den Transporter bugsierte, entdeckte Seth im Hinterhof die blutigen Spuren eines illegalen Hundekampfes. Vor lauter Wut rissen er und drei andere Cops die sich windende Python aus ihrem Terrarium und warfen sie zum Dealer in den Transporter.

»Weißt du noch, was ich zu dem Schwein gesagt hab?«, fragt Seth.

»Klar. ›Der Weg ist noch lang, Amigo. Am besten betest du, dass das Monster keinen Hunger hat.‹«

Wir lachen so laut, dass Jackie und Co aus der Küche kommen und uns hoffnungsvoll ansehen.

Seth legt mir den Arm um die Schultern. »Riz, du glaubst mir doch, oder?« Er streckt mir die freie Hand hin. »Ich muss das aus deinem Mund hören.«

Und in diesem Moment will ich glauben, dass er die Wahrheit sagt.

»Ich bin gerade zu müde, um daran zu zweifeln.«

Mit einer überschwänglichen Geste besiegeln wir unsere Freundschaft, *compadres*, Blutsgeschwister und so weiter. Dann sagt er, dass er losmuss. Statt durchs Haus zu gehen, wo ich mich mit den anderen unterhalten müsste, begleite ich Seth zum Seitentor hinaus nach vorn, wo sein Auto steht. Ich sehe ihm hinterher und hoffe inständig, dass mein Misstrauen nur meinem momentanen Geisteszustand geschuldet war.

Mein Diensthandy klingelt. Unbekannte Nummer.

»Detective Rhyzyk?«, fragt jemand. Die Stimme klingt männlich.

»Ja«, antworte ich vorsichtig.

»Hier ist Euell Tilton. Wir waren gestern auf dem Parkplatz vor dem *Spearmint Rhino*, als Ihre Kollegen die Leiche von Carlos Rivera gefunden haben?«

»Stimmt, ja.«

»Ich wollte fragen, ob Sie vielleicht Zeit hätten, was mit mir zu besprechen?«

»Ähm ... klar«, sage ich zögerlich. Hoffentlich dauert es nicht zu lange. Als ich mich umdrehe, sehe ich Jackie am Fenster stehen. Sie wartet schon auf mich.

»Ich hatte gehofft, dass wir uns treffen könnten.«

»Treffen?«

»Ja. Ich weiß, dass Sie gerade nicht im aktiven Dienst sind.«

»Okay. Ich habe einen heftigen Tag hinter ...«

»Es geht um die Leiche vom Fluss.«

Der tote Junge, den ich am Neujahrstag gefunden hatte. Rötliche Haare, Einstichstellen an den Armen.

»Haben Sie noch Fragen zu meiner Aussage?«

»Nein.« Er zögert. »Es geht eher darum, mit wem der Junge verwandt war.«

Jackie ist aus dem Haus gekommen, sie hält die Tür auf. Meine Einladung, hineinzukommen, wo es warm ist und meine Freunde warten. Weg von dem, was Detective Tilton mir gleich eröffnen wird.

»Können Sie's mir nicht hier am Telefon sagen?«

»Ungern«, sagt er. »Könnten wir uns morgen treffen?«

Ich hebe einen Finger, um Jackie zu signalisieren, dass ich gleich da bin. »Ich habe gerade keinen Wagen ...«

»Kein Problem. Ich komme zu Ihnen. Morgen früh gegen neun?«

Ich gebe ihm meine Adresse und lege auf. Die Kälte ist mir in die Knochen gekrochen, mir tun sämtliche Gelenke weh, meine Haut fühlt sich an wie Leder, meine Augen wie Glas. Jackie umschlingt meine Hüfte und schiebt mich ins Haus, in unser Schlafzimmer, hilft mir beim Ausziehen und deckt mich zu. Innerhalb von Sekunden bin ich eingeschlafen. Mary Grace und Dusty, die Teller und Gläser weggeräumt und Anne und James Earle ermahnt haben, leise zu reden, strecken ihre Köpfe zur Tür herein, wecken mich auf, um mir zu sagen, dass ich mich ausruhen soll.

Jackie legt sich neben mich, in Löffelchenstellung, als wollte sie mich vor der bösen Welt schützen. Die schwere Decke ist wie eine große Hand, die mir hilft, mich in die Matratze zu schmiegen. Jackies schmale Perlenarmbänder – neun goldene Ringe für neun Jahre unserer Beziehung – schimmern sanft an ihrem Handgelenk, und ich schwöre mir, dass es einen zehnten geben wird. Sie murmelt mir ins Ohr, dass ihre Mutter und James endlich gegangen sind und dass James sich bis morgen Jackies Wagen geliehen hat.

Ich mache mir klar, dass Seth, mein Kollege, der immer hinter mir gestanden und mich nie belogen hat, immer noch an meiner Seite arbeitet. Dass ich Kollegen habe und eine Familie und eine Freundin, die alle für mich da sind. Und dass ich endlich erwachsen genug bin, um einen Therapeuten zu besuchen. Onkel Benny wäre amüsiert, aber er wäre sicher auch erfreut, dass ich endlich »den Grimm austreibe«, die selbstzerstörerischen Trolle vertreibe, die sich in meinem Hirn eingenistet haben. Mich wieder dem Rest der Menschheit anschließe, Schritt für Schritt.

Einschlafen ist wie von einer Klippe stürzen. Von einer sonnigen Anhöhe hinab in einen schleimigen Brunnen. Im Traum bin ich im Haus einer Sekte an ein Bett gefesselt, halbnackt, Arme und Beine ausgestreckt, im Dunkeln. Vor meiner Zelle ertönen Schritte. Jemand ist auf dem Weg zu mir. Gemächlich, mit Vorsatz. Dann herrscht Stille. Sie breitet sich aus wie ein schleichendes Gift …

Im Haus herrscht Geschrei. Irgendwas Schweres kracht zu Boden. Ich stehe senkrecht im Bett, mein Körper reagiert, obwohl mein Verstand sich noch nicht eingeschaltet hat, meine Hand sucht unterm Kissen nach der Glasscherbe, die natürlich nicht da ist. Dusty flucht mit tiefer, aufgebrachter Stimme. Etwas zerbricht. Umständlich greife ich nach der Waffe in meiner Nachttischschublade. Jackie ist wach, sie steht vor mir und ruft meinen Namen.

Ich gehe in die Hocke und arbeite mich mit gezogener Waffe bis zum Flur vor, wo ich gegen die verschreckte Mary Grace pralle, die sich als Silhouette vor dem Licht im Wohnzimmer abzeichnet. Zwei riesenhafte Schatten knallen mit Wucht gegen die Wand und reißen dabei ein Bild herunter. Am liebsten würde ich sofort drauflosballern, muss mich echt beherrschen, es nicht zu tun.

Panisch betaste ich die Wand, finde den Schalter, die Waffe auf den zuckenden Haufen Mensch vor mir gerichtet. Es ist Dusty, sie liegt auf dem Rücken und hat ihren schreienden, sich windenden Gegner fest im Griff. Der Eindringling, ganz in Schwarz gekleidet, ist ein Teenager. Er ist zwar groß, aber wie sich nach Wegreißen der Skimaske herausstellt, sicher nicht älter als sechzehn. Sein Gesicht ist wutrot angelaufen.

Das Geschrei verstummt abrupt, als Dusty ihm ihren dicken Arm um den Hals legt und zudrückt.

»Welche Scheiße läuft hier?« Mein Puls rast.

»Der hier ist durch die Hintertür in die Küche eingebrochen«, sagt Dusty, die nach dem Ringkampf nicht mal außer Atem ist. »Prinzesschen ist fast über mich gestolpert, als es an den Familienschmuck wollte.«

»Wer zum Teufel bist du?«

Der Junge mustert mich aus verengten Augen, hört aber auf, sich zu wehren.

»Lass ihn los«, sage ich zu Dusty.

Kaum hat sie ihren Griff gelöst, versucht er zu fliehen. Aber Dusty packt ihn kurzerhand am Fußgelenk und zieht ihn zurück.

»Noch so ein Versuch, und wir schlagen dich zu Brei«, sage ich. Der Junge dreht sich auf den Rücken. »Kapiert?«

Er nickt, wirkt aber immer fluchtbereit.

Jackie kommt dazu, den Arm fest um Mary Grace' Schulter gelegt.

»Bist du das kleine Arschloch, das schon vor ein paar Tagen versucht hat, hier reinzukommen?«, frage ich.

»Kein Auto vor dem Haus«, sagt der Junge. »Dachte, keiner ist da.«

Langsam senke ich die Waffe und entspanne mich ein wenig. »Ach, und dann ist Einbrechen okay?«

Jackie gibt mir mein Handy, ich rufe einen Streifenwagen. Sie beißt sich auf die Lippe und verrät mir im Flüsterton, dass sie vergessen hatte, die Hintertür abzuschließen. Der Junge sieht mittlerweile ein bisschen blass aus. Er schwitzt und zittert, offenbar Entzug. Als ich ihn frage, was er nimmt, antwortet er nicht.

Innerhalb von zehn Minuten steigen draußen zwei Uniformierte aus dem Streifenwagen, sie lassen sich Zeit, schlendern die Auffahrt entlang ins Haus. Den Eindringling kennen sie bereits, nennen ihn Travis. Das Blaulicht hat die Nachbarn aus den Häusern getrieben, mehrere von ihnen beschweren sich jetzt, dass auch ihnen ein paar wertvolle Gegenstände gestohlen wurden. Die Polizisten bugsieren Travis auf den Rücksitz, wo er jetzt mit geweiteten Augen aus dem Fenster schaut, wie ein kleiner Junge, der beim Schulstreich erwischt wurde.

Ich stehe an der Tür und schaue dem Streifenwagen hinterher. So viele Monate habe ich in Angst gelebt, habe mich beim kleinsten Geräusch erschreckt, meinen Mitmenschen misstraut, mich egoistisch nur um meine Verletzungen und Bedürfnisse gekümmert, dass meine Fantasie einen kleinen Einbrecher zur bösen, unmittelbaren Bedrohung durch die Family gemacht hat.

Dusty Rose, ohne Perücke, das Gesicht bis auf die extravaganten falschen Wimpern frei von Make-up, den athletischen Körper in eine mir wohlbekannte Shorts und ein mir bestens vertrautes T-Shirt gezwängt, stellt schon wieder die Möbel zurück und sammelt Teile der zerbrochenen Lampe ein. Sie kniet auf dem Teppich und wirkt, als hätte sie Schuld an dem Chaos, die Hände mit den lackierten Nägeln fliegen ihr an die Brust.

»Sind das meine Klamotten?«, frage ich. Dusty grinst verlegen und nickt. »Behalte sie. Stehen dir besser als mir.«

Ich wende mich zu Jackie um, meine wunderbare, liebevolle, geduldige Jackie, die Mary Grace immer noch tröstend im Arm hält.

»Hier wird sich was ändern«, sage ich. »Ich gehe zum Therapeuten, sobald er einen Termin für mich hat.«

Als ich sehe, wie erleichtert Jackie ist, würde ich vor Scham am liebsten unter den lädierten Sofatisch kriechen.

Jackie bringt Mary Grace ins Bett, ich kontrolliere alle Schlösser, bevor ich das Licht ausschalte. Allerdings nur aus Routine, nicht aus Panik vor eingebildeten Gefahren.

Dusty ist wieder in ihren Schlafsack gekrochen. Sie beobachtet mich schweigend.

»Danke!«, sage ich aufrichtig. »Bleib hier, solange es nötig ist.«

»Ach, Schätzchen!« Ihre Hand flattert. »Sowas solltest du nie zu einer Straßenkünstlerin sagen.«

Als ich ins Schlafzimmer zurückkehre, ist auch dort alles dunkel, aber Jackie ist noch wach. Ich spüre ihren Blick. Aus der Hosentasche meiner achtlos über den Stuhl geworfenen Jeans ziehe ich den Dime, den ich in meiner Zelle gefunden hatte, in der mich die Roys gefangen hielten. Diese Münze trage ich nun schon seit Monaten mit mir herum, denn ich hoffe, dass ich durch sie irgendwann wieder zu Benny Kontakt finde.

Sie fühlt sich winzig an, unbedeutend. Ich lege sie feierlich auf die Kommode, neben die anderen Andenken an geliebte Menschen, die schon lange tot sind. Die Lebenden sind meine Rettung. Dann krieche ich zu Jackie ins Bett und kuschle mich an ihren warmen Körper.

16

10. Januar 2014
Home Sweet Home

Ich sitze in Jogginghose und Lederjacke bei offener Tür auf den Stufen vorm Haus und atme die kühle, feuchte texanische Winterluft ein, der Himmel ist klar und strahlend blau. Als James vom Einbruch gehört hatte, ist er sofort hergekommen, um für alle Frühstück zu machen, womit er allerdings Dustys Pläne durchkreuzte. Ich höre die beiden lauthals in der Küche darüber streiten, wie man am besten ein Rührei macht.

»Schätzchen, du musst einen Schuss Milch dazugeben, sonst werden sie nicht fluffig.«

»Auf keinen Fall«, brummt James schockiert. »Dann brennen sie doch an!«

»Wie bitte? Hast du das Eierbraten in der Armee gelernt, oder was?«

»Ich war tatsächlich bei der Armee, wenn du's genau wissen willst. Vietnam. MP. Zweimal.«

»Ach, pluster dich bloß nicht so auf. *Ey-Rack*, Baby. Auch verdammte zweimal.«

Danach herrscht kurz Schweigen, nur das Klappern von Töpfen und Pfannen ist zu hören. Dann meldet sich Dusty wieder zu Wort. »So was auch. Du bist MP. Hab meine besten Stunden mit MPs verbracht, wenn die mich mal wieder hochgenommen hatten ...« Lautes Gelächter. In der Küche herrscht wieder Frieden.

Ich nehme an, dass James Earle heute so gute Laune hat, weil man seinen Crown Vic unbeschadet mitten in Deep Ellum gefunden hat.

Eine dunkle Limousine hält vor dem Haus. Euell Tilton steigt aus und knöpft den Blazer auf, der viel zu knapp ist für seine ausgeprägten Armmuskeln und breiten Schultern. Ich höre die Nähte förmlich platzen.

Er schiebt die Sonnenbrille hoch, um mich genauer in Augenschein zu nehmen. »Guten Morgen«, sagt er. »Wie geht es?«

»Wo soll ich anfangen? Sie wissen, dass ich für zwei Wochen suspendiert bin.«

»Ja, hab schon gehört.«

Er setzt sich neben mich auf die Stufen. Der Duft seines Rasierwassers ist subtil. Moschus, Sandelholz.

»Mich hat man mal für einen ganzen Monat suspendiert«, sagt er. »Das war kein Vergnügen.«

Obwohl ich es gern wüsste, frage ich ihn nicht, was zu seiner Suspendierung geführt hat. »Was haben Sie gemacht, um die Zeit rumzukriegen?«

»Meine Frau in den Wahnsinn getrieben.«

Ein sonores Brummen kommt von der Straße her, dann erscheint ein BMW, außen stahlblau, innen himmelblau. Er hält vor dem Haus. Die Tür fliegt auf und Dusty, in Absatzschuhen und roter Perücke, stöckelt gekonnt an uns vorbei die Treppe hinab. Nur Detective Tiltons eindrucksvoller Körper lässt sie kurz innehalten.

Sie winkt dem Mann im BMW zu, dann sieht sie mich mit gehobenen Brauen an. »Wie kommt es, dass manche Männer mit Traumautos in absoluten Bruchbuden hausen? Ich bin dann mal weg, Süße.« Sie beugt sich hinab und küsst mich auf beide Wangen. »Wenn du irgendwas brauchst, lass es die gute alte Dusty Rose wissen, okay? Weil wenn sich jemand auf der Straße auskennt, dann ich.«

Sie richtet sich auf, zupft an ihrem Rocksaum herum und wendet sich an Tilton. »Ich hab ihr das Leben gerettet, wissen Sie?«

Spontan beschließe ich, sie zum Wagen zu begleiten. »Bin gleich wieder da«, sagte ich zu Tilton.

»Dusty? Kennst du eine Pearla Simms?«, frage ich sie leise.

»Pearla? Logisch kenn ich die.«

»Die wohnt mit einem Ex-Knacki namens Chuffy Bryant zusammen. Er dealt wahrscheinlich wieder. Könntest du mir Bescheid geben, sobald du was darüber hörst?«

»Klar, Baby«, sagt Dusty und winkt Tilton ein letztes Mal zu. »Für dich tu ich alles.«

Elegant wie eine olympische Turnerin klettert sie auf den Beifahrersitz des BMWs, der sofort davonbraust.

»Haben Sie ihr aus der Patsche geholfen?«, fragt Tilton, als ich wieder neben ihm sitze.

»Wir teilen ein paar Erfahrungen miteinander. Und Mascara. Wissen Sie schon mehr über die Toten vom Abbruchhaus?«

Er nickt. »Bernard Tate hat mich informiert. Fest steht, dass die beiden Dealer aus Deep Ellum mit demselben Kaliber erschossen wurden wie Carlos Rivera und alle Opfer im Haus. Eine neun Millimeter mit Schalldämpfer. Im Haus haben wir ein paar leere Hülsen gefunden. Entweder war es zu dunkel, oder der Täter hatte keine Zeit mehr, alle einzusammeln.«

»Und die Bibelzitate?«

»Auch die gleichen. Das gleiche Papier, dieselbe Handschrift.«

Er gibt mir einen Moment, die Info zu verarbeiten, aber ich war schon vorher sicher, dass es eine Verbindung gibt.

»Und haben wir schon einen Hinweis auf den Schützen?«

»Bernard versucht, den einzigen Zeugen aufzutreiben.«

»Meinen Sie den mysteriösen Gary?«

»Ja. Wir suchen noch nach ihm. Aber deswegen bin ich nicht hier. Die Leiche, die wir Neujahr aus dem Fluss gezogen haben? Der Junge ist mit einem aus Ihrem Team verwandt.«

Mein Hirn rattert.

»Kevin Ryan«, kommt Tilton mir zuvor. Er beobachtet mich genau. »Es war sein Schwager.«

»Das war Kevin Ryans Schwager?« Ich schüttle überrascht den Kopf. Die Information passt nicht zu Kevin, der regelmäßig in die Kirche geht, immer geschniegelt und gebügelt, stockkonservativ. Und jetzt erfahre ich, dass er einen Drogensüchtigen in der Familie hatte, den man tot unter der Brücke gefunden hat.

»Dass Polizisten auch mal Familienmitglieder wegen Drogenmissbrauchs wegsterben, ist nicht weiter überraschend«, sagt Tilton. »Es geht vielmehr um die Reaktion des Kollegen beim Anblick der Leiche.«

Ich weiß noch, wie ich auf die Nachricht vom Tod meines Bruders reagiert habe. Ich bin erstarrt, innerlich wie äußerlich. Konnte nicht mehr essen, nicht mehr arbeiten, nicht mal mehr aufstehen.

»Wie meinen Sie das?«, frage ich.

»Er ist wütend geworden.«

»Reaktionen auf den Tod können unterschiedlich ausfallen, Detective.«

Er lächelt, tippt mir freundlich aufs Bein. »Ich bin Euell.«

Sein Grinsen ist ansteckend, daher lächle ich zurück. »Okay, Euell. Jeder reagiert anders.«

Er nickt. »Klar. Hab auch schon Leute erlebt, die Tisch und Stühle umgehauen haben, weil ein ihnen nahestehender Mensch gestorben ist. Aber so eine stumme Wut wie bei Kevin Ryan, das habe ich noch nie gesehen. Seine Frau war völlig aufgelöst. Sie ist zusammengebrochen, war untröstlich. Detective Ryan? Stand über den Toten gebeugt und hat ihn ewig lange angestarrt. Dann hat er mich angesehen, und ich dachte, gleich liege ich daneben. Seine Frau mussten wir ins Krankenhaus bringen.«

Ich muss lange in meinem Hirn herumkramen, bis mir ihr Name wieder einfällt. Susan? Wie kann es sein, dass ich nicht mehr weiß, wie die Frau meines Kollegen heißt?

»Wie sich herausstellt, war sie schwanger. Ein paar Wochen«, sagt Tilton. »Hatte eine Fehlgeburt.«

Das haut mich um. Ich hatte ja keine Ahnung! Krampfhaft denke ich über meine letzten Begegnungen mit Ryan nach. Müde hat er ausgesehen und ein bisschen abwesend gewirkt, aber nichts hat darauf hingewiesen, dass er den Tod seines ungeborenen Kindes betrauert. Wenn ich nicht so sehr mit mir und meinen Problemchen beschäftigt gewesen wäre, hätte ich es vielleicht gemerkt.

»Vorgestern auf dem Parkplatz vor dem Rhino habe ich mit Tom Craddock gesprochen, und er meinte, er hätte auch nichts davon gewusst.«

Also hatte Ryan nicht mal seinem engsten Kollegen davon erzählt.

»Du hast das ziemlich cool überspielt. Ich hätte nie gedacht, dass Ryan und du euch schon mal begegnet seid.«

»Ich habe eine Schwester – hatte eine Schwester –, die ist an einer Überdosis Crack gestorben. War ständig in Entzugskliniken. Mit neunundzwanzig hat sie den Kampf gegen die Drogen verloren. Und ich, ein Polizist, konnte sie nicht schützen, meine eigene Schwester. Schuld und Scham haben unsere Familie zerstört.«

Eine verschwommene Erinnerung steigt in mir auf, halbgar, von der Kopfverletzung und den Schmerzmitteln verzerrt. Auf dem Weg von der Notaufnahme nach Hause hatte ich Ryans Blick im Rückspiegel gesehen. Auch damals war er wütend gewesen, aber ich hatte es nicht verstanden. Weil mich andere, dringendere Dinge beschäftigt hatten, hatte ich nicht weiter darüber nachgedacht.

»Das hättest du mir auch am Telefon erzählen können. Warum bist du extra hergekommen?«

Tilton zieht eine Packung Kaugummi aus der Hosentasche. Er hält sie mir hin, ich lehne ab, er nimmt sich eins, wickelt es langsam aus und schiebt es sich schließlich in den Mund. »In der Leichenhalle, vor Mrs Ryans Zusammenbruch, habe ich gehört, wie Kevin Ryan Folgendes zu seiner Frau gesagt hat: ›Die Dealer, die das gemacht haben, werden sterben.‹«

»Kevin tickt wie ein Pfadfinder. Immer schön an die Regeln halten«, sage ich. »Er trauert.«

Tilton verzieht den Mund und zuckt die Achseln. Er rückt näher heran wie ein Komplize. »Einer deiner Informanten, Wayne, behauptet, sein Kumpel Gary hätte gesehen, wie der Täter seinem Opfer vorher die Dienstmarke gezeigt hat.«

Dann mustert er mich, bis es unangenehm wird.

»Die Sache ist die«, fährt er fort. »Innerhalb der Familie wurde nie über den Tod meiner Schwester geredet, aber meinen Kollegen habe ich eine Menge darüber erzählt, ständig habe ich davon geredet. Hab mich betrunken, hab geheult, mich aufgeführt, bis es mir besser ging. Dein Team fängt dich auf, hab ich recht?«

Ich schaue ihn an, warte auf die Pointe.

»Ich bin hergekommen, weil ich dich respektiere«, sagt er. »Nach der Sache mit der Familie Roy hat der Polizeichef dich wegen deiner Tapferkeit für eine Auszeichnung empfohlen. Was du angestellt hast, um zu überleben, war absolut beeindruckend. Aber manchmal ist es viel schwerer, innerhalb der Polizei Tapferkeit zu beweisen: wenn man das Schweigen bricht. Auf der Straße heißt es jetzt, dass die Dealer von Cops ausgeschaltet werden – oder von einem einzelnen Cop«, sagt er. »Kleine Reinigungsaktion vor der eigenen Tür.«

Mein Gesicht verrät nichts, aber mein Hirn rattert. Ich denke über die letzten Gespräche nach, Wayne, der mir erzählt, dass Seth sich irgendwo aufhält, wo er nicht sein sollte, Craddock, der meint, jemand sollte eine Medaille kriegen, weil er Rivera umgelegt hat, Ryan, der sein Familiendrama geheim hält. Ich muss mich fragen, was sie sonst noch verbergen. Ich bin draußen, schon seit Monaten. Was habe ich nicht mitbekommen? *Das Schweigen brechen*, hat Tilton gesagt. Dieser Satz erwischt mich eiskalt.

Tilton lächelt mich arglos an. »Vielleicht solltest du dich mal mit Detective Ryan unterhalten. Dich erkundigen, ob alles rundläuft bei ihm.«

»Und dir dann gleich Bericht erstatten, richtig?«, frage ich schnippisch. »Wen nimmst du noch unter die Lupe? Ryan ist doch garantiert nicht der Einzige, der was gegen Dealer hat.«

Er steht auf, klopft sich die Hose ab. »Du hast dir einen Ruf verdient: ehrlicher Cop, wenn auch ein bisschen unkonventionell. Ich hatte gehofft, du würdest mir helfen. Schließlich stehen wir auf derselben Seite.«

Er streckt mir die Hand entgegen. »Wenn du mir bei der Ermittlung unter die Arme greifst, kann ich dir vielleicht helfen, in den aktiven Dienst zurückzukehren. Das willst du doch, oder?« Ich schlage ein, und er drückt fest zu. »Und um deine Frage zu beantworten: Momentan nehmen wir jeden unter die Lupe.«

Mit diesen Worten geht er zu seinem Wagen.

»Hey!«, rufe ich ihm nach. »Wie heißt dein Aftershave?«

Er grinst. »Heat.« Steigt ein und fährt davon.

»Ja«, murmle ich, »passt.«

Der morgendliche Frieden ist vorüber. An den Rändern meines Bewusstseins ballen sich die ersten Wolken zusammen, Chaos droht, meine guten Vorsätze zunichtezumachen, Wut und Frust warten schon auf ihren Einsatz. Mein Haus, dieser geschützte Ort, ist nicht mehr sicher. Jemand ist eingebrochen. Und eine leidenschaftliche Nacht mit Jackie ist nicht genug, um ihr Vertrauen zurückzugewinnen. Doch das ist nicht alles. Da ist die alles überschattende Angst, dass Evangeline Roy noch nicht fertig ist mit mir.

Es ist Zeit, aktiv zu werden und diese Steine aus dem Weg zu räumen.

Zuerst rufe ich bei Dr. Theo an. Nach dem Piepston bitte ich ihn um den nächstmöglichen Termin und erkläre mich bereit, so lange an mir zu arbeiten, wie ich brauche, um so etwas wie Gelassenheit zu finden, sowohl bei der Arbeit als auch im Privatleben.

Mein nächster Anruf gilt Dottie im *Slugger Anne's*. Sie hat sich immer wieder um Menschen von der Straße gekümmert, meist solche, die mit Suchtproblemen zu kämpfen hatten. Ihr

Herz ist groß, genau wie ihr Haus, in dem nur sie und ihre hässliche Katze wohnen. Außerdem ist sie mir noch einen Gefallen schuldig, weil ich sie so oft vor dem Gefängnis bewahrt habe. Mein Anruf reißt sie aus dem Tiefschlaf, aber ein paar Minuten später habe ich Mary Grace ein Zimmer in ihrem Haus gesichert.

Danach bleibe ich noch eine Weile vor dem Haus sitzen und denke über mein Gespräch mit Tilton nach. Ich hatte befürchtet, dass die Bibelzitate von den Roys stammten, dass sich ihre Machenschaften wie ein böser Virus vom Pine Curtain gen Westen ausgebreitet und mittlerweile auch die Drogenszene von Dallas durchseucht hat. Die Verse, so dachte ich, sollten mir klarmachen, dass die Family in der Stadt war. Aber vielleicht waren diese Zettel als Ablenkungsmanöver gedacht, eine falsche Spur, um uns weiszumachen, die Morde hätten was mit der Family zu tun. Möglich, dass das Sinaloa-Kartell dahintersteckt. Aber vielleicht – und es schmerzt mich, das zu denken – hat ein Polizist die Jagd auf Dealer eröffnet.

Nach einer ganzen Weile rufe ich Seth an. Es ist Zeit, ihm die schweren Fragen zu stellen.

»Wenn du mir je im Leben vertraut hast«, sage ich ohne Begrüßung, »erzählst du mir jetzt, was du für Maclin herausfinden sollst.«

Ich höre ihn atmen. Dann schlägt er ein Treffen vor, morgen.

17

11. Januar 2014
Norma's Café

Seth und ich treffen uns zum Frühstück. Er kommt zwanzig Minuten zu spät, sieht aus, als wäre ihm auf dem Weg eine Hecke ins Gesicht gesprungen, aber er strahlt mit dem Tag um die Wette. Ich will ihm so gern glauben, dass er dem toten Rivera nichts abgenommen hat, aber nach mehr als zehn Jahren bei der Drogenfahndung sehe ich sofort, wenn sich jemand was reingepfiffen hat. Seine Pupillen sind winzig wie Stecknadeln, er kratzt sich Hals und Gesicht, als würden Ameisen darauf herumkrabbeln. Hin und wieder nickt er verstrahlt, so wie ich es bei zig anderen Narcos kenne. Er wirkt wie ein übereifriger Schauspieler in einem Werbespot gegen Drogen – in der Rolle des Junkies. Was er mir noch vor ein paar Tagen hoch und heilig versprochen hat, steht jetzt wieder in Zweifel.

Mit starrem Blick verfolge ich seine Handbewegungen, mit denen er sich kiloweise Zucker in den Kaffee kippt. An seinem Handgelenk hängt eine teure Taucheruhr. Die ist mir zwar schon früher aufgefallen, aber ich habe nie so genau hingeschaut. Eine bekannte Marke, hochwertig.

»Nette Uhr«, sage ich. »Echt?«

Seth dreht den Arm ins Licht und grinst. »Pokeno Baby war sehr, sehr gut zu mir.«

»Die Lederjacke hat sie dir auch gekauft?« Sie ist neu, butterweich, dünn und zart genug, um ein Neugeborenes darin einzuwickeln.

»Eifersüchtig, Riz?« Er schlürft seinen Kaffee. »Ich sag dir was: Wenn du nett bist, leih ich sie dir mal.«

»Also, was hat Maclin dir aufgetragen, dass du dich aufführst wie ein Geheimagent?«

»Weißt du noch, als Maclin uns von diesem neuen Player des Sinaloa-Kartells erzählt hat, El Cuchillo? Gestern hat er mich zu einem Treffen mit einem DEA-Agenten geschickt, der undercover bei den Latin Kings arbeitet. Der hat mir erzählt, die Latin Kings und MS-13 hätten einen vorübergehenden Waffenstillstand vereinbart, um sich zu beratschlagen, wie man mit dem Abschuss ihrer Dealer umgehen soll.«

Die Nachricht vom vorübergehenden Waffenstillstand überrascht mich sehr, eher glaube ich an Einhörner. »Es muss einiges passieren, damit diese Jungs in einem Zimmer sitzen, ohne sich zu massakrieren«, sage ich. »Wo hat dieses Treffen stattgefunden?«

»Südlich vom Parkdale Lake. Scycene Road.«

Scycene Road liegt in der Nähe vom Fair Park und gilt zusammen mit der nahegelegenen Hatcher Street als einer der gefährlichsten Orte von Dallas.

»Der Agent hat erzählt, dass die Gangs schon früher Probleme hatten, als Tango Blast sich in ihren Gebieten breitzumachen versuchte. Aber Morde in gentrifizierten, überwiegend von Weißen bewohnten Gegenden wie Deep Ellum und vor dem Rhino Stripclub sind was Neues. Und sie sind schlecht für ihre Geschäfte.«

»Haben sie eine Ahnung, wer der Killer ist?«

»Unser Mann Gary hat auf der Straße gequatscht. Hatte eine Menge zu sagen. Er besteht darauf, einen Cop gesehen zu haben. Aber die Gangs nehmen ihm das nicht ab.«

»Glauben sie, ein neues Kartell macht sich breit?«

Seth nickt. »Sie halten es für eine Offensive vom Sinaloa-Kartell mit El Cuchillo als Speerspitze – der Mann mit den Ed-Gein-Alptraumstiefeln. Wenn es tatsächlich so sein sollte, kann sich die Rechtsmedizin von Dallas County auf Überstunden gefasst machen.«

»Was ist mit den Bibelsprüchen?«

Seths Handy piepst. Er liest die Nachricht, bevor er antwortet. »Der DEA-Agent hält das für ein Ablenkungsmanöver. Die Medien haben damals nach deiner Rettung ein Riesenthema draus gemacht, jeder könnte diese Verse am Tatort hinterlassen haben. Es gibt keinen Hinweis darauf, dass sich die Familie Roy nach Osttexas vorgewagt haben könnte, geschweige denn, dass sie in Dallas ihr Unwesen treibt. Die Gangs sind sich einig, dass sich die Roys – oder was von ihnen übrig ist – und ihre Dealer von der Aryan Brotherhood ins tiefste Louisiana zurückgezogen haben. Die Sprüche sind ein kleines ›Fickt euch!‹ an uns.«

»Oder an mich. Habt ihr schon eine Ahnung, wo Gary zu finden ist?«

»Nee, wir suchen noch. Der hat gerade eine Höllenangst vor den Cops, aber irgendwann spüren wir ihn schon auf.«

Wieder piepst Seths Handy. Diesmal tippt er eine Antwort. Dann steht er auf und streckt sich. »Bin gleich wieder da. Der Kaffee treibt.«

Er schwingt sich Richtung Toiletten, sein Handy lässt er auf dem Tisch liegen. Ich schnappe es mir, tippe seine PIN ein – 1996, das Jahr, in dem die Cowboys den Super Bowl gewannen – und scrolle mich schnell durch seine Nachrichten. Die neueste stammt von »C« und besteht nur aus einem Fragezeichen. Seths Antwort: *Gib mir 20min.*

»C« hat Seth dutzende Nachrichten geschrieben. Datumsangaben, Uhrzeiten, Adressen. Eine davon gehört Pearla Simms, das weiß ich, weil Brant, Seths Kollege von der Sitte, sie mir genannt hat. »C« steht sicher für Chuffy Bryant. Seth hat geschworen, ihn nicht mehr als Informanten zu nutzen, und behauptet, Chuffy wäre nur dieses eine Mal bei ihm aufgetaucht, ausnahmsweise – aber das ist eindeutig eine Lüge gewesen. Die beiden schreiben sich Nachrichten wie zwei frisch Verliebte.

Ich schiebe das Handy gerade noch rechtzeitig auf Seths Tischseite, bevor er aus der Toilette kommt. Seine Lippen bewegen sich wie aus Gummi, er schnieft und reibt sich an der Nase, als hätte er eine heftige Erkältung.

»Hey, weißt du, was ich mir gerade überlegt hab?«, fragt er. Seine Augen glänzen beseelt, groß wie Untertassen. »Wir sind schon lange nicht mehr um die Häuser gezogen. Nur wir beide. Komm, wir machen ein bisschen Party!«

Unser letztes kleines Saufgelage im Goat ist gerade ein paar Tage her.

»Bist du high?«, frage ich.

»Was?« Er sieht mich an, als hätte ich ihn gefragt, ob er vom Mars kommt.

Ich beuge mich über den Tisch. »Bist du drauf, Kollege?«

Er springt auf und schließt den Reißverschluss seiner Designerjacke. »Ich bin hier, weil du von mir wissen wolltest, was ich für Maclin mache – was ich, wie du genau weißt, nicht hätte tun brauchen, wenn man bedenkt, dass du suspendiert bist. Aber ich bin bestimmt nicht gekommen, um dir immer wieder zu versichern, dass ich die Wahrheit sage. Entweder du glaubst mir oder du lässt es bleiben.« Er fischt ein paar

Geldscheine aus der Hosentasche und knallt sie auf den Tisch. »Du bist doch diejenige, die wie eine Irre in fremde Trucks rast.«

Er mustert mich noch kurz, vielleicht wartet er darauf, dass ich was sage, ihn bitte zu bleiben, aber ich bin sprachlos vor Wut und Sorge. Schließlich wendet er sich ab und stapft aus dem Café. »Ruf mich an, wenn du wieder richtig tickst«, ruft er mir vom Ausgang her zu.

Kurz überlege ich, ihm hinterherzurennen. Aber dieses neue Gefühl, das sich in mir ausbreitet – eine tiefe Traurigkeit –, hält mich zurück. Es gibt so einen Spruch, der besagt, dass es bei der Drogenfahndung läuft wie auf der Peststation. Es erwischt dich vielleicht nicht heute, und vielleicht auch nicht morgen, aber irgendwann wird die Krankheit auch dich erwischen. Wenn dich das Geld nicht weichmacht, dann die Drogen oder die Hoffnungslosigkeit. Oder gleich alle drei. Manchmal wirst du wieder gesund. Manchmal nicht.

Seth, der Sohn eines Baumwollfarmers, ist zur Polizei gegangen, weil er Gutes tun und die Welt sehen wollte. Jetzt steckt er in Schwierigkeiten, aber ich kann ihm nicht helfen, solange er nicht zugibt, dass er ein Problem hat.

Kann sein, dass eine seiner Gespielinnen ihm tatsächlich eine teure Uhr geschenkt hat, und die Lederjacke dazu. Aber vielleicht auch nicht. Es könnte auch bedeuten, dass er nicht nur Drogen nimmt, sondern sie auch verkauft.

Ich zahle und trete hinaus in den strahlenden Tag. Im Wagen schalte ich das Radio ein, und wie es der Zufall will, spielen sie gerade eines von Seths Lieblingsliedern, einen alten Song von Eric Burdon and The Animals. *Oh Lord, Please Don't Let Me Be Misunderstood.* Seth steht mir so nah wie der Bruder, den ich verloren habe. Der hatte ebenfalls bei der Drogenfahndung gearbeitet und war an den langsamen, tödlichen Nachwirkungen des Drogenkriegs gestorben.

Ich denke an die Undercoverermittlung, an der ich und Seth vor einem Jahr beteiligt waren. Wir wollten einen Koksdealer namens El Serpiente hochnehmen. Der trug diesen Spitznamen nicht etwa, weil er sich wie das kriechende, schleimige Reptil benahm, sondern weil er jeder Frau, der er begegnete, unbedingt seine »Schlange« zeigen musste.

Und weil er es gewohnt war, sich Frauen mit seinen Lieferanten zu teilen, bestand der Mann darauf, vor Abschluss des Vertrags ein bisschen Zeit mit mir zu verbringen. Ich weigerte mich. Er ließ nicht locker. Ich weigerte mich ein weiteres Mal und bekräftigte meinen Entschluss mit einem Knie in die Eier.

El Serpiente zückte sein Messer. Bevor ich reagieren konnte, hatte sich Seth vor mich gestellt. »Wenn du sie anrührst, ramme ich dir das Messer in die Kehle.«

Der Dealer war vollkommen überrascht. »Was soll das Theater?«, fragte er. »Wieso soll ich sie nicht ficken?«

»Sie ist meine Schwester«, zischte Seth. Dann kehrte er dem Mann den Rücken zu, zwinkerte mir zu. Ich war beeindruckt. Seth war ein echtes Impro-Talent, vor allem wenn eigentlich nichts mehr ging.

Und dieser knallharte Dealer, von dem man wusste, dass er einem Sechzehnjährigen die Kehle durchtrennt hatte, weil der Junge angeblich versucht hatte, ihn zu bescheißen, ließ es allen Ernstes dabei bewenden.

Nachdem wir den Mann hochgenommen und eine Rekordmenge Koks sichergestellt hatten, nannte ich Seth nur noch »Bro«. Das war unser Insiderwitz, wochenlang. Ich blies ihm

Luftküsse zu und gestand ihm regelmäßig meine Liebe, was unser Team so richtig verwirrte. Und je verwirrter die anderen waren, desto schallender lachten wir.

Bruder hin oder her, wenn er dreckig ist, muss er die Konsequenzen tragen. Eric Burdon meldet sich zu Wort. »*I'm just a soul whose intentions are good ...*«

Ich schalte das Radio aus und fahre los. Nach Hause.

18

2. Januar 2014
Home Sweet Home

Suspendierung. Zwei Wochen. Ohne Lohn. Viel Zeit zum Nachdenken. Beim Aufwachen tun mir alle Muskeln weh, die blauen Flecken, der Schädel. Was vielleicht am Jameson liegt, den ich tags zuvor als Schlafmittel gebechert habe. Oder auch nicht. Egal, denn viel mehr schmerzt mich die Unterhaltung mit Seth in *Norma's Café*.

Ich pirsche im Haus herum, bis Jackie sich vor mir aufbaut und mir die lange nicht mehr benutzten Laufschuhe vor die Nase hält – sie baumeln wie zwei tote Tiere in der Luft von den Schnürsenkeln.

»Es ist herrliches Wetter«, sagt sie.

»Blödsinn, es ist grau und kalt.«

Sie seufzt. »Es ist Sonntag. Ich habe frei. Entweder du verlässt das Haus oder ich.«

Ich ziehe meine Laufkleidung an und latsche los, fest entschlossen, mindestens ein paar Kilometer herunterzureißen, und wenn ich kriechen muss. Ich habe keinen Plan, wohin es gehen soll. Einfach ein bisschen Strecke machen.

Der graue Himmel ist wie ein Tuch, das alles darunter zu ersticken droht, das trockene Gras, die verdorrten Büsche, den schrumpeligen Kaktus … mich.

Ich setze mich langsam in Bewegung. Wie ein Wunder sind die Wadenmuskeln beider Beine geschmeidig, stark. Es fühlt sich gut an, besser als je zuvor seit meiner Verletzung. Die trockene Luft ist Balsam für meine Lunge, poliert sie wie feines Sandpapier. Jeden Schritt wähle ich mit Bedacht. Ein verknackstes Fußgelenk kann ich jetzt nicht auch noch gebrauchen.

Während ich einen langsamen Rhythmus entwickle, denke ich über die vor mir liegenden zwei Wochen nach, die ohne Plan und Ziel garantiert zur Folter werden. Neben meinen Therapiestunden und den Trainingsrunden im Kraftraum habe ich nichts Sinnvolles zu tun, um die vielen restlichen Stunden zu füllen. Zwar fehlt mir der Zugang zu polizeilicher Information und Unterstützung durch mein Team, aber ich habe gute Kontakte auf der Straße. Drei Aufgaben stellen sich mir: Ich muss herausfinden, wie schlimm Seths Drogenproblem tatsächlich ist, wo El Cuchillo sich versteckt, wer hinter den Morden steckt, wenn sie nicht vom Sinaloa-Kartell ausgeführt werden. Sollte ein Cop der Täter sein, wie von Tilton angedeutet, will ich als Erste Genaueres darüber wissen. Ich glaube, dass Wayne mir schon anvertrauen wird, wo Gary sich versteckt, wenn ich ihm genug finanziellen Anreiz biete. Dusty Rose ebenfalls. Mary Grace wohnt jetzt bei Dottie, und beide halten die Ohren auf. Mit ein paar diskreten Nachforschungen kann ich vielleicht herausfinden, was Pearla über

Chuffy weiß – und damit besser einschätzen, was mit Seth los ist. Ja, man hat mich suspendiert, aber ich bin weder taub noch stumm oder blind.

Diese positiven Gedanken treiben mich vorwärts, ich laufe schneller, ein dümmliches Grinsen auf den Lippen. Ich bin geladen, und die Bewegung wirkt befreiend.

Ein Nissan, älteres Modell, kommt auf mich zu und verlangsamt kurz vor mir die Fahrt. Darin sitzt eine ältere Dame, beide Hände am Steuer, das Kinn vorgereckt, als wollte sie sich vergewissern, dass die Straße befahrbar ist. Im Vorbeifahren dreht sie sich zu mir um und lächelt mich an. Ihre Zähne sind vom Alter vergilbt, die feuerroten Haare mit Spray fixiert.

Als mich der irrationale Gedanke befällt, dass es sich um Evangeline Roy handeln könnte, bekomme ich einen Wadenkrampf vom anderen Stern, und ich schlage der Länge nach hin. Ich heule und jammere, halte mir das Bein, winde mich unter Schmerzen.

Nach einer wüsten Schimpftirade bin ich zwar heiser, doch der Muskelkrampf hat immer noch nicht nachgelassen. Mein Instinkt verlangt, dass ich mich in Sicherheit bringe, aber ich befinde mich auf offener Straße, wo soll ich mich da bitte verstecken? Ich habe Angst, warte nur auf das Krachen eines Schusses. Der Nissan fährt indessen einfach weiter, die Fahrerin scheint meinen Sturz gar nicht bemerkt zu haben. Wenn es tatsächlich Evangeline war, hat sie die Gelegenheit verpasst, mich wie ein verwundetes Tier abzuknallen.

Sanft taste ich das narbige Gewebe meiner Ferse ab, überzeugt, eine gerissene Sehne zu finden, aber es ist noch alles intakt.

Als ich wieder ein bisschen zu Atem gekommen bin, versuche ich, mich zu orientieren. »Trammel Drive« steht auf einem Schild. Perfekt.

Um mich herum ist alles friedlich – ein Vorort, alles normal, alles sicher. Beim Gedanken an Seth und meine Kollegen, die da draußen ihrer Arbeit nachgehen, unverletzt, unbeeinträchtigt, macht sich in mir tiefe Missgunst breit, so intensiv, dass sie mir wie ein Gewicht auf der Brust sitzt. Und auf dem Gewicht thront die Angst mit einer feuerroten Perücke.

Mein Handy klingelt. Am liebsten würde ich die Mailbox rangehen lassen. Aber es ist Jackie, also atme ich tief durch und gehe ran.

»Ich glaube, du musst mich abholen«, sage ich.

Wieder zu Hause, steige ich in die Badewanne mit heißem Wasser und Bittersalz. Ich atme den Dampf ein und versuche, die Entwürdigungen des Tages hinter mir zu lassen. Jackie kommt an die Tür und fragt, ob ich was essen möchte.

»Lass mir noch ein bisschen Zeit, Babe«, sage ich. »Muss erst die Krallen wieder einfahren.«

Sie lacht. »Ich liebe dich trotzdem.«

Ja, denke ich, *genau wie Siegfried und Roy – und wir wissen alle, wie das für sie ausgegangen ist.*

Nach dem Abtrocknen schlüpfe ich in eine weiche Jogginghose und T-Shirt und humple ins Arbeitszimmer. Das heiße Wasser hat den Schmerz etwas gelindert, aber die Muskeln zicken immer noch. Wahrscheinlich sollte ich doch noch mal zum Orthopäden.

Ich setze mich mit Papier und Stift an den Schreibtisch und versuche, Dr. Theos Anweisung zu folgen. Er hat vorgeschlagen, dass ich vor jeder Sitzung meine Gedanken notiere, Sorgen, Zweifel, Ängste. Aber Tagebuch schreiben war noch nie so mein Ding.

Also beschließe ich, stattdessen ein Schaubild zu malen, mit Kästen und Verbindungslinien. In die Kästchen schreibe ich Dinge, die mich umtreiben. »Meinen Job zurückkriegen«, »Seths Drogenproblem«, »Wer killt die Dealer?«, »Beziehung Jackie«.

Auf einer Seite steht noch ein doppelt umrahmtes Kästchen, isoliert vom Rest, in Quarantäne. Darin stehen die Buchstaben »E« und »R«. Ich bringe es einfach nicht fertig, den Namen des Miststücks auszuschreiben. Mein Verstand versucht sich von der Vorstellung zu distanzieren, dass Evangeline Roy mich beobachten könnte.

Missmutig knülle ich das Blatt zusammen und starte einen zweiten Versuch. Ganz oben thront jetzt Maclin, darunter meine Probleme mit ihm. Unter das Kästchen »Wer killt die Dealer« kommen weitere Kästchen, »Die Family?«, »Das Sinaloa-Kartell?«, »Polizisten?«

Ich lehne mich zurück und lasse das Diagramm auf mich wirken. Zwei Dinge werden mir klar. Es sieht aus wie das Whiteboard bei einer laufenden Ermittlung, ganz oben steht Maclin. Wie ein Gangsterboss.

Und Jackie steht irgendwo ganz unten.

Also zerreiße ich auch das zweite Diagramm, diesmal steht Jackie ganz oben, Seth und sein Drogenproblem kommen nicht mehr vor. Ich bin noch nicht bereit, diese Information zu teilen, nicht mal mit meinem Therapeuten, obwohl er der Schweigepflicht unterliegt.

Jackie ruft mich zum Essen. »Ich hoffe, es gibt Fleisch für mich!«, rufe ich zurück.

Mitten beim Essen klingelt mein Handy. Craddock.

»Hey, ich weiß, du bist suspendiert und so, aber bei einer Sache wollte ich dich trotzdem auf dem Laufenden halten.«

Er flüstert.

»Sorry«, sage ich tonlos zu Jackie und verschwinde ins Wohnzimmer.

»Was gibt's?«

»Wir haben noch einen toten Dealer. Vom Nuevo-Juarez-Kartell. Dem hat man die Haut abgezogen, wie bei dem Dealer, von dem Maclin uns erzählt hat.«

»Keine Schusswunden?«

»Nein. Ist an Stichwunden gestorben.«

»Also was? Haben wir es mit zwei Killern zu tun?«

»Möglich. Aber pass auf: Die DEA glaubt zu wissen, warum sich El Cuchillo in Dallas rumtreibt. Irgendein Genie hat den Sinaloans eine Menge Heroin geklaut.«

»Und die haben ihren Soldaten geschickt, damit der das Zeug zurückholt.«

Ich höre Jackie im Nebenzimmer den Tisch abräumen und das Geschirr in die Küche tragen.

»Okay«, sage ich. »Danke für die Info, Tom.«

»Aber das muss unter uns bleiben, okay?«

»Klar«, sage ich und beende den Anruf.

Eine Weile schaue ich durch Erkerfenster auf den Vorgarten, vom neu installierten, grellen Außenlicht beleuchtet. Zwei verschiedene Killer, zwei Mordmethoden. Arbeiten sie zusammen? Oder kommen sie aus unterschiedlichen Lagern, verfolgen nur dasselbe Ziel: der Konkurrenz schaden?

Das Licht im Esszimmer ist aus, vermutlich ist Jackie schon in den Federn. Aber dann höre ich sie rufen.

»Du hast genau dreißig Sekunden, um ins Bett zu kommen«, sagt sie.

Als ich mich umdrehe, sehe ich Jackie im dunklen Zimmer stehen, sie ist splitternackt, ihre Haut schimmert im trüben Licht, das Rosen-Tattoo wie ein Ausrufungszeichen über ihrem Schlüsselbein. Sie muss mich nicht zweimal rufen.

19

15. Januar 2014
The Circus

Dusty Rose marschiert auf mich zu, im hautengen Minirock und blonder Perücke. Ihre Beinmuskeln sind eindrucksvoll definiert. Wir treffen uns auf der proppenvollen Lower Greenville, Dusty ignoriert die Pfiffe und Rufe der Passanten.

»Hey, hey, Bett-ay«, ruft sie und mustert mich eindringlich. Sie hatte mir geraten, mich »festlich« zu kleiden, und zieht enttäuscht die Brauen zusammen, weil ich in meiner stinknormalen Uniform aus schwarzer Jeans und Lederjacke aufgekreuzt bin.

Ich spende ihr einen langsamen Applaus. »Hey, Dusty.«

Sie hatte mich am Vortag angerufen, es gebe neue Infos über Chuffy Bryant und Pearla Simms. Ich solle sie im *The Circus* treffen, ein Club in einer ehemaligen Metallfabrik.

»Also, was gibt's Neues von Chuffy?«, frage ich.

»Ich habe den Stier bei den Hörnern gepackt und die Diva mit dem Schlabberarsch höchstpersönlich angerufen. Um rauszufinden, was Chuffy treibt, wie du es mir aufgetragen hast. Musste mir erstmal zehn Minuten Pearlas Gelaber über ihren neuen Zuhälter anhören, aber für dich, Süße, tue ich alles.«

»Dealt Chuffy wieder?«

»Vögelt Nachbars Lumpi dein Bein? Die verrückte Schlampe hat mich doch tatsächlich gefragt, was ihr Typ mir besorgen soll. ›Der hat den besten Mexican Brown in Town‹, hat sie gesagt. Und eine Menge davon.«

»Pearla arbeitet hier?«

»O ja. An der Bar.«

Ich folge Dusty in den Club.

The Circus ist einer der Läden, die ich noch nie besucht, von denen ich aber schon eine Menge gehört habe. Eine höhlenartige Halle, in der ohrenbetäubend laut Techno läuft, dazu das übliche Stroboskoplicht. Und es ist prallvoll. Eine Weile stehen wir direkt im Eingangsbereich herum und beobachten die Zirkusartistin, die in der Luft ihre Nummer abzieht. Sie trägt einen fleischfarbenen Anzug und hängt an einer langen Kette von der Decke, die zu einer Art Hängematte verschlungen ist – das alles gehört zum Motto des Abends »Freaks und Fetische«.

Wenn die braven familienorientierten Bürger aus Dallas an Freizeitspaß nach Sonnenuntergang denken, ist da meist ein Tex-Mex-Restaurant im Spiel – exotisch, aber nicht zu ausländisch, bitte. Ein Club wie dieser hier, wo Künstlerinnen mit Namen wie Amber DeLite und Lilly DeLish auftreten und sich auf der Bühne in glänzenden Latexanzügen gegenseitig mit Paddles den Hintern versohlen oder Sexszenen simulieren, und zwar zu den Soundtracks von DJs, die sich Vag Viral oder ähnlich nennen, gehört sicher nicht dazu.

Dusty zeigt mir Pearla – groß, schlank, mit schmaler Hüfte und zwei prallrunden, steifen Möpsen am Gestell –, sie versorgt die Gäste an der langen Bar mit Drinks.

»Ich mach dich bekannt«, brüllt Dusty mir ins Ohr, dann marschiert sie auf die Bar zu, weicht dabei den anderen Gästen aus wie ein Footballspieler auf Steroiden.

Sie ruft Pearla zu sich, tauscht ein paar Nettigkeiten aus. Beide starren mich an. Dann nickt Pearla, Dusty kommt zu mir zurück.

»Alles klar«, sagt sie mit strengem Blick. »Aber bring mich ja nicht in Schwulitäten. Sie weiß nicht, dass du ein Cop bist. Noch nicht.«

Sie verschwindet in der Menge, ich trete an die Bar, setze mich auf einen Hocker. Eine andere Bedienung kommt sofort angeschossen. Sie hat rabenschwarze Haare und zahlreiche Piercings und Tattoos, und durch ihren Flashtunnel sehe ich mehrere verführerische Flaschen irischen Whiskey. Sie wirkt ziemlich kräftig, aber Pearla schubst sie mühelos zur Seite und beugt sich zu mir vor. »Was kann ich dir bringen?«, fragt sie. Glaube ich zumindest, es ist so laut, dass ich Lippen lese.

»Ich nehme erstmal einen doppelten Jameson, pur«, brülle ich.

»Pur, alles klar.« Nachdem sie mir den Drink hingestellt hat, bleibt sie vor mir stehen.

Wir beäugen uns eine Weile, dann beugt sie sich erneut zu mir vor. »Was kann ich dir sonst noch tun, Baby?«

»Meine Freundin Dusty meinte, du hättest noch ein paar Partykracher auf Lager.«

»Was für Partykracher suchst du denn?«

»Was hast du im Angebot?«

Sie verengt die Augen, spielt mit der offenen Zigarettenschachtel und dem Feuerzeug herum, die sie neben einer Schale vertrockneter Limetten deponiert hat. »Nicht so schüchtern. Klare Ansage, und schnell, bitte, Pearla hat heute viel zu tun.«

Ich bedeute ihr, näher zu kommen. »Hast du Mexican Brown?«

»Wie viel willst du ausgeben?«

»Eine Menge.«

Sie lächelt entspannt. »Bleib schön hier sitzen, ich mach alles klar für dich.«

Pearla zieht ein Handy aus dem Rockbund und tippt eine kurze Nachricht.

»Ganz ruhig, Baby, Hilfe ist schon unterwegs«, sagt sie, bevor sie einen anderen Gast bedient. Ich drehe mich zur Seite und mustere ihn rasch. Kompakt, dunkelhäutig, schwarze Haare, Jeans, Lederjacke. Aus tiefliegenden Augen sieht er kurz zu mir rüber, er hat den toten Blick eines Hais, der sein Opfer ins Visier genommen hat, kalt und völlig abgebrüht. Der Club zieht auch extreme Leute an, aber dieser Typ hier ist hardcore. Bodyguard oder Zuhälter mit einschlägiger Hafterfahrung.

Ich widme mich meinem Drink, der Jameson brennt mir angenehm in der Kehle, und beobachte die wogende Menge auf der Tanzfläche. Pearla hat garantiert Chuffy benachrichtigt und ich bin sicher, dass er seine Drogen gern an mich verkaufen will. Er hat mich noch nie gesehen, ein Vorteil für mich. Aber ich kann ihn nicht festnehmen, denn ich bin nicht im Dienst. Auch ein strategischer Deal undercover ist in diesem Fall nicht möglich. Wenn er mit dem Zeug anrückt, werde ich eine Ausrede erfinden und mich vom Acker machen. Dann rufe ich die Kollegen an, damit die ihn hochnehmen.

Das Licht ist heller geworden, alle Blicke sind auf die Decke gerichtet, wo zwei fast nackte Trapezartistinnen sich mit sinnlichen Bewegungen in der Luft paaren. Im nächsten Augenblick sehe ich Chuffy Bryant durch die Menge auf mich zukommen. Er nimmt Blickkontakt auf, grinst mich erwartungsvoll an. Dann wandert sein Blick über meine Schulter, und er bleibt stocksteif stehen. Er reißt die Augen auf, macht auf dem Absatz kehrt und schiebt sich panisch durch die Menge zurück Richtung Ausgang.

Der Typ neben mir rempelt mich unsanft zur Seite und folgt Bryant. Ich verrenke mir den Hals, um Chuffy zwischen den vielen Leuten im Blick zu behalten, aber es ist zu voll. Kurzerhand stelle ich mich auf den Hocker, unter Protesten von Bedienung und Gästen. Chuffy ist jetzt fast am beleuchteten Schild. Und da wartet schon jemand auf ihn. Es ist Seth. Unverwechselbar. Die beiden Männer wechseln ein paar hektische Worte, dann verschwinden sie im dunklen Flur zur Hintertür.

Der Verfolger war in der Menge steckengeblieben, boxt sich aber jetzt den Weg frei und hat schon bald den Ausgang erreicht. Ich springe vom Hocker, schnappe mir spontan Pearlas Zigaretten und Feuerzeug – ich brauche einen Grund, draußen rumzustehen – und bahne mir den Weg an den Tanzenden vorbei nach hinten. Als ich den dunklen Flur endlich erreicht habe, sind die anderen drei längst verschwunden. Durch den Notausgang gelange ich in eine dunkle Gasse hinter dem Club. Als sich die Tür hinter mir schließt, kapiere ich, dass ich nicht wieder zurückkann. Ich trete ins trübe Licht der Lampe über der Tür, zünde mir eine Zigarette an, paffe und versuche, nicht zu husten, während ich angestrengt nach Geräuschen einer Konfrontation lausche. Es ist zwar ruhiger hier, aber das Wummern der Bässe ist immer noch deutlich zu spüren. Da bemerke ich eine plötzliche Bewegung. Ein paar Meter entfernt steht ein Mann, er hat sich zu mir umgedreht. Es ist der Typ von der Bar. Er funkelt mich böse an, aber ich schnippe betont unbeteiligt die Asche von der Zigarette.

Er bewegt sich mich gesenktem Kopf auf den Eingang zu, lässt mich aber nicht aus dem Blick. Hätte ich doch bloß meine Waffe dabei! Um die Situation zu entschärfen, überlege ich, ihm eine Zigarette anzubieten, aber meine Hände zittern zu sehr, daher lasse ich das lieber bleiben.

»Wartest du auf jemanden?«, fragt der Typ. Er hat eine tiefe Stimme und einen ausgeprägten Akzent.

»Ich? Nö, meine Freundinnen sind alle drinnen.«

Er nickt, geht an mir vorbei und rüttelt am Türgriff. Vergeblich. Der Mann ist kleiner als ich, aber er wirkt zäh und kampferprobt, voller Muskeln, Narben über den Brauen. Ich möchte wetten, dass sich unter seinem Mantel eine Pistole oder ein Messer verbirgt. Er tritt näher, ich kann sein Aftershave riechen. »Du solltest das lassen«, flüstert er. »Rauchen ist tödlich.«

Er mustert mich, speichert mein Gesicht ab und verschwindet dann in Richtung Straße.

Ich atme ein paarmal tief durch, um mich wieder einzukriegen, dann werfe ich die angerauchte Zigarette auf den Boden. Es steht außer Frage, dass Seth und Chuffy gemeinsame Sache machen. Ich würde mir gern einreden, dass Seth ihn hochgehen lassen will, aber mein Bauchgefühl sagt mir, dass er, der sich die Ware offenbar selbst reinzieht, aus reinem Eigennutz handelt.

Ich kann meinen Kollegen eine Menge verzeihen, das habe ich in der Vergangenheit auch schon bewiesen. Während meiner Arbeit habe ich schon oft grenzwertiges Verhalten und überaus großzügige Auslegungen der Regeln gedeckt. Ein Cop akzeptiert, dass sein Essen aufs Haus geht? Tja, damit macht er sich zwar bestechlich, aber er hat niemanden umgebracht. Du hast dir bei der Razzia ein paar Dollar in die eigene Tasche gesteckt? Hm. Das Geld ist schmutzig, aber wer weiß schon, wie sauber der Schein in der eigenen Geldbörse ist? Außerdem hast du vier Kinder und alle vier brauchen Zahnspangen. Bruder, ich werde dich nicht verpfeifen – erwarte allerdings nicht, dass ich je wieder mit dir zusammenarbeite. Aber Drogen verkaufen? Die Trauer über Seths armseligen Abstieg verpufft angesichts meiner plötzlichen heftigen Wut. Ich zertrete die Zigarette, bis sie sich in ihre Bestandteile aufgelöst hat.

Der Typ sah aus wie einer vom Kartell. Ein Soldat. Aber *der* Soldat, den wir suchen? El Cuchillo auf der Jagd nach dem Killer? Klar, er wirkte gefährlich, obwohl er mir nichts getan hat. Aber er ist zu klein. Nicht einschüchternd genug. *Der macht keinen Eindruck auf der Richterskala*, wie Onkel Benny es ausgedrückt hätte.

Ich werfe Schachtel und Feuerzeug in die Mülltonne und mache mich in die entgegengesetzte Richtung davon.

20

16. Januar 2014
Die Tunnel

Wie sitzen beim Abendessen – Jackie, Mary Grace und ich. Genauer genommen sitzen die anderen, ich bin ständig auf dem Sprung, denn ich habe all meine Kontakte auf der Straße aktiviert, Leute, die mir in der Vergangenheit Infos geliefert haben. Sie sollen mir helfen, El Cuchillo zu finden. Oder zumindest den geheimnisvollen Gary. Mein Handy klingelt dauernd, die Gespräche führe ich im Nebenzimmer.

Wenn ich nicht am Handy hänge, starre ich Löcher in meinen Teller und überlege fieberhaft, wie ich Wayne kontaktieren könnte. Wenn jemand weiß, wie Gary zu erreichen ist, dann Wayne. Aber er geht nicht ran, meldet sich nicht zurück – er benutzt Wegwerfhandys, könnte also locker eine neue Nummer haben. Ich habe sämtliche Obdachlosenunterkünfte der Stadt angerufen, aber dort ist er nicht aufgetaucht. Mary Grace habe ich auch schon gelöchert, obwohl ich weiß, dass sie ungern darüber spricht, denn sie versucht, ihr Leben auf der Straße zu vergessen.

Irgendwann fällt mir auf, dass am Tisch Stille eingekehrt ist und Mary Grace und Jackie mich anstarren. Ich erinnere mich vage, dass Mary Grace mich was gefragt hat.

»Was hast du gesagt?« Ich klinge ungeduldig, fast anklagend wie im Verhörzimmer.

Jackie holt tief Luft, um sich zur Ruhe zu zwingen. »Sie hat dich gefragt, ob dir der Name Tara für das Baby gefällt.«

Als ich Mary Grace' aufrichtige Miene sehe, erwischt es

mich volle Breitseite. Ihr ist tatsächlich wichtig, was ich denke.

Wir hatten sie am Vormittag zu ihrer zweiten Untersuchung gefahren. Die Ärztin nannte uns einen voraussichtlichen Geburtstermin und versicherte uns, dass bis jetzt alles gut zu laufen schien. Mary Grace war allerdings immer noch nicht ganz überzeugt, dass sie ihrem Kind mit dem Leben auf der Straße keine bleibenden Schäden zugefügt hatte. Als die Ärztin sie fragte, ob sie das Geschlecht des Kindes wissen wolle, hat sie uns panisch angesehen.

»Du musst es dir nicht sagen lassen«, sagte Jackie. »Es kann auch eine Überraschung bleiben.«

»Was meinst du?«, fragte mich Mary Grace.

In diesem Moment wurde auch ich leicht panisch. Dass sie überhaupt meine Meinung einholte, rührte mich fast zu Tränen. Gleichzeitig empfand ich es als so absurd, dass ich fast laut losgelacht hätte.

»Also ich würde es wissen wollen. Aber ich mag auch keine Überraschungen«, sagte ich schließlich.

Sie lächelte. »Ich auch nicht. Bitte, ich möchte es wissen.«

Daraufhin verriet ihr die Ärztin, dass sie ein Mädchen erwartete.

Jetzt sieht mich Mary Grace erneut mit erwartungsvollem Blick an. Wieder will sie meine Meinung wissen.

»Tara gefällt mir«, sage ich. »Tara Miller. Klingt gut.«

Sie grinst mich an, so jung sieht sie aus mit ihrer frischen Gesichtsfarbe, das blonde Haar zum Pferdeschwanz gebunden. Sie isst weiter, ein zufriedenes Lächeln auf den Lippen. Natürlich heißt sie nicht Miller, ihren wahren Nachnamen hat sie uns noch nicht verraten. Den erfahren wir hoffentlich nach der Geburt. Dann kann ich versuchen, mehr über ihre Familie herauszufinden.

Wieder klingelt das Handy. Unbekannt. Ich gehe nicht ran.

»Was ist hier eigentlich los?«, fragt Jackie. »Bist du nicht suspendiert?«

»Danke, dass du mich daran erinnerst«, sage ich, den letzten Bissen von meinem Hähnchen auf der Gabel. »Wir haben einen neuen Player vom Sinaloa-Kartell in der Stadt. Ein richtig übler Geselle.«

»Sind sie das nicht alle?«

»Ja, aber der hier ist offenbar direkt aus einem Alptraum entsprungen. Sein Spitzname lautet El Cuchillo.«

»Messer? Wieso heißt er so?«, fragt Mary Grace.

Bevor ich antworten kann, sieht Jackie mich warnend an. »Ich glaube, das können wir uns lebhaft vorstellen«, sagt sie streng.

»Die ganzen Anrufe heute Abend? Ich versuche, an Informationen über ihn zu kommen. Wir haben mehrere tote Dealer, aufgeschlitzt wie Kürbisse …«

»Verdammte Scheiße noch mal!« Jackie wirft die Serviette auf den Tisch.

Mary Grace und ich sehen sie entgeistert an. Ich habe Fünfjährige erlebt, die öfter fluchen als Jackie.

»Was stimmt bei dir nicht?«, fragt sie mich.

Ich verstehe ihre heftige Reaktion nicht. Wenn wir unter uns sind, sprechen Jackie und ich über Sachen, bei deren Erwähnung jeder Rechtsmediziner zusammenzucken würde. Klar, Mary Grace ist jung, aber sie ist kein Kind mehr und hat lange genug auf der Straße gelebt, um zu wissen, was anliegt.

Doch jetzt starrt sie betreten auf ihren Teller, und ich verfluche mich innerlich, weil ich offenbar unser friedliches Essen ruiniert habe.

»Tut mir leid«, sage ich deshalb. »Echt jetzt. Ich halte den Mund. Es ist nur so frustrierend, weil ich eigentlich da draußen sein und was Gutes tun könnte. Stattdessen hat man mich außer Gefecht gesetzt. Je mehr Info ich sammle, desto eher nehmen sie den Typen hoch. Der richtige Hinweis könnte Leben retten. Es macht mich fertig, dass meine Informanten nicht auspacken.«

»Wie ironisch«, murmelt Jackie, während sie mit der Gabel auf ein Salatblatt einsticht.

»Wieso?«

»Du wunderst dich darüber, dass deine Informanten nicht auspacken wollen.«

Sie klingt verbittert, aber sie hat recht. Bevor ich antworten kann, legt Mary Grace mir die Hand auf den Arm.

»Kann ich helfen? Ich möchte etwas für dich tun.« Sie sieht mich mit großen Unschuldsaugen an. Wie bin ich eigentlich drauf, dass ich diesen ganzen Mist in unser Leben bringe?

»Du kannst beim Geschirrspülen helfen«, sagt Jackie und zieht sie sanft am Pferdeschwanz. »Deine Tage auf der Straße sind vorbei.« Sie wendet sich an mich. »Vergiss nicht, in ein paar Tagen kommt die Hebamme.«

Ich sehe Jackie fragend an.

»Um alles für die Hausgeburt vorzubereiten«, sagt sie.

Hausgeburt? Mary Grace bringt ihr Kind in unserem Haus auf die Welt?

»Hallo?«, sagt sie genervt. »Erde an Betty? Das haben wir heute nach der Untersuchung beschlossen, erinnerst du dich?«

Bevor ich etwas sagen kann, klingelt mein Handy erneut. Diesmal gehe ich ran. Zuerst höre ich nur jemanden atmen. »Hallo?«

»Ja«, keucht der Anrufer in den Hörer. »Ich bin's. Wayne. Du wolltest mit mir sprechen?«

Ich verlasse den Tisch und gehe ins Wohnzimmer. »Wo bist du?«

»Will zu den Tunneln.«

»Welche?«

»Elm Street.«

»Ich suche deinen Freund Gary. Du weißt, warum.«

»Ja. Du und alle anderen.«

»Was soll das heißen?«

»Die Bullen, die Dealer. Auf der Straße wollen alle wissen, wer die Konkurrenz kaltmacht.«

Ich bemühe mich, ruhig und sachlich zu bleiben. »Weißt du, wo Gary ist?« Genau genommen ist Wayne Seths Informant, aber das ist mir jetzt egal. »Ich geb dir fünfzig, warme Kleidung und was zu essen, wenn du mir sagst, wo er heute Abend ist. Und das bleibt unter uns. Niemand erfährt, dass du mir die Info gegeben hast. Wenn jemand fragt, ich will dir nur helfen.«

»Er wird wissen, dass ich es dir gesagt habe. Er will auch in die Tunnel.«

»Hat er dir irgendwas über Pico Guertos Killer verraten?«

»Ja, der Typ hat Guerto vorher seine Dienstmarke gezeigt.«

»Okay. In einer halben Stunde bin ich da. Rühr dich nicht von der Stelle, und sieh zu, dass Gary in der Nähe ist. Ich werde ihn nicht festnehmen, will nur mit ihm reden.«

»Lange stehe ich hier nicht rum«, sagt er. Seine Zähne

klappern. »Es ist saukalt hier draußen. Ich kann dir jetzt schon sagen, dass Gary sich nicht freuen wird. Der ist schon am Austicken.«

Ein Gedanke beschleicht mich. »Weiß sonst noch jemand, wo Gary gerade ist, Wayne?«

Schweigen.

»Wayne? Bist du noch dran?« Der Anruf wurde beendet.

Ich schnappe mir Mantel und Schlüssel, schnalle mir das Holster mit meiner Glock um, hole ein paar Sweatshirts für Wayne und eine Taschenlampe.

Mary Grace steht hinter mir, eine alte Decke in der Hand, die sie aus dem Wäscheschrank gezogen hat. »Ich habe gehört, wie du mit Wayne gesprochen hast. Darf ich ihm die geben?«

»Klar!« Ich umarme sie schnell. »Ich seh zu, dass er sie bekommt.«

»Ich glaube, Wayne versucht, clean zu werden. Er will in ein Programm. Weißt schon, damit er von Drogen runterkommt. Ich hab ihm gesagt, dass wir uns sehen können, wenn er clean ist.«

Ich tätschle ihr die Wange und lächle ermutigend. »Du bist ihm eine gute Freundin, Mary Grace.«

Jackie kommt hinzu. »Wo willst du hin?«

»Bin bald wieder zurück. Treffe mich nur mit einem Informanten.«

»Und dazu brauchst du die Waffe?« Jackie reißt die Hände in die Luft und dampft ab in die Küche.

»Kann ich mitkommen?«, flüstert Mary Grace.

»In die Tunnel? Bist du bescheuert? Nein, meine kleine geschwängerte Prinzessin, du bleibst schön hier und sorgst dafür, dass unsere Schutzheilige nicht das Haus anzündet.«

»Die Tunnel« ist der Spitzname einer ausgedehnten unterirdischen Passage, die die Untergeschosse mehrerer Bürokomplexe und Parkhäuser miteinander verbindet, sodass der gemeine, in Dallas tätige Businesskasper mit seinem überteuerten Coffee to Go nach Feierabend direkt in seinen SUV steigen kann, ohne sich auch nur eine Sekunde lang der sommerlichen Hitze der Großstadt auszusetzen. Die Passagen sind eigentlich nur über die Bürogebäude zu erreichen und nach Feierabend geschlossen, aber es gibt vereinzelte öffentliche Zugänge, zum Beispiel am Thanks-Giving Square.

Wenn es draußen zu kalt wird, setzen sich die Wohnungslosen von Dallas in Bewegung, um in den Passagen Unterschlupf zu suchen.

Bei einem Drive-Through-Schnellimbiss besorge ich Proviant und Kaffee für Wayne und Gary, dann parke ich in der Nähe des Parks, in dessen Mitte die Chapel of Thanksgiving steht. Es ist so kalt, dass mein Atem gefriert. Ein kleiner Weg hinter der Kirche führt über eine breite Treppe hinab zu einem großen, gläsernen Eingangsbereich, der allerdings verschlossen ist. Darüber steht ein Spruch, der wohl inspirierend sein soll, aber der erste – metallene – Buchstabe fehlt, sodass der Spruch seine Wirkung verfehlt. Vielleicht hat sich ein kleiner Dieb gedacht, er könnte den Buchstaben für ein bisschen Kleingeld verhökern.

Ich stehe mit Decke, Sweatshirts und Proviant beladen davor und klopfe mit der Taschenlampe gegen die Glastür. Eigentlich müsste ein Sicherheitsmann kommen, aber in der Lobby ist niemand zu sehen. Der gesamte Park wirkt wie ausgestorben. Wahrscheinlich ist es den Leuten zu kalt, um hier in der Dunkelheit herumzulaufen, aber ein verzweifelter

Junkie, dem die niedrigen Temperaturen nichts ausmachen, könnte durchaus im Schatten lauern, um jemanden wie mich auszurauben. Ich höre nur das Brummen vom nahegelegenen Highway und – unerwartet – ein Frauenlachen, ein bisschen zu aufgekratzt, als wäre sie nervös oder angetrunken oder beides.

Ich klopfe erneut an die Tür, und endlich kommt ein Wachmann. Nachdem ich ihm meine Marke hingehalten habe, schließt er unwillig auf. Er sieht verschlafen aus und ist sauer, dass ich ihn aus seinem Kabuff geholt habe, in dem er es sich für die Nacht gemütlich gemacht hatte.

»Was is?«, fragt er, nachdem er mit ins Gesicht gegähnt hat.

»Ich brauche Zutritt zum Tunnel unter der Elm Street.«

Er verzieht das Gesicht, seine Hängebacken hängen noch tiefer. »Ähm, nö. Den haben sie erst letzte Woche geräumt. Außerdem habe ich in einer Dreiviertelstunde Dienstschluss.«

Er weiß genau, dass er auf mich warten muss, solange ich mich in den gesperrten, nichtöffentlichen Bereichen aufhalte, schließlich muss er mich wieder rauslassen. Außerdem weiß er, dass die Obdachlosen – im Gegensatz zu mir – immer einen Weg finden, sich dort einzurichten, egal, wie oft man die Tunnel räumen lässt.

»Ich muss mit meinem Informanten sprechen.«

»Sie brauchen eine Genehmigung von der städtischen Behörde, um da unten reinzu...«

»Haben Sie eine Frau zu Hause, die auf Sie wartet ...?« Ich spähe auf sein Namensschildchen: *A. Garcia.* »Mr Garcia, wenn Sie mich zwingen, jetzt die zuständigen Leute anzurufen, haben Sie eine lange Nacht vor sich. Ich sorge dafür, dass man Sie hier festhält, damit die Kollegen Sie befragen können über das, was Sie heute Abend gesehen oder nicht gesehen haben. Also, auf mich wartet tatsächlich jemand zu Hause und ist genervt, weil ich mitten beim Abendessen abgehauen bin. Je schneller ich da unten reinkomme, desto schneller bin ich wieder weg.«

Garcia schnaubt verärgert.

»Ich bleibe höchstens eine Dreiviertelstunde unten«, versichere ich ihm.

Er betrachtet die Decke. »Sieht aus, als wollten Sie da unten übernachten.«

»Die ist für meinen Informanten.«

»Sie wissen, dass Sie in den Tunneln keinen Empfang haben?«

»Ja. Ich mach schnell, Pfadfinderinnenehrenwort.«

Er geht voran, ich folge ihm durch den ersten von zwei langen Fluren, die hinunter zur großen dreieckigen Lobby direkt unter dem Thanks-Giving Square führen. Unsere Schritte hallen laut an den Betonwänden wider, in den Schaufenstern der Läden und Restaurants – viele bereits seit Jahren geschlossen – folgt uns unser verzerrtes Spiegelbild. Die Fliesen auf den künstlichen Plätzen sind schrill rot und pissgelb gehalten, die Säulen mächtig wie in einem unterirdischen Bunker.

Garcia bleibt vor einer in die Wand eingelassenen Stahltür stehen und tippt einen Code ins Gerät daneben. Das Schloss wird entsichert, die Tür öffnet sich für mich. Sie wird sich hinter mir schließen und wieder verriegeln. Hier im Tunnelsystem herrschen Temperaturen wie in einem Kühlschrank, und es ist dunkel. Allerdings nicht komplett, es gibt eine schwache Notbeleuchtung, trübe Funzeln, alle paar Meter.

»Wollen Sie echt allein da runter?«, fragt der Sicherheitsmann.

»Kommen Sie mit?«

Garcia deutet auf seine Armbanduhr. »In vierzig Minuten komme ich zurück und schließe Ihnen die Tür auf. Seien Sie pünktlich!«

Ich nicke, knipse die Taschenlampe an. Die Tür fällt hinter mir ins Schloss. Seine Schritte verklingen. Panik schnürt mir die Kehle zu, aber ich reiße mich zusammen. Ich komme mir vor wie in einer antiken Grabkammer, für immer eingeschlossen in einem Bergmassiv. Ich zwinge mich, ruhig zu atmen. Ich weiß, dass es hier in der Nähe eine Rolltreppe gibt, stillgelegt, hinter einer Sperrholzwand. Die führt hinunter ins Tiefgeschoss, das von den Obdachlosen *Elm Street Tunnel* genannt wird.

Und richtig, schon bald stoße ich auf die Absperrung. Ich klettere drüber, halte mich an dem gummierten Handlauf fest und leuchte mit der Taschenlampe nach unten. Kurz wird mir schwindelig, mein Hirn hat Bewegung erwartet, aber die Treppe steht still. In diesem Abschnitt gibt es bis zur nächsten Metalltür, die zum Keller des angrenzenden Bürokomplexes führt, keine Notbeleuchtung mehr. Hinter dieser Tür liegt eine weitere Halle, in der sich die Obdachlosen eingerichtet haben. Das Schloss wurde schon lange ausgehebelt, sodass sie ungehindert kommen und gehen können. Um mit Wayne und Gary zu sprechen, muss ich vermutlich einen Spießrutenlauf absolvieren, denn die Bullen sind hier unten nicht willkommen.

Vorsichtig taste ich mich auf der Rolltreppe nach unten vor, beleuchte abwechselnd die Stufen und den Gang. Unten angekommen lausche ich den Geräuschen und leuchte den Gang aus: Er verläuft geradewegs ins Dunkel. Trotz der Kälte bricht mir der Schweiß aus. Ich tätschle die Glock auf meiner Hüfte wie einen Talisman. Mein letzter Besuch hier unten liegt ein Jahr zurück, damals habe ich mit Seth und einem weiteren verdeckten Ermittler einen Kleindealer verfolgt, der seine Freundin ermordet hatte, weil er sich einbildete, sie hätte ihm sein Meth geklaut.

Von dem damaligen Einsatz weiß ich, dass die erste Tür zu meiner Linken zu einer Abstellkammer führt und sich ein paar Meter weiter zwei weitere Abstellkammern befinden. Hinter der dritten Tür hatte sich damals der Dealer versteckt. Er hatte auf uns geschossen und Seths Kollegen fast umgebracht. Danach stattete die Stadt die Türen mit neuen Schlössern aus. Ich drücke die Klinke der ersten beiden herunter und stelle zu meiner Erleichterung fest, dass sie tatsächlich verschlossen sind. Als ich die Hand nach der dritten ausstrecke, höre ich ein leises Rascheln. Die Akustik hier unten ist seltsam, daher ist es schwierig zu erkennen, woher genau das Geräusch kommt. Ich lausche angestrengt, drehe mich um und leuchte in den Gang hinter mir.

Auf der Rolltreppe starren mich zwei rote Augen an. Es handelt sich um eine Ratte von der Größe eines Schoßhundes, sie hockt auf dem Mittelsteg. Als der Lichtstrahl sie trifft, huscht sie die Treppe hinauf und verschwindet in der Dunkelheit.

Wieder höre ich ein Rascheln, und diesmal bin ich sicher, dass es aus der dritten Abstellkammer kommt. Mit einer Hand an der Waffe drücke ich die Klinke herunter. Das Schloss ist kaputt.

Plötzlich wird die Tür aufgerissen, und etwas – eine in Weiß gehüllte Gestalt – stürzt sich mit Geschrei auf mich, rennt direkt in mich rein und stößt mich zu Boden.

Kostucha ... der Tod in Weiß.

Bevor ich in das Geheule einstimmen kann, ist das Gespenst davongerannt, nur sein Kreischen hallt noch über die stockdunklen Gänge.

Die Taschenlampe ist mir aus der Hand gefallen und ein Stück weitergerollt, aber das Licht hat ausgereicht, um die Gestalt als Frau zu erkennen, klein und stämmig, in eine helle Decke gewickelt. Mein Herz klopft wie verrückt, aber vermutlich hat sich die Frau erheblich mehr erschrocken als ich.

Langsam rapple ich mich wieder auf, mein Steißbein ist arg mitgenommen. Am liebsten würde ich sofort zurückkehren zur Rolltreppe und oben an die Tür hämmern, bis Garcia mir öffnet. Irgendwo am Ende des Gangs knallt eine Tür zu, dann herrscht wieder Stille.

Ich taste nach der Taschenlampe, den Tüten mit dem nicht mehr ganz unversehrten Proviant und der Decke und folge dem Gang bis zur verschlossenen Tür. Sie lässt sich leicht öffnen.

Die Vorhalle ist wenigstens etwas beleuchtet und bei ein paar Schlafsäcken flackert das Licht von Feuerzeugen auf. Die Leute wollen wissen, wer hier in ihren Unterschlupf eindringt. Nachdem ich meine Taschenlampe ausgeschaltet habe, fragt mich ein Mann mit tiefer Stimme, was ich will.

»Ich suche Wayne«, sage ich.

Ein wütender Chor antwortet. »Verpiss dich ... Haltifresse ... haste Zigaretten?« Ungefähr zwei Dutzend Menschen haben sich hier einquartiert. Ich muss unwillkürlich an Zombiefilme denken. *Wenn du fliehst, verfolgen sie dich.* Also bleibe ich stehen und warte.

Mehr Gemurmel. Irgendwann meldet sich eine Frauenstimme. »Ist da drüben. Schläft.«

Die Frau sitzt an der gegenüberliegenden Wand, sie hat eine kleine Taschenlampe, mit der sie mir jetzt Signal gibt. Ich bahne mir den Weg an den sich unruhig am Boden wälzenden Gestalten vorbei, deren Nachtruhe ich offenbar gestört habe. Die kollektiven Bewegungen wirbeln einen penetranten Gestank auf, der mich an reifen Käse erinnert.

Der Haufen neben der Frau rührt sich. Es ist Wayne. Ich setze mich neben ihn und gebe ihm Decke und Tüte. Die Burger riechen stark. Die Frau sieht mich erwartungsvoll an, offenbar hofft sie, das Essen reicht auch für sie.

»Für dich und Gary«, sage ich leise zu Wayne.

Er setzt sich auf und schiebt seinen alten Schlafsack beiseite. »Danke, Kumpel«, sagt er.

Sofort zieht er sich die Sweatshirts über, dann wickelt er sich in die Decke ein. Seine Finger sind lang und schlank, seltsam grazil. Ich ziehe meine Handschuhe aus der Manteltasche, gebe sie ihm. Als er mich anlächelt, entblößt er seine noch übriggebliebenen Zähne, gelb wie Mais. An der einen Hand, in der Mitte, wo seine Finger fehlen, hängt der Handschuh durch. Er zieht den Kaffeebecher aus der Tüte und wärmt sich daran.

»Die Decke ist von Mary Grace.«

»Wie geht es ihr?«

»Gut. Dem Baby auch. Nächsten Monat ist es so weit.«

»Kannst du ihr Grüße von mir ausrichten? Ich bin froh, dass sich jemand um sie kümmert. Hab's selbst versucht, aber ... du weißt ja, wie die Dinge liegen.«

Er sieht mich so elend an, dass es mir schwerfällt, den Grund meines Auftauchens hier anzusprechen. Mary Grace hat behauptet, Wayne würde versuchen, von den Drogen loszukommen, aber er ist umgeben von Junkies. Ich tätschle ihm den Arm.

»Gary? Ist er hier?«, frage ich schließlich.

Er zeigt auf eine Gestalt. »Hey, Gary«, flüstert er heiser. »Jemand will mit dir reden.«

Die Gestalt bewegt sich, setzt sich auf, beugt sich zu uns vor. Kalter Nikotingeruch wallt mir entgegen.

»Hey, es ist Freitagabend, verdammte Hacke!«, brummt Gary.

Es ist Donnerstag, aber egal. Seine Stimme klingt mitgenommen von Drogen, Zigaretten und Alkohol. Gary wirkt jünger als erwartet.

»Ich versuche zu schlafen«, jammert er.

»Wir müssen reden.«

Seine Augen werden zu engen Schlitzen. »Wer bist du?«

»Eine Freundin von Wayne.«

»Na, Freundin von Wayne, was springt für mich dabei raus?«

»Zwanzig.«

»Hau ab.« Er schlingt seinen Mantel fester um sich.

»Okay, fünfzig.«

»Sie ist eine von den Guten, Kumpel«, sagt Wayne und hält ihm die Imbisstüte hin. »Hat uns Essen gebracht.«

Gary schnappt sich die Tüte und zieht einen Burger heraus. Er wickelt ihn aus und verschlingt ihn mit zwei, drei Bissen.

»Keine Mayo drauf«, murmelt er, mampfend und schluckend. »Was willst du?«

Jetzt muss ich vorsichtig vorgehen. Was auch immer in Wahrheit passiert sein mag, als Pico erschossen wurde, Gary ist überzeugt, der Täter hatte eine Dienstmarke. Und wenn er merkt, dass ich Polizistin bin, wird er nicht mehr mit mir reden. Ich gebe Gary fünfzig Dollar.

»Kannst du woanders unterkommen? Nicht hier?«

Er verzieht das Gesicht zu einer unfreundlichen Fratze. »Klaro, ich hab ein Zimmer im Hotel ZaZa, aber das wird gerade renoviert.«

»Ich habe Wayne öfter einen Platz in einer Unterkunft besorgt.«

»Nee, lass man stecken«, sagt Gary scharf. »Das letzte Mal hamse mir da mein letztes Kleingeld geklaut.«

»Was, wenn ich dich ein paar Tage in einem Motel unterbringe?« Wenn ich ihn an einen sicheren Ort bringe, vertraut er mir vielleicht.

Gary kichert spöttisch.

»Da könntest du duschen. Dich ein bisschen frisch machen.«

Stirnrunzelnd greift er nach dem zweiten Kaffeebecher, öffnet den Deckel und trinkt ein paar Schlucke. »Wieso machst du das alles?«

Die Frau neben Wayne hat mich immer noch im Visier. Jetzt zeigt sie anklagend mit dem Finger auf mich. »Du bist ein Cop!«, sagt sie laut. Sie hat mich erkannt, vermutlich von einer früheren Razzia.

Garys Hand zuckt so stark, dass er Kaffee verschüttet. Er stellt den Becher ab, als wäre Gift drin. »Bist du'n Cop?« Er wendet sich an Wayne. »Is die'n Cop?«

Auf einen Schlag herrscht Totenstille. Alle wollen mithören, wie's weitergeht.

»Psst!«, sage ich. »Gary, ja, ich bin ein Cop, aber ich bin hier, um dir zu helfen.«

Er rutscht von mir weg, die Augen geweitet.

»Ich will dir helfen«, wiederhole ich.

Gary rappelt sich auf und stolpert beim Versuch zu fliehen über mehrere Schlafsäcke.

Der große Mann unter der Decke, der zuerst mit mir gesprochen hat, ist jetzt aufgestanden. Er baut sich vor mir auf, die Arme verschränkt. Sein massiger Körper versperrt mir den Weg zum Ausgang. Andere Männer und Frauen haben sich ebenfalls von ihren Decken befreit und stehen langsam auf. Das Gebrummel ist verstummt, nur noch Garys keuchender Atem ist zu hören.

»Du musst ihn gehen lassen«, warnt mich der Mann und geht einen Schritt auf mich zu.

Er ist riesig, hat die Ausmaße eines Elefanten, Dreadlocks fallen ihm über die Schultern. Ich lege die Hand auf meine Waffe.

»Ich bin Polizistin«, sage ich, »und muss mit diesem Mann sprechen.«

Die Stille ist ohrenbetäubend. Mindestens dreißig Minuten sind schon vergangen, Garcia wird bald zurückkommen, um mich rauszulassen.

Ein anderer Mann hat sich von hinten an mich herangeschlichen. Die Atmosphäre verdichtet sich. Diese Menschen haben nicht mehr viel zu verlieren, und ich, eine Polizistin ganz allein hier unten, bin der perfekte Sündenbock für die vielen Demütigungen, die die Obdachlosen tagtäglich erdulden müssen.

»Los, schnapp sie dir«, sagt Gary zu dem Mann. »Worauf wartest du?«

Ich überlege, die Waffe zu ziehen. Die meisten Menschen hier unten sind harmlos, aber ein paar sind höchst gefährlich.

Der Riese beugt sich zu mir vor und nimmt mich genauer ins Visier. Er blinzelt ein paarmal.

Dann schnellt sein Kopf zurück. »Red Betty? Bist du das?« Er deutet auf seine Brust. »Ich bin's. Der Bibliothekar aus Tent City.«

»Mountain?« Ich lasse die Waffe im Holster.

»Sieht aus, als hättest du Bunsen-Gary gefunden«, sagt Mountain und hebt die Hand, um die anderen zu beruhigen. Der Mann hinter mir weicht zurück.

Mountain kratzt sich am Hals. »Aber, ähm, Betty, wir haben hier ein kleines Problem. Wir können es nicht zulassen, dass du ihn mitnimmst. Hausregeln.«

»Hausregeln? Du weißt aber schon, dass ich von der Polizei bin?«

»Klar. Aber dieser Ort hier unten ist unser Refugium. Und entweder haust du jetzt ohne Gary ab oder …« Er schüttelt den Kopf.

»Oder was?«

»Oder du musst die Nacht bei uns hier unten bleiben. Bis zum Morgen, dann sind wir alle wieder weg. Wenn du Gary haben willst, musst du uns alle mitnehmen.«

»Mountain, komm schon …«

»Das ist der Deal, Engelchen. Du kannst gehen, aber Gary bleibt hier.«

»Ich könnte mit einer Horde megastinkiger Cops wiederkommen.«

Mountain senkt das Kinn und verschränkt die Hände vor dem Körper wie ein geduldiger Professor. »Könntest du. Machst du aber nicht.«

»Hey!«, ruft jemand. »Ich muss morgen vorsingen und brauche meinen Schönheitsschlaf.«

Die anderen kichern, kehren zurück an ihre Schlafplätze. Gary hat sich in einer dunklen Ecke verschanzt.

Mountain begleitet mich zum Ausgang. »Schaffst du es allein zurück?«

»Ja.« Ich krame in meiner Tasche und drücke ihm meine letzten vierzig Dollar in die Hand. »Kauf ein paar von ihnen Frühstück.«

Er hält die Tür auf, wartet, dass meine Taschenlampe angeht. Ich bin schon auf halbem Weg, als die Tür hinter mir zuklappt. Kurz bleibe ich vor der halboffenen Abstellkammer stehen. Lauter leere Regale und Kartons, ein perfektes Versteck.

Danach gehe ich rasch bis zur Rolltreppe weiter, dabei mache ich so viel Lärm wie möglich, um die Ratten zu verscheuchen. Ich klettere wieder über die Schutzwand und schaue auf dem Handy nach der Zeit. Es sind schon über vierzig Minuten vergangen. Im Affenzahn renne ich durch den Gang. Als ich endlich die Tür erreiche, rüttle ich an der Klinke. Verschlossen.

»Hey! Hallo!«, rufe ich und hämmere dagegen.

Nichts.

Scheiße, verdammte!

»Hallo? Mr Garcia! Ich bin hier …!«

Weder mein Hämmern noch das Rütteln an der Türklinke rufen den Sicherheitsmann auf den Plan.

Selbst wenn Garcia heimgegangen sein sollte, muss ein anderer Wachmann die nächste Schicht übernommen haben. Garcia hat ihm sicher gesagt, dass eine Polizistin allein in den

Tunneln unterwegs ist. Aber hinter der Tür ist alles still. Und als ich so angestrengt in die Dunkelheit lausche, spüre ich plötzlich eine Veränderung in der Atmosphäre. Mir stellen sich die Nackenhaare auf.

Ich fahre herum und richte die Taschenlampe auf den Gang hinter mir. Das dunkle Rechteck auf der linken Seite, wo die Rolltreppe ist, hat einen runden Auswuchs bekommen, ungefähr so groß wie ein menschlicher Kopf, der rasch verschwindet, bevor der Lichtstrahl auf ihn trifft. Jemand beobachtet mich.

»Hey!«, brülle ich. »Ich sehe dich!«

Wütend hämmere ich wieder an die Tür. Der Zorn lenkt mich von der aufsteigenden Panik vor dem ab, was dahinten im Gang auf mich lauert. Vielleicht ist es kein Obdachloser, sondern etwas ganz anderes.

Zum zweiten Mal fahre ich herum und leuchte die Dunkelheit aus. Die dunkle Gestalt ist über die Sperrholzwand geklettert und steht bereits am Ende des Gangs. Es ist ein Mann, kräftig gebaut und groß, in einer weiten Jacke, die Kapuze über dem im tiefen Schatten liegenden oder maskierten Gesicht, die Arme hängen am Körper herunter. Da steht er, alle Muskeln angespannt. Angriffsbereit. Ich halte die Taschenlampe fest auf ihn gerichtet und ziehe mit der anderen mein Handy heraus, um den Notruf zu wählen. Kein Empfang.

Also tausche ich Handy gegen Waffe und ziele auf ihn. Ich kann sein Gesicht nicht erkennen, der Mann trägt eine Skimaske.

»Polizei!«, sage ich. »Auf den Boden! Sofort!«

Der Mann reagiert nicht. Ich trete nach hinten aus, gegen

die Tür, in rascher Abfolge. Er wirft den Kopf in den Nacken – *lacht der mich aus?* – und streckt den behandschuhten Zeigefinger nach mir aus. Dann wendet er sich ab, klettert über die Wand und verschwindet in der Dunkelheit.

Panik hat längst das Ruder übernommen – *das ist der Dealerkiller … El Cuchillo … einer von den Roys … eine Halluzination* –, und ich brülle und hämmere gegen die Tür, bis ich das Gefühl habe, jeder Knochen in meiner Hand ist gebrochen. Mein Alptraum ist wahr geworden. Und dann, endlich, wird die Tür aufgerissen, so plötzlich, dass ich den beiden Männern dahinter förmlich in die Arme falle.

Ich bekomme kaum noch Luft, krümme mich, die Hände auf den Knien, stehe kurz vor dem Zusammenbruch. Garcia starrt mich ultragenervt an, und hinter ihm steht mit besorgter Miene … Onkel Benny.

»Jemand … jemand war im Tunnel hinter mir her«, stoße ich hervor.

Als ich mich aufrichte und genauer hinsehe, erkenne ich James Earle. *Nicht Onkel Benny.*

Er hält Garcia die Tür auf. Der schaltet die Taschenlampe ein und betritt vorsichtig den Gang.

»Alles okay?«, fragt James. Er stützt mich am Arm. Seine vertraute Fahne beruhigt mich gleich, Bier und Whiskey.

Ich nicke. Atme. »Was machst du hier?«, frage ich schließlich.

»Jackie hat den Standort deines Handys verfolgt. Als sie kapiert hat, wohin du unterwegs warst, hat sie mich angerufen.«

»Tut mir leid, James. Ich wollte einen Informanten treffen. Sie hätte dich nicht anrufen sollen.«

Er mustert mich ungläubig, ein zitterndes Häuflein Elend. »Ja, das sehe ich«, sagt er spöttisch.

Garcia kehrt zurück und knallt die schwere Tür hinter sich zu. »Da war nichts.«

»Ach nein?«, pampe ich ihn an. »Da war ein Mann, er hatte die Kapuze ins Gesicht gezogen und eine Maske auf. Der ist mir gefolgt.«

»Na, wer auch immer das gewesen sein mag, für heute Nacht steckt er da unten fest.«

Aber wir wissen beide, dass er die Tunnel einfach auf demselben Weg verlassen wird, auf dem er reingekommen ist – ein offenes Gitter, eine aufgestemmte Tür, ein weiches Sperrholzbrett. Ich habe keinen Lichtstrahl gesehen, offenbar kann mein Verfolger im Dunkeln sehen.

»Können wir jetzt gehen?«, fragt James. »Ich brauche mindestens ein Dutzend Drinks.«

»Bin dabei, James.«

Er sieht mich mit seinem traurigen Hundeblick an, voller Mitgefühl. »So, wie Jackie gerade drauf ist, würde ich dir empfehlen, auch gleich mit dem Rauchen anzufangen.«

21

18. Januar 2014
The Old Mill Inn Restaurant

Es ist Samstag. Jackie hat gestern die Koffer für eine viertägige Radiologie-Konferenz in Denver gepackt. Die Aussicht, mich vier Tage nicht ertragen zu müssen, hat ihr neuen Schwung verliehen.

Ich bin ihr die ganze Zeit auf Schritt und Tritt gefolgt, wollte ihr helfen und Abbitte leisten für die Sorge, die ich ihr mit meinem Ausflug in die Tunnel bereitet habe, aber ich bin ihr nur auf die Nerven gegangen.

Während sie unter der Dusche steht, bringe ich ihr ein Tablett mit Toast und Kaffee ins Schlafzimmer und stelle es für sie aufs Bett. Heute Morgen hat sie angekündigt, dass wir nach ihrer Rückkehr ein »ernstes Gespräch« führen müssten. Wenn in einer Beziehung diese Worte fallen, heißt das meist, dass am Ende des Gesprächs eine auszieht.

Ich kann es ihr nicht verdenken. Der Ausflug in die Tunnel hat mich nicht nur in helle Aufregung versetzt – die schreiende Frau in Weiß, Garys Reaktion auf mich, der Schattenmann –, und jetzt sind die Alpträume zurück, von denen ich gehofft hatte, dass sie der Vergangenheit angehörten.

Auf meiner Seite des Bettes sieht es aus wie auf einem Schlachtfeld, das Laken ist zerwühlt, die Bettdecke schweißnass. Voller Selbstmitleid schnuppere ich an Jackies Kissen: Nelken und zerlassene Butter. Niemand sonst auf der Welt riecht wie Jackie. In der Hosentasche vibriert mein Handy. Mit schuldbewusstem Blick Richtung Badezimmertür checke ich die Nummer. Es ist Dusty Rose. Ich weiß, ich sollte den Anruf ignorieren, zumindest, bis Jackie aufgebrochen ist, aber ich gehe trotzdem ran.

»Warum flüsterst du?«, fragt sie.

»Tu ich gar nicht. Ich spreche nur leise.«

»Pearla will mit dir reden.«

»Hat sie rausgekriegt, dass ich bei der Polizei bin?«

»O ja! Aber sie hat langsam die Schnauze voll davon, dass Chuffy ihr Gesicht als Boxsack benutzt. Sie hat Infos über gestohlenes Heroin, sagt sie.« Dusty legt eine theatralische Pause sein. »Und über einen korrupten Cop, der mit ihrem Freund gemeinsame Sache macht. Blonde Haare, blaue Augen, Knackarsch. Kommt dir bekannt vor?«

Beim Gedanken an Seth schnürt sich mir die Kehle zu.

»Es gibt nur einen Haken«, sagt Dusty.

Klar, die Info ist nicht umsonst. »Wie viel?«

»Dreihundert.«

Ich japse. Ich bin ohne Lohn suspendiert, und meine Informanten aus eigener Tasche zu bezahlen, hat mir und meiner Karriere in der Vergangenheit keinen Deut weitergeholfen. Mein Konto geht zusehends in die Knie. »Nein«, sage ich. »Ich spende fünfzig an eine Wohltätigkeitsorganisation ihrer Wahl und bringe ihr was zu essen mit.«

Am anderen Ende der Leitung folgt eine gedämpfte Unterhaltung. Pearla steht offenbar direkt neben Dusty. »Okay, sagen wir hundert und Cane's Chicken. Ein Eimer mit zwölf, bitte. Und extra Servietten. Die geben einem nie genug.«

Wir verabreden uns gegen Mittag, aber als sie mir den Treffpunkt verrät, muss ich lachen.

»Das ist der letzte Ort, an dem man Damen wie uns vermutet. Da sind wir in Sicherheit«, säuselt sie mit tiefem Südstaatenakzent. »Bye, Baby. Wir reden später darüber, was du für die liebe Dusty tun kannst.«

Ich habe das Handy gerade noch rechtzeitig weggesteckt, bevor die Badezimmertür aufgeht.

Jackie, die Hand an der Hüfte, mustert finster die verbrannten Brotscheiben auf dem Tablett. »Die Nummer mit dem Unschuldslamm musst du noch üben«, sagt sie.

Als ich sie zum Taxi begleite, umarmt sie mich emotionslos und drückt mir zum Abschied einen Zettel in die Hand. Dann steigt sie ein und das Taxi fährt los.

Der Zettel stammt von ihrem Rezeptblock. *Ruf Dr. Theo an – heute noch! Alles Liebe, J.*

Kaum ist der Wagen um die Ecke verschwunden, rufe ich Craddock an.

»Tom«, sage ich, »gibt's schon was Neues von der DEA über das gestohlene Heroin?«

Er hat gerade den Mund voll, muss erst schlucken. »Du weißt, dass ich nicht mit dir darüber reden kann ...«

»Spuck's einfach aus. Weißt du, wie viel genau gestohlen wurde?«

Schweigen. Dann: »Ungefähr zwanzig Kilo.«

Ich schnappe nach Luft. *Zwanzig Kilo Heroin?* »Das wär über eine Million Dollar wert.«

»Ja. Jetzt weißt du, warum die DEA da so heiß drauf ist.«

»Und das stammt definitiv vom Sinaloa-Kartell?«

»Steht außer Frage. Maclin hatte uns alle drangesetzt. Er will, dass wir El Cuchillo finden, bevor er ein Blutbad anrichtet. Aber wenn der Boss spitzkriegt, dass ich mit dir geredet hab, bin ich am Arsch.«

»Okay, Tom, danke! Ich schweige wie ein Grab.«

Ich sitze auf dem Sofa und denke über die offenen Fragen nach. Viele meiner Kollegen sind überzeugt, dass es keine Zufälle gibt. Aber Onkel Benny hatte dazu eine andere Meinung. Er war nicht nur sicher, dass es völlig absurde Zufälle gibt, sondern wusste auch, dass sie bei einer Ermittlung so richtig Chaos anrichten können. »Zufälle können tödlich sein«, hatte ich ihn mal sagen hören.

Dem Sinaloa-Kartell wurde von einem seiner Zwischenhändler Heroin im Wert von einer Million Dollar gestohlen. Pearla hat behauptet, Chuffy würde zusammen mit einem korrupten Polizisten gestohlenes Heroin verkaufen. Das muss aber nicht zwingend bedeuten, Chuffy dealt mit der Ware des Kartells. Die Frage ist also: Kommt ein halbgarer Dealer an über vierzig Pfund Heroin? Antwort: Nein. Aber ein Cop mit Connections schon.

Bei der nächsten Frage – wer ist der Killer mit der Dienstmarke? – fällt mir ein, dass ich seit zwei Tagen weder von Wayne noch von Gary gehört habe. Eins nach dem anderen. Zuerst rede ich mit Pearla, dann mache ich mich auf die Suche nach Gary. Dabei ist es erstmal egal, ob seine Aussage der Wahrheit entspricht oder nicht. Wichtig ist nur, dass ich diejenige bin, die ihn findet.

Gegen Mittag betrete ich den Fair Park. Dort befindet sich *The Old Mill Inn Restaurant*. Das Etablissement wurde 1930 erbaut, im selben Jahrzehnt wie der Park selbst, und wirkt wie ein in die Jahre gekommenes Hexenhaus mit Mühlrad. Um es zu betreten, muss man über eine romantische Brücke. Weniger romantisch wirken die an der Fassade angebrachten Haltegriffe für Senioren und das moderne Schild über der Tür, das Besuchern mitteilt, dass das Restaurant geschlossen ist.

Der Eingang ist versperrt, aber durchs Fenster sehe ich Dusty, die mir bedeutet, zum Seiteneingang zu kommen. Sie öffnet die Tür einen Spaltbreit und zieht mich rasch hinein. Innen sieht es nicht aus wie in den Dreißigern, sondern eher wie in Disneyland. In einer Ecke steht eine lebensgroße Elvis-Statue, über der Bar leuchtet neongrelle Bierreklame und vor dem großen Kamin stehen ein paar billige Tische. Die hohe Decke ist mit eindrucksvollen Querbalken aus Eiche gestützt, vermutlich als Arbeitsbeschaffungsmaßnahme während der Großen Depression angefertigt, die Keramikfliesen scheinen auch noch aus dieser Zeit zu stammen. Bin ich die Einzige, die den gegenwärtigen Besitzer am liebsten an sein eigenes Mühlrad fesseln und foltern möchte?

Nachdem Dusty mir den großen Beutel mit dem Hühnchen abgenommen hat, tritt sie einen Schritt zurück und mustert mich eingehend. »Schätzchen, du musst dich öfter eincremen!«

Ich fächle mir Luft zu. »Und du musst aufhören, vor dem Mittagessen Alkohol zu trinken.«

Dusty macht eine abwertende Handbewegung und führt mich in den hinteren Teil des Restaurants. Im Vorbeigehen tätschelt sie dem Plastik-Elvis die Eier. »Soll Glück bringen«, behauptet sie.

»Elvis hat früher immer auf unsere Handtaschen aufgepasst. Er ist zwar hohl, aber sieht so schnuckelig aus!«

Wir gehen über eine schmale Treppe nach oben, ihr aus allen Nähten platzendes Hinterteil schaukelt vor mir von rechts nach links.

»Pearla und ich haben früher hier gearbeitet«, erklärt sie mir.

»Als Spitzel für die Gestapo?«

Sie funkelt mich über die Schulter hinweg an. »Pearla war an der Kasse, ich in der Küche. Natürlich nicht so, wie ich momentan bin. Mein Wiener Schnitzel war legendär.«

»Das kann ich mir lebhaft vorstellen.«

Oben betreten wir eine Art Festsaal. »Hier oben ist nur zu

besonderen Anlässen geöffnet, aber wir beide haben noch einen Schlüssel. Nach dem Gefängnis hat Chuffy hier eine Weile als Tellerwäscher gearbeitet. So hat Pearla ihn kennengelernt, ihren Prinzen der Finsternis.«

Pearla sitzt an einem der vielen Tische, ihr Gesicht ist ziemlich übel zugerichtet.

»Hey, Pearla!«, sage ich und setze mich auf den Stuhl gegenüber.

Sie sieht mich provozierend an, als würde sie nur drauf warten, dass ich ihre blauen Flecken erwähne.

»Alles okay?«, frage ich stattdessen.

Sie zuckt die Achseln, verzieht den Mund, aber mein Mitgefühl treibt ihr die Tränen in die Augen.

»Ging mir schon mal besser.«

»Warst du schon beim Arzt damit?«

Sie schüttelt den Kopf.

»Schätzchen, ich habe alles versucht, aber sie meint, solange es nicht blutet oder aus ihr raushängt, ist alles okay.«

Dusty befreit das Essen aus der Tüte und beide machen sich darüber her wie die Raubtiere.

»Was ist mit Chuffy los?«, frage ich.

Pearla zeigt auf ihr blaues Auge. »Das ist los. Ich bin so gut gewesen zu dem Mann, und der behandelt mich so. Hab ihm viel Geld eingebracht, wollte nur meinen gerechten Anteil.«

Dusty bohrt ihr den Ellbogen in die Rippen. »Erzähl der Frau, was du mir gesagt hast.«

Pearla schleckt sich ausgiebig das Fett von den Fingern. »Hast du noch was für mich?«

Ich lege hundert Dollar auf den Tisch.

Sie schnaubt, als hätte ich sie gerade beleidigt.

»Chuffy dealt mit Heroin.«

»Dusty hat gesagt, es wäre gestohlen. Woher hat er es?«

»Von irgendwelchen *Mexikanern,* kann ich mir denken.«

Ich könnte die Frau erwürgen.

»Hör jetzt mal gut zu«, sage ich und tippe im Takt dazu auf den Tisch. »Wir haben ausgespielt. Du sagst mir jetzt sofort, was du weißt, oder ich nehme die hundert Dollar wieder mit, und du kannst nach Hause laufen. Woher stammt das Heroin?«

Pearla seufzt und zupft an ihrer Perücke herum. »Chuffy hat mir erzählt, er hätte es gefunden.«

»Wie? Ist einfach drüber gestolpert?«, frage ich genervt.

»Es war in einer Abstellkammer im Fitnessstudio versteckt, wo er gearbeitet hat.«

»Welches?«

»Keine Ahnung. Irgendein Boxclub. Hat er mir nicht gesagt. Nur, dass er schon länger geschlossen hat.«

Ich atme tief ein. Die nächste Frage ist nicht leicht, aber ich muss es genau wissen. »Du hast Dusty auch erzählt, dass Chuffy mit einem Cop zusammenarbeitet. Weißt du, wer das ist?«

»Den kenne ich nur vom Sehen. Seinen Namen weiß ich nicht, will ich auch nicht. Weil eins ist sicher: Wenn ich seinen Namen ausspreche, kann ich auch gleich von der Trinity Bridge springen.«

Dusty sieht mich an. »Da bin ich ganz bei dir«, sagt sie verständnisvoll zu Pearla.

»Kennst du den Mann, der im *Circus* neben mir an der Bar gesessen hat?«, frage ich. »Dunkle Haare, Lederjacke. Harter Typ.«

Pearla schüttelt den Kopf. »Zum ersten Mal gesehen.«

»Hast du Chuffys Reaktion mitgekriegt?«

»Nein. Ich hab dich auf dem Barhocker stehen sehen und dann in die Menge rennen. Chuffy hab ich erst im Motel wiedergesehen.«

»Ich muss mit dir in Kontakt bleiben«, sage ich zu Pearla. »Wo wohnst du im Moment?«

»Aus meiner Wohnung bin ich rausgeflogen. Danach hab ich mit Chuffy im *Alamo Motel* gewohnt, aber ich hab Angst, was der mit mir veranstaltet, wenn ich dahin zurückgehe.«

»Ich habe dir gerade hundert Dollar gegeben. Kannst du in einem anderen Motel unterkommen? Für ein, zwei Nächte zumindest.«

Dusty sieht ihre Freundin streng an. »Sie schuldet mir siebzig.«

»Danach bleiben mir nur noch zwanzig«, jammert Pearla.

»Dir bleiben dreißig, Pearla, und das weißt du auch.« Ich wende mich an Dusty. »Kann sie nicht bei dir bleiben?«

»Mein Mister hat bestimmt was dagegen.« Dusty klimpert mit den falschen Wimpern. »Eine von uns nimmt schon genug Raum ein.«

»Gibt es keinen Platz im Obdachlosenheim oder so was?«, frage ich Pearla.

Sie schüttelt den Kopf, ihr Make-up ist schweißverschmiert. Tränen laufen ihr übers Gesicht und tropfen auf das fettige Wachspapier mit den Hühnchenresten. »Weißt du, was die Männer da mit mir machen?«, fragt sie mit echter Verzweiflung und tieferer Stimme. »Weil zu den Frauen lassen sie mich garantiert nicht.«

Ich sehe Dusty an, die mein Mitgefühl offenbar erkennt, denn sie nickt.

»Okay«, sage ich. »Ich kann dich für zwei Nächte in einem Motel einquartieren, aber mehr is nich. Danach musst du dich an Familie oder Freunde wenden.«

»Aber ich dachte, du wärst meine Freundin«, sagt Pearla in flehendem Ton.

»Oho«, sagt Dusty grinsend, »das hast du jetzt davon!«

Ich stehe auf und schiebe die Essensreste in die Tüte. »Freundinnen sind wir noch lange nicht, Pearla. Aber wenn du mich über Chuffys Aktionen auf dem Laufenden hältst, hast du bei mir schon mal einen Stein im Brett.«

Pearla steht ebenfalls auf und zupft sich Kleid und Perücke zurecht. »Diesen Pickelschwanz will ich nicht mehr sehen.«

»Kein Problem«, sage ich. »Aber wenn du was mitkriegst von seinen Drogengeschäften, kommst du direkt zu mir. Nur zu mir, verstanden?«

Nachdem wir das Restaurant verlassen haben, macht sich Dusty gleich aus dem Staub, wobei sie demonstrativ mit dem Schlüssel ihres geliehenen blauen BMW herumspielt. Pearla zwängt sich auf meinen Beifahrersitz, ich bringe sie zum Comfort Inn und bezahle zwei Übernachtungen mit meiner Kreditkarte.

Vor der Tür zu ihrem Zimmer umarmt Pearla mich fest. »Du bist ein guter Mensch«, sagt sie.

Jaja, ich bin Bronislawa, denke ich. *Die polnische Schutzheilige der Waisen.*

»Du willst mir danken?«, frage ich. »Dann bleib in Kontakt. Ich mein's ernst, Pearla, wenn du irgendwas hörst, ruf mich an.«

Als ich mich am Lift noch einmal umdrehe, steht Pearla

immer noch im Flur, ihre Absatzschuhe in der einen, die Perücke in der anderen Hand.

»Und keine Partys, klar?«, sage ich.

22

19. Januar 2014
Dallas Police Department, North Central Division

Barfuß tappe ich hinaus und fische die Sonntagszeitung von der Veranda. Die Schlagzeile auf der Titelseite ist unübersehbar: *Tötet ein Rache-Cop die Dealer von Dallas?*

Ich sehe mich um, aber die Straße ist leer. Ein typischer verschlafener Sonntagmorgen in der Vorstadt. Nichts deutet auf den Shitstorm hin, der die Polizei von Dallas in den nächsten Stunden heimsuchen wird. Kaum habe ich die Haustür geschlossen, klingelt mein Diensthandy auf dem Esstisch. Ich pirsche mich an das Ding heran wie an eine giftige Schlange, denn ich weiß, dass Seth, Craddock oder James Earle mich auf meinem Privathandy anrufen würden.

Und richtig, es ist die Nummer meiner Dienststelle, DPD North Central Division. Maclin kommt gleich zur Sache. »Haben Sie die Schlagzeile in der Zeitung gesehen?«

»Ja, gerade eben ...«

»Stecken Sie dahinter? Haben Sie mit der Presse geredet?«

Der Mann ist fuchsteufelswild, ich höre es an seiner Stimme.

»Absolut nicht. Ich weiß nichts darüber.«

»Ich habe heute Nachmittag Euell Tilton und Bernard Tate

bei mir im Büro. Und Sie sind um Punkt zwei hier auf der Matte, ich will, dass Sie die beiden davon überzeugen, dass Sie nichts damit zu tun hatten, egal wie, und wenn Sie einen Schamanentanz aufführen.«

»Klar, ich komme ...«

»Hat Tilton mit Ihnen über die Gerüchte gesprochen? Angeblich soll ein Cop die Dealer umlegen?«

»Ja.«

»Und Ihnen ist es nicht in den Sinn gekommen, mir diese Information mitzuteilen?«

»Sie haben mich doch suspendiert!«

»Wenn mich nicht alles täuscht, Detective Rhyzyk, sind Sie noch immer im Besitz Ihrer Dienstmarke, was bedeutet, dass Sie noch bei der Polizei sind. Wenn ich eines von meinen Leuten verlange, dann ist es Vorschriftentreue. Haben Sie verstanden? Sie wollen wieder in den aktiven Dienst zurück? Dann hören Sie auf, Sherlock Holmes zu spielen, und informieren Sie mich über alles, was für uns hier relevant ist. Alles, verstanden! Wenn nicht, mache ich Ihnen das Leben zur kalten, blutleeren, todlangweiligen Hölle.«

Er beendet den Anruf. Vorsichtig lege ich das Handy auf den Tisch, erwarte aber jeden Moment, dass Maclin erneut anruft, um seine Tirade fortzusetzen.

Ich gehe wieder ins Bett und lese den Artikel über den vermeintlichen »Rache-Cop«. Die Information kam angeblich von einer ungenannten Quelle aus der Abteilung Drogenkriminalität der Polizei von Dallas. Viel haben sie nicht in der Hand, nur Gerüchte, und fast alles wird durch Wörter wie »vermeintlich«, »mutmaßlich«, »angeblich« relativiert. Ich gehe sämtliche Drogenfahnder durch, die ich kenne, aber keiner von ihnen würde mit der Presse über Details einer noch nicht laufenden Mordermittlung reden.

Beim Blick auf die Uhr fällt mir ein, dass ich mit Mary Grace zum Frühstück verabredet bin. Sie wohnt zwar jetzt bei Dottie, ist aber aus unerfindlichen Gründen scharf darauf, mich regelmäßig zu treffen.

Rasch schlüpfe ich in die Klamotten, dann fahre ich los, um Mary Grace abzuholen.

Ich bleibe allerdings vor Dotties Bungalow im Wagen sitzen und denke mit wachsender Sorge über das bevorstehende Treffen mit Maclin nach. Dottie steht mit ihrem Kaffeebecher auf der Veranda und beobachtet mich. Schließlich kommt sie zum Wagen und klopft an die Scheibe.

Ich lasse das Fenster herunter. »Deinem angepissten Gesichtsausdruck entnehme ich, dass du die Morgenzeitung schon gelesen hast. Was geht da ab?«

»Frag mich nicht, Dottie. Ich versinke gerade in meinem eigenen Sumpf.«

»Glaubst du, ein Cop steckt dahinter?«

Ich zucke die Achseln. »Ich will es nicht glauben.«

Sie beugt sich weiter vor, die Ellbogen auf dem Türrahmen, die graugrünen Augen auf mich gerichtet. »Weißt du, ich muss Stillschweigen bewahren über das, was mir ein ehemaliger Suchtkranker aus meiner Gruppe so anvertraut. Aber wenn ich dir einen Rat geben darf: Ich würde den Mörder in den eigenen Reihen suchen.«

Ich mustere sie, das abgelebte Gesicht, von einem harten Leben gezeichnet. »Willst du damit andeuten, dass du etwas weißt?«

Dottie weicht zurück. »Ich habe keine Ahnung, meine Süße. Habe nur ein Plappermaul.«

Mary Grace, pausbäckig und vor Gesundheit strotzend, schlappt aus dem Haus, so schnell es ihr dicker Bauch zulässt. Sie drückt Dottie einen Kuss auf die Wange und lässt sich breit grinsend auf den Beifahrersitz plumpsen.

Ich schließe sie in die Arme. »Hey, Mary Grace! Wie es aussieht, nimmst du brav deine Vitamintabletten.«

»Mehr als essen habe ich heute noch nicht geschafft. Und jetzt habe ich schon wieder Hunger!«

»Kriegst du bei Dottie nicht genug?«, frage ich lachend.

»Ich habe einen Energieriegel ...«

Mary Grace kramt in ihrem Rucksack herum und verteilt den Inhalt auf der Ablage: benutzte Taschentücher, ein paar zerknüllte Kassenbons und eine Werbebroschüre. Darauf prangt das Foto eines lächelnden Mädchens, das Sonnenlicht malt ihr einen Heiligenschein um den Kopf. Darüber steht ein Bibelzitat. Die Art religiöser Broschüre, wie sie Streunerinnen auf der Straße aufgenötigt werden, um sie mit einer kostenlosen Mahlzeit anzulocken – und einem Heilsversprechen zu binden. Aber auf dieser Broschüre entdecke ich ein Emblem. Eines, das mir sehr vertraut ist: zwei Flügel und ein Schwert. Das Emblem der Familie Roy.

»Woher hast du das?«, frage ich ungehalten.

Mary Grace zuckt zusammen. Mit vollem Mund murmelt sie: »Keine Ahnung, hat mir eine Frau auf der Straße in die Hand gedrückt.«

»Welche Frau?« Ich habe sie am Handgelenk gepackt, sie sieht mich mit großen Augen an.

Nachdem sie heruntergeschluckt hat, sagt sie: »Ich weiß es nicht mehr. Eine Frau eben. Ich war mit Dottie einkaufen, und da hat sie mir diese Broschüre gegeben.«

Ich zwinge mich, Mary Grace loszulassen. »Wie hat sie ausgesehen?«

Mein Anblick im Rückspiegel bringt mich wieder auf den Boden der Tatsachen zurück. *Reiß dich verdammt noch mal zusammen. Sie weiß nichts über Evangeline Roy.*

Dottie klopft erneut ans Fenster. »Alles okay dadrin?«, fragt sie, die Stirn besorgt gerunzelt.

Ich hebe den Daumen, und als ich Mary Grace ansehe, bemerke ich die Tränen in ihren Augen.

Rasch umarme ich sie. »Mary Grace, es tut mir so leid. Ich hatte kein Recht, so mit dir zu reden. Du hast nichts falsch gemacht. Aber es ist wichtig, dass du mir sagst, wer dir das hier gegeben hat.«

Ich halte ihr ein Taschentuch hin, sie nimmt es und schnäuzt sich damit. »So eine ältere Dame, Typ Oma. Sie hat mich gefragt, ob ich zu Jesus gefunden hätte. Und mich in ihre Kirche eingeladen. Derselbe Sermon, den ich schon zigmal gehört habe. Wollte wissen, wie ich heiße, also habe ich's ihr gesagt.«

»Wie hat sie ausgesehen?«

Sie denkt kurz nach. »Klein, trutschig. Schlechte Haut. Rote Haare, glaube ich.«

Dottie steht immer noch da und beobachtet uns grimmig, die Arme verschränkt, Kaffeebecher in der Hand. Ich bin sicher: Evangeline Roy hat Mary Grace benutzt, um mir eine Botschaft zu schicken. Sie hat mich im Visier.

»Mary Grace, hör mir gut zu. Ich will dir keine Angst einjagen, aber wenn du diese Frau nochmal irgendwo siehst, musst du mich sofort anrufen. Hast du verstanden?«

Sie nickt.

»Sprich nicht mit ihr, sag ihr nicht, wo du wohnst, geh einfach weiter.«

»Okay. Ist sie eine Dealerin?«

»Eine der schlimmsten«, sage ich und lasse den Motor an. »Aber jetzt besorgen wir dir was zu essen.«

Beim Wegfahren sehe ich im Rückspiegel, dass Dottie uns immer noch im Auge hat.

Als ich um vierzehn Uhr Maclins Büro betrete, sitzen Euell Tilton und Bernard Tate bereits vor seinem Schreibtisch. Drei Augenpaare richten sich auf mich. Grimmige Blicke. Ich komme mir vor wie bei den Hexenprozessen von Salem.

Es gibt keinen dritten Stuhl hier, also bin ich gezwungen zu stehen. Maclin blickt besonders ernst drein. Als er letztes Jahr vom Mordermittler zum Leiter der Drogenfahndung ernannt wurde, galt er unter den Kolleginnen als recht attraktiv, so einer von der aggressiven Sorte, aber seitdem hat er einige Federn gelassen. Seine Geheimratsecken sind deutlich zu erkennen, der Bauchansatz ebenfalls. Zwei Wochen Abstand bescheren mir einen neuen Blick auf die Lage, und mir fällt auf, was ich vorher übersehen hatte: Maclin hat offenbar keine Ahnung gehabt, dass er es hier nicht mit den gehorsamen, straff organisierten Untergebenen von der Mordkommission zu tun hat, sondern mit einer bunten Horde verdeckter Ermittler und Ermittlerinnen, chaotisch, unorganisiert, unberechenbar und ungehorsam. Echte Grenzgänger eben.

»Hatten Sie vor Kurzem ein Gespräch mit Detective Tilton, in dem es um das auf der Straße verbreitete Gerücht ging, das besagt, ein Polizist würde Drogendealer umbringen?«, fragt Maclin.

Ich sehe Tilton an, der auf einmal gar nicht mehr so freundlich wirkt.

»Detective Tilton hat mich kurz nach der Suspendierung bei mir zu Hause aufgesucht«, sage ich. »Er hat mir von dem Gerücht erzählt.«

Maclin verschränkt die Arme. »Und da ist es Ihnen nicht in den Sinn gekommen, mich darüber zu informieren?«

»Damals habe ich diesem Gerücht keine Bedeutung beigemessen.«

»Damals? Haben Sie Ihre Meinung geändert?«, fragt Tilton, auf einmal ganz förmlich.

Der Augenblick der Wahrheit. Gestehe ich den beiden, dass ich im Elm Street Tunnel war und dort auf Gary gestoßen bin? Und was dann? Wir haben uns nicht unterhalten, ich habe nichts Neues herausgefunden. Mein Schweigen dauert zu lang.

Tate verengt die Augen. »Worüber denken Sie nach, Detective?«

»Nichts. Ich habe nichts gehört oder gesehen, was mich zu der Vermutung bringen könnte, ein Polizist bringe Dealer um.«

»Und haben Sie mit der Presse darüber gesprochen?«, fragt Tilton.

»Nein.«

Ich halte seinen Blick. »Habe ich nicht.«

»Aber Sie haben es versäumt, mit mir zu sprechen, richtig, Detective Rhyzyk?«, fragt Maclin.

»Ja. Ich hätte mich an Sie wenden sollen, hätte ich auch gemacht, wenn Sie mich nicht suspendiert hätten.«

»Also waren Sie sauer?«, fragt Tate.

»Ich habe mich nicht darüber gefreut. Aber ich bin erwachsen und schlucke die bittere Pille. Und nein, ich habe mich nicht bei einem Fremden an der Bar darüber ausgeweint.« Ich wende mich an Tilton. »Meine Suspendierung hatte einen Anlass und damit waren bestimmte Bedingungen verknüpft. Alles Weitere mache ich mit meinem Vorgesetzten aus, richtig, Sergeant Maclin?«

Maclins Oberlippe zuckt, aber nicht, weil er ein Lächeln unterdrückt. »Sind Sie nun zufrieden?«, sagt er zu Tate. »Detective Rhyzyk hat nicht mit der Presse geredet.«

Tilton sieht mich kurz an und nickt. Tate betrachtet finster seine Schuhe.

»Morgen früh wird der Chief sich höchstpersönlich damit an die Presse wenden«, sagt Tilton. »Fernsehen und Zeitungen. Dann wird es ein wenig Hysterie geben, denn wenn es kein Polizist ist, der die Dealer umlegt, muss es sich wohl um einen Kartellkrieg handeln, und die Aussicht, dass diese Leute sich auf den Straßen von Dallas massakrieren, wird die Bürger dieser Stadt ziemlich nervös machen.«

»Was genau will er sagen?«, fragt Maclin.

»Er wird die Stellungnahme vorlesen, die ihm seine PR-Leute aufgeschrieben haben: ›Die Interne Ermittlung wird eng mit der Leitung der Mordkommission und des Drogendezernats zusammenarbeiten, damit die Straßen unserer Stadt sicher bleiben.‹«

Maclin und Tate tauschen Blicke. »Na super! Die von der Internen Ermittlung helfen uns bei der Suche nach dem Killer.«

»Hey, Bruder«, sagt Tate. »In der Zeitung heißt es, einer

aus dem Drogendezernat hat geplaudert. Also habt ihr die Arschkarte hier. Aber ruft uns gern an, wenn ihr wieder eine Leiche findet.«

Tilton und Tate schütteln Maclin die Hand, dann ziehen sie ab. Mich ignorieren sie.

Kaum sind sie gegangen, zeigt Maclin auf einen der leeren Stühle. »Hinsetzen«, sagt er.

Ich gehorche. Maclin lehnt sich auf seinem Stuhl zurück, die Hände hinter dem Kopf verschränkt. »So kann man seinen Sonntag auch verbringen. Sind Sie sicher, dass Sie unbedingt zu uns zurückkehren wollen?«

»Bin ich. Aber ich frage mich, warum Sie Ihrem Kollegen von der Mordkommission nichts von Seths Unterhaltung mit Wayne erzählt haben. Also die Geschichte von Gary, der gesehen hat, wie der Killer seine Dienstmarke zieht?«

»Weil ich sie nicht auf eine vermeintlich falsche Fährte schicke, solange ich nicht mit dem Zeugen gesprochen habe. Wissen Sie, wo Gary steckt?«

Ich überlege kurz. »Nein, weiß ich nicht«, sage ich schließlich.

»Aber Sie würden mir sofort Bescheid geben, wenn Sie es wüssten, richtig?«

»Aber klar doch.«

»Waren Sie schon dreimal bei Dr. Theodosiou?«

»Meine zweite Sitzung war am sechzehnten. Morgen ist die dritte.« Ich hole tief Luft. »Ich werde ihn nach meiner Rückkehr in den aktiven Dienst auch noch ein paarmal aufsuchen, glaube ich.«

»Das ist sicher gut für Sie. Und für Jackie, kann ich mir vorstellen«, sagt er grinsend. Er beugt sich vor, legt die Unterarme auf dem Tisch. »Wollten Sie mir sonst noch was sagen? Über Ihre Kollegen vielleicht?«

Meine Muskeln sind angespannt, aber ich sehe Maclin nur fragend an.

»Was denken Sie über Kevin Ryan?«, fragt er.

Das überrascht mich einigermaßen, bis mir aufgeht, dass Tilton mit Maclin über die Leiche vom Trinity River gesprochen haben muss. »Tilton hat Ihnen erzählt, dass es sich bei dem Toten um Ryans Schwager gehandelt hat?«

»Ja. Und von seiner Reaktion im Leichenschauhaus. Wie wirkt Detective Ryan auf Sie? Ist er angespannter als sonst?«

»Kann ich nicht beurteilen. Ich habe in letzter Zeit nicht so oft mit ihm zusammengearbeitet, Sie wissen schon.«

Maclin mustert mich. »Genießen Sie den Rest ihrer Auszeit. Am Donnerstag erscheinen Sie wieder zur Arbeit. Aber freuen Sie sich nicht zu früh, Sie bleiben erstmal im Innendienst.«

Ich will protestieren, aber er hebt die Hand. »Ich will kein Wort mehr hören, Detective Rhyzyk. So sieht es aus. Wenn Sie hier arbeiten wollen, bleiben Sie so lange am Schreibtisch, bis ich das Gefühl habe, Sie wieder auf die Straße schicken zu können. Klar?«

Ich nicke, beiße mir so fest auf die Zunge, dass es wehtut, aber bevor ich aus dem Zimmer bin, setzt er noch nach. »Wenn Sie was sehen, sagen Sie was! Und das ist nicht als Vorschlag gemeint.«

23

20.Januar 2014
Praxis Dr. Theodosiou

Ich wähle meinen Platz auf der Couch – in der Mitte, beide Füße fest am Boden –, aber dieses Mal habe ich die Arme nicht verschränkt und bemühe mich um einen gelassenen Gesichtsausdruck. Das wird mir hoffentlich als Fortschritt angerechnet.

Dr. Theo ist wie immer schlicht, aber elegant gekleidet, im krassen Gegensatz zu mir, der rothaarigen Irren, die hier krampfhaft versucht, entspannt zu wirken.

Er sieht von seinem Notizblock auf und lächelt. »Wie geht es Ihnen?«

»Gut. Ziemlich gut.«

Abgesehen davon, dass meine rechte Wade rumspinnt und tierisch wehtut. Und dann sind da noch die ständigen Alpträume.

»Schlafen Sie besser?«

»Jepp.«

Sein Gesichtsausdruck bleibt unverändert, aber ich sehe es trotzdem. Dr. Theo weiß genau Bescheid.

»Sie scheinen mir etwas ausgeruhter zu sein«, sagt er.

»Tja, ein paar Wochen dienstfrei wirken Wunder. Aber in ein paar Tagen steige ich wieder ein.«

»Gratuliere! Wie geht es Ihnen damit?«

»Ist okay, aber ich bleibe noch eine Weile im Innendienst.«

»Ihre Begeisterung hält sich also in Grenzen.« Keine Frage.

Ich lächle freudlos. »Ich wäre lieber wieder da draußen.«

Er nickt, als wüsste er genau, wie es mir geht. »Und wie läuft es zwischen Ihnen und Jackie?«

»Alles super«, lüge ich. »Sie ist ein paar Tage weg. Auf einer Konferenz.«

»Und wie ist es mit Ihrem Kollegen, Detective Dutton?«

»Auch gut.« Ich weiche seinem Blick nicht aus, atme ruhig weiter, fest entschlossen, mich nicht in Vermutungen über Seths illegale Aktivitäten zu verstricken. Am besten rede ich einfach weiter. »Er hat zwei gesuchte Verbrecher festgenommen, während ich hier Däumchen drehe.«

Dr. Theo sitzt gelassen da, sagt kein Wort, wartet darauf, dass ich offen über meine Befindlichkeiten spreche. Um ihn von meiner Körpersprache abzulenken, präsentiere ich ihm das Diagramm, das ich statt der Tagebuchaufzeichnungen angefertigt habe. Er betrachtet es mit einem verräterischen Stirnrunzeln, legt es auf die Seite und richtet seine Aufmerksamkeit wieder auf mich.

»Wie es aussieht, ist das Sinaloa-Kartell neuerdings in Dallas aktiv«, sage ich, in der Hoffnung, dass der Hinweis meine Ruhelosigkeit erklärt.

»Macht Sie der Gedanke daran, bald wieder zur Arbeit zurückzukehren, nicht auch ein wenig nervös?«

Ich hebe grinsend den Zeigefinger. »Das klingt nach einer Fangfrage, Doktor. Wenn ich zugebe, nervös zu sein, könnten Sie mir deswegen Untauglichkeit attestieren. Aber wenn ich das Gegenteil behaupte, heißt es vielleicht, ich bin besessen von der Arbeit und deshalb eine Gefahr für meine Kollegen.«

Dr. Theo lächelt.

»Dann helfe ich Ihnen jetzt mal. Ich würde eine gewisse Nervosität durchaus angemessen finden, genau wie Aufregung. Schließlich arbeiten Sie nicht bei der Polizei, weil Sie Risiken vermeiden wollen.«

»Stimmt. Aber ich fürchte trotzdem, dass ich ein bisschen zu enthusiastisch rüberkomme.«

»Es ist doch gut, dass Sie aufgeregt sind. Ich habe oft mit Polizisten zu tun, die sich regelrecht vor der Arbeit fürchten.«

»Ich fürchte mich vor vielem, aber meine Arbeit gehört nicht dazu.«

»Ach ja? Wovor fürchten Sie sich denn?«

Mist, erwischt! Sein Blick ruht auf dem Notizblock, als hätte er die Frage völlig beiläufig gestellt. Aber ich bin nicht blöd.

»Bei unserem letzten Treffen haben wir über das Alkoholproblem Ihres Vaters gesprochen, und seine gewalttätigen Übergriffe. Ich möchte Sie nicht von Ihrer Aufregung über den bevorstehenden Dienstbeginn ablenken, finde es aber wichtig, dass Sie sich überlegen, wie Ihr Vater Ihnen den Umgang mit Stresssituationen vorgelebt hat.«

»Na, *Vorleben* ist ein nettes Wort für das, was er getan hat«, sagte ich. *Hoppla, jetzt habe ich das Gesicht verzogen.* »Und mit Stress ist er nicht *umgegangen*, er hat sich einfach an uns abreagiert.«

»Wie haben Sie sich vor den Wutausbrüchen Ihres Vaters geschützt?«

Er wartet geduldig. Ich zucke die Achseln.

»Mein Bruder Andrew und ich hatten gute Verstecke«, sage ich schließlich. »Wir waren wie die Mäuse, kein Spalt war uns zu eng. Wenn er uns gefunden hat, gab's Prügel.«

»Sie haben sich also durch Verstecken geschützt. Eine Überlebensstrategie. Ihr Vater war für Sie eine tödliche Bedrohung. Und manchmal wird das Verstecken für uns zum Automatismus, selbst wenn wir nicht in Lebensgefahr schweben.«

Er sieht mich erwartungsvoll an. Wie ein Safeknacker, der auf das verräterische Klicken wartet.

»Andrew war Ihr Beschützer«, sagt er.

»Und dann war er weg.«

Dr. Theo schlägt die Beine übereinander und wartet.

»Mein Vater war ein durch und durch verdorbener Mensch. Er hat Andrew korrumpiert. Ich hatte meinen Bruder schon vor seinem Tod verloren.«

»Aber auf Sie hatte Ihr Vater keinen Einfluss. Warum?«

»Woher wollen Sie wissen, dass ich nicht korrupt bin?« *Jetzt hat er mich auch noch in die Defensive getrieben.*

»Ich gebe den Menschen, die zu mir kommen, erst mal einen Vertrauensvorschuss.«

»Jetzt weiß ich, warum Sie kein Bulle mehr sind.«

Dr. Theo lächelt entwaffnet.

»Ich hatte das Glück, dass Onkel Benny für mich da war. Er hat dafür gesorgt, dass ich nicht vom rechten Weg abkomme.«

»Der Bruder Ihres Vaters. Er hatte, wie ich aus Ihren Erzählungen schließe, eine große Bedeutung in Ihrem Leben. Sie vermissen ihn sicher sehr.«

Instinktiv berühre ich die Medaille. Mir fällt die Szene im Elm Tunnel wieder ein, mein drastischer Realitätsverlust. Ich hatte James Earle für Onkel Benny gehalten. Und die Verlustgefühle, die ich danach empfunden hatte, als ich wieder klar war im Kopf. »Sie können es sich nicht vorstellen«, murmele ich.

»Ihr Onkel hat Sie als Kind an die Hand genommen und Ihnen mit Rat und Tat zur Seite gestanden. Was würde er Ihnen jetzt raten?«

In meiner zweiten Sitzung hatte ich kurz über Bennys Rolle als mein Leitbild gesprochen. Nicht verraten hatte ich

Dr. Theo allerdings, dass mein Onkel aus dem Jenseits mit mir Kontakt hielt. Zumindest vor meiner Verletzung. Ich wollte diese Therapie so schnell wie möglich hinter mich bringen, aber wenn ich das mit Benny zugab, würde ich vermutlich in einer Anstalt landen. Auf dem Schreibtisch hinter Dr. Theo befindet sich ein Schild, auf dem steht: »Immer anwesend«. Ich weiß, er will seinen Patienten damit versichern, dass er stets für sie da sein wird, aber auf mich wirkt das eher wie eine Warnung. Wenn ich nicht vorsichtig bin mit dem, was ich hier verrate, komme ich aus diesem Zimmer nicht mehr raus.

»Ich habe keine Ahnung«, sage ich, »aber vermutlich irgendein polnisches Sprichwort. *Bez potrzeby wymówka, gotowe oskarżenie.*«

Er sieht mich fragend an.

»›Ein schlechtes Gewissen braucht keinen Ankläger.‹«

»Interessante Wahl. Wir sagen etwas Ähnliches auf Griechisch, was wortwörtlich übersetzt bedeutet, dass man vor der Schuld nicht davonlaufen kann.«

Ich lache. »Ja, richtig.«

Doch das Lachen vergeht mir schnell. Stattdessen empfinde ich Trauer, so tief und schmerzlich, dass sie mir die Tränen in die Augen treibt.

»Nur weil ein Mensch gestorben ist«, sagt Dr. Theo, »ist seine Weisheit nicht verloren.«

»Sie meinen, in der Erinnerung lebt er weiter oder so was?«

Dr. Theo weiß offenbar genau, was ich hier mache. Meine Gefühle mit Zynismus überspielen.

Er lehnt sich zurück und sieht mich verstörend direkt an. »1979 war ich als junger Polizist auf Zypern im Einsatz, frisch von der Akademie. Im Juli landeten die Türken auf der Insel.

Ich war damals in Nikosia stationiert. Bevor die Fallschirmjäger kamen, wurde die Stadt bombardiert. Sie beschossen die Stellungen der Nationalgarde und das Hauptgebäude der Polizei.«

Er verschränkt die Arme und schaut aus dem Fenster, ein Bild des griechischen Gleichmuts. Ich kann ihn mir gut in Uniform vorstellen.

»Neben der Polizei war ein Haus, in dem eine Familie lebte, Mann, Frau, zwei kleine Kinder. Eine Bombe hatte es in Schutt und Asche gelegt. Unmöglich, dass jemand darin überlebt haben könnte. Aber ich rief trotzdem nach ihnen. Aus den Trümmern kam keine Antwort, aber meine Großmutter sagte mir, jemand hätte überlebt, sie könne ein Kind weinen hören. Zusammen mit ein paar anderen Männern gruben wir in den Trümmern, und wie durch ein Wunder konnten wir ein Mädchen lebend bergen. Alle anderen waren tot.«

Sein Gesicht, in sanftes Winterlicht getaucht, ist von Trauer gezeichnet.

»Was für ein glücklicher Zufall, dass Ihre Großmutter das Weinen gehört hat«, sage ich.

Er lächelt traurig. »Meine Großmutter war zu diesem Zeitpunkt bereits acht Jahre tot.«

»Was? Aber dann ... wie ...?«

»Ich bin nicht abergläubisch, Detective. Und auch nicht besonders religiös. Ich habe zwei Doktortitel, einen in Forensik, den anderen in Psychologie. Ich bin überzeugt, dass zwei plus zwei vier ergibt und die Erde sich um die Sonne dreht. Trotzdem habe ich die Stimme meiner Großmutter gehört, so klar und deutlich, wie ich Sie höre, heute, hier in diesem Zimmer.«

»Was hat das alles mit mir zu tun?« Vor meinen Augen flimmern kleine Lichtblitze.

»Bei unserem letzten Gespräch haben wir uns darüber unterhalten, dass Ihr Onkel Ihnen ein Gefühl des emotionalen Gleichgewichts vermittelt hat. Sie haben mir von dem Telefongespräch erzählt, das Sie mit ihm während Ihrer Gefangenschaft geführt haben. Davon, dass er Ihnen den Tipp mit der Münze gab, der schließlich zu Ihrer Befreiung führte.«

»Das war ein *Traum!*«, beharre ich. Mein Herz rast.

»Ja, aber er hat funktioniert. Es ist auch völlig unwichtig, ob es tatsächlich seine Stimme war. Sie haben daran geglaubt, also stimmte es in diesem Moment. Damals haben Sie ihn gebraucht. Sie haben sein Wesen herbeigerufen, seine Essenz, das, was ihn ausgemacht hat. Benny ist 2011 gestorben, aber seine Weisheit ist noch immer bei Ihnen, auch heute noch. Sie haben seine Stimme internalisiert, um mit Stresssituationen klarzukommen. Das ist gesund.«

»Warum erzählen Sie mir das alles?«

»Weil Sie sich so sehr darum bemühen, vor mir zu verbergen, wie wichtig Ihnen die Kommunikation mit Ihrem Onkel ist. Sie wollen nicht, dass die Verbindung zu ihm abreißt.«

Ich habe meine Hände zu Fäusten geballt.

»Betty«, sagt Dr. Theo sanft. Er beugt sich vor, sucht meinen Blick.

»Sie sind nicht verrückt«, sagt er lächelnd. »Wir alle brauchen unsere Schutzengel.«

Er wartet auf meine Reaktion. Als die ausbleibt, holt er den Kalender hervor, um einen neuen Termin zu vereinbaren. »Detective, Sie werden von diesen Stunden nur das mitnehmen, was Sie einzubringen bereit sind.«

Seine Worte klingen beiläufig, aber er sagt sie nicht nur so dahin.

»Ich glaube, ich habe Evangeline Roy gesehen«, bricht es zu meiner Überraschung aus mir hervor.

Er mustert mich besorgt.

»Es ist durchaus möglich, dass ich mich getäuscht habe. Nur eine alte Dame mit roten Haaren. Ich war joggen, ein Auto ist vorbeigefahren …«

Wieder taste ich nach der Medaille. Dr. Theo hat es gesehen. »Aber dann hat Mary Grace, das Mädchen, das Jackie und ich von der Straße geholt haben, erzählt, dass eine Frau sie angesprochen hat. Der Beschreibung nach war es dieselbe Person.«

»Sie glauben, es war Evangeline Roy?«

»Sie hat Mary Grace eine religiöse Broschüre mit dem Emblem der Familie Roy gegeben.«

»Ist das Mädchen in Gefahr?«

»Ich habe ihr eingeschärft, mich sofort anzurufen, falls sie ihr nochmal begegnen sollte.«

Dr. Theo sieht mich immer noch an. »Das Mädchen bedeutet Ihnen viel.«

Die Wahrheit holt mich aus der Paranoiaschleife. »Ja. Sehr viel.«

Er nickt ermutigend. Zum ersten Mal bin ich tatsächlich entspannt, ich atme langsam und regelmäßig, die Hände liegen locker im Schoß, die Kiefermuskeln sind unverkrampft. Ich stehe kurz davor, ihm anzuvertrauen, dass ich Onkel Benny hinter dem Wachmann vom Elm Street Tunnel gesehen habe, aber er blättert schon im Kalender. Vielleicht beim nächsten Mal.

»Detective Rhyzyk«, sagt er, während er mir unseren

nächsten Termin auf einen Zettel schreibt. »Sie leiden meiner Meinung nach nicht unter einer Psychose, genauso wenig neigen Sie zu Wahnvorstellungen. Sie sind Polizistin, ausgebildet, Dinge zu erkennen und darauf zu reagieren. Sie haben eine schwere Verletzung erlitten und erholen sich noch von einem traumatischen Erlebnis, das Ihnen großen emotionalen Schaden zugefügt hat und immer noch Ängste auslöst.«

Er gibt mir den Zettel. »Ich würde Ihnen aber dringend raten, vorsichtig zu sein.«

24

23. Januar 2014
Dallas Police Department, North Central Division

Einem Zivilisten würde man das, was ich hier mache, als Innendienst verkaufen.

Eine Polizistin wie ich, die zum Bürodienst beordert wurde, gilt zwar weiterhin als Fahnderin, erledigt aber nur noch Papierkram: Gerichtsunterlagen anfordern, den Hintergrund verdächtiger Personen überprüfen, Gefangene abfertigen. Dazu kommen langweilige Routineaufgaben: Lieferungen abholen oder ausfahren, Anrufe für ermittelnde Kollegen erledigen, Aktenablage.

Unter engagierten Ermittlern und Ermittlerinnen gilt Büroarbeit als die Hölle. Daher werden die armen Teufel, die dazu verdonnert wurden, auch als »Sträflinge« bezeichnet. Es ist, als hätte man uns in eine Zelle gesteckt. Diejenigen, die von dieser Situation betroffen sind, gelten gemeinhin als »gescheitert«, haben sich irgendwas zuschulden kommen lassen oder sind einfach nicht gut genug.

Auf die Strafbank gesetzt. Karriere futsch. Zukunft Fragezeichen.

Craddock kommt mit einer Schachtel Donuts angelaufen, was die Situation ein wenig aufhübscht.

»Gib alles – außer auf«, sagt er.

»Hast du mich noch lieb?«, frage ich.

»Aber klar, das weißt du doch.«

»Gut. Dann erschieß mich bitte.«

»Maclin hat dir so richtig die Arschkarte verpasst.«

Ich schnappe mir einen Donut und schlage so gierig die Zähne in die weiche Masse, dass ich mir fast einen Finger abbeiße.

»Willst du was Wichtigeres machen als Berichte schreiben?«, fragt er.

»Klar, wo? Und ich bin oben.«

Das Einzige, was ich noch mehr genieße als diesen Donut, ist der Anblick meines errötenden Kollegen.

»Haha, sehr witzig«, sagt er und gibt mir einen Zettel. »Kannst du das Kennzeichen überprüfen? Ein Zeuge hat sich das notiert, gehört zu einem SUV. Er ist angeblich vom Tatort weggefahren, in der Nacht, als sie den Dealer gehäutet haben. Vielleicht führt die Spur zum Sinaloa-Kartell.«

Hinter Craddock steht Kevin Ryan. Er sieht besser aus, wirkt aber immer noch irgendwie verstrahlt und hat dunkle Ringe unter den Augen. Seine Fingernägel sind bis auf die Haut abgekaut. Ein Finger blutet sogar. Er holt sich ein Pflaster und verarztet die Wunde. Ich denke an Maclins Frage, winke ihn zu mir.

»Alles klar bei dir, Kev?«

»Ich find's mies, dass man dich auf die Strafbank gesetzt hat. Das ist nicht fair. Wir haben nicht genug Leute, du bist eine der erfahrensten Ermittlerin, die wir haben, aber Maclin will dich unbedingt von der Straße runterhaben. Damit schadet er der ganzen Truppe, besonders jetzt, wo unser großer Meister vor die Presse getreten ist und hier die Hölle losbricht.«

Seit der Chief letzten Montag vor die Presse getreten ist, stehen die Telefone bei der Stadtverwaltung nicht mehr still. Die Bürger sind in Sorge. Verschiedenste Interessenvertretungen haben sich zu Wort gemeldet, man fürchtet, dass hispanische Bevölkerungsgruppen die Leidtragenden sind, wenn auf den Straßen von Dallas ein Kartellkrieg losbricht. Und die Interne Ermittlung hat sich wie eine Wärmesuchrakete auf die Angelegenheit gestürzt und die gesamte Belegschaft der Drogenkommission bei sich einbestellt. Falls tatsächlich ein Cop die Dealer getötet hat, muss die Interne Ermittlung ihn so schnell wie möglich identifizieren und festsetzen. Währenddessen läuft die Suche nach dem mysteriösen Gary auf Hochtouren weiter.

»Tja«, sage ich achselzuckend. »Hätte auch schlimmer kommen können. Stell dir vor, ich würde bei der Internen Ermittlung arbeiten.«

»Ja, klar.« Kevin schnaubt. »Wenn ich dich irgendwie unterstützen kann, sag einfach Bescheid.«

Ich habe Kevin Ryan immer für das schwächste Glied unserer Kette gehalten, seine mangelnde Erfahrung hat es einigen von uns leichtgemacht, seinen Beitrag zu unseren Ermittlungen als Kleinkram abzutun – aber jetzt fällt mir auf, dass er mir als Einziger Hilfe angeboten hat. Donuts sind super, aber keine langfristige Lösung.

»Hey«, rufe ich ihm hinterher. »Wollen wir demnächst mal was trinken gehen? Bisschen quatschen?«

Ich kann seinen Blick nicht recht deuten. »Mir wäre Mittagessen lieber«, sagt er und geht.

Craddock beugt sich vor. »Du weißt, dass er keinen Alkohol mehr trinkt, oder?«, sagt er leise. »Ist jetzt bei einer neuen Gemeinde. Hardcore, Baby. Kevin ist neuerdings Abstinenzler, weil Trinken könnte zu unmoralischen Dingen führen, genau wie Tanzen.«

Lachend grapscht er nach dem letzten Schoko-Donut.

»Erinnerst du dich noch an den berüchtigten Reverend Hall? Der Typ, der Gouverneur werden wollte?«, fragt Craddock, während er sich die Krümel von der Krawatte wischt.

Ich sehe ihn an wie vom Donner gerührt. »Reverend Alan Hall? Mit Bibel und Waffe ziehen wir in den Kampf? Der Typ?«

»›Wir werden jeder Bedrohung mit Härte entgegentreten‹, genau der. Er ist der Pastor in Kevins neuer Gemeinde.« Craddock gibt mir Zeit, das zu verarbeiten. Nach einer Weile sagt er: »Und wo wie gerade bei ›entgegentreten‹ sind. Ich habe ein halbes Jahr gesucht, bis ich eine Whitworth gefunden hatte. Das Ding hat eine effektive Reichweite von bis zu neunhundert Meter, Baby. Und funktioniert immer noch bestens.«

Craddock schlendert zurück an seinen Schreibtisch und tippt gelangweilt auf seiner Tastatur herum. Es kommt mir vor, als hinge über der Abteilung eine schwarze Wolke, irgendwie herrscht richtig schlechte Stimmung. Habe ich die anderen mit meiner negativen Haltung angesteckt? Ich wende mich wieder meinem Computer zu und denke über die Schicksalsschläge nach, die Kevin in letzter Zeit getroffen haben: ein Schwager stirbt an einer Überdosis, seine Frau erleidet eine Fehlgeburt. Tragödien können Menschen zu Extremen treiben. An den Rand der Gesellschaft, wo Heilsversprechen Trost verheißen.

Ich versuche, mich an den vielzitierten Wahlslogan des Reverends zu erinnern, suche ihn schnell im Internet. »*Tust du aber Böses, so fürchte dich / denn sie trägt das Schwert nicht umsonst.*« Das Zitat stammt aus dem Römerbrief und hat eine gewisse Ähnlichkeit mit einem anderen Vers aus dem Alten Testament, den Evangeline Roy gern zitierte: »*Habe ich erst die Klinge meines Schwertes geschliffen / um das Recht in meine Hand zu nehmen …*«

Die besondere Betonung der Rache durchs Schwert ist bei religiösen Vereinigungen südlich der Mason-Dixie-Linie natürlich nicht weiter ungewöhnlich, aber normalerweise wird die Botschaft als Allegorie verstanden. Allerdings nicht von allen. So erklären sich Bomben auf Abtreibungskliniken, Anschläge auf deren medizinisches Personal und die Tatsache, dass junge schwangere Frauen wie Mary Grace von ihrer Familie verstoßen werden und auf der Straße landen. Ich werde mir Kevin genauer vorknöpfen. Vor allem will ich von ihm wissen, was der Reverend Hall so von sich gibt.

Seth schlendert herein, einen XXL-Coffee-to-go in der Hand. Er fläzt sich in seinen Stuhl und checkt seine Nachrichten. Seine Haut ist so fahl, dass er aussieht, als hätte ihm jemand das Blut ausgesaugt, ein Nachtwesen, das in den Schatten haust.

Kann sein, dass er mich nicht gesehen hat, aber ich glaube eher, dass er mich bewusst ignoriert. Seit unserem letzten Treffen haben wir kein Wort mehr miteinander gewechselt. Als sein Telefon klingelt, wirbelt er auf seinem Stuhl herum, um ranzugehen. Ich betrachte seinen Rücken, normalerweise vom täglichen Krafttraining straff und muskulös, aber er hat abgenommen, und unter seinem T-Shirt zeichnen sich die Schulterblätter ab.

Über dem Stuhl hängt ein schwarzer Kapuzenpulli. So einer, wie ihn mein Verfolger im Elm Tunnel getragen hat.

Mein Handy vibriert, und als ich rangehe, kreischt mir jemand hysterisch ins Ohr. »Jemand hat Gary umgebracht!«

Ich zucke zusammen. »Wayne? Was? Wer?«

»Keine Ahnung, Mann«, jammert er. »Ist gestern Nacht in den Tunneln passiert. Jemand war da unten ...«

»Wo ist Gary jetzt?«

»Er liegt noch da unten, hat ein Loch im Schädel.« Im Hintergrund ertönt das Kratzen eines Streichholzes, danach zieht Wayne tief an seiner Zigarette. »Niemand hat den Schuss gehört, aber irgendjemand hat da unten rumgeschnüffelt. Ich glaube, es ist der Killer. Derselbe, der die Dealer umlegt.«

»Wayne«, sage ich leise. »Hast du sonst noch jemanden angerufen?«

»Willst du mich verarschen? Scheiße, was, wenn der Killer denkt, ich weiß, wer er ist?«

Ich halte das Handy fester umklammert. »Hat Gary es dir verraten?«

Schweigen. Dann: »Kann sein, dass er gestern was gesagt hat. Bevor er gekillt wurde ...«

»Was? Was hat er gesagt?«

»Was soll ich denn jetzt machen?« Der Mann ist völlig durch.

»Wayne«, sagte ich streng. »Hör zu. Bleib ruhig!«

»Alle, die mit einem Handy da unten waren, haben sicher schon die Polizei alarmiert, sobald sie wieder Empfang hatten. Da unten wird es bald vor Cops wimmeln. Was soll ich nur machen?«, jammert er.

Ich sehe auf die Uhr. Noch nicht mal zehn. »Hau da ab. Sofort. Geh zum Busbahnhof an der Lamar, Haupteingang. Ich schicke jemanden, der dich abholt. Sein Name ist James Earle, er fährt einen alten Crown Vic. Du kannst ihm vertrauen. Er kümmert sich um dich, bis ich dich holen kann, aber das dauert ein bisschen. Sag ihm nichts über das, was Gary dir verraten hat, und auch sonst niemandem.«

»Ist dein Kumpel Raucher?«, fragt er im Jammerton, bevor er sich den Rest seiner Lunge aus dem Hals hustet.

»Wayne, du wirst in ihm deinen Seelengefährten finden.«

Sobald ich aufgelegt habe, rufe ich bei James an. Er gähnt in den Hörer. »Hab ich dich geweckt?«, frage ich.

»Nee, ich musste sowieso aufstehen, um ans Telefon zu gehen«, spottet er.

»Hast du ein bisschen Zeit für mich?«

»Aha, ein neuer Auftrag für James Earle?«, brummt er.

»Kennst du den Busbahnhof an der Lamar?«

»Klar. Wer ist es diesmal? Obdachlos oder kriminell?«

»Mein Informant, Wayne. Okay, offiziell ist er der Spitzel meines Kollegen. Ich muss ihn nur ein, zwei Stunden bei dir parken. Gegen Mittag übernehme ich. Okay?«

»Geht klar. Genauso klar ist vermutlich, dass ich meinen Arzneischrank abschließen muss, richtig?«

»Er ist ein magerer kleiner Bursche, ihm fehlen zwei Finger an der rechten Hand, und er trägt eines von meinen New-York-Giants-Sweatshirts.«

»Hm. Dann lasse ich mein Cowboy-Sweatshirt besser zu Hause.«

»Danke, James. Hast einen Gefallen bei mir gut.«

Er seufzt. »Nee. Mehrere.«

Vor mir stapeln sich die Berichte, die ich abheften soll, aber ich sitze untätig da und überlege, ob ich Maclin darüber informieren soll, dass Gary tot ist. Ich hatte ihm versprochen, ihn auf dem Laufenden zu halten, aber ich würde wirklich lieber zuerst mit Wayne sprechen. Keine Ahnung, was Gary ihm verraten hat, wie viel Schaden es unserer Truppe zufügen, wie gefährlich es für mich sein könnte, wenn man davon ausgeht, dass der Killer mir Botschaften hinterlassen hat. Maclin wird zweifellos davon erfahren, seine Kumpel bei der Mordkommission rufen ihn sicher bald an. Aber wenn ich ihm zuerst Bescheid gebe, würde sich das sicher zu meinen Gunsten auswirken.

Noch vor ein paar Tagen hätte ich mich mit Seth über mein Dilemma ausgetauscht. Aber sein Verhalten in der letzten Zeit hat mein Vertrauen in ihn erschüttert. Ich weiß nicht mal, ob das, was er mit Chuffy ausheckt, in Verbindung zum Sinaloa-Kartell und den toten Dealern steht. Diese vielen Gedanken und Überlegungen überfordern mich total. Am liebsten würde ich den Kopf auf den Tisch legen und schlafen.

Mein Problem löst sich von selbst, als Maclin aus dem Büro kommt und uns informiert, dass die Mordkommission Gary, aka Bunsen-Gary, tot aufgefunden hat. Man hat ihm in den Kopf geschossen, der Mörder hat einen Zettel mit einem Bibelvers hinterlassen.

Maclin beordert alle – auch mich – in den Konferenzraum. Er wartet, bis wir sitzen, dann sagt er: »Wie es aussieht, wurde Gary Bukowsky vermutlich mit derselben Waffe getötet wie Ernesto Patron, Pico Guerto, Carlos Rivera und die Leute im Abbruchhaus. Also haben wir es mit einem Mörder zu tun, der die Konkurrenz ausschalten will. Wir werden die Mordkommission ihre Arbeit tun lassen, aber weil klar ist, dass es bei den Morden auch um Drogen geht und die DEA bestätigt hat, dass das Sinaloa-Kartell in der Stadt ist, werden wir der Mordkommission unter die Arme greifen. Unser Fokus bleibt auf dem Anführer der Organisation, und das ist El Cuchillo.«

Niemand stellt die Frage, die offen im Raum steht. *Was ist mit dem Gerücht, dass der Mörder ein Cop sein soll?*

Als hätte er meine Gedanken gelesen, sagt Maclin: »Das Gerücht, der Mörder sei unter den Drogenfahndern zu finden, ist nicht mehr als das. Ein Gerücht. Vielleicht sogar vom Sinaloa-Kartell selbst in die Welt gesetzt, weil man uns Ärger machen will. Ich bin sicher, die Interne Ermittlung wird das schnell aufklären.«

Ich sehe, dass Ortega die Stirn runzelt und die massigen Arme vor der Brust verschränkt. »Aber Gary war kein Dealer. Er war ein potenzieller Zeuge, der womöglich den Mörder identifizieren konnte.«

»Wie sicher sind wir, dass er nicht ebenfalls ein Dealer war?«, fragt Maclin.

Ortega zuckt die Achseln. »Wenn, dann war er ein Kleindealer. Der Typ hat sich mit kleinen Einbrüchen durchgeschlagen. Warum sollte das Kartell seine Zeit an ein solches Leichtgewicht verschwenden?«

»Und was hat es mit den Bibelversen auf sich?«, fragt

Craddock. »Ich bin sicher, dass Detective Rhyzyk das nicht kaltlässt.«

Im Raum herrscht schlagartig Stille. Als ich zu Seth rüberspähe, treffen sich unsere Blicke. Seine Miene ist unergründlich, aber er hat die Hände fest zu Fäusten geballt.

»Ortegas Frage halte ich für nicht ganz unerheblich«, sage ich. Craddocks Erwähnung der Bibelzitate ignoriere ich.

Ortega nickt. »*La verdad, amiga*«, murmelt er.

»Es gibt einfach zu viele Teile, die nicht zusammenpassen«, füge ich hinzu.

»Ist das nicht Ihre Aufgabe, Detective?«, bemerkt Maclin. »Die Teile so zu ordnen, dass sich ein Bild ergibt?« Er ist schon auf dem Weg zur Tür, das Meeting ist beendet. »Finden wir die Leute vom Sinaloa-Kartell, haben wir unseren Mörder. Und dann werden auch die Teile zusammenpassen. Wer, was, wann und wo. An die Arbeit, Kinder.«

Seth folgt mir zum Schreibtisch und wartet, bis alle anderen am Platz sind.

»Ich muss mit dir reden«, sagt er. Er spricht leise, drängend.

»Klar«, sage ich, die Arme verschränkt. »Aber ich habe viel zu tun, also mach's kurz.«

Ich bemühe mich redlich, wütend zu bleiben, aber Seth sieht wirklich erbärmlich aus. Schlimmer noch: Er hat offenbar Angst.

»Nicht hier. Können wir uns irgendwo zum Mittag treffen?«

Ich denke an Wayne, der hoffentlich gerade von James am Busbahnhof abgeholt wird. Ich muss meine Mittagspause dafür nutzen, um Wayne auszuquetschen, und dann sofort wieder zurück an den Schreibtisch, bevor Maclin mich noch mehr abstrafen kann.

»Heute Mittag geht es nicht.«

»Dann heute Abend. Bitte, Riz! Es ist wichtig.«

Ich kehre ihm den Rücken zu. »Ich sag dir später Bescheid, ob ich es schaffe.«

Ich spüre ihn noch eine Weile hinter mir stehen, bevor er abzieht. In diesem Moment steigt eine unwillkommene Erinnerung in mir auf. Mein Bruder Andrew, der vor meinem Zimmer steht und mich inständig bittet, mit ihm zu reden. Aber ich stopfe die Kugel zurück in die Kanone. Seth ist Gift. Radioaktiv. Je näher ich ihm komme, desto mehr verbrenne ich mich, beruflich und privat. Zum ersten Mal seit Tagen bin ich froh, im Innendienst zu arbeiten. Auf diese Weise kann ich Abstand halten.

Kurz danach erhalte ich eine Nachricht von James Earle. Er hat eine halbe Stunde vor dem Busbahnhof gewartet, aber Wayne ist nicht aufgetaucht.

25

23. Januar 2014
Radweg am White Rock Lake

Ich laufe. Nicht schnell, nicht elegant, aber ich laufe. Der Rundweg um den White Rock Lake ist fast fünfzehn Kilometer lang und ich werde diesen See umrunden, selbst wenn ich dafür auf dem Zahnfleisch kriechen muss.

Es ist mild, die Sonne scheint, ein mildes Lüftchen streicht mir über die Stirn, perfektes Wetter für einen kleinen Lauf, ganz für mich allein. Allein ist das Stichwort. Mir war echt nicht klar, wie anstrengend die Arbeit im Großraumbüro ist.

Ich habe vorher zigmal versucht, Wayne zu erreichen, aber vergeblich. Mir schwant Fürchterliches. Hoffentlich ruft Maclin uns morgen nicht wieder ins Konferenzzimmer, um uns mitzuteilen, dass man Wayne tot in einer Gasse gefunden hat. Zumindest habe ich das Nummernschild des verdächtigen SUVs bis zu einem Haus in Fort Worth verfolgt und die Info an Craddock weitergegeben. Der hat mir zum Dank versprochen, morgen zum Frühstück *kolaches* mitzubringen. Wenn ich in den nächsten Wochen esse wie Craddock, muss ich regelmäßig laufen gehen.

Auf dem Weg tummeln sich Hundebesitzer, andere Jogger und ganze Horden von Radfahrern, die hier in Designer-Outfit auf Luxusrädern ein Schaulaufen veranstalten. Immer wieder male ich mir aus, wie befriedigend es wäre, den viel zu dicht an mir vorbeizischenden Mistkerlen einen Stock in die Speichen zu schieben. Fast hätte ich die beiden Mütter umgelaufen, die blond, durchtrainiert und eingebildet mit ihren Edelkinderwagen vor mir herstaksen.

Ich laufe schneller, im Slalom durch eine Gruppe grölender Teenager hindurch, der Gestank von Weed hängt in der Luft wie eine ölige Wolke.

Unbequeme Gedanken plagen mich. Seth, der unbedingt mit mir reden will. Der nicht weiß, was ich über ihn herausgefunden habe. Wenn er mir gesteht, was anliegt, kann ich mich nicht mehr rausreden. Selbst, wenn er mir nur anvertraut, dass er Drogen nimmt, müsste ich ihn fragen, woher er sie bezieht. Wahrscheinlich würde er behaupten, ich hätte keine Ahnung. Keine Ahnung, wie krass die Sucht nach Drogen sein kann. Und damit läge er falsch.

Endlich ist die Bahn frei, ich verlagere all meine Energie in die Beine, konzentriere mich ganz aufs Laufen und mache so den Weg zu meinen Erinnerungen frei.

Ich bin in Brooklyn, mein erster Einsatz als verdeckte Ermittlerin führt mich in die Cypress Hills Projects, der gefährlichste Ort auf der East Side. Es ist 2002, und ich sitze seit Wochen Abend für Abend in einer Kaschemme namens *The Kiln*, um mich von Kleindealern und widerwärtigen kleinkriminellen Wichsern angraben zu lassen. Für einen Blowjob, Handjob oder eine Runde Ponyreiten auf dem Parkplatz bieten sie mir Drogen oder Drinks oder billige Imitate irgendwelcher Luxusarmbanduhren an. Nur die Aussicht darauf, irgendwann den richtigen Gangbanger mit Heroin im Angebot zu erwischen, machte es mir einigermaßen erträglich, Abend für Abend Körbe zu verteilen. Wir wollten die Euclid Avenue Gang aus den Cypress Hills Projects hochnehmen, die in diesem Viertel alle Geschäfte machte und damit zu den mächtigsten Heroindealern Brooklyns aufgestiegen war. Ich hatte es also nicht auf irgendeinen Stoff abgesehen, es musste schon Heroin von der reinsten Sorte sein, das aus Kolumbien stammte und auf der Straße unter dem Handelsnamen No Regrets bekannt war – ein kleiner Scherz auf Kosten derjenigen, die sich zu schnell zu viel reingezogen hatten. Ich bin verkabelt, aber die Kollegen, die mithören, sitzen ein paar Straßen weiter.

Tony Eparza, mit dem ich im Duo ermittle, ist jung, türkischer Abstammung, drahtig und voll unermüdlicher Energie, ein Draufgänger, scheinbar komplett furchtlos. Er hatte fünf Jahre lang als verdeckter Ermittler in den schlimmsten Vierteln der Bronx gearbeitet, was Spuren hinterlassen hatte – und einen irren Blick. Als man uns zusammenspannte, warnte mich ein älterer, erfahrener Kollege, der um meine Korruptionsphobie wusste. Eparza, sagte er mir damals, sei schmutzig. Beim nächsten Dealer, den wir hochnehmen würden, müsste ich als Vertrauensbeweis etwas von dem Geld einstecken, das wir bei ihm fänden. Eine Weigerung käme einer Kriegserklärung gleich. Ich bat meinen Vorgesetzten darum, mir einen neuen Kollegen an die Seite zu stellen. Mein Gesuch wurde abgelehnt.

Während ich an der Bar auf den richtigen Dealer wartete, gab sich Tony dort als Koksdealer aus. Ich sollte die Tochter eines reichen Geschäftsmannes spielen, deren anfänglich nur gelegentlicher Kokskonsum mittlerweile tausend Dollar pro Woche kostete. Ich beglückte den Barmann mit großzügigen Trinkgeldern, dafür durfte ich in einer Nische im hinteren Teil der Kaschemme auf Tony warten, der oft stundenlang nicht auftauchte. Vor lauter Angst, aufzufliegen, schwitzte ich stark und wirkte insgesamt extrem nervös, was wiederum perfekt zu meiner Rolle als Kokserin passte. Dem Barmann gegenüber ließ ich raushängen, dass ich schon immer gern Heroin probieren wollte, aber Angst vor den Streckmitteln hatte. Ich hätte Gerüchte gehört, es gebe da so Zeug aus Kolumbien, rein wie eine Jungfrau, sanft wie der Kuss eines Babys.

Wochenlang passierte nichts, aber dann betraten zwei schwarze Jugendliche die Bar, wechselten ein paar Worte mit dem Barmann und stolzierten dann auf meine Nische zu. Ich flüsterte ins Mikro. »Bingo!«

Die spindeldürren Jungs mit dem toten Blick trugen Kapuzenpullis von Gucci und Designerjeans, so tief auf der Hüfte, dass die großen Wummen im Bund zu sehen waren. Ihre Armbanduhren waren mehr wert als mein Wagen. Sie rochen nach Zigaretten und teurem Aftershave. Einer setzte sich gegenüber auf die Bank. Der andere schob sich neben mich und drückte seinen Oberschenkel fest gegen meinen.

»Was willst du, weißes Mädchen?«, fragte der Typ mir gegenüber.

Der andere wedelte so plötzlich mit der Hand vor meinem Gesicht herum, dass ich zurückzuckte, aber er strich mir nur eine Strähne aus dem Gesicht. »Schöne Haare, Mädchen. Gut riechen tun sie auch.«

»Seid ihr die Jungs mit dem Stoff?«

Der Typ mir gegenüber lachte, er hatte perfekte Zähne. Er strahlte mich an, als hätte ihn meine Frage so richtig gefreut.

»O ja, wir haben Stoff für dich, weißes Mädchen. Wie wir erfahren haben, magst du das weiße Pulver und willst jetzt das braune probieren?«

Der Junge neben mir drückte seinen Oberschenkel fester an meinen. »Du stehst auf braun?«, fragte er grinsend.

Dann zog er ein weißes Briefchen hervor und streute den Inhalt auf den Tisch. Die Probe war beigefarben, matt und fein wie Puder. Mit einer Kreditkarte teilte er eine stecknadelkopfgroße Menge ab, nahm sie mit dem langen Nagel seines kleinen Fingers auf und hielt sie mir unter die Nase.

Ich hielt den Atem an.

»*Do it*!«, sagte er.

Der andere sagte: »Tief einatmen, Baby!«

Als die beiden Jungs die Bar betreten hatten, waren viele Gäste blitzschnell aufgestanden und hatten sich verdrückt. Die paar, die geblieben waren, saßen jetzt näher am Ausgang. Der Barmann hatte uns den Rücken zugekehrt und polierte eifrig Gläser, die bereits glänzten. Es herrschte Schweigen.

Tony saß ein paar Straßen weiter im Überwachungswagen und hörte alles mit. Er sollte schon längst hier sein. Ich blickte nervös zur Tür.

»Moment«, sagte ich und rang mir ein Lächeln ab. »Nicht hier. Was, wenn ich einschlafe ...«

Der Junge mir gegenüber beugte sich vor. »Wenn das passiert, kümmern wir uns um dich.«

Sein Kumpel zischte mir ins Ohr: »Mein Arm wird müde. Auf geht's!«

Ich hielt mir ein Nasenloch zu. Der Junge schob mir seinen Finger unter das andere, und ich zog hoch.

Eine ungeahnte Wärme verbreitete sich in meinem Körper, ein Gefühl, wie ich es noch nie erlebt hatte. Weder Alkohol noch Nikotin, kein Langstreckenlauf, schweißgebadeter Rachesex oder Klippensprung hatten mir auch nur annähernd ein solches Hochgefühl vermittelt. Alles und nichts schien in diesem Augenblick von Bedeutung. Meine Sorgen und Ängste über die Arbeit, meine Familie, meine Ziele, meine Wünsche zerfielen zu Staub und ließen sich vom Tisch pusten.

Ich hatte offenbar ein Grinsen auf dem Gesicht, die unfreiwillig verzogene Miene eines zufriedenen Tieres, weil der Junge gegenüber von mir sagte: »Ja, da ist es. Jetzt fühlst du dich gut.«

Ich wollte zustimmend nicken, konnte aber meinen Kopf

nicht bewegen. Stattdessen sackte mir das Kinn auf die Brust. Der andere Junge faltete das Briefchen zusammen und drückte es mir in die Hand.

»Das ist dreihundert Dollar wert. Kleines Geschenk. Wenn du Nachschub brauchst, kommst du zu uns.«

Sie rieten mir, auch meinen reichen Freundinnen davon zu erzählen, allen, die sich eine kleine Auszeit gönnen wollten, aber ich war zu weggetreten, um darauf zu reagieren. Irgendwann standen sie auf, und ich sah sie hinausschweben. Ich war so entzückt über die Schönheit der Welt, dass ich fast geweint hätte. Irgendwann kam Tony. Er setzte sich dorthin, wo vorher der Junge mit den perfekten Zähnen gesessen hatte.

»Du hast nichts gekauft«, sagte er mit Blick auf das Tütchen in meinen entspannten Fingern. »Aber dir was von dem Stoff reingezogen, stimmt's, Rhyzyk? Bist wohl doch nicht so blitzsauber.«

Tony bugsierte mich in seinen Wagen und brachte mich heim, schleppte mich die drei Etagen hoch in meine Wohnung und legte mich aufs Bett. Ich hatte keine Kraft, ihn davon abzuhalten, mich auszuziehen, aber irgendwas an meinem Blick muss ihn eiskalt erwischt haben, denn er ließ von mir ab und verschwand. Eine Stunde später ging es mir so schlecht wie noch nie in meinem Leben, ich kotzte mir die Seele aus dem Leib, bis die Äderchen in meinen Augen platzten.

Am nächsten Tag schaffte ich es zum Briefing mit dem Sergeant, log ihm vor, ich hätte eine Lebensmittelvergiftung. Tony und die anderen Detectives aus dem Überwachungstransporter schwiegen sich aus. Sie hatten eigene Geheimnisse zu hüten. Ich arbeitete weiter daran, die Euclid Avenue Gang hochgehen zu lassen, kaufte einige Male kleinere Mengen bei ihnen ein, bis wir schließlich bei einem größeren Geschäft zuschlugen.

Das Briefchen mit dem restlichen braunen Heroin behielt ich mehrere Jahre. Es steckte zwischen den Seiten eines Buches, raunte mir verheißungsvoll zu, als meine Mutter gegen den Krebs kämpfte, mein Vater an seiner Sauferei starb, an den vielen Tagen auf der Straße voller Elend, Bedürftigkeit, Gewalt und dem ständigen Kleinkrieg zwischen Kollegen. Ich hatte es bei mir behalten, nicht, weil es mir so leichtfiel, es nicht zu nehmen, sondern weil das Gegenteil der Fall war. Jedes Mal, wenn ich meine Kollegen über Junkies lachen hörte, bei jedem abfälligen Kommentar, jedem empathielosen Vorgehen, ihrem unverhohlenen Abscheu gegenüber Suchtkranken, die sie festnahmen oder im Leichenwagen zur Rechtsmedizin schickten, besann ich mich darauf, dass ich es besser wusste. Ich kannte den Sirenengesang der Droge. Wusste genau, wie absolut göttlich es war, jeden Schmerz zu verbrennen und die Welt für einen kleinen Moment zum Paradies zu machen.

Nicht mal Onkel Benny wusste davon. Ich wollte der Macht, die diese Droge über mich hatte, keinen Namen geben.

Beim Gedanken an Onkel Benny setzt in den Tiefen meines Hirns ein Prickeln ein. Ich dachte an den kurzen Augenblick, als ich glaubte, ihn vor dem Tunnel gesehen zu haben, und bei diesem Gedanken habe ich das Gefühl, ein feiner Faden, zart wie Spinnweben, berührt mich im Nacken. Jemand ruft meinen Namen. Ich stolpere, bleibe stehen, wende mich um, um zu sehen, wer mich ruft, aber der Weg ist leer.

Ein Blick auf meine Laufuhr verrät mir, dass ich zwölf Kilometer fast ohne Stolpern, Verletzung oder größere Schmerzen geschafft habe. Den Rest der Strecke walke ich, bis sich mein Atem wieder normalisiert hat. Ich empfinde stille Hochstimmung. Ich habe gerade Onkel Benny gehört, ganz sicher.

26

24. Januar 2014
The Alamo Motel

Am Schreibtisch klingelt das Telefon, aber als ich rangehe, höre ich nur aufgelöstes Schluchzen.

»Wer spricht da bitte?«, frage ich.

»Der Bastard hat mich zum letzten Mal verprügelt ...«, sagt die Person am anderen Ende der Leitung, dann schluchzt sie weiter.

»Moment mal. Pearla, bist du das?«

»Ich will, dass dieser aus dem Hals stinkende Wichser in den Knast wandert. Das war das letzte Mal, dass Chuffy Bryant gegen mich die Hand erhoben hat.«

»Wieso zum Teufel hast du dich wieder mit ihm getroffen?«

»Ich war einsam«, sagt sie schniefend. »Und du hast nur für zwei Nächte bezahlt. Aber kaum war ich in seinem Motelzimmer, haben wir uns schon wieder angeschrien, und dann boxt das Schwein mir mitten ins Gesicht. Hat mir einen *verdammten Zahn* rausgeschlagen!«

»Pearla, du musst dich beruhigen, wenn du mit mir sprechen willst.«

Eine Weile lausche ich ihrem unregelmäßigen Atem.

»Ich sag dir jetzt was.« Sie putzt sich geräuschvoll die Nase. »Der Mistkerl hat geklautes mexikanisches Pulver im Zimmer, eine ganze Tasche voll. Wenn du ihn jetzt hochnimmst, dann geht der nicht für Kleinscheiß in den Bau, sondern kriegt gleich den Hauptgewinn. Der hat garantiert H im Wert von mehreren zehntausend in seinem Zimmer – und er behauptet, es gibt noch mehr.«

»Wo ist er jetzt?«

»Im *Alamo Motel* unten am Fair Park. Zimmer 106, Baby.«

Ich notiere mir die Info und verspreche ihr, die richtigen Leute dranzusetzen. Dass der Stoff geklaut ist, deutet auf eine Verbindung zum Sinaloa-Kartell hin. »Halt dich ab jetzt vom *Alamo Motel* fern, Pearla, sonst nehmen sie dich auch fest.«

Nachdem ich aufgelegt habe, starre ich auf Maclins Tür und stelle mir vor, wie sie Feuer fängt. Aber irgendwann stehe ich trotzdem auf, klopfe und trete ein.

»Ein Informant hat mich gerade angerufen und mir gesteckt, dass ein Dealer vom *Alamo Motel* aus arbeitet. Er verkauft eine Menge Heroin und ist jetzt gerade in seinem Zimmer, Nummer 106.«

Maclin seufzt, sieht aber nicht besonders beeindruckt aus. »Die Info ist gut«, sage ich. »Der Dealer heißt Chuffy Bryant. Der Informant meint, das H ist gestohlen.«

Jetzt endlich! Der Mann ist wach. »Gestohlen? Von wem?«, fragt Maclin.

Ich zucke die Achseln. »Weiß nicht genau. Aber es ist ein ziemlich großer Zufall, dass die Leute vom Kartell nach ihrem Heroin suchen, finden Sie nicht?«

Er hebt den Hörer. »Ich besorge einen Durchsuchungsbefehl. Hoffentlich liegen Sie richtig. Schicken Sie Craddock und Ryan rein, wenn Sie gehen, okay?«

Beim Schließen der Tür murmle ich: »Danke schön! Gut gemacht, Detective Rhyzyk.«

Mein Telefon klingelt. Wieder ist Pearla dran.

»Ich muss dir noch was sagen. Der Cop, von dem ich dir erzählt hab? Der mit Chuffy Deals macht? Der ist auch im Motel.«

Sie meint Seth. Ich halte den Hörer so fest umklammert, dass er sicher gleich in zwei Teile zerbricht. Kevin Ryan kommt auf mich zu, aber ich hebe einen Finger und wende mich ab. »Sicher?«, frage ich Pearla.

»Vor 'ner Viertelstunde war er noch da. Ich war so aufgeregt, dass ich glatt vergessen hab, es dir sofort zu sagen.«

Ich sitze wie gelähmt da, muss mich daran erinnern zu atmen.

»Hallo?«, fragt Pearla. »Bist du noch dran?«

»Ja. Ich kümmere mich darum, Pearla. Halt dich nur von dem Motel fern.«

Ich lege auf und sitze wie auf dem Absprung da, jeder Muskel ist angespannt, ich will was tun. Wenn Seth noch da ist, wird man ihn festnehmen. Dann wandert er in den Knast, für eine lange Zeit. Game over. Ende seiner Karriere. Ende seines Lebens.

Es ist schwer, dem Impuls zu widerstehen, Seth anzurufen und vorzuwarnen. Ich habe seine Nummer schon eingetippt, breche den Anruf aber ab. Wenn er verhaftet wird, sehen die von der Internen Ermittlung meine Nummer auf seinem Handy, ein Anruf von mir kurz vor der Razzia. Ich muss diesen Leuten bereits jetzt Rede und Antwort stehen, sie haben mich diesen Nachmittag vorgeladen. Ein Blick auf die Uhr: halb zwölf, fast Mittag. Ich habe eine Stunde, vielleicht ein bisschen länger, um mich vom Platz zu entfernen.

Hinter mir raschelt etwas. Ryan steht immer noch da, er will mit mir reden.

»Ich habe die OneNation-Website genauer untersucht, wie du gesagt hast.«

»Ach?« *Worum ging es nochmal?*

»Die Bibelverse und die toten Dealer?«, sagt Ryan.

»Ah, ja klar.« Ich stehe auf, damit er versteht, dass er sich kurzfassen muss.

»In letzter Zeit ist offenbar keiner von der Familie Roy auf der Site aktiv gewesen.«

»Gut«, sage ich und schlüpfe in den Mantel.

»Aber es gibt einige ältere Einträge, über die ich gern mit dir sprechen möchte.«

»Super, Kev, gute Arbeit! Aber gerade passt es nicht. Später, okay? Maclin will dich und Tom in seinem Büro sprechen. Jetzt gleich. Er wartet auf einen Durchsuchungsbefehl für eine Razzia.«

Ich mache die Biege, bevor Kevin mich länger belagern kann. Auf der Treppe macht mein Knie wieder mal Faxen, und ich muss mich erstmal auf die Stufen setzen. Maclin hat einen heißen Draht zum Richter, der Durchsuchungsbefehl liegt in spätestens einer Stunde vor, besonders, wenn die Worte »Sinaloa-Kartell« fallen und die Razzia im *Alamo Motel* stattfindet. Wenn Seth noch vor Ort ist, geht es ihm an den Kragen. Jetzt ist es so weit. Meine einzige Chance, ihm den Arsch zu retten.

Auf der US 75 gab es einen schlimmen Unfall, der mich vierzig Minuten Umweg kostet. Mein Puls rast. Bei jeder Ausfahrt überlege ich, meine Mission abzublasen, aber irgendwann stehe ich doch vor dem Motel. Ein paar leicht gekleidete Bordsteinschwalben lehnen am Gebäude, sie rauchen und winken den vorbeifahrenden Autos wenig enthusiastisch zu. Ich checke den Parkplatz vorn ab, aber Seths Truck ist nirgends zu sehen. Auf der Rückseite des Motels entdecke ich ihn dann endlich.

Der hintere Parkplatz ist fast leer, nur ein paar Wagen und ein SUV – schwarze Edelkarosse mit getönten Scheiben. Der Motor läuft, vermutlich wartet der Fahrer auf eine der Prostituierten oder eine Möglichkeit für ein Drogengeschäft, Kauf oder Verkauf, keine Ahnung. Weil mir das Nummernschild bekannt vorkommt, notiere ich es mir für später. Das *Alamo* ist schon so oft von der Drogenfahndung und der Sitte gestürmt worden, dass es in Insiderkreisen unter dem Spitznamen »Take Down Motel« bekannt ist. Zimmer 106 ist im Erdgeschoss, in der Mitte. Ich parke, lasse den Motor aber laufen und überlege, wie ich Seth da raushole, ohne Chuffy darauf aufmerksam zu machen, dass ich in der Nähe bin. Wenn Chuffy mich bemerkt, haut er nämlich ab.

Ich fahre zurück zum Vordereingang und bedeute einem der Mädchen dort mein Interesse. Sie wirft die Kippe weg und schlendert mit übertriebenem Hüftschwung zu meinem Wagen, aber als sie mich sieht, lacht sie laut.

»Ach, so eine Nummer wird das«, sagt sie. »Für Damen verlange ich das Doppelte«, sagt sie grinsend.

»Ich will nur, dass du an eine Tür klopfst und eine Botschaft überbringst. Du sagst, dass Riot rauskommen soll. Dafür zahle ich dir vierzig Dollar.«

Sie verengt die Augen und legt den Kopf schief. »Wieso sollte ich das tun? Ist der Typ gefährlich?«

»Nicht für dich. Klopf einfach an die Tür und frage nach

Riot. Sag ihm, seine Schwester will mit ihm reden, und sieh zu, dass er mit dir rauskommt.«

»Seine Schwester, hm? Bist du 'n Bulle?«, fragt sie im Plauderton.

Ich lege meine Marke ins Handschuhfach und gebe ihr die ersten zwanzig Dollar. »Nee, momentan nicht. Wenn du mit ihm zurückkommst, kriegst du die andere Hälfte.«

Sie schnappt sich die Scheine, und es ist klar zu erkennen, was in ihrem Hinterstübchen vorgeht. Das Geld nehmen und abhauen oder an die Tür klopfen und nochmal zwanzig kassieren? Sie verschwindet um die Ecke. Fünf Minuten lang warte ich im Wagen, meine Nerven bis zum Zerreißen gespannt, was, wenn Seth nicht rauskommen will, sein Improvisationstalent plötzlich versagt? Oder er kapiert, dass ich hier draußen die Fäden ziehe und scheißt drauf. Die ganze Zeit über halte ich nach Streifenwagen Ausschau.

Endlich kommt die Frau zurück, sie hat Seth dabei. Sein Gesicht ist rot angelaufen, vor Zorn oder Aufregung oder beides. »Steig ein!«, zische ich.

Die Frau sackt das restliche Geld ein und verzieht sich rasch.

Seth will was sagen, aber ich gebe ihm keine Chance. »Bald wimmelt es hier von Kollegen, die Chuffy Bryant festnehmen wollen. Sobald Maclin die nötigen Dokumente vom Richter hat, schickt er Craddock und Ryan mit ein paar Uniformierten los.«

»Woher wusste er, dass wir hier sind?«, fragt Seth.

»Von mir. Pearla hat mich angerufen und mir alles über das gestohlene Heroin erzählt. Wie's aussieht, hat Bryant sich mit der Falschen angelegt.«

»Du hast keine Ahnung, was hier abgeht.«

»Ha! Ich habe eine ziemlich genaue Vorstellung, mein Lieber.«

»Du hättest Maclin nichts davon sagen sollen.«

Am liebsten würde ich ihm die Fresse polieren. »Ich riskiere meine Karriere … Scheiße, für das, was ich hier gerade mache, könnte ich im Knast landen, du Wichser!«

»Würdest du mir erlauben, es dir zu erklären?«

»Was? Dass du ein Junkie bist? Dass du einem Toten Pillen abgenommen hast – einem Verdächtigen in einer Drogenermittlung? Und jetzt gerade mit Chuffy Bryant gemeinsame Sache machst? Ja, Schätzchen, ich habe dich mit Chuffy im *Circus* gesehen.«

Ich lege den Gang ein, habe den Fuß schon auf dem Gas. »Wir haben keine Zeit, uns über Details auszutauschen. Ich habe dir gesagt, was gleich abgeht hier. Du kannst bleiben oder abhauen, aber wenn ich du wäre, würde ich mich ins Auto setzen und auf Nimmerwiedersehen verschwinden. Das ist das letzte Mal, dass ich dir den Arsch rette, Seth.«

Ich funkle ihn an, bis er sich aus dem Auto schält, dann fahre ich los.

Auf Nimmerwiedersehen.

Bis ich wieder im Büro aufschlage, sind Craddock und Ryan schon am Motel, um Bryant einzusacken. Maclin ruft mich zu sich.

»Das war eine verdammt lange Mittagspause«, sagt er.

Er hat Craddock am Apparat und stellt auf Lautsprecher.

»Wollen Sie Detective Rhyzyk den Verlauf Ihres Einsatzes schildern?«, fragt Maclin förmlich.

»Als wir im *Alamo* eingetroffen sind, stand die Tür zum Zimmer Nummer 106 offen, kein Verdächtiger, keine Drogen«, sagt Craddock. Ich schließe die Augen und atme aus. Seth ist raus. Aber Chuffy auch. Was bedeutet, dass ihn jemand gewarnt hat.

»Aber die Forensiker haben Spuren von Heroin gefunden. Also hatte jemand Drogen im Zimmer. Und jemand hat da drin eine Menge Blut verloren.«

Ich rücke näher ans Telefon. »Sag das nochmal.«

»Auf dem Teppich ist Blut. Jemand hat ziemlich heftiges Nasenbluten gehabt oder das Zimmer nicht freiwillig verlassen.«

Pearla? Hat sie nach Bryants Angriff den Teppich vollgeblutet? Oder schlimmer ... Seth? Ich ziehe mein Notizbuch aus der Tasche, suche nach dem Kennzeichen des SUV, der mit laufendem Motor auf dem rückwärtigen Parkplatz gewartet hat. Jetzt weiß ich wieder, warum es mir bekannt vorkam.

»War auf dem Parkplatz irgendwer, der sich verdächtig benommen hat?«, frage ich.

»Nee, nur ein paar geparkte Limousinen, zwei Pick-ups. Alle leer. Wir überprüfen die Kennzeichen.«

Also kein schwarzer SUV. Maclin mustert mich genauer, ein verkniffenes Lächeln auf den Lippen. Er scheint es so richtig zu genießen, dass ich hier am Schreibtisch festhänge, während meine Kollegen live und in Farbe da draußen ermitteln. Die Razzia, die wegen mir angeleiert wurde, war ein Schuss in den Ofen.

»Okay, Detective Craddock, geben Sie Bescheid, wenn Sie noch was finden. Wenn er auf der Flucht ist, fangen wir ihn sicher bald.« Maclin beendet den Anruf.

Für einen Mann, dessen Razzia gerade gescheitert ist, benimmt er sich auffallend gleichmütig. Ich hätte erwartet, dass er mir für die Zeit- und Geldverschwendung die Gurgel umdreht. Aber er schickt mich kommentarlos aus dem Zimmer. Ich kehre zurück an den Schreibtisch, um das zu bestätigen, was ich bereits weiß: Der SUV vom *Alamo Motel* ist derselbe, den ein Zeuge beim Mord am zweiten Dealer gesehen hat. Offiziell gehört er einer gewissen Anna Solario, wohnhaft in Fort Worth. Keine Vorstrafen. Nicht mal ein Knöllchen. Der Wagen ist abbezahlt, Solario ist die Halterin. Alles wunderbar, wäre da nicht die Tatsache, dass Solario siebzig Jahre alt ist und es recht absurd anmutet, dass eine ältere Dame wie sie sich ein Monsterauto mit getönten Scheiben angeschafft hat, nur um damit in Fort Worth ihre Wocheneinkäufe zu erledigen. Ich nehme an, dass sie ihren Wagen oft verleiht. Vielleicht sogar, ohne es zu wissen. Sie selbst gehört keiner kriminellen Vereinigung an, aber sie wird von Kriminellen benutzt, die in einem »sauberen«, auf ihren Namen zugelassenen Wagen Verbrechen begehen. Wenn man lange genug in Anna Solarios Hintergrund sucht, wird sich vermutlich herauskristallisieren, dass sie Tante, Großmutter, Ehefrau oder Mutter eines Kartellmitglieds ist. Wenn diese Leute in Dallas fertig sind, wird das Auto sicher verschwinden. Und Mrs Solario wird es als gestohlen melden, die Versicherungssumme kassieren und sich damit einen passenden Kleinwagen kaufen.

Das alles ist Craddock garantiert bekannt. Aber er weiß nicht, dass dieser SUV vor seinem Eintreffen vor dem *Alamo Motel* gestanden hat. Ich könnte behaupten, ein Informant hätte es mir gesteckt, aber im Ernstfall könnte ich das nicht beweisen. Und es wäre eine weitere unterschlagene Information auf meiner ständig anwachsenden Liste. Ich muss es dabei belassen und hoffen, dass wir auf anderem Wege einen Durchbruch erzielen.

Ich bin so mit meiner Wut und Sorge um Seth beschäftigt, dass ich mein klingelndes Telefon erst bemerke, als Ortega mich lauthals darauf hinweist. »Yo, Rhyzyk! Geh mal ran!« Es ist die Interne Ermittlung, man wartet schon auf mich.

Einmal im Leben wird jeder, der bei der Polizei arbeitet, von der Internen Ermittlung befragt. Normalerweise, weil bei ihnen eine Beschwerde aus der Bevölkerung vorliegt, aber es gibt zig andere Gründe für eine solche Vorladung. Wie bei allen anderen offiziellen Gesprächen ist es auch hier wichtig, dass man gut vorbereitet ist, genau weiß, was die Ermittler wollen, entsprechende Aufzeichnungen dabeihat und so knapp wie möglich Rede und Antwort steht.

Meine erste Befragung fand in meinem ersten Dienstjahr statt, damals beim NYPD. Eine Bürgerin hatte sich beschwert, dass eine unverschämte Rothaarige jemanden festgenommen hatte. Panisch hatte ich bei Onkel Benny Rat gesucht. »Wie fängt man einen Fisch?«, fragte er mich, und lieferte auch gleich die Antwort. »Er macht das Maul auf. Sag die Wahrheit, aber mehr nicht.«

Diesmal teilt man mir mit, dass die Befragung nicht länger als eine halbe Stunde dauern wird, man hat schließlich das ganze Dezernat vor sich. Im großen Befragungsraum warten schon zwei Interne Ermittler auf mich. Detective Supervisor Burkley, ein fülliger Mann mittleren Alters mit Militärhaarschnitt, und Detective Adams, jünger, der mit gezücktem Stift dasitzt, obwohl die Befragung aufgezeichnet wird. Anzugträger, gestrenger Blick, verkniffene Lippen. Burkley bittet mich, Platz zu nehmen, und kommt gleich zur Sache. Warum ich suspendiert wurde. Warum ich jetzt immer noch im Innendienst arbeite. Dann geht es ans Eingemachte: die Gerüchte darum, dass ein Cop die Dealer umlegt.

»Detective Rhyzyk, kennen Sie diese Gerüchte?«

»Ja.«

»Wie haben Sie davon gehört?«

»Detective Tilton hat mich in einem Gespräch am zehnten Januar darauf aufmerksam gemacht.«

»Wo fand dieses Gespräch statt?«

»Vor meinem Haus.«

»Vor oder nach Ihrer Suspendierung?«

»Danach.«

»Haben Sie mit anderen über diese Gerüchte gesprochen?«

»Nein.«

»Haben Sie diesbezüglich Kontakt zur Presse oder anderen Nachrichtenmedien aufgenommen?«

»Nein.«

Burkley konsultiert seine Aufzeichnungen. Beim Gedanken an die nächsten Fragen bricht mir der Schweiß aus. *Haben Sie von Drohungen gehört, die Polizisten gegenüber Drogendealern ausgestoßen haben sollen? Haben Sie Kenntnis darüber, dass Polizisten der Dallas Police in illegale Drogengeschäfte verwickelt sind?* Die Stunde der Wahrheit ist gekommen.

Aber DS Burkley steckt voller Überraschungen.

»Waren Sie in Handlungen verwickelt, die unter die Gesetze gegen illegale Glücksspiele im Staat Texas fallen?«, fragt er.

Ich glotze ihn an. »Nein, nie.«

In Texas sind Glücksspiele in privater Runde erlaubt, wenn

die Einsätze gering sind, öffentliches Glücksspiel mit hohen Einsätzen ist hingegen illegal. Und obwohl Drogen oft dazugehören, fällt Glücksspiel nicht in unseren Zuständigkeitsbereich.

»Die Frage scheint Sie zu verstören.«

»Nein, sie verstört mich nicht. Sie kam nur unerwartet.«

»Sind Ihnen Personen im Umfeld Ihrer Abteilung bekannt, die dem illegalen Glücksspiel nachgehen?«

»Nein.«

Burkley mustert mich eine Weile, dann macht er sich Notizen. Nachdem er sich flüsternd mit Adams beratschlagt hat, ist die Befragung beendet. Ich bin entlassen.

Als ich auf wackeligen Beinen zurückkehre zum Schreibtisch, gehen mir mehrere Gedanken durch den Kopf. Ich bin um Haaresbreite davongekommen, man hat mir keine Fragen gestellt, die mich gezwungen hätten, meine engsten Kollegen ans Messer zu liefern. Fest steht, dass die Interne Ermittlung nicht oder nicht nur von einem Kartellkrieg ausgeht. Jetzt geht es außerdem noch um illegales Glücksspiel. Und sofort muss ich an Seth denken. Ist er etwa auch in diesem Sumpf versackt?

Ich komme mir vor wie ein ausgenommener Fisch. Den man über dem offenen Feuer gegrillt hat. Am Spieß.

Während ich in meine Jacke schlüpfe, entdecke ich Seth an seinem Schreibtisch, wo er einen Bericht ausfüllt. Offenbar ist er während meiner Befragung zurückgekehrt. Wir ignorieren einander geflissentlich. Er wirkt unversehrt, keine Verletzungen, keine blutige Nase, aber seine Miene ist düster, er sieht so elend aus, wie ich mich fühle. Aber über das, was im Motel passiert ist, stelle ich ihm keine Fragen. Ich will es gar nicht wissen.

Kaum bin ich zur Haustür rein, marschiere ich schnurstracks in die Küche an den Schrank mit der Flasche Jameson, und zwar noch bevor ich mein Holster ablege. Jackie ist irgendwo im Haus, ich höre sie am Telefon, aber ich habe keine Lust, mit ihr zu reden. Noch nicht. Das erste Glas leere ich fast in einem Zug. Ich will die Ereignisse des Tages ersäufen, so schnell wie möglich. Während ich noch mit dem Gedanken spiele, für den Rest des Abends bei Dottie an der Bar weiterzusaufen, klingelt es an der Tür.

»Kannst du aufmachen?«, ruft Jackie von oben.

Ich leere das Glas und eile in den Flur, dabei wird mir so schwindelig, dass ich mich festhalten muss, um nicht zu stürzen. Alkohol auf leeren Magen, schlechte Idee.

Es klingelt ein zweites Mal. »Moment, ich komm ja schon!«, brumme ich und reiße die Tür auf.

Vor mir steht Evangeline Roy.

Sie lächelt. »Sind Sie Betty?«, fragt sie.

Ohne nachzudenken, ziehe ich die Waffe und halte sie ihr vor die Brust. »Keine Bewegung!«, zische ich.

Die Frau kreischt drauflos und geht in Deckung. Zu spät verstehe ich, dass da nicht etwa Evangeline Roy kauert, sondern eine kleine Frau Mitte dreißig, die sich die dicklichen Arme schützend vors Gesicht hält. Der Schopf lugt über den Ellbogen hervor wie ein erschreckter Rotkardinal. Sie weicht bis an den Rand der Veranda zurück, dann gerät sie ins Straucheln und kippt rücklings und mit rudernden Armen und Beinen auf den Rasen.

Jackie ist an die Tür geeilt. Sie sieht die Frau auf unserem Rasen und mich mit der gezogenen Waffe, die ich jetzt zitternd ins Holster zurückfummle.

»Ach du meine Güte!«, ruft sie, rennt in den Garten und hilft der Frau wieder auf die Beine. Dabei entschuldigt sie sich atemlos und sieht nach, ob sie sich verletzt hat.

»Was stimmt mit dir nicht?«, brüllt sie mich an. »Das ist die verdammte Hebamme!«

Den angekündigten Hausbesuch der Hebamme hatte ich völlig vergessen. Die arme Frau ist sichtlich mitgenommen und sieht mich vorwurfsvoll an, während sie ihre Kleidung abklopft. Glücklicherweise war sie nicht nur durch ihren dicken Mantel gut gepolstert.

In diesem Moment stehe ich kurz vor einem hysterischen Anfall. Die Frau mit dem bebenden Doppelkinn und ihrem praktischen Schuhwerk sieht aus wie ein übergroßes Kind, und ich schaffe es nicht mehr, mein Lachen zu unterdrücken. Rasch schlage ich mir auf den Mund, aber es ist zu spät. Der Tag, der Alkohol, alles ist zu viel, und ich bepisse mich vor Lachen. Je mehr ich versuche, mich zusammenzureißen, desto schlimmer wird es. Prustend und hustend verziehe ich mich ins Haus. Ich kriege keine Luft, kann nicht sprechen. Nicht mal mehr stehen. Nur kichern, absurd herumgackern, unkontrollierbar. Als ich aufs Sofa falle, sehe ich aus dem Augenwinkel, dass Jackie ins Haus zurückgekehrt ist. Innerhalb von Sekunden hat sie sich vor mir aufgebaut.

Sie wartet, bis ich mich wieder beruhigt habe. »Unsere neue Hebamme hat die Flucht ergriffen ...«

Die Vorstellung von ihrem wehenden roten Schopf löst einen neuen Lachkrampf aus.

Jackie findet es allerdings nicht so lustig. »Sie kommt nicht zurück, und sie wird Anzeige erstatten.«

Mir stehen die Tränen in den Augen, ich bemühe mich

nach Leibeskräften, die Fassung wiederzuerlangen. Jackie hat die Arme vor der Brust verschränkt. »Ich möchte dich bitten, auszuziehen. Komm erst zurück, wenn du dich wieder eingekriegt hast.«

27

24. Januar 2014
Fiesta Inn, Dallas

Ich fülle den Motel-Plastikbecher bis zum Rand mit Jameson, schleudere die Stiefel in die Ecke und fläze mich aufs Bett.

Ein echtes Wohnklo, mein neues Zuhause, zwei Doppelbetten, ein kleiner Tisch, zwei abgeranzte Stühle und ein uralter Fernseher. Das Bad ist so winzig, dass ich nur bei offener Tür auf der Toilette sitzen kann. Den Bettüberwurf – mit wildem Blumenmuster, um die über Jahre angesammelten Spuren diverser Körperflüssigkeiten zu kaschieren – habe ich bereits in die Ecke entsorgt. Über dem Kissen liegt ein Handtuch, denn in dieser Absteige könnte es glatt sein, dass das Zimmermädchen das letzte Mal an Weihnachten die Bettwäsche gewechselt hat. Vom Handtuch habe ich am Morgen ein wunderbares Frotteemuster auf den Wangen, aber alles ist besser, als sich Syph und Seuche einzufangen.

Diese Bude habe ich für eine Woche gemietet, danach darf ich hoffentlich wieder zurück nach Hause. Mit meinem Hang zur Selbstkasteiung habe ich mir selbstredend ein Etablissement ausgesucht, das ich meiner Meinung nach verdient habe. Die neue Adresse habe ich Jackie natürlich umgehend geschickt, vielleicht hat sie beim Anblick des Motelnamens Erbarmen mit mir. Ich trinke einen Schluck Whiskey und wähle ihre Nummer.

»Hallo?«

»Hey. Ich bin's.«

»Hey.«

»Alles gut bei dir?«

»Ja. Mir geht es gut. Und dir?«

»Okay. Ich habe bei Dr. Theo angerufen und ihm aufs Band gesprochen.«

»Gut.«

Schweigen. »Jackie«, sage ich nach einer Weile. »Es tut mir so leid, alles, was ich dir angetan habe. Ich liebe dich.«

Schweigen.

»Mein Gott«, sage ich. »Das klang voll hetero gerade.«

Normalerweise hätte sie jetzt gelacht. Aber ich höre sie nur atmen.

»Ich liebe dich auch ...«

Ich warte auf das, was danach kommt.

»Aber ich brauche Zeit. Im Moment empfinde so viel Wut. Und ich mag nicht, was das aus mir macht.«

»Das verstehe ich«, sage ich, weil man so reagieren soll, wenn die Frau, die man liebt, dir mitteilt, dass sie sich ohne dich besser fühlt. »Darf ich dich morgen früh anrufen?«

»Klar. Schlaf jetzt«, sagt sie und legt abrupt auf.

Ich leere den Plastikbecher, lege mich zurück und schließe die Augen. »Ich bin mit mir im Einklang«, murmle ich, »*Einklang.*« Lasse mir das Wort auf der Zunge zergehen. Bis vor einem Monat hatte ich keine Ahnung, was das sein soll. Vielleicht so was wie das Gefühl, das sich bei mir einstellt, wenn ich einen Fall löse, mit meinem früheren Lieblingskollegen darauf trinke, zehn Kilometer laufe, danach zu Jackie nach Hause komme und ihren Atem auf der Haut spüre?

Es klopft. Jackie ist die Einzige, die weiß, wo ich bin, und sie kann es nicht sein, denn ich habe gerade mit ihr zu Hause telefoniert. Housekeeping ist es sicher auch nicht, schließlich haben wir kein Schaltjahr.

»Ja, bitte?«, frage ich.

»Ich bin's, Mary Grace. Jackie hat mir gesagt, wo du wohnst.«

Kaum habe ich die Tür aufgemacht, wirft sie sich an meine Brust und schließt mich fest in die Arme. Ihr Riesenbauch haut mich fast um.

»Es tut mir so leid, dass du bei dir zu Hause rausgeflogen bist.«

»Also ›rausgeflogen‹ stimmt nicht so ganz ...«

»Was ist passiert?«, fragt sie.

»Nix.«

Mary Grace setzt sich aufs zweite Bett. »Kann ich irgendwie helfen?«

»Wie bist du hergekommen?«

Sie sieht mich genervt an. »Ich weiß schon, wie man in ein Taxi steigt.«

Ich zücke mein Handy. »Okay, dann rufe ich dir jetzt noch eins. Du gehst zurück zu Dottie.«

»Nope«, sagt sie und macht es sich auf dem Bett bequem. »Ich übernachte heute bei dir. Dottie ist klasse, aber wenn ich noch mal k.d. lang höre, schreie ich. Außerdem will ich nicht, dass du heute Nacht allein bist.«

Ich rufe Dottie an und erkläre ihr, dass Mary Grace bei

mir bleibt. Kaum habe ich das Gespräch beendet, klopft es erneut.

Auf meinen fragenden Blick reagiert Mary Grace mit Achselzucken. »Wer ist da?«, rufe ich.

»I-hich!«, trällerte eine vertraute Stimme.

»Wer?«

»Die liebe Dusty Rose. Lass mich rein.«

Ich öffne die Tür einen Spaltbreit. Dusty steht in feierlicher Aufmachung vor mir, eine Hand in die Hüfte gestützt, am Arm baumelt eine Handtasche, in der anderen Hand hält sie eine Reisetasche. Sie trägt einen grün gefärbten Kaninchenfellmantel, einen russischen Kosakenhut auf der schwarzen Perücke, dazu gelbe Cowboystiefel.

»Wie hast du mich gefunden?«

»Nachdem du auf meine Anrufe nicht reagiert hast, habe ich Jackie gefragt, und die hat mir verraten, wo ich dich finde. Hast du deine Manieren verlernt oder bittest du mich rein und bietest mir was zu trinken an?«

Ich öffne die Tür ganz, und sie schiebt sich an mir vorbei.

»Ach, du grüne Neune! Ein Rattenpuff!«, ruft sie beim Anblick des Zimmers.

Vorsichtig setzt sie sich neben Mary Grace aufs andere Bett und schließt sie in die Arme. Ich gieße etwas Jameson in einen zweiten Plastikbecher und toppe meinen wieder auf.

Dusty schlägt keusch die Beine übereinander und setzt eine besorgte Miene auf. »Bist du undercover oder hast du dich mit Jackie gestritten?«, fragt sie.

»Sie haben sich gestritten«, petzt Mary Grace.

»Es ist nicht so schlimm, Dusty. Wir haben gerade eine kleine Krise.«

Dusty genehmigt sich einen großzügigen Schluck Whiskey. »Pearla hat mich heute angerufen.«

Ich bin sofort auf Habachtstellung. Was kommt jetzt? »Ach ja? Und?«

»Hmmmm. Sie hat mir gesagt, sie hätte dich wegen Chuffy angerufen und dir ein paar Sachen verraten. Auch über eine bestimmte Person, die wir hier nicht genauer benennen wollen.«

Ich sehe sie warnend an.

»Ach, jetzt chill mal, Miss Betty! Dusty Rose weiß, was Loyalität bedeutet. Ich schweige wie ein Grab.«

»Schweigen? Grab? Worum geht es hier?«, fragt Mary Grace.

»Nichts. Außerdem hat sich die Information von Pearla als nutzlos herausgestellt. Als meine Kollegen ankamen, war das Zimmer bereits geräumt – und Chuffy und Co über alle Berge.«

»Na, vielleicht kann ich dir helfen.« Dusty zieht die Reisetasche näher zu sich heran. »Das ist die Tasche, die Pearla heute Morgen aus dem Zimmer mitgehen lassen hat.«

Keine Sorge, hatte Pearla am Telefon gesagt, *ich hab mir schon genommen, was ich brauche.*

»Wieso hast du sie dann?«

»Als ich der guten Pearla zur Hilfe geeilt bin, hat sie sie mir in den Kofferraum gestellt. Ich bewahre sie nur auf, bis meine liebe Freundin ihre Schulden bei mir abbezahlt hat.« Dusty hebt den Plastikbecher an die Lippen und sieht mich kokett an. »Sie ist ziemlich wild drauf, sich die Tasche zurückzuholen.«

»Was ist denn drin?«, fragt Mary Grace.

Dusty öffnet den Reißverschluss und wühlt darin herum. »Klamotten, Schuhe, knallblauer Lidschatten – mit dem würde ich nicht mal eine Sau schminken! – und …«, sie hält einen Schlüsselbund in die Luft, »… das hier.«

Sie gibt mir die Schlüssel mit Anhänger. Darauf steht in großen Buchstaben *Delano's Boxing Gym*.

Dusty zeigt auf die Schlüssel. »Pearla hat erzählt, Chuffy hätte das Zeug aus einem Fitnessstudio angeschleppt. Und Chuffy hat früher immer bei *Delano's* trainiert. Ich bin auf dem Weg hierher da vorbeigefahren. Der Laden hat geschlossen, die Fenster sind mit Brettern vernagelt. Was, wenn er das Zeug da lagert?«

Mary Grace' Blick wandert von Dusty zu mir. »Welches Zeug?«

Laut Pearla war das, was Chuffy im Motelzimmer hatte, nicht alles. Der Rest ist vermutlich nicht mehr da, wo er es gefunden hat, aber die Info ist interessant genug, um Craddock Bescheid zu geben, damit er es morgen überprüfen kann.

Dusty denkt offenbar ähnlich, denn sie sagt: »Was, wenn der Rest noch bei *Delano's* rumliegt? Das wäre doch ein ziemlicher Erfolg für dich, oder? Dann wärst du fertig mit Innendienst und ruckzuck wieder auf der Straße.«

Mary Grace packt Dusty am Arm. »Würde mir bitte jemand erklären, worum es geht?«

Dusty tätschelt ihr die Hand. »Drogen, Babygirl. Eine Menge.«

»Warum erzählst du ihr das?«, zische ich.

Dusty legt Mary Grace beschützend den Arm um die Schulter. »Hör mal, sie steckt mit uns in der Nummer drin. Sie muss wissen, was los ist.«

Mary Grace sieht mich mit großen Augen an. »Kann ich irgendwie helfen? Ich kenne ein paar Tricks.« Sie grinst verschwörerisch. »Ich kann Schlösser knacken. Sogar Kombinationsschlösser.«

»Ach.« Ich muss bei Gelegenheit mal genauer nachforschen, was Mary Grace in ihrem anderen Leben so alles getrieben hat. »Ich bin nicht sicher, ob ich noch mehr wissen will.«

Dusty hat sich großzügig nachgeschenkt. »Na, wenn wir alle hier übernachten, können wir auch eine kleine Party draus machen.«

»Kommt nicht in die Tüte«, protestiere ich. »Überhaupt nicht.«

»Officer«, sagt Dusty und hält ihren Becher in die Luft, »es wird verdammt kalt heute Nacht, und ich habe zu viel getrunken, um nach Hause zu fahren.«

Wieder legt sie Mary Grace den Arm um die Schulter. »Wie wär's mit Pizza?«, fragt sie vergnügt.

Ich bestelle eine große Peperoni-Pizza, Dusty findet einen alten Film. Sie und Mary Grace ziehen sich die Pizza rein und kleben am Fernsehgerät.

Irgendwann schaut Mary Grace zu mir rüber. Ich liege auf meinem Bett und suhle mich im Selbstmitleid. »Es wird schon wieder gut«, sagt sie. »Ich helfe dir.«

»Du schuldest mir keine Hilfe, Mary Grace«, sage ich.

»Hey, wozu hat man eine Familie?«

Ihre Worte gehen mir direkt ans Herz, und in diesem Moment steht für mich felsenfest, dass Mary Grace ihr Baby bei uns im Haus zur Welt bringt. Und ich werde ihr die Hand halten.

»Warum gehst du nicht ins Fitnessstudio und siehst selber nach?«, fragt sie.

»Ich brauche einen Durchsuchungsbefehl.«

Sie schaut mich verschlagen an. »Was wäre, wenn eine besorgte Bürgerin das übernimmt?«

Ich hebe den Zeigefinger. »Du hast einen gefährlichen Einfluss auf mich, Missy. Du solltest nicht an meine rebellische Seite appellieren.«

Sie kichert. »Hast du die Frau mit den Broschüren noch mal gesehen?«, frage ich sie.

»Nein. Mein Alltag ist so aufregend wie eine Tüte Mehl.«

Irgendwann ist Mary Grace in Dustys muskulösem Arm eingeschlafen. Dusty hat die Perücke abgesetzt, sie liegt auf dem Rücken, den Mund leicht geöffnet, und schnarcht leise.

Aber ich komme nicht zur Ruhe. Am liebsten würde ich eine Runde in der Kälte laufen gehen, aber der Whiskey hat mich schachmatt gesetzt, und mein Körper schreit nach Schlaf. Nachdem ich den Fernseher abgeschaltet habe, decke ich Thelma und Louise vorsichtig zu, putze mir schnell die Zähne, drehe die Heizung auf und gehe ins Bett.

Nach und nach entspannen sich meine Muskeln. Draußen schneit es heftig. Ich krieche tiefer unter die Decke und lausche dem Geräusch der kleinen Eisstückchen, die wie kleine Finger rhythmisch ans Fenster tappen.

Der Sturm schwillt an, das Tappen wird zum Trommeln. Mein Verstand driftet, er ist wie die Blende einer Kamera. Und als sich die Linse meiner Erinnerung wieder scharfgestellt hat, sitze ich in meinem alten roten Toyota, und das Gebläse pustet mir wunderbar warme Luft ins Gesicht. Ich habe den

Sitz zurückgestellt, die Augen geschlossen und lausche dem Radio. Irgendwas wird gleich passieren, aber ich weiß nicht mehr, was. Ich versuche, die Augen zu öffnen, aber es ist so herrlich warm, ich will nicht. Irgendwann gelingt es mir, aus dem Seitenfenster zu schauen. Die Straße ist leer. Im Hintergrund erkenne ich im Schneegestöber die dunklen Umrisse eines Gebäudes, ein Fenster ist hell. Es ist Nacht, Winter in der Loisaida von Manhattan, nur das Licht vom Apartment beleuchtet schwach den Gehweg davor. Ich verrenke mir den Kopf, um zu sehen, ob sich im Apartment jemand bewegt, aber da ist niemand.

Es klopft am Beifahrerfenster, kurz und laut. Aber draußen ist alles schwarz. Jetzt klopft auch jemand ans Fenster auf der Fahrerseite, es wird immer lauter. Ich will nicht sehen, wer da klopft, drehe den Kopf aber trotzdem zum Fenster.

Das Mädchen im gelben Schlafanzug hat das Gesicht an die Scheibe gedrückt. In ihren Haaren glitzern Schneeflocken. Sie patscht jetzt mit der Handfläche ans Fenster, ihre Lippen bewegen sich hektisch, formen Worte, die ich nicht verstehe.

Dann, klar und deutlich, höre ich Onkel Bennys Stimme vom Rücksitz. *Betty*, sagt er, *manchmal musst du auf das Feuer zulaufen.*

Mein eigenes Stöhnen reißt mich aus dem Schlaf. Ich sitze schon stocksteif im Bett, bevor ich noch ganz wach bin. Die fremde Umgebung verwirrt mich kurz. Im Bett neben mir liegt Dusty, sie schläft noch, ihre Decke ist zerwühlt, aber Mary Grace liegt nicht mehr neben ihr. Ich gehe zum Bad und klopfe an die Tür, nichts.

Eine böse Vorahnung steigt in mir auf. Ich schiebe den

Vorhang zur Seite und spähe hinaus auf den Parkplatz. Vielleicht ist sie zum Automaten gegangen, um sich was zum Essen zu holen? Aber als ich wieder ins Bett zurückkehre, fällt mein Blick auf den kleinen Tisch, auf dem ich meine Sachen abgelegt hatte, meine Waffe und meine Schlüssel. Ich knipse das Licht an. Der Schlüsselbund mit dem Anhänger und meine Autoschlüssel sind nicht mehr da.

Sofort rüttle ich Dusty wach. »Mary Grace ist weg! Ich glaube, sie ist bei *Delano's*«, rufe ich.

28

24. Januar 2014
Delano's Boxing Gym

Wir fahren mit dem alten blauen BMW von Dustys Lebensabschnittslover zu *Delano's* und parken direkt davor an der South Lamar. Das ehemalige Fitnessstudio befindet sich in einem dekorativen viktorianischen Gebäude. Das Viertel war einst gepflegt und wohlhabend, aber das ist lange her. An der Tür hängt ein Informationsblatt, das darauf hinweist, dass das Studio geschlossen ist. Mein Anruf bei Dottie hat meine Befürchtung bestätigt, Mary Grace ist nicht nach Hause zurückgekommen. Mein Auto an der verlassenen Straße neben dem Studio ist ein Indiz dafür, dass sie stattdessen zu *Delano's* gefahren ist.

Mittlerweile hat heftiger Eisregen eingesetzt, und Dusty schaltet das Gebläse hoch. Ich versuche erneut, Mary Grace auf ihrem Handy zu erreichen. Vergeblich.

Dusty zeigt auf ein Fenster im ersten Stock. »Da oben brennt Licht.«

Tatsächlich. Hinter dem verschmierten Fenster strahlt grelles Neonlicht. In der Dunkelheit wirkt das Gebäude wie ein Gefängnis oder eine Festung.

»Was hat sie sich nur dabei gedacht? Mutterseelenallein hier nachts herumzuirren?«, fragt Dusty.

»Sie wollte mir unbedingt helfen.« Ich muss mich wirklich zusammenreißen, nicht sofort loszurennen und sie aus dem Haus zu holen. Das Pfeifen in meinen Ohren wird lauter. Kurz bin ich verwirrt, diese Szene kommt mir so bekannt vor. Déjà-vu. Es ist Winter, ich sitze nachts vor einem Haus im Auto. Genau wie damals in Manhattan, kurz vor der Explosion.

Loisaida ... Das Mädchen im gelben Schlafanzug ...

»Bleib hier. Ich geh und suche nach Mary Grace. Wenn ich in zwanzig Minuten nicht rausgekommen bin und auch nicht ans Handy gehe, rufst du die Polizei«, sage ich zu Dusty.

»Bist du sicher, dass ich nicht mitkommen soll?« Sie zieht eine Pistole aus der Handtasche. »Hey, jetzt glotz nicht so. Ich war beim Militär, schon vergessen?«

»Ja, ich bin sicher. Bleib hier. Aber halte die Augen offen und ruf mich sofort an, wenn jemand hier auftaucht.«

Ich steige aus und rutsche auf dem vereisten Gehsteig herum. Vorsichtig bahne ich mir einen Weg zum Haus, gehe die Stufen zum Eingang hoch. Die Tür ist offen – Mary Grace hat anscheinend Chuffys Schlüssel benutzt. Ich schiebe sie auf, ziehe meine SIG Sauer aus dem Holster und betrete den Flur.

Offenbar ist der Strom nicht abgestellt worden, denn es brennt noch immer ein trübes Licht. An einer Pinwand aus Kork hängen lauter Handzettel, die längst vergessene Wettkämpfe ankündigen. Es gibt eine Garderobe und eine Besenkammer. Vom Flur aus gelange ich durch eine Schwingtür in einen höhlenartigen Bereich, ebenfalls schwach beleuchtet – und voller Schatten. Die Decke ist sicher zehn Meter hoch.

Im Haus ist es still und kalt, der Geruch von Schweiß, Kolophonium und Zigarrenrauch hat sich in den Wänden festgesetzt, Zeugnis von Jahre zurückliegenden aufgeheizten Kämpfen, aggressive Männer, die wie bei einem Stammesritual in johlenden Rotten die Gegner anfeuern.

Uralte Klappstühle stehen noch immer herum, am Boden vor den Stühlen und am Rand liegt Müll – Imbissverpackungen und Dosen, abgebröckeltes Mauerwerk. Hier haben schon lange keine Boxkämpfe mehr stattgefunden. Plötzlich fällt mir mitten im Ring eine Gestalt auf, ein Mann. Er trägt einen Westernhut mit hoher Krone, Lammfellmantel und Cowboystiefel. Falls er mich bemerkt hat, hat ihn mein Auftauchen offenbar nicht besonders überrascht, denn er reagiert nicht, sagt kein Wort. Von Mary Grace fehlt jede Spur.

Bevor ich reagieren kann, spüre ich etwas Metallisches am Hinterkopf, ein Pistolenlauf, keine Frage. Eine männliche Stimme befiehlt mir, meine Waffe auf den Boden zu legen. »Eine falsche Bewegung, und ich knall dich ab!«, fügt er hinzu.

Der Mann mit der Waffe kann sich offenbar geräuschlos bewegen, denn ich habe ihn nicht durch die Tür kommen hören. Ich versuche, mich zu beruhigen. *Wenn er dich umlegen wollte, wärst du schon längst tot.*

Der Mann im Ring bewegt den Kopf. Gehorsam lege ich die Waffe auf den Boden, mein Widersacher kickt sie zur Seite, dann nimmt er mir beide Handys weg, schaltet sie ab und wirft sie achtlos in die Ecke. Meine Dienstmarke steckt er ein.

Während er mich durchsucht, denke ich krampfhaft darüber nach, woher ich sein Gesicht kenne, und dann fällt es mir ein: *The Circus*. Das ist der Typ, der Chuffy Bryant durch die Hintertür gefolgt ist.

Er stellt sich wieder hinter mich und bohrt mir den Lauf seiner Waffe unsanft in den Schädel, um mich in Richtung Boxring zu treiben. Vor den Seilen bleibe ich stehen. Der Typ im Westernhut kommt näher, von hier unten sehe ich allerdings nur seine Cowboystiefel. Das Leder ist glatt, sieht irgendwie exotisch aus, die Farbe erinnert an teefarbenes Pergament. Auf dem linken Stiefel prangt das Bild eines Skorpions, auf dem rechten ein mit Dornen umkränzter Totenschädel. Die silbernen Spitzen sind auf Hochglanz poliert.

»Detective Rhyzyk«, sagt er. Er hat einen ausgeprägten Akzent und eine tiefe Stimme, aber sein Tonfall ist überraschend sanft. Wie ein Liebhaber an der Schlafzimmertür.

Mein Blick wandert über seinen aufwändig mit Nieten und Türkisen besetzten Gürtel hoch bis zu seinem Gesicht.

»Alfonso Ruiz Zena«, sage ich.

El Cuchillo erinnert mich an ein Raubtier, seine Züge sind fein ziseliert, das Kinn kantig und spitz, doch seine Haut ist von Pockennarben entstellt. Ob er sich fragt, wie ich ihn erkannt habe, kann ich nicht erkennen, denn er zeigt keinerlei Regung.

Der Boden hinter ihm erregt meine Aufmerksamkeit. Er ist voller Blut, frisches Blut. Bei diesem Anblick entgleisen mir die Gesichtszüge. Ich erstarre.

»Nein«, sagt er. »Die junge Frau ist nicht tot. Und du

kannst ihr das Geschenk machen, sie am Leben zu erhalten.«

Zena steigt aus dem Ring und kommt zu mir herunter. Er klappt zwei Stühle auf. »Setzen, Detective.«

Ich gehorche. Nachdem er seinen Stuhl sehr nah an meinen herangeschoben hat, zieht er den Mantel aus und hängt ihn über die Lehne. Er trägt ein Schulterholster, und am Gürtel hängt eine Lederscheide mit kunstvollen Verzierungen, schmal, ungefähr zwanzig Zentimeter lang, darin steckt ein Messer mit Elfenbeingriff. Unsere Knie berühren sich. Er setzt den Hut ab und streicht sich die Haare glatt, schwarz und spröde wie die Mähne eines Pferdes.

Mein Blick fällt auf die eine glänzende Lache neben dem Ring und die verwischte Spur, die sich bis in den hinteren Teil der Arena zieht, wo sie unter einer Tür verschwindet.

»Detective«, sagt Zena sanft, »lass dich bitte nicht von Dingen ablenken, die für dich nicht relevant sind. Das Leben deiner Freundin hängt von deiner Konzentrationsfähigkeit ab. Und deines ebenfalls.« Er beugt sich näher zu mir vor. »Wir haben hier alles durchsucht, aber das, was man uns gestohlen hat, immer noch nicht gefunden.«

»Wo ist sie?« Ich zwinge mich, seinem Blick nicht auszuweichen.

Er mustert mich eine Weile kalt, dann nickt er seinem Gehilfen zu. Der zieht sein Handy aus der Tasche und murmelt etwas auf Spanisch.

Zena lehnt sich zurück. Er bewegt sich kontrolliert und fließend, wie ein Tänzer. Seine Finger sind lang und zierlich, die Spitzen blutverschmiert.

»Ich interessiere mich schon seit einer Weile für dich«,

sagt er. »Die Familie Roy, richtig? Man hat dich gekidnappt und gefoltert. Aber du konntest entkommen, weil du schlau warst. Und mutig.«

Sein Blick ist stechend. »Du hast einen Mann getötet. Mit einem großen Messer.«

Mein Mund ist staubtrocken. »Bajonett«, krächze ich.

»Was?«

»Es war ein Bajonett. Aus dem Bürgerkrieg.«

Seine Lippen zucken. »Du bist eine interessante Person, Detective. Auf der Straße heißt es, dass du am Bein eine große ...«, er blickt fragend zu seinem Gehilfen, »... *como se dice, ›adorno‹?*«

»Verzierung«, sagt der Mann.

»Verzierung trägst, am rechten Bein. Den Racheengel. San Miguel. Das würde ich sehr gern sehen.«

Mein Blick wandert unweigerlich zu seinen Stiefeln mit den ungeheuerlichen »Verzierungen«, doch ich zwinge mich, ihm wieder in die Augen zu sehen. »Für mein Tattoo bräuchtest du ein größeres Paar ... *como se dice* ›Stiefel‹ *en español?*«

Wieder zucken seine Lippen, aber seine Augen sind tot wie Kugeln.

Die hintere Tür geht auf – die mit der Blutspur –, und ein weiterer Gehilfe zerrt Mary Grace heraus, schubst sie durch die Arena und stellt sie vor uns ab. Ich springe auf, aber der Typ zwingt mich zurück auf den Stuhl. Ihr Gesicht ist kalkweiß, Tränen stehen ihr in den großen Augen, sie sieht nicht verletzt aus, aber zu Tode erschrocken. Sie öffnet den Mund, um etwas zu sagen, bringt aber nur ein Stöhnen hervor. Der Mann dreht sie um und stößt sie zurück ins Hinterzimmer. Die Tür fällt ins Schloss.

»So, Detective. Weißt du, wo das Heroin ist?«

»Nein. Ich habe mir zusammengereimt, dass es aus diesem Club gestohlen wurde, aber wo es jetzt ist, weiß ich nicht.«

»Warum ist deine Freundin dann hier aufgetaucht?«

»Sie hat mitbekommen, wie ich darüber gesprochen habe. Niemand hat sie geschickt.«

Zena sieht mich misstrauisch an.

»Hey! Ich habe keine Ahnung, wo deine Drogen sind. Wenn ich es wüsste, wäre jetzt ein guter Zeitpunkt, es dir zu sagen. Es lohnt sich nicht, mein Leben zu riskieren für etwas, das in einer Woche von einem anderen Lieferanten angeboten wird.«

»Leider ist genau das mein Problem. Ein anderer Lieferant hat mir über eine Million Dollar gestohlen. Dieser Verlust wiegt schwer. Also frage ich dich zum letzten Mal: Wo sind meine Drogen?«

»Ich weiß es nicht. Warum fragst du nicht Chuffy Bryant? Hat der sie nicht als Erster mitgenommen?«

Zenas Miene wird knallhart. Ich will ihn so lange wie möglich in ein Gespräch verwickeln.

»Ist das der Grund, warum die Dealer vom Nuevo-Juarez-Kartell sterben? Weil ihr nach eurem Heroin sucht?«

»Deswegen bin ich in Dallas.«

»Und was ist mit den anderen Dealern? Die, die du umgelegt hast?«

»Das war etwas ganz anderes. Eine Art Säuberungsaktion. Ich habe sie nicht erschossen. Aber ich erzähle dir jetzt mal was«, er beugt sich vor. »Die Person, die diese Dealer auf dem Gewissen hat, steht dir sehr nahe. Es ist jemand, der aufräumt, was er vergeigt hat, und gleichzeitig dafür sorgt, dass du unter der Last der Fehler deiner Vergangenheit leidest.«

»Ein Cop?«

Zum ersten Mal regt sich was in seinen toten Augen, ein befriedigendes Glitzern. »Ja, Detective Rhyzyk. Ganz richtig.«

Er erhebt sich und zieht den Mantel wieder an. Dann nickt er seinem Gehilfen zu. »*Llevala arriba con la otra.*«

Der Mann bedeutet mir mit seiner Waffe, dass ich aufstehen soll, und führt mich zur Hintertür, über die Blutspur, die langsam rostrot trocknet. Ich sehe mich verzweifelt nach einer Waffe um. Ich könnte mir Zenas Pistole schnappen, ihn als menschlichen Schutzschild missbrauchen, weglaufen. Aber Zena ist durchtrainiert, und der Gehilfe kann offenbar Gedanken lesen, denn er warnt mich: »*No intendes nada!*«

»Als junger Mann habe ich geboxt. In Culiacán«, sagt Zena und zeigt in den Ring. »Bare-Knuckle-Fighting. Im Barrio de San Luis, wo ich aufgewachsen bin. Aber nicht aus männlicher Eitelkeit. Nein. Zuerst, damit ich was zu essen hatte. Dann wurde was anderes draus.«

Seine Stimme ist völlig emotionslos, gleichmütig, wie bei einer Führung durch seine Schuhfabrik. *Oder Stiefelfabrik*, kreischt eine irre Stimme tief in meinem Hirn. Eine Führung, bei der er schon Routine hat. Vor der Tür bleiben seine Leute stehen. Ich presse meine Knie zusammen, damit sie nicht so stark zittern.

»Wusstest du, dass die Männer in Mexiko beim Boxen Rasierklingen zwischen den Fingern verstecken? Wenn man seinen Gegner im Kampf damit verletzt, mitten im Gefecht, verblutet er, bevor er irgendwas merkt. Zorn, Rache – diese Gefühle betäuben dich. Nur wenn du ruhig bist, spürst du deine Verletzung.«

Hinter der Tür befindet sich ein schmaler Gang, die Farbe

blättert von den Wänden, eine Wendeltreppe geht nach oben. Die Blutspur führt zu einer offenstehenden Besenkammer, die nur von einer nackten Birne erleuchtet wird. Darin liegen die sterblichen Überreste von Chuffy Bryant, das Kinn auf der Brust, das Hemd zerrissen, seine Brust eine einzige blutrote Masse. Irgendwas hängt ihm aus dem Bauch, grauglänzend, der Rest liegt wie eine karminrote Schlange zusammengerollt in seinem Schoß.

Meine Beine geben nach, aber Zena hält mich aufrecht, schiebt mich rasch die Treppe hoch, der Gehilfe folgt uns. Oben wartet vor einer zweiten Tür ein weiterer Mann. Im fahlen Schein, der durch das verschmierte Oberlicht fällt, erkenne ich diverse Utensilien, die vor dem Typen am Boden liegen: zwei rote Benzinkanister und ein Haufen Lumpen.

Der Typ öffnet die Tür, und ich werde unsanft ins Zimmer gestoßen. In der Mitte steht ein abgenutzter Massagetisch, ein paar Bänke, an der Wand lehnen sechs wackelige Metallspinde. Mary Grace springt auf. Ich eile auf sie zu und schließe sie in die Arme. Sie zittert am ganzen Leib und drückt mich so fest, dass ich kaum Luft bekomme.

Zena folgt mir, seine Männer bewachen die Tür. »Ich muss zugeben, ich habe Mister Bryants Durchhaltevermögen unterschätzt.«

Der kleine Bastard ist offenbar zäh gewesen. »Er ist gestorben, ohne euch zu verraten, wo er das Heroin versteckt hat, richtig?«, frage ich.

Zena nickt. »Das ist kein großer Verlust. Glücklicherweise hat der vorige Besitzer eine Menge Benzin im Keller aufbewahrt. Wie sich herausstellt, hatte er vor, diese Bude hier abzufackeln, um die Versicherungssumme zu kassieren.«

Er zieht ein Messer aus der Gesäßtasche, nicht das lange an seinem Gürtel, sondern ein großes Taschenmesser. Ich stelle mich vor Mary Grace. Flehen wird nichts nützen. Diskutieren ebenso wenig, verhandeln kann ich auch nicht, ich habe dem Mann nichts anzubieten. Also stelle ich mich breitbeinig hin und bereite mich mental auf den Angriff vor.

Aber Zena legt das Taschenmesser vorsichtig und kontrolliert auf den Massagetisch. »Ich respektiere dich, Detective. Aber du hast mein Gesicht gesehen, und deswegen kann ich dich nicht gehen lassen.«

»Ach, und jetzt knallst du uns einfach ab? Eine Polizistin und eine Schwangere?« Meine Stimme überschlägt sich.

»Nein.« In seinen Augen liegt ein irrer Glanz. »Ich werde euch nicht erschießen. Ich habe euch das Messer hingelegt, das könnt ihr benutzen.«

Dann tritt er näher, seine Stimme klingt immer noch sanft, als wollte er mir ein intimes Geheimnis verraten. »*Las mujeres embarazadas sangran muy rápido.*« Er legt sich die schlanken Finger an die Halsschlagader. »*Cortar profundamente en la garganta. Aquí. La cuchilla es muy filosa. Ella no sentirá dolor. Entiendes?*«

Zena weiß, dass ich ihn verstanden habe, denn ich reiße den Mund auf, um zu schreien.

Er wendet sich ab, geht aus dem Zimmer und schließt die Tür. Ein Schlüssel klirrt, dann erfüllt der Gestank von Benzin die Luft. Kurz danach ertönt ein kurzes Rauschen. Dann Schritte, die sich rasch entfernen.

Mary Grace ist aschfahl, ihr Atem geht stoßweise. Aber wenn sie verstanden hätte, zu welchem Zweck El Cuchillo uns das Messer dagelassen hat, wäre sie vermutlich umgekippt.

Eine schwangere Frau verblutet sehr schnell ... schneide ihr tief durch die Kehle ... das Messer ist scharf ... sie wird keinen Schmerz fühlen.

Wie ich das Messer bei mir anwenden soll, hat der Mann mir nicht näher erklärt.

Ich laufe zur Tür und befühle das Holz. Eiche, stabil. Noch ist keine Hitze zu spüren. Der alte Parkettboden wird innerhalb kürzester Zeit in Flammen aufgehen, dann wird sich das Feuer über den Flur ausbreiten, und wenn erst die Wände in Flammen stehen, springt das Feuer über, und das Zimmer wird zu unserem Krematorium. Uns bleiben höchstens zehn Minuten.

Ich schiebe den Massagetisch zum Fenster und stelle mich darauf. Panisch versuche ich, den Griff zu öffnen, aber es bewegt sich nichts. Selbst wenn ich die Scheibe einschlage, kommen wir hier nicht raus, denn davor befindet sich ein solides Metallgitter. Außerdem gibt es keine Feuerleiter.

Mary Grace schreit auf und zeigt auf die Tür, unter der langsam dichter Rauch hervorquillt. Okay, Scheibe einschlagen. Ich ziehe einen Stiefel aus und schlage sie ein. Die einströmende Luft wird den Rauch unschädlicher machen, aber natürlich auch die Flammen anfachen.

Verzweifelt sehe ich mich nach einer Fluchtmöglichkeit oder irgendeinem Hindernis um, das das Feuer aufhalten könnte. Selbst wenn Dusty die Feuerwehr ruft, dauert es mindestens zwanzig Minuten, bis die hier eintrifft. An den Wänden sind dicke Rohre – Dampf oder Wasser –, die Farbe ist abgeblättert, das Metall verrostet. Wenn ich ein Loch hineinschlagen könnte, an einer Stelle, die ohnehin schon vorgeschädigt ist, würde vielleicht Wasser austreten, den Boden überschwemmen und zumindest eine Weile dafür sorgen, dass er kein Feuer fängt. Ich brauche ein Stemmeisen oder zumindest eine Rohrzange, irgendwas Solides, womit ich Metall aufschlagen kann.

Ich springe vom Tisch, hechte zu den Spinden und suche darin nach etwas Brauchbarem. Die meisten sind leer. Ein paar enthalten zerrissene Kleidung, Springseile und ausgefranste Boxhandschuhe.

Vom Flur her kommt mittlerweile lautes Knistern und Knacken. Ein paar Sekunden später explodiert das Oberlicht. Das Feuer ist in vollem Gange. Uns läuft die Zeit davon. Vermutlich sieht man den Brand nun auch von der Straße aus. *Delano's Boxing Gym* steht in Flammen!

Ich berühre die Tür. Sie ist heiß und hat sich bereits gefährlich verzogen. Die Wände rechts und links davon schlagen Blasen, als würden unter dem Putz und der Farbe tausende Insekten wimmeln. Hilflos blicke ich zurück zu Mary Grace, die sich zum Schutz vor dem giftigen Rauch das Hemd über Nase und Mund gezogen hat.

In der Hoffnung, die Flammen aufzuhalten, zerre ich an einem der Spinde herum, will ihn vor die Tür schieben. Er ist nicht schwer, lässt sich nur schlecht tragen.

»Hilf mir!«, brülle ich Mary Grace an. Wir wuchten das Ding vor die Tür.

In der Nähe der Wände ist es unerträglich heiß. Sie haben jetzt Beulen und schwarze Pocken, als hätten sie die Pest. Rauch steigt von der Tür auf. Es dauert nicht mehr lange, bis sie uns um die Ohren fliegt und die Flammen in den Raum lodern.

Wir weichen vor den restlichen Spinden zurück, die jetzt

mit aufgesperrten Mäulern offen vor uns stehen. Mary Grace sinkt mir in die Arme. Sie hält sich mit beiden Händen den Bauch und sieht mich an, in ihren Augen steht das nackte Entsetzen. Sie und ihr Kind werden bei lebendigem Leib verbrennen. Mein Blick fällt auf das Messer, die offene Klinge. Instinktiv ziehe ich sie fester an mich. Mein Herz steht kurz vor dem Zerspringen.

Ich schließe die Augen, und als ich sie wieder aufschlage, sehe ich, was hinter den Spinden verborgen war: ein erhöhtes, hölzernes Podest, und mittendrin ein runder Deckel mit Scharnieren, von ungefähr einem Meter Durchmesser.

Das muss eine Klappe sein!

Ich ziehe die hustende und keuchende Mary Grace mit mir zum Podest und versuche, mit einer Hand den Deckel zu öffnen. Er bewegt sich nicht. Ich springe aufs Podest und ziehe mit beiden Händen daran, bis er so plötzlich aufspringt, dass ich rückwärts hinschlage und mir den Kopf an der Wand stoße.

Es ist ein alter Wäscheschacht. Ich spähe in die Dunkelheit, keine Ahnung, wie viele Meter es sind bis zur Waschküche. Ein nicht abgefederter Sturz auf harten Boden könnte tödlich enden, oder zumindest mit schweren Verletzungen.

Der Inhalt der Spinde, Klamotten, Boxhandschuhe, Springseile, dampft in der Hitze vor sich hin. Eine Flamme züngelt sich bereits über der Tür an der Wand hoch. Die schwarzen Flecken an den Wänden sind zu einer gelblichen Masse geschmolzen, die sich langsam orange und schließlich rot verfärbt. Das Feuer hat die Tür überwunden, die Flammen lodern bis zur Decke. Auch die Spinde sind mittlerweile von Flammen umgeben.

Aber die Springseile!

Mit einem Satz versuche ich, die Seile aus den Schränken zu fischen, aber es ist so heiß, dass ich fürchte, meine Haare könnten Feuer fangen. Also ziehe ich mir den Mantel über den Kopf und bewege mich im Krebsgang vorwärts. Drei Versuche brauche ich, bis meine Finger endlich die Seile umklammern. Ich ziehe sie zu mir heran. Dabei berührt mein Handrücken die Metallwand. Meine Haut schlägt Blasen, ich komme mir vor wie auf einem Grill, mein Fleisch schmilzt wie Butter.

Ich rolle über den Boden, meine Lunge schmerzt, meine Haare rauchen. Ich schmecke Blut.

Mary Grace steht am Fenster, die Arme schützend vors Gesicht gelegt. Mit irrem Blick sieht sie mir zu, wie ich die Seile verknote. Meine Hände sind so verbrannt, dass ich sie kaum bewegen kann, und die Seile sind steif. Sie sind lang genug, aber alt und spröde. Mary Grace steht da wie angewurzelt, sie starrt auf das Feuer, während ich ihr das eine Ende des Seils um die Brust schlinge und unter ihren Armen verknote. Ich muss sie förmlich zur Luke zerren, sie ist vor Angst komplett gelähmt. Schließlich schüttle ich sie heftig und ergreife ihr Gesicht.

»Rein in den Schacht oder du stirbst!«, brülle ich sie an.

Mit ohrenbetäubendem Krachen zerbirst die Holztür, die Hitze ist unerträglich. Mary Grace schüttelt den Kopf.

»Ich lasse dich nicht fallen, Mary Grace«, schreie ich, »Vertrau mir!«

Umständlich bugsiere ich sie in den Schacht, der sich hoffentlich nicht nach unten hin verengt. Ein Rohr dient mir als Flaschenzug, ich wickle das Seil herum und schlinge es mir dann um die Hüfte, sodass ich das Gegengewicht bilde, die

Füße gegen die Wand gestemmt. »Jetzt, Mary Grace, tu's einfach!«

Statt hineinzuklettern, macht sie einen Satz und springt. Ihr Gewicht katapultiert mich vorwärts, und ich knalle mit dem Gesicht gegen das Rohr. Aus dem Schacht erklingt ein gedämpfter Schrei, das Seil ist straff gespannt, ihr Sturz ist abrupt gebremst worden. Kontrolliert, aber so schnell wie möglich, lasse ich sie weiter nach unten gleiten.

Mein Gesicht habe ich von der Hitze abgewandt, aber die Härchen auf meinen Armen sind bereits verbrannt, meine Haut fängt an, Blasen zu schlagen. Der Rauch, dicht und giftig, hat jetzt fast das ganze Zimmer erfüllt. Wenn ich nicht hier wegkomme, ersticke ich oder werde bei lebendigem Leib geröstet.

Ein Windzug, der plötzlich durchs Fenster kommt, bläst den Rauch aus dem Zimmer. Die Atempause wird allerdings nicht lange vorhalten, sobald der Luftzug vorbei ist, werden die Flammen umso höher lodern.

Ich habe kein Seil mehr übrig, aber es ist immer noch straff gespannt, was bedeutet, dass Mary Grace noch immer irgendwo über dem Boden im Schacht hängt.

»Mary Grace!« Vom Schreien wird mir schwindelig. »Kannst du mich hören?«

Keine Antwort. Das Feuer brüllt und rauscht wie ein Düsenjet, dazu kommt das markerschütternde Krachen und Bersten von Holz und Metall. Kalter Wind bläst durchs Fenster, wirbelt ein paar Schneeflocken herein, Ruß und Asche.

Mit ungeschickten Fingern versuche ich, das Seil am Rohr zu verknoten, meine Hände sehen aus wie zwei totgefahrene Karnickel.

»Mary Grace!«, schreie ich erneut, das Gesicht in den Schacht gepresst.

Schweigen.

»Bist du fast unten?«

Ich schließe die Augen und bete. »Brennt es da unten auch?«

Mir bleibt nichts anderes übrig, ich muss da jetzt runter. Aus irgendeinem Instinkt heraus schnappe ich mir das Messer, klappe es zu und schiebe es mir in die Hosentasche. Ich klettere aufs Podest und lasse die Beine in den dunklen Schacht baumeln.

Der Düsenjet ist verstummt, stattdessen bringt ein ansteigendes Wummern das Gebäude zum Vibrieren. Als ich mich in den Schacht fallen lasse, sehe ich gerade noch, wie die Wände nachgeben und heißer Rauch ins Zimmer quillt. Mit beiden Händen am Seil blicke ich nach oben, wo jetzt Flammen lodern, dort, wo vor Sekunden noch mein Kopf war. Das Podest raucht, fängt Feuer und gleich ist es sicher auch mit dem Seil vorbei, das mich gerade noch vom Sturz in die Tiefe bewahrt.

Ich zähle die Sekunden, rutsche Stück für Stück am Seil hinunter. Bei fünfzehn hat die Hitze das Seil erfasst, die Stränge lösen sich, ich spüre, wie es sich verlängert, zuckt, kurz davorsteht, zu reißen.

Ich löse meinen Griff und rutsche in einem Stück nach unten, das Seil frisst sich wie Säure in meine Handflächen. Ein paar Zentimeter vor dem Boden sehe ich Mary Grace, sie hängt schlaff und stöhnend unter mir. Ich schaffe es, den Boden zu erreichen, ohne ihr mit den Stiefeln gegen den Kopf zu treten.

Mit einem Arm stütze ich ihren Körper und ziehe mit der freien Hand das Taschenmesser hervor, mit dem ich das Seil zertrenne. Sie stürzt mit ihrem ganzen Gewicht auf mich und haut mich dabei um. Ein Stück rauchendes Seil fällt hinterher. Ich zerre sie weg vom Schacht, aus dem jetzt brennender Schutt und dichter Rauch kommen. Ein lautes Krachen erschüttert das ganze Gebäude, ein Teil des Stockwerks über uns ist eingestürzt. Als ich Mary Grace in die Arme schließe und sie nach Verletzungen absuche, schreit sie auf.

»Ich glaube, ich habe mir die Rippen gebrochen«, keucht sie.

Ihre Hose ist nass, vor allem zwischen den Beinen. Beim Gedanken, dass ihre Fruchtblase vorzeitig geplatzt sein könnte, steigt erneut Panik in mir auf.

»Wir müssen hier raus«, sage ich. »Kannst du dich bewegen?«

Sie nickt. Unter einiger Kraftanstrengung ziehe ich sie auf die Beine. Auch hier füllt sich langsam alles mit Rauch. Draußen wütet das Feuer weiter.

Es gibt einen Ausgang mit einer Stahltür, aber die ist mit einem großen Zahlenschloss gesichert. Egal, wie sehr ich daran ziehe, wir sitzen fest.

Ich stoße einen frustrierten Schrei aus und sehe mich hektisch nach Werkzeug um, mit dem ich das Schloss aufschlagen könnte – Zange, Hammer, egal –, aber da liegen nur ein paar Lappen und Reinigungsmittel. Als ich losrennen will, um meinen Körper als Rammbock einzusetzen, fällt mein Blick auf Mary Grace, die bereits ruhig an der Tür steht und sich mit systematischen Handbewegungen am Schloss zu schaffen macht. Es dauert nicht lang, da hat sie das Schloss geknackt, und die Tür geht auf.

Sie sieht mich triumphierend an, diese kleine hochschwangere Jugendliche mit dem falschen Nachnamen, dem rußgeschwärzten Gesicht, und ruft: »Hab dir doch gesagt, dass ich Zahlenschlösser knacken kann!«

Ich packe sie am Arm und ziehe sie aus dem brennenden Haus hinaus in die eiskalte Winternacht.

29

24. Januar 2014
Parkland Hospital

Ich befinde mich in einer absurden Situation. Statt mir Mitgefühl und Bewunderung entgegenzubringen, weil ich es geschafft habe, einem berüchtigten Kartellboss und den Flammen zu entkommen, bombardieren mich die Männer hier im Untersuchungsraum mit fiesen Fragen und verlangen sofortige Antworten.

Im Halbkreis vor mir stehen Maclin, Craddock, der Leitende DEA Special Agent Donald Haslett und drei seiner Field Agents, dazu der Chef der Feuerwehr und zwei Brandermittler.

Sie sehen aus, als wollten sie gleich einen Kriegstanz aufführen, die Hände vor der Brust verschränkt, das Kinn gesenkt, den Blick auf mich gerichtet, hüpfen sie förmlich von einem Bein aufs andere. Sie funkeln mich böse an, fauchen, knirschen mit den Zähnen. Aber wie es Mary Grace geht, will mir keiner von ihnen verraten.

Während ich am Seil die Wäscherampe heruntergerutscht bin, hatte Dusty den Notruf gewählt, und so sind wir aus dem brennenden Haus direkt in die Obhut der Polizei und der Sanitäter gekommen, schwer verletzt und völlig erschöpft. Man hat uns sofort ins Krankenhaus gebracht, im selben Krankenwagen. Mary Grace lag auf der Trage, ich saß neben ihr, ihre Hand in meiner blutenden, verbrannten Kralle, und habe ihr gut zugeredet. Dusty ist uns im BMW ihres Lovers hinterhergerast wie ein blauer Kometenschweif.

Die Sanis haben Mary Grace beruhigt – ihre Fruchtblase sei nicht geplatzt, sie hätte sich nur in die Hose gemacht. Das kommt davon, wenn man eine Schwangere eine Wäscherampe runterschubst. Nach der ersten Untersuchung in der Notaufnahme brachte man sie zur Beobachtung auf eine Station, seitdem habe ich nichts mehr gehört. Dusty war erst gegangen, nachdem ich ihr hoch und heilig versprochen hatte, sie regelmäßig auf dem Laufenden zu halten.

Eine Stunde später sitze ich noch immer in der Notaufnahme, beide Hände dick verbunden, die Fingerspitzen schauen raus, sind aber würstchendick geschwollen. Ich habe Brandblasen an den Beinen, Verbrennungen zweiten und dritten Grades an beiden Handrücken, das Seil hat mir die Innenseiten der Hände und Beine zerschnitten. Nachdem man mein Gesicht von Ruß gereinigt hatte, entdeckte man außerdem einen großen blauen Fleck mit Schwellung an der linken Wange. Der Arzt erklärte mir nach einer kurzen Untersuchung, ich hätte mir bei meiner intimen Begegnung mit dem Rohr den Wangenknochen gebrochen.

Die Schmerzmittel verwirren mir die Sinne, ich fühle mich wie durch den Fleischwolf gedreht, aber ich stehe meinen lieben Besuchern trotzdem Rede und Antwort. Als ich an die Stelle mit dem brennenden Zimmer, den verknoteten

Springseilen und dem Sprung in den Wäscheschacht komme, blickt der Feuerwehrchef – ein kräftig gebauter, älterer Mann mit dem ehrwürdigen polnischen Namen Brzezinski – in die Runde und stößt einen anerkennenden Pfiff aus. »Meine Herren! Wenn ihr sie nicht wollt, nehmen wir sie gern«, sagt er zu Maclin.

Bevor er mit seinen Männern abmarschiert, bittet Brzezinski mich noch, ihm in den nächsten Tagen einen Bericht zukommen zu lassen, damit sie das Feuer offiziell als Brandstiftung abhaken können.

»Haben Sie irgendeine Vermutung, wo Chuffy Bryant die Drogen versteckt haben könnte?«, fragt Haslett.

Ich schüttle müde den Kopf. »Falls er sonst niemandem davon erzählt hat, ist die einzige Person, die diese Frage beantworten könnte, tot und wie ein Fisch filetiert.«

Haslett wendet sich an einen seiner Männer. »Wir müssen einen Phantombildzeichner herschicken, damit Rhyzyk ihm sagen kann, wie El Cuchillo und seine Leute aussehen.«

»Moment«, sagt Maclin. »Detective Rhyzyk hat eine Menge durchgemacht.«

»Das ist Ihr Job«, sagt Haslett zu mir gewandt. »Richtig? Drogendealer jagen. Dafür haben Sie sich freiwillig gemeldet.«

Maclin schiebt sich zwischen ihn und mich. »Riechen Sie das, Agent Haslett? Verbranntes Fleisch? Versengte Haare? Das kommt von meiner Kollegin, die gerade ihr Leben riskiert hat, um eine junge Frau zu retten. Eine schwangere Frau. Das alles kann bis morgen früh warten.«

»Zena ist hier, in Dallas, in diesem Moment«, beharrt Haslett. »Er steht ganz oben auf der Fahndungsliste von DEA und

FBI. Jede Minute zählt. Wenn er sich nach Mexiko absetzt, haben wir ihn verloren.«

Ich lehne mich zurück und überlasse die beiden ihrem Weitpinkelwettbewerb. Langsam fallen mir die Augen zu. Hasletts Worte dringen wie durch einen dichten Nebel an mein Ohr. »Sie ist die Einzige von uns, die Zenas Gesicht je mit eigenen Augen gesehen hat.«

Aber seine Stimme klingt wie die von Onkel Benny in meinem letzten Traum von dem Mädchen im gelben Schlafanzug. *Manchmal musst du auf das Feuer zulaufen.*

Genau das habe ich getan. Ich bin in die Flammen gelaufen, um mir die Seile zu holen, die uns helfen würden, dem Feuer zu entkommen. Benny ist jetzt bei mir im Zimmer, er beugt sich vor und flüstert mir etwas ins Ohr: *Wohin geht ein Mann, wenn er sich sicher fühlen will?*

»Nach Hause«, murmle ich und reiße die Augen auf.

»Was?«, fragt Maclin.

Ich setze mich zu schnell auf und muss mich an der Krankenliege festhalten, um nicht auf den Boden zu stürzen. »Barrio de San Luis«, sage ich zu Haslett. »Er hat erzählt, dass er in Culiacán aufgewachsen ist, dort hat er geboxt.«

»Dreckskerl«, sagt Maclin.

Haslett sieht seine Leute an. »Wussten wir das?«

Einer schüttelt den Kopf. »Nein, aber jetzt schon.«

»Noch was«, sage ich und deute auf meine verschmutzte, zerschnittene Jeans, die auf einem Stuhl in der Ecke liegt. »Da ist ein Messer drin. Auf dem Griff werden Sie zwei verschiedene Fingerabdrücke finden, einen von mir und einen von Zena.«

Eine Viertelstunde später kommt der Arzt herein, um mir den Entlassungsbrief zu geben. Er informiert mich, dass meine Freundin auf der Station auf mich wartet, wo auch Mary Grace liegt. »Eine Frau Dr. Walden«, sagt er.

Ich bin so zugedröhnt, dass ich kurz brauche, bis ich kapiere, dass er von Jackie spricht.

Alle außer Craddock sind gegangen, er wartet vor dem Untersuchungszimmer auf mich. Man bietet mir einen Rollstuhl an, den ich dankend ablehne. Stattdessen humple ich auf Craddock gestützt zum Lift.

»Danke, dass du gewartet hast«, sage ich.

»Keine Ursache. Soll ich dich nach Hause fahren?«

Die Schmerzmittel, der Schock, die Verletzungen und die Erkenntnis, dass mein Zuhause jetzt im Fiesta Motel ist, bringen mich schließlich zur Strecke. Meine Knie geben nach und ich sacke zusammen. Craddock bugsiert mich auf die nächste Bank. Ich lehne den Kopf an die Wand.

»Ich brauche einen Moment«, sage ich. »Hör mal, ich kann auch eine der Schwestern hier bitten, mich nach oben zu bringen. Du solltest heimfahren.«

»Es macht mir nichts aus, zu warten. Wenn du aus einem brennenden Gebäude fliehen kannst, kann ich ja wohl mal ohne Abendessen auskommen.«

Craddocks Handy klingelt. »Das ist Seth. Er hat schon dutzende Male angerufen. Er will wissen, wie es dir geht.«

Laut Zena steht mir die Person, die die Dealer erschießt, sehr nahe. Jemand, »der jetzt aufräumt, was er vergeigt hat« – und mich in seinen Mist reinzieht. Eine mir sehr nahestehende Person, die sich gerade so richtig in die Scheiße geritten hat, ist Seth. Ich schüttle den Kopf. »Nein«, sage ich.

»Was ist denn zwischen euch gelaufen?«, fragt er und steckt das Handy wieder ein. »Ich dachte, ihr wärt wie Geschwister.«

Das ist ja gerade das Problem, würde ich ihm am liebsten sagen. Wie Geschwister, die einen unausgesprochenen Groll gegeneinander hegen, die schreckliche Geheimnisse bewahren, die ihre Familie gegen alles und jeden verteidigen, aber nichts voneinander wissen wollen, weder von den schlimmsten inneren Nöten noch von illegalen Machenschaften.

Ich lehne den Kopf an Craddocks Schulter. »Ich glaube, ich habe einen Schaden«, sage ich.

»Wie sagt man das auf Polnisch?«, fragt er.

»*Zwariowany.*«

»Klingt wie ein polnischer Weihnachtskeks.«

Ich muss lachen. War ja klar, dass Craddock wieder nur ans Essen denkt.

»Wir haben alle eine Menge durchgemacht. Du hat deine Verletzung, Kevin hat seinen Schwager verloren, seine Frau das Baby. Man kommt nie so richtig drüber weg, wenn man ein Kind verliert. Es ist jetzt acht Jahre her, seit ich meine Tochter Angie verloren habe. An die Drogen.«

Ich richte mich wieder auf. »Es tut mir so leid, Tom. Das wusste ich nicht.«

»Ich spreche nicht gern darüber. Das ist der Grund, weswegen ich Drogenfahnder geworden bin, aber ...«

Ich warte, bis er den Satz beendet.

»Aber es hat sich nicht so entwickelt, wie ich gehofft hatte.« Er sieht mich an, und der Schmerz über den Verlust seiner Tochter steht ihm ins Gesicht geschrieben, als wäre es gerade erst passiert. »Ich dachte, ich könnte irgendwie besser drüber wegkommen, wenn ich die Mistkerle wegsperre, die Rauschgift an Kinder verkaufen. Aber über so was kommst du nicht weg, das endet nie. Es gibt immer Nachschub an Drogen und Dreckschweinen, die das Zeug unter die Leute bringen. Meine Frau behauptet, ich wäre zynisch geworden.« Er lächelt traurig und tätschelt sich den Bauch. »Nicht zynisch, sage ich immer, eher zylindrisch.«

Ich drücke ihm den Arm, meine Stimme ist zu belegt, um zu sprechen.

»Weißt du noch, als du mich mal gefragt hast, ob ich irgendwas kompensiere? Weißt schon, wegen der ganzen Waffen«, fährt er fort. »Damals habe ich mein Hobby mal genauer hinterfragt. Schon als kleiner Junge bin ich auf die Jagd gegangen und habe Waffen gesammelt. Das hat Angie zwar nicht geschützt, aber damit kenne ich mich aus, auf diesem Gebiet bin ich Experte, es vermittelt mir Sicherheit. Und in den letzten Jahren gab es bei mir eine Menge trostloser Stunden, die ich mit irgendwas füllen musste.«

Wir sitzen eine Weile schweigend da und starren in den dunklen Krankenhausflur.

»Los, auf geht's«, sagt er schließlich und zieht mich auf die Beine. »Ich bringe dich zu Mary Grace, dann gehe ich nach Hause.«

Nachdem er mit mir im Aufzug hochgefahren ist, versichere ich ihm, dass ich den Rest des Wegs allein schaffe.

Im trüben Licht sieht Craddock richtig fertig aus: geschwollene Augen von zu viel Arbeit, schlechte Ernährung, Schlafmangel. »Eines kann ich dir sagen: Kevins Wut kann ich total nachvollziehen«, gesteht er.

»Aber du glaubst doch nicht, dass er jemanden kaltblütig umlegen würde, oder?«

»Kevin? Nie im Leben. Man muss schon ziemlich arrogant sein, um einen Menschen umzubringen, noch dazu auf diese persönliche Art und Weise.«

»Oder verzweifelt«, sage ich. »Zena hat behauptet, der Mörder sein jemand, der mir nahesteht. Einer, der ›aufräumt‹, was er vergeigt hat«, sage ich und steige aus.

»Wie gut, dass du die besten Drogenfahnder in Dallas an deiner Seite hast. Und jetzt sieh zu, dass du Mary Grace findest«, sagt Craddock, bevor sich die Aufzugtür schließt.

Es dauert nicht lang, bis ich das richtige Krankenzimmer gefunden habe. Mary Grace schläft, eine Sauerstoffmaske auf dem Gesicht. Ich bleibe im Türrahmen stehen und betrachte sie. Ihr dicker Bauch hebt und senkt sich sanft. Jackie, die die ganze Zeit an ihrer Seite war, erstattet mir Bericht: eine gebrochene Rippe und einige Verbrennungen. Dem Baby, das in vier Wochen kommen soll, geht es offenbar gut.

Sie stellt sich neben mich. Ihr Blick ist hart. »Sie hat die ganze Zeit nach dir gefragt. Gibt sich die Schuld an dem, was passiert ist.«

Ich bin so müde. »Sie wollte mir helfen«, flüstere ich.

Jackie hakt sich bei mir unter. »Komm jetzt, du musst dich ausruhen.«

Ich sehe sie flehend an. »Wieder zurück zum Fiesta Motel?«

»Nein«, sagt sie und legt mir den Arm um die Taille. »Ich bringe dich nach Hause.«

30

27. Januar 2014
Sprechzimmer Dr. Theodosiou

»*Red Hot Betty*, so nennen mich meine Freunde und Kollegen neuerdings.«

Dr. Theo lächelt. »Könnte schlimmer sein. Wie geht es Ihnen jetzt?«

Ich halte meine verbundenen Hände hoch. »Nutzlos. Gedemütigt. Kann nicht mal allein pinkeln.«

»Schmerzen?«

»Nicht so stark, wie sie sein sollten.«

Er sieht mich fragend an. »Glauben Sie, Sie hätten stärkere Schmerzen verdient?«

Ich betrachte meine Stiefel – sie haben das Feuer überstanden, stinken aber wie ein Lagerfeuer nach dem Regen. Wahrscheinlich bleibt das auch so. Ich hatte Dr. Theo erzählt, was vor dem Feuer passiert war, mein Umzug ins Fiesta Inn, die Begegnung mit Zena, Chuffy Bryants schreckliches Ende. Es kommt mir absurd vor, dass all das innerhalb einer Woche passiert sein soll.

»Ich habe Geheimnisse vor Menschen, die mir wichtig sind«, gestehe ich.

»Wollen Sie mir davon erzählen?« Er legt Stift und Notizblock zur Seite und sieht mich an wie ein Geistlicher bei der Beichte.

Ich hole tief Luft, doch statt zu sprechen, schüttle ich den Kopf. Selbst jetzt kann ich nicht darüber reden, dass ich Seth verdächtige. »Geht noch nicht.«

»Bringen diese Geheimnisse Sie in Gefahr?«

»Nein, die einzige Gefahr besteht darin, dass ich mich noch mehr zum Arschloch mache.«

»Ah«, sagt er mit überzogenem Stirnrunzeln. »Das übersteigt mein Fachwissen.«

Er mustert mich genauer. »Beim letzten Mal haben wir über Ihre Familie gesprochen. Darüber, dass es normal war – ja sogar erwartet wurde –, Geheimnisse zu bewahren. Als Zeichen von Loyalität, und das galt sowohl dienstlich als auch privat. Könnten Sie mir mehr über Ihre Beziehung zu Ihrem Bruder Andrew erzählen?«

»Mein Bruder war immer für mich da, als wir klein waren.«

»Er war Ihr Beschützer, haben Sie gesagt. Gegen die Aggressionen Ihres Vaters, seine Unberechenbarkeit.«

»Und als mein Bruder mich am dringendsten gebraucht hätte, war ich nicht für ihn da.«

»Was würden Sie heute anders machen?«

»Ich hätte ihm zugehört. Ihm geraten, sich Hilfe zu suchen.«

»Und glauben Sie, dass er dann weniger unter seinen Schuldgefühlen wegen seiner korrupten Machenschaften gelitten hätte?«

»Keine Ahnung. Aber ich hätte es wenigstens versuchen sollen.«

»Wie sieht es mit Ihren Schuldgefühlen aus?«

Die Frage geht ans Eingemachte. Das Wissen darum, dass ich Andrew hätte retten können, wiegt so schwer, dass ich kaum atmen kann. »Ich habe mich einfach von ihm abgewandt.«

Dr. Theo beugt sich vor. Was er jetzt sagt, unterstreicht er mit lebhaften Gesten. »Haben Sie sich je überlegt, dass diese Abkehr von Ihrem Bruder, die erfolgt ist, nachdem Sie seinen wahren Charakter erkannt hatten, nötig war? Dass Sie sich damit geschützt haben? Sie haben auf diese Weise Ihren Seelenfrieden und Ihre Integrität gerettet. Wären Sie Ihrem Bruder gegenüber nicht auf Abstand gegangen, hätten Sie damit Ihre Sicherheit riskiert.«

Diese Worte überraschen mich. In meinen Augen war mein Bruder immer ein Held, von dunklen Mächten in den Sumpf der Korruption gezogen, gegen die er keine Chance hatte. Aber natürlich hat er diesen Weg freiwillig gewählt. Niemand hat ihm eine Waffe an die Schläfe gehalten und ihn dazu gezwungen.

»Ertrinkende klammern sich oft an ihre Retter und ziehen sie so mit sich ins Verderben«, erklärt Dr. Theo.

Ich denke über die Methode nach, die mein Bruder wählte, um aus dem Leben zu scheiden: im eiskalten Atlantik ertrinken. Und an Onkel Bennys Worte, die er wütend und traurig hervorstieß, als man Andrews Leiche aus dem Wasser zog: »Reiner Egoismus! Er hat alles mitgenommen, was gut war, und dir die Trümmer überlassen.«

»Onkel Benny hat vor ein paar Nächten im Traum zu mir gesprochen«, sage ich. »Er hat mir gesagt, wie ich aus den Flammen entkommen kann, bevor es überhaupt gebrannt hat.«

Dr. Theo wartet.

»Dann, als ich in der Notaufnahme kurz weggetreten war, habe ich ihn wieder gehört. Diesmal hat er mich daran erinnert, dass Zena mir erzählt hatte, aus welcher Stadt er kommt. Das war eine wichtige Information. Und damals im Tunnel …

als ich geflohen bin ... ich glaube, er hat am Ausgang auf mich gewartet.«

Dr. Theo lächelt geheimnisvoll.

»Was?«

»Das deute ich als klares Zeichen, dass Sie auf dem Weg der Besserung sind.«

»Ach? Finden Sie das nicht verrückt? Ich höre Stimmen. Sehe Dinge, die nicht da sind.«

Er legt den Kopf in den Nacken. »›Der Mensch braucht ein bisschen Wahnsinn, um das Seil zu durchtrennen und frei zu sein‹.«

»Freud?«

»Kazantzakis. Ein griechischer Schriftsteller.« Er greift wieder zu Stift und Block. »Ich habe das Gefühl, Sie schneiden gerade sehr eifrig an dem Seil, das Sie an Ihren Bruder bindet.«

Beim Gedanken an Seile muss ich sofort wieder daran denken, wie ich hilflos im Wäscheschacht gehangen und nur darauf gewartet hatte, ein Opfer der Flammen zu werden.

»Woran denken Sie?«, fragt Dr. Theo. Weil ich nicht sofort antworte, fügt er hinzu: »Detective, Sie schwimmen gerade hinaus aufs Meer.«

»Bevor Zena alles angezündet hat, hat er behauptet, dass der Mörder – derjenige, der gerade auf offener Straße Dealer erschießt – mir ›sehr nahestehe‹ und ein Cop sei. Jemand ließe am Tatort Bibelzitate zurück, damit ich die ›Last meiner Fehler‹ zu spüren bekäme.«

Dr. Theo reagiert nicht sofort. »Welche Fehler meint er wohl damit?«

»Ich habe so viele begangen, da wüsste ich gar nicht, wo anfangen.«

Er beugt sich vor, nimmt ein Stück Papier vom Tisch und hält es mir hin. »Ihre Hausaufgaben. Auf dieser Liste sind Personen, die Ihnen nahestehen. Schauen Sie sie sich gut an. Der Mörder könnte darunter sein.«

Ich versuche, mit meinen geschwollenen Fingern danach zu greifen, aber Dr. Theo lässt nicht los.

»Es erfordert Mut zu erkennen, was man nicht sehen will.«

Zwei Namen, die mir sofort ins Auge springen, sind Evangeline Roy und Seth Dutton. Aber nur einer davon ist bei der Polizei.

Ich falte das Papier und schiebe es mir in die Tasche. »Man könnte fast meinen, Sie wären mal Polizist gewesen.«

Er lächelt und gibt mir den Terminzettel fürs nächste Mal. »Einmal Bulle, immer Bulle – stimmt's, Detective?«

»So heißt es, ja.«

31

27. Januar 2014
Dallas Police Department, North Central Division

Ich sitze mit schmerzenden Fingern am Schreibtisch und beuge mich über die Liste, die ich für Dr. Theo abarbeite. Wie bei einer Mordermittlung versuche ich, die Verdächtigen mit guten Alibis oder mangelnden Motiven auszusortieren. Laut Zena ist der Mörder Polizist, also fallen Jackie und Evangeline gleich mal raus. Es erscheint mir lächerlich, James Earle zu verdächtigen, aber er war bei der Militärpolizei, also bleibt sein Name auf der Liste. Dann fällt mir ein, dass er damals,

als ich im Abbruchhaus angegriffen wurde, mit Mary Grace zusammen war, also streiche ich ihn gleich wieder.

Bleiben also Seth, Craddock, Ryan und Maclin. Als Carlos Rivera vor dem *Spearmint Rhino* erschossen wurde, war Craddock sehr früh im Büro und hat mir Donuts mitgebracht. Aber Ryan ist spät gekommen und hat gleich gefragt, ob es für den Mord an Pico Guerto Zeugen gegeben hätte. Außerdem hat man ihm angesehen, wie wütend ihn der Angriff auf mich gemacht hat. Vielleicht ist der Tod seines Schwagers ein Motiv, sich an den Dealern zu rächen, dazu kommt, dass Reverend Hall, der Ryans neue Gemeinde anführt, ein echter Racheengel ist. Bei beinharten Fanatikern ist der Grat vom religiösen Eifern zur selbstgerechten Gewalt ungefähr so schmal wie eine Hostie und genauso zerbrechlich. Sogar Maclin ist aufgefallen, wie angespannt Ryan in letzter Zeit wirkt.

Ich bin mir bewusst, dass ich mich auf Ryan einschieße, weil ich auf keinen Fall zugeben will, dass Seth der Mörder sein könnte. Ich streiche Craddock von der Liste und drehe auf meinem Stuhl herum. Meine Gedanken rasen.

»Hey, Tom! Wo ist Kevin?«, rufe ich schließlich.

Craddock zuckt die Achseln. »Mittagspause. Wenn du dich beeilst, erwischst du ihn vielleicht …«

Ich schnappe mir den Mantel und sprinte zum Ausgang ins Parkhaus, wo Ryan gerade in seinen Wagen steigt.

»Hey, Kevin!«, keuche ich. »Hast du ein paar Minuten Zeit?«

Er sieht mich erst überrascht, dann misstrauisch an. »Ich bin gerade auf dem Sprung …«

»Kein Problem, wir können unterwegs reden.«

Er hält kurz inne. Offensichtlich ungeduldig, aber mein Drängen nervt ihn ebenfalls. Ich setze eine gleichmütige Miene auf.

»Worüber willst du mit mir reden?«

»Wie es dir so geht.«

Er holt tief Luft, seine Gesichtsmuskeln spannen sich an.

»Du siehst aus, als würdest du nicht viel Schlaf bekommen«, sage ich. »Und als ob dich was beschäftigt. Magst du es mir erzählen?«

Er beißt sich auf die Lippe und starrt aus dem Fenster.

»Ich mache mir Sorgen um dich, Kevin. Du kommst spät ins Büro und machst früh Feierabend. Du bist abgelenkt – schlimmer noch, du bist wütend. Die ganze Zeit.«

Er lacht verbittert. »Sagt die Person, die wegen ihrer Wutanfälle in Therapie ist.«

»Touché! Ich habe meine Probleme, stimmt. Deswegen erkenne ich es auch, wenn andere ähnlich zu kämpfen haben.«

»Wie ist es damit: Ich habe gerade meinen Schwager begraben, der an einer Überdosis Rauschgift gestorben ist. Nachts werde ich vom Weinen meiner Frau geweckt, die ihre Fehlgeburt betrauert. Ich kann die Raten für mein Haus nicht abbezahlen, und ich weiß nicht, ob ich noch Polizist sein will.«

»Hm. Das ist eine Menge Mist.«

»Ach, findest du?«

»Da will man am liebsten irgendwen vermöbeln«, sage ich.

Seine Miene wird hart. »O ja.«

»Sprichst du mit dem Reverend darüber?«

Ich kann seinen Blick nicht deuten. »Reverend Hall? Ja, ich habe mit ihm darüber gesprochen.«

»Und was meint er?«

»Das willst du nicht wissen.«

Macht er dicht, weil er keine Fragen mehr beantworten will? Oder will er mich warnen? Ich betrachte seine Hände, die das Steuer umklammern, dann sein Gesicht, auf dem der Schweiß steht.

»Warum bist du am Tag, als Carlos Rivera erschossen wurde, erst so spät ins Büro gekommen?« Die Frage klingt unschuldig, aber er sieht mich scharf an.

Statt zu antworten, schaltet er den Motor an und legt den Gang ein.

»Wo fahren wir hin?«, frage ich. Das Parkhaus ist leer. Niemand sieht, dass ich in Ryans Wagen sitze – ich kann nur hoffen, dass Craddock sich an unsere kurze Unterhaltung erinnert, falls ich nicht zurückkehre.

Ryan fährt rückwärts aus der Parklücke und braust aus dem Parkhaus.

Es ist kälter und feuchter als damals bei meinem Leichenfund am Fluss, die Wolken hängen tief und ziehen schnell vorbei, getrieben vom beißenden Wind, also bleiben wir bei laufendem Motor im Wagen sitzen, direkt vor der Fußgängerbrücke. Ryan starrt eine Weile durch die Windschutzscheibe, im trüben Licht schimmert seine Haut fast bläulich.

»Ich fahre oft hierher, morgens vor der Arbeit«, sagt er. »Deswegen bin ich in letzter Zeit zu spät gekommen. Ich denke darüber nach, was ich hätte tun können, um ihn zu retten.«

»Es gibt Menschen, die wir nicht retten können. Egal, was wir tun.«

»Das sagt Karen auch.« Er sieht mich an. »Ich bin nur froh, dass du ihn gefunden hast.«

»Wenn ich nur gewusst hätte, wer er ist. Dann wäre ich bei ihm geblieben, bis du und Karen in die Rechtsmedizin gekommen seid.«

Er beobachtet eine einsame Gestalt auf der Brücke, ein Mann mit Hund.

»Er sah so zerstört aus. Noch so jung. Ein Kind. Und jetzt ist er nicht mehr da.«

»Ich habe gehört, dass du sehr heftig reagiert hast, in der Rechtsmedizin.«

Er runzelt die Stirn, als müsste er darüber nachdenken. Als wir hier ankamen, war ich voll auf Habachtstellung. Aber Ryan wirkt nicht mehr gefährlich. Nur noch traurig. Tieftraurig.

»Ich war ... so wütend. Seitdem bin ich nicht mehr zur Ruhe gekommen.« Er wischt sich übers Gesicht. »Kannst du dich noch an unser Gespräch letztes Jahr erinnern? Es ging darum, wie viel wir als Polizisten eigentlich ausrichten können?«

Damals, in *Norma's Café*, kurz vor meiner Entführung, hatte Ryan mir anvertraut, dass er sich versetzen lassen wollte, weil er das Gefühl hatte, nichts gegen den Drogenhandel und das damit verbundene Elend ausrichten zu können. Viele Cops lassen sich nach drei oder vier Jahren beim Drogendezernat versetzen. Immer zu verlieren ist auf die Dauer ziemlich frustrierend.

»Als ich ihn tot vor mir liegen gesehen habe, kam dieselbe schreckliche Hilflosigkeit zurück«, sagt er. »Was für eine sinnlose Verschwendung. Dann hat Karen unser Kind verloren ...«

Er lässt den Satz in der Luft hängen. Ich warte.

»Du kannst dir nicht vorstellen, welche düsteren Gedanken ich hatte«, sagt er schließlich.

»Kevin …«

»Nein, echt jetzt! Die entsetzlichsten Dinge spuken mir im Kopf herum.«

»Hast du mit Tom drüber geredet?«

Kevin schüttelt den Kopf. »Tom ist ein enger Kollege, den will ich nicht mit meinen privaten Problemen belasten.« Er verzieht den Mund zu einem freudlosen Grinsen. »Aber mit Reverend Hall habe ich durchaus gesprochen. Und weißt du, was er mir geraten hat? Er meinte, das wäre Gottes Strafe dafür, dass mein Schwager drogensüchtig war. Mein Pastor hat allen Ernstes behauptet, mein Schwager würde gerade dafür in der Hölle schmoren.«

»Ach, du liebe Scheiße! Das tut mir leid«, sage ich kopfschüttelnd.

»Du hattest mich doch gebeten, die Website OneNation zu überprüfen, erinnerst du dich? Das habe ich gemacht. Und rate mal, wer sich da auf Fotos von einem Lagerfeuertreffen tummelt?«

»Reverend Hall?«

»Ganz genau. Auf der Site ist schon lange nichts mehr passiert. Auch die Roys hüllen sich in Schweigen. Aber da steht Alan Hall, in eine amerikanische Flagge gewickelt, eine AK-15 in der Hand und eine Neunmillimeter in der anderen. Mit dem und seiner ›Kirche‹ bin ich fertig. Aber so was von.«

»Wie kann ich dir helfen?«

»Gib mir demnächst einen Drink aus.«

Wieder zurück am Schreibtisch ziehe ich einen fetten Strich durch den Namen Kevin Ryan. Bevor ich Seths Namen umkringeln kann, klingelt mein Privathandy. Ungeschickt ziehe ich es aus der Tasche, mit meinen verbundenen Händen fehlt mir jegliche Feinmotorik.

»Hey, ich bin's. Wayne. Ich muss echt mit dir reden.«

32

27. Januar 2014
Deep Ellum

Adair's Saloon an der Commerce Street, nur einen Steinwurf von der US 75 und dem Good Latimer Expressway entfernt, ist eine beliebte Kaschemme, für ihre Burger, Bier für einen Dollar und Livemusik bekannt.

Ich parke davor, schlage den Jackenkragen hoch und halte Ausschau nach Wayne. Jemand ruft meinen Namen. Wayne steht auf dem prallvollen Parkplatz gegenüber vor dem Bild von einem Cowboy, der gerade von einem buckelnden Bronco fliegt. Zwischen den parkenden Autos steht ein einsamer Eiswagen, der offenbar trotz der Kälte ein richtig gutes Geschäft macht.

»Was ist mit deinen Händen passiert?«, fragt Wayne.

»Das ist eine lange Geschichte. Wo hast du gesteckt?«, frage ich ungeduldig.

Wayne trägt immer noch meinen alten Kapuzenpulli und die abgetragenen Handschuhe, doch er zittert vor Kälte – und Furcht. Auf meine Frage reagiert er mit einem Achselzucken. »Bin abgetaucht, Mann. Hier und da. Muss meine Haut retten.«

»Warum hast du am Busbahnhof nicht auf meinen Freund gewartet? Ich habe schon gedacht, dir ist dasselbe passiert wie Gary.«

»Hab Schiss gekriegt. Zu viele Undercovertypen vor dem Bahnhof.«

»Hast du in letzter Zeit was gegessen?«

Er schüttelt den Kopf. Ich bedeute ihm, zu warten. Ich gehe zu *Adair's*, bestelle zwei Burger und einen Coffee-to-go. Mit der Tüte suchen wir hinter einem SUV Schutz vor dem Wind, Wayne macht sich über den Inhalt her.

Als er fertig ist, sage ich: »So, raus mit der Sprache.«

»Nachdem sie Gary umgebracht haben, bin ich ausgetickt vor Angst.«

Er zieht ein Medaillon aus der Tasche und zeigt es mir. »Bin seit elf Tagen nüchtern. Letztes Mal Alkohol und Drogen war in der Nacht, als du mich im Elm Street Tunnel gefunden hast. Und wenn du glaubst, es wäre leicht, trocken zu bleiben, während du dich auf der Straße versteckst, bist du verstrahlter als ich.« Er steckt das Medaillon wieder ein. »Ich mach das für Mary Grace.«

»Wenn du es nicht für dich machst, Wayne, wird es nicht funktionieren.«

»Ja, schon klar. Aber wenn ich an sie denke, habe ich Hoffnung, weißt du?«

Ich nicke.

»Teil des Programms ist die Wiedergutmachung. Reinen Tisch machen.« Er sieht sich vorsichtig um, als könnte uns jemand belauschen. »Ich muss dir was über Gary sagen.«

»Ich bin ganz Ohr.«

»Der Mörder? Gary hat gesagt, dass er ihn kennt. Hat ihn

erkannt, weil er ihn mal hochgenommen hat. Das ist zwar schon lange her, aber Gary hat nie ein Gesicht vergessen. Deswegen war er ja so ein guter Betrüger. Der Cop war zwar älter, aber immer noch derselbe, der ihn damals festgenommen hat.«

Jetzt zittere ich so heftig wie Wayne. Am liebsten würde ich aufstehen und mich vom Acker machen oder ihm raten, sich einer anderen Person anzuvertrauen. Aber das geht nicht. Ich muss es hören.

»Wer ist der Cop, Wayne?«

»Ich weiß es nicht.«

Ich stoße den angehaltenen Atem aus, schicke ein weißes Wölkchen in die eisige Luft. »Was soll das heißen?«

»Gary hat mir nur gesagt, dass er den Typen erkannt hat. Aber seinen Namen hat er nicht verraten. Deswegen drehe ich gerade frei ... ich habe keinen Schimmer, wer der Dude ist.«

Ich halte mir den Kopf. »Ich krieg hier gleich einen Herzkasper, Mann.«

»Kannst du nicht nachgucken, wer Gary damals hochgenommen hat? War wegen Einbruch, hat er gemeint.«

Ich sehe Wayne mit neuen Augen, dieses magere Häuflein Mensch, dem zwei Finger und fast alle Zähne fehlen, der versucht, nüchtern zu bleiben in einer Welt, die darauf ausgelegt ist, uns alle zu Süchtigen zu machen. »Ja, natürlich«, sage ich. Dann gebe ich ihm sämtliche Scheine, die ich in meiner Tasche finde. »Kommst du irgendwo unter, wo du in Sicherheit bist?«

»Ja. Ich hänge mit Mountain rum.« Er lächelt schwach. »Der ist mein Bodyguard.«

»Soll ich dich irgendwohin mitnehmen?«

»Zum nächsten Treffen von Narcotics Anonymous, ginge das? Dottie hat gesagt, neunzig Tage, neunzig Treffen.«

»Moment. Deine Sponsorin heißt Dottie? Wirre graue Haare? Hat immer Cowboystiefel an?«

Dottie, die mir zugeflüstert hat, dass sie die Geständnisse eines Abhängigen auf Entzug kennt, der von einem Mörder spricht?

Wayne nickt.

»Verdammt!«

»Stimmt. Ich hab richtig Schiss vor der«, gesteht Wayne.

»Wayne, vor Dottie hat jeder Schiss.«

Auf dem Weg zu meinem Auto zeigt Wayne auf den Eiscremewagen, vor dem gerade zwei Jugendliche stehen. »Ich will ja nicht petzen, Mann, aber das Geschäft mit Meth und Weed da drüben läuft wie geschmiert«, bemerkt er.

Ich setze ihn vor seinem NA-Treffen ab und bleibe noch stehen, bis er mit einer Meute angeschlagener, aber offenbar hoffnungsvoller Süchtiger im Gebäude verschwunden ist. Nach einer Weile folgt Dottie. Ich rufe James Earle an und erzähle ihm alles über Seth, seine Sucht, seinen Diebstahl und meinen Verdacht, dass er selbst Drogen verkauft, entweder für oder in Konkurrenz zum Sinaloa-Kartell, und von Garys Angaben über den Mörder, die darauf hindeuten, dass es sich um einen Polizisten handelt.

Dann rufe ich mir das Bild von der Gestalt mit schwarzem Kapuzenpullover und Skimaske ins Gedächtnis und gleiche sie im Geiste mit Seth ab. »Ich glaube, der Mörder ist derselbe Mann, den ich damals im Elm Street Tunnel gesehen habe. Und wenn ich in Garys Akte schaue, finde ich sicher seinen Namen heraus.«

James Earle schweigt eine Weile. Dann holt er tief Luft. »Du musst das an deinen Vorgesetzten weitergeben. Das kannst du nicht mehr allein mit dir rumtragen. Rede mit ihm, dann lass den Dingen ihren Lauf.«

»Was, wenn ich mich irre?«

»Dazu gibt es Richter und Geschworene, Red. Du bist nur Teil des Zuführungssystems. Geh heim. Verbring Zeit mit Jackie. Und morgen tust du das Richtige.«

»Danke, James. Aber bitte, sag nichts, niemandem.«

»Niemals! Nicht mal im Traum. Ich schweige wie ein Grab.«

33

28. Januar 2014
Dallas Police Department, North Central Division

Ich stehe vor Maclins offener Tür und warte darauf, dass er mich bemerkt und hereinbittet. Mit gerunzelter, schweißfeuchter Stirn starrt er in seine Schreibtischschublade, als ginge es darum, heidnische Runen zu entziffern. Er sieht nicht nur müde aus, sondern komplett fertig.

Irgendwann fällt ihm auf, dass ich vor seinem Büro herumlungere. Er zuckt zusammen und knallt die Schublade zu. »Was ist, Rhyzyk?«

»Ich muss unbedingt mit Ihnen …«

»Geht gerade nicht. In zehn Minuten habe ich ein Meeting.«

»Dann fasse ich mich eben kurz.« Ich marschiere hinein und schließe die Tür hinter mir.

»Haben Sie mich nicht verstanden? Ich habe jetzt keine Zeit!«

Er ist puterrot im Gesicht und muss sich offenbar schwer zusammenreißen, mich nicht anzubrüllen. Nach dem Brand und seinem Benehmen im Krankenhaus hatte ich ernsthaft geglaubt, er würde sich um mich und mein Wohlergehen scheren. Wie dumm ich doch war! Keine Ahnung, warum er mich vor den Fragen von Special Agent Haslett geschützt hat, aber sein Gesichtsausdruck in diesem Moment spricht Bände. Von Wohlwollen keine Spur.

Ich pflanze mich trotzdem in den Stuhl vor seinem Schreibtisch. »Ich habe Informationen über das, was der mittlerweile verstorbene Zeuge Gary Bukowsky gesehen hat, als Pico Guerto erschossen wurde.«

Maclin ist immer noch sauer, aber offenbar hab ich jetzt seine Aufmerksamkeit. Ungeduldig bedeutet er mir weiterzusprechen.

»Vor seinem Tod hat Gary einem meiner Informanten erzählt, dass er den Mörder erkannt hat.«

Maclins Augen werden schmal, dann glotzt er mich ausdruckslos an. Seine Kiefermuskeln arbeiten. »Was soll das heißen, *erkannt*? Dass er den Typen kannte?«

»Es war ein Polizist.«

»Wer?«

»Jemand, der ihn vor ein paar Jahren festgenommen hat.«

Maclin ballt die Hände zu Fäusten. »Name?«

»Das ist der Haken. Gary hat meinem Informanten nur erzählt, dass der Polizist ihn damals wegen eines Einbruchs festgenommen hat, aber den Namen hat er nicht verraten.«

Es klopft. »Gleich«, brüllt Maclin. »Sie denken, Sie wissen, um wen es sich handelt, habe ich recht?«

»Möglich.«

»Wer?«

Seths Name brennt mir wie Säure auf der Zunge. »Ich werde hier keine wilden Vermutungen ausstoßen. Wir sollten sicher sein.«

»Haben Sie mit jemandem außer mir darüber gesprochen?«

»Mit niemandem in diesem Dezernat.« Was ja stimmt. James Earle hat damit nichts zu tun.

Er sieht mich misstrauisch an. Gerade, als er etwas sagen will, klopft es erneut an der Tür, dieses Mal recht ungehalten. Maclin steht auf und zeigt auf mich. »Kein Sterbenswörtchen, zu niemandem! Verstanden? Nicht, bis ich es nicht beweisen kann. Noch mehr Gerüchte von dieser Sorte könnten unser gesamtes Dezernat sprengen.«

»Sergeant Maclin!«, sagt jemand vor der Tür.

»Gleich, hab ich gesagt!«, brüllt er. Er steht nur ein paar Zentimeter vor mir. »Ich werde persönlich in Garys Akte schauen und Ihnen sofort Bescheid geben.«

»Ich könnte auch selbst ...«

»Im Moment sind Sie noch im Innendienst, und ich will nicht, dass Sie außer Ablage irgendwas anderes machen. Ist das klar?« Maclin bläst mir seinen Atem ins Gesicht.

»Glasklar«, sage ich.

»Es ist gut, dass Sie damit zu mir gekommen sind«, sagt er etwas versöhnlicher. »Könnte sein, dass Sie sich damit aus dem Innendienst befreit haben.«

Maclin öffnet die Tür und bittet zwei mir wohlbekannte Interne Ermittler herein: D. S. Burkley und Detective Adams.

Ich nicke ihnen beim Herausgehen zu. Sie schließen die Tür hinter mir.

Craddock und Ryan warten schon an meinem Schreibtisch. Craddock kippt sich eine Tüte Erdnüsse in den Mund. »Na, war's schön gemütlich da drin?«

»Total kuschlig.« Ich zeige mit dem Daumen auf Maclins Tür. »Was geht da ab? Ich dachte, die hätten ihn schon befragt.«

»Haben sie auch.« Craddock leckt sich das Salz von den Fingern. »Das ist Runde Nummer zwei.«

»Scheint, als wäre er nicht begeistert«, bemerkt Ryan.

»Hat er etwa was zu verbergen?«, scherze ich, aber dann fällt mir ein, was Euell Tilton erzählt hat, nämlich, dass Maclin auf alles wettet, was bei drei nicht auf dem Baum ist. Vielleicht ist der Mann doch nicht so unbescholten, wie er vorgibt? Das könnte seine schlechte Laune erklären. Die Vorstellung, dass Maclin ein geheimes Laster haben könnte, macht ihn mir etwas sympathischer. Aber nur ein klitzekleines bisschen.

»Hoffentlich verpassen sie ihm einen richtigen Einlauf«, murmle ich.

Craddock und Ryan verziehen sich wieder an ihre Arbeitsplätze, ich sitze vor meinem Aktenstapel und brüte noch eine Weile vor mich hin. Wenn Seth sich tatsächlich als Mörder herausstellen sollte, wäre ich dann in der Lage, ihn festzunehmen? Könnte ich ihm in die Augen sehen und ihm seine Rechte vorlesen? Onkel Benny hat mal jemandem erzählt, die schwerste Aufgabe sei es, einem Kollegen Handschellen anzulegen.

Mein Handy klingelt. Es ist Dusty. »Was geht, Red Hot Betty?«

»Also meine Kleidung raucht nicht mehr, das ist schon mal gut. Was liegt an?«

»Pearla hat die Stadt verlassen.« Sie lacht auf, scharf, siegessicher. »Ich hab sie gerade in den Bus gesetzt. Sie war so wütend, dass ich dir Chuffys Schlüssel gebracht habe, dass sie nicht mehr mit mir geredet hat. Bis sie kapiert hat, dass ich die Einzige bin, die ihr das Geld für den Bus nach New Orleans geben kann. Als Gegenleistung hat sie mir was Interessantes über deinen Kollegen erzählt.«

»Ach ja?«, sage ich und sehe mich rasch um. Seth ist wie immer unterwegs.

»Er hat Pearla gefunden und sie so richtig unter Druck gesetzt. Wollte wissen, wo das Heroin ist.«

Mein Magen krampft sich zusammen. »Was hat sie gesagt?«

»Was soll sie schon sagen? Dass sie keine Ahnung hat. Chuffy hat's ihr nicht erzählt, und jetzt ist er tot.«

»Tja, kann sein, dass wir es nie rauskriegen. Hör zu, Dusty, ich muss Schluss ...«

»Noch eine Sache. Pearla hat gesagt, dein Kollege hätte sie gewarnt. Wenn sie Dallas nicht verlässt, könnte das für sie tödlich ausgehen. Das Kartell würde nach ihr suchen. Er hat ihr solche Angst eingejagt, dass sie in Männerkleidung in den Bus gestiegen ist. Ehrlich gesagt sieht sie in Hosen besser aus.«

Wir verabschieden uns und beenden das Gespräch.

Das ist Bullshit!, denke ich. An den Schreibtisch gefesselt muss ich hier Autodiebstähle abarbeiten, während draußen die Welt in Flammen steht. Nach einer Viertelstunde öffnet sich Maclins Tür und die beiden Ermittler verlassen sein Büro. In der Welt der Strafverfolgung sehen Ermittler glücklich aus, wenn sie einen Fall gelöst haben. In der Welt der Internen Ermittlung läuft das genau andersherum. Die beiden Detectives, die da gerade aus Maclins Zimmer kommen, tragen ernste Mienen, was in diesem Fall bedeutet, dass sie jemanden an der Angel haben und kurz vor einer Aufklärung stehen. Das ist gut für ihre Statistik, aber schlecht fürs Dezernat. Der Gedanke, dass ich nicht die Einzige bin, die heute einen schlechten Tag hat, erfüllt mich mit einer gewissen Schadenfreude.

Ich mache mich auf die Suche nach Craddock. Er ist nicht am Platz, sein Mantel ist auch weg.

»Wo ist Craddock?«, frage ich Ryan.

»Sein Magengeschwür macht ihm mal wieder zu schaffen. Hat sich den Rest des Tages freigenommen.«

Eigentlich hatte ich mir von Craddock Ermutigung und Trost erhofft. Blöd. Mit einem Seufzer schlappe ich zurück an meinen Platz.

»Hey?«, ruft Ryan mir hinterher. »Was ist los?«

Ich zögere, jeden Muskel angespannt. Es kommt mir vor, als hätte mich jemand in einen Stacheldrahtzaun gewickelt, so frustriert bin ich. Und besorgt. Er nimmt mich am Arm und zieht mich in den Pausenraum.

»Hör zu, Betty«, sagt er. »Dass Maclin dich verarscht, sieht doch jeder Blinde mit einem Krückstock. Ich weiß, dass das Mist ist, aber ich weiß auch, dass noch mehr dahintersteckt. Ich hab dir mein Herz ausgeschüttet, und du hast zugehört. Jetzt höre ich dir zu. Was ist los?«

Ich schüttle den Kopf und verschränke die Arme. Das geschieht instinktiv, ich denke gar nicht mehr darüber nach. Ich hege schon so lange ein paranoides Misstrauen gegen jeden meiner Kollegen, dass mich meine selbstverordnete Isolation umgibt wie ein Panzer.

»Weißt du noch, letztes Jahr nach der Razzia der Highschoolparty? Als sich alle darüber lustig gemacht haben, dass ich, der tiefreligiöse Undercoverermittler, von den Kollegen halbnackt erwischt wurde, während sich ein Mädchen über meinen Schoß gebeugt hatte? Die Jungs haben mich immer wieder damit aufgezogen, bis du ihnen gedroht hast, ihren Frauen und Freundinnen all ihre kleinen Geheimisse zu verraten.«

Wider Willen muss ich grinsen.

»Du hast zu mir gesagt, dass du jedem, der Details einer Ermittlung ausposaunt, persönlich den Schädel einschlagen würdest. Und dass du selbst nie im Traum mit anderen darüber tratschen würdest.«

Das sind fast dieselben Worte, die James Earle mir gegenüber verwendet hat, als er mir versprach, nichts zu verraten. *Die Geheimnishüter.*

Ich hole tief Luft. »Ich muss eine Akte durchsuchen, aber nicht an meinem Computer. Niemand darf wissen, wer die Suche ausgeführt hat.«

»Ich mach's. Welche Akte?«

»Die von Gary Bukowsky«, sage ich leise.

»Bunsen-Gary?«, fragt er überrascht.

»Vor ein paar Jahren hat man ihn wegen Einbruchs verhaftet. Ich weiß nicht, wie lange das zurückliegt, aber ich muss wissen, wer ihn damals festgenommen hat.«

Ryan nickt. »Ich muss noch ein paar Berichte abarbeiten, also dauert es noch ein bisschen.«

»Noch eine Sache: Wenn du den Namen des Polizisten gefunden hast, musst du ihn mir sagen, aber nur mir, verstanden?«

»Klar.«

»Egal, wer es ist.«

Er runzelt die Stirn, aber bevor er weitere Fragen stellen kann, tätschle ich ihm den Arm, bedanke mich und gehe zurück an meinen Platz.

Um halb sechs ist meine Schicht zu Ende, aber Maclins Tür ist immer noch zu. Also schnappe ich mir meine Jacke und klopfe bei ihm, um mich zu verabschieden. Er ruft mich herein.

»Bevor Sie fragen«, sagt er, »die Suche ist noch nicht abgeschlossen. Gehen Sie nach Hause, aber behalten Sie Ihr Handy in der Nähe. Ich gebe Ihnen sofort Bescheid, wenn ich den Namen kenne. Dauert nicht mehr lange.«

Ich wende mich zur Tür.

»Und, Detective? Kein Wort. Zu niemandem. Bis wir wissen, was hier gespielt wird.«

Auf dem Weg nach draußen komme ich an Ryans Schreibtisch vorbei. Er starrt auf seinen Monitor, die Stirn konzentriert in Falten gelegt. In seinem Gesicht steht nicht nur Sorge, sondern auch Verwirrung. Als er kurz aufblickt, erhasche ich einen kurzen Blick auf seinen Zorn, der genauso rasch einem beruhigenden Lächeln weicht.

»Ich starte gleich die Suche«, sagt er. »Wo willst du hin?«

»Nach Hause«, sage ich. »Und dann gehe ich ein bisschen laufen.«

Mit zitternden Händen mache ich mich auf zum Parkhaus und steige in meinen Wagen. Ich umklammere das Steuer, um mich zu beruhigen. Bald kommt alles ans Licht.

Kaum zur Tür rein, schlüpfe ich in meine Laufklamotten, drücke Jackie einen flüchtigen Kuss auf die Wange und zische los. Es ist nicht mehr so kalt, die Wege sind eisfrei, und ich trotte direkt los, ohne mich groß aufzuwärmen. Die frische Luft bläst mir den Kopf frei, ich ziehe mir die Mütze tiefer ins Gesicht und lasse mir den Wind um die Nase wehen.

Es ist schon dunkel, und an meiner Route ist die Straßenbeleuchtung eher mau, aber ich will zum See runter, ins Grüne, weg von den Häusern. Nach einer Weile merke ich, dass mir jemand folgt. Ein Wagen, Scheinwerfer eingeschaltet, kriecht langsam hinter mir her. Es gibt hier keine Gehwege, nur Erdwälle und Gebüsche. Ich hoffe, dass der Fahrer einfach vorsichtig ist, weil ich auf der Straße laufe, daher mache ich Platz und winke den Wagen durch. Er beschleunigt auch tatsächlich, bleibt aber neben mir stehen. Wer am Steuer sitzt, kann ich nicht erkennen, aber es handelt sich um ein Muscle Car, der Motor röhrt. Allein in der Dunkelheit ohne Waffe laufen zu gehen war eine selten dämliche Idee von mir. Die Tür geht auf. Seth steigt aus.

»Riz«, sagt er.

»Hau ab!«, rufe ich und laufe weiter.

»Es tut mir leid …«

»Sprich nicht mit mir.« Mein Herz rast, aber ich setze meinen Weg fort.

Irgendwann knallt hinter mir die Tür zu und der Motor dreht auf. Wieder fährt Seth neben mir her, diesmal lässt er das Fenster herunter.

»Riz, du musst mit mir reden«, sagt er.

»Einen Scheiß muss ich!« Ich laufe schneller, sprinte fast.

Das Auto röhrt an mir vorbei, driftet vor mir herum und

blockiert mir den Weg. Die Tür fliegt auf und Seth kommt auf mich zu. Ich bin so aufgedreht, dass ich mich mit dem Fuß in einer Wurzel verheddere und fast stürze. Als ich mich wieder gefangen habe, mache ich eine Kehrtwende und laufe in die andere Richtung davon.

»Ich habe damals die Presse informiert!«, ruft er.

»Was?« Ich bleibe stehen.

»Ich war die anonyme Quelle, die behauptet hat, dass der Mörder Polizist ist.«

»Warum?«

»Um denjenigen unter Druck zu setzen, der die Dealer umlegt«, sagt er und kommt näher.

»Willst du behauptet, dass du nicht der Täter bist?«

»Das fragst du noch?« Er klingt aufrichtig gekränkt, aber ich weiche trotzdem ein paar Schritte zurück.

»Willst du mich verarschen? Nachdem du dir das Zeug vom Sinaloa-Kartell reingezogen und wahrscheinlich auch verkauft hast? Chuffy und Gary sind beide ermordet worden, und die Dealer wurden auf offener Straße erschossen. Denk mal scharf nach, Seth.«

Er ist nah genug, um meinen Gesichtsausdruck zu erkennen. Und was er sieht, lässt ihn erstarren. »Du hast Angst vor mir!«, ruft er verstört.

Mein einziger Gedanke gilt in diesem Moment der Frage, ob ich das Gebüsch am Straßenrand irgendwie überwinden kann, drüber wegspringen oder mich durchkämpfen, egal. Er hebt die Hand.

»Riz«, sagt er. »Ich wusste, dass die Drogen vom Kartell gestohlen wurden. Chuffy hat mir erzählt, dass er sie hat mitgehen lassen, aber der blöde Idiot hatte keine Ahnung, dass El

Cuchillo persönlich nach ihm suchen würde. Ich habe meine Connection mit Chuffy ausgenutzt, um an den Mann ranzukommen, weil ich wusste, dass das Kartell sich das nicht gefallen lassen würde.«

»Und hast mich dabei mal schnell ins Krematorium geschickt. Und deine *Connection* ist Chuffy nicht besonders gut bekommen.«

»Sie haben ihn erwischt, als du mich aus dem *Alamo Motel* gelotst hast …«

»Aha, also ist es meine Schuld, dass sie Chuffy die Eingeweide gelüftet haben?«

»Nein, Riz, das behaupte ich nicht.«

»Und dir den Stoff reinzuballern war auch nur Teil des komplexen Undercoverjobs?«

»Ich werde dir nichts vorlügen, Riz: Ja, ich habe ein großes Problem. Das weiß ich. Aber das hat nichts mit meinem Auftrag zu tun.«

»Und der lautet?«

»El Cuchillo hochzunehmen. Und den Dealermörder. Die Fälle sind miteinander verbunden, aber es ist nicht derselbe Täter.«

»Wer ist der Dealermörder?«

»Das kann ich dir nicht verraten. Noch nicht.«

»Dachte ich mir schon«, sage ich verächtlich. »Ich glaube dir gerade kein Wort. Wenn du mir nicht vertraust, vertraue ich dir auch nicht. So einfach ist das. Und damit ist unser Gespräch beendet. Der Shitstorm ist schon am Laufen – am besten siehst du zu, dass du nicht zum Kollateralschaden wirst. Verstehst du?«

Ich wende mich ab und laufe zurück nach Hause. Hinter

mir heult erneut der Motor auf, aber diesmal fährt Seth tatsächlich davon.

Es ist nicht leicht, im Dunkeln heimzufinden, vor allem, weil mein Blick verschleiert ist. Ich lasse es zu, dass die Wut meine Trauer nicht länger beiseiteschiebt. Die Schleusentore sind offen, die Gefühle überkommen mich, nicht langsam und sanft, sie brechen mit einer Wucht über mich herein, dass ich kaum noch Luft bekomme. Irgendwann muss ich mich an einem Baum abstützen und kann nur noch laut beweinen, was ich verloren habe und vielleicht niemals zurückbekommen werde.

34

28. Januar 2014
Bella Vista

Ich bin gerade in meine Straße eingebogen, außer Atem und langsam, als mein Handy klingelt. Es ist Maclin. Ich atme tief ein und gehe ran. Vom Weinen bin ich ganz heiser.

»Wo sind Sie?«, fragt er.

»Komme gerade vom Joggen zurück. In meiner Straße.«

»Ich stehe vor Ihrem Haus und warte.«

Ich laufe wieder los, und als unser Haus in Sichtweite kommt, entdecke ich auch die dunkle Limousine gegenüber.

Das Fahrerfenster öffnet sich. »Detective! Steigen Sie ein!«, ruft Maclin.

Ich setze mich neben ihn, immer noch außer Atem. Kaum habe ich die Tür geschlossen, legt Maclin den Gang ein und fährt los.

»Wohin fahren wir?«

»Ich muss Ihnen was zeigen. Der Name des Polizisten, der Gary Bukowsky verhaftet hat, ist mir jetzt bekannt.« Er sieht mich bedeutungsschwanger an. »Es wird Ihnen nicht gefallen.«

»Wer war es?«

»Tom Craddock.«

»Wie bitte?« Den hatte ich als Allerletzten erwartet. Tom. Das haut mich um. Ich denke an sein fröhliches Knautschgesicht und kann es nicht in Zusammenhang bringen mit dem kaltblütigen Killer, den wir suchen. »Aber das ergibt keinen Sinn! Am Morgen, als Carlos Rivera erschossen wurde, war er im Büro.«

»Ja, aber Craddock war derjenige, der ihn angelockt hat, indem er sich als Käufer ausgab. Das hat er gut vor Dienstbeginn erledigen können.«

Ich denke scharf nach. An jenem Morgen habe ich mich hauptsächlich auf Seth konzentriert, genauer gesagt auf die Tatsache, dass er einem Toten Drogen abgenommen hatte. Craddock habe ich nicht genauer beachtet. »Ich glaube nicht, dass das Timing passt«, sage ich unsicher.

»Mag sein, dass Sie das nicht glauben. Es passt aber trotzdem.«

Ich überlege, ob Craddock sich irgendwie verraten hat. Was ist sein Motiv? Craddock war doch eher traurig als wütend über den Tod seiner Tochter. Aber ja, er hat tatsächlich gesagt, dass die Dealer ihren Tod verdient hätten. Und er hat heute früher Schluss gemacht. Wusste er, dass Maclin ihn im Visier hat?

»Wo ist Craddock jetzt?«

»Das werden wir gleich herausfinden.«

»Wo fahren wir hin?«

»Wir treffen uns mit jemandem, der die Sache belegen kann. Ein Informant, der ihm eine nicht registrierte Waffe verkauft hat.«

Ich schüttle ungläubig den Kopf. Maclin fährt auf der Abrams Richtung Süden, gibt richtig Gas.

»Sie sind bewaffnet?«, fragt er mich.

»Nein, ich gehe nicht mit Waffe laufen.«

Ich sehe, wie Maclins Finger das Steuer umklammern, so fest, dass ich fürchte, er reißt es gleich aus der Verankerung. Nervös wirkt er außerdem. Er schwitzt, seine Kiefermuskeln arbeiten. Offenbar nimmt ihn diese ganze Sache ziemlich mit. Als hätte er meinen Blick bemerkt, sagt er: »Ich weiß, dass Sie Tom mögen. Das tue ich auch. Aber wir müssen jeder Information nachgehen, wie sie sich uns präsentiert.«

Mein Handy vibriert, ich habe eine Nachricht von Ryan.

Sie leuchtet auf wie eine Warnmeldung. *Maclin hat Gary verhaftet! Was soll ich jetzt machen?*

In dem Moment, als ich Maclin entsetzt ansehe, biegt er so scharf ab, dass ich gegen die Tür krache. Dann legt er eine Vollbremsung hin.

»Handy aus!«, blafft er mich an. Seine rechte Hand ist immer noch am Steuer, aber in der linken hält er jetzt seine SIG Sauer, den Lauf über seinen Ellbogen auf mich gerichtet. Ich schalte das Handy aus.

»Schmeiß es nach hinten«, sagt er. »Sofort!«

Kurz überlege ich, ob ich es ihm gegen den Kopf werfen sollte, aber sein Blick verrät mir, dass er nicht zögern würde, mich umzulegen, vielleicht sogar darauf wartet, dass ich ihm einen Grund dazu gebe.

»Ich knall dich ab und lass deine Leiche hier liegen«, stößt er hervor. Speichel fliegt ihm aus dem Mund. »Beide Hände auf die Ablage, wo ich sie sehen kann. Eine Bewegung und du bist tot.«

Ich werfe das Handy auf den Rücksitz. »Und nun?«, frage ich, während ich die Hände aufs Armaturenbrett lege.

»Jetzt klären wir noch ein paar offene Fragen.«

Als er durch die leeren Straßen von Lakewood fährt, verstehe ich, dass er auf dem Weg zum See ist. Jackie kann meinen Weg auf ihrem Handy mitverfolgen, aber ich hatte meinen Lauf nach der kurzen Begegnung mit Seth abgebrochen. Wenn ich unter Strom stehe, bin ich oft stundenlang unterwegs, und es dauert sicher eine Weile, bis sie sich Sorgen macht und die App konsultiert.

»Was ist hier los, Maclin?«, frage ich. »Wieso machst du das?«

Er sieht mich an. Seine Augen sind blutunterlaufen, sein Gesicht ist zu einer fiesen Grimasse verzogen. »Mach deinen Job und halte dich aus allem anderen raus, mehr hab ich von dir nicht verlangt«, murmelt er wütend. »Einfach mal gehorchen und die Fresse halten – aber nee, das geht bei dir nicht.«

»Ach, deshalb musste ich in den Innendienst? Hast du mich deswegen suspendiert? Wie naiv von mir zu glauben, es wäre dir um meine Gesundheit gegangen.«

Er grinst böse. »Deine Gesundheit? Geht mir am Arsch vorbei. Sogar im Innendienst hast du deine verdammte Nase in Angelegenheiten gesteckt, die dich nichts angehen. Das alles hast du dir nur selbst eingebrockt.«

Seth hatte mir gesteckt, dass der Mörder nicht aus den Reihen des Sinaloa-Kartells kommt, aber zwischen beiden eine

Verbindung besteht. »Was hat die Interne Ermittlung über dich rausgefunden?«

Maclin schlägt mir mit voller Wucht ins Gesicht. »Halt deine Scheißfresse! Seit Monaten muss ich mir deine schlauen Sprüche anhören. Jetzt ist Schluss damit.«

Ich schmecke Blut. Mir ist die Lippe aufgeplatzt. Maclin biegt ein paarmal scharf ab, dann sind wir am Seeufer.

Die Rasenflächen und Parkplätze liegen leer und dunkel vor uns. Ich bin sicher, dass Maclin den kleinen Weg zum White Rock Boathouse nimmt, wo um diese Uhrzeit nichts los ist, oder irgendwo am überwachsenen Uferstreifen anhält. Die sumpfigen Buchten mit dem hohen Schilf und Dickicht wären ideale Orte, um eine Leiche zu entsorgen.

Aber er fährt eine Weile am Ufer entlang, bis er schließlich in einen schmalen Weg einbiegt, der zu einem großen Haus mit Seeblick führt. Ein Bronzeschild am Stahlzaun informiert Besucher, dass das Haus Bella Vista heißt, eine zweistöckige, vor dem Bürgerkrieg erbaute Protzvilla, vor der Maclin jetzt parkt.

»Aussteigen!«, befiehlt er.

Ich soll seitlich am Haus vorbeigehen, durch einen Laubengang, der so dunkel ist wie ein Tunnel. Und ich verstehe plötzlich, wer der Unbekannte mit der Kapuze war, der mir damals gefolgt ist.

»Du warst der Mann im Elm Street Tunnel!«, rufe ich.

Maclin versetzt mir einen Stoß von hinten. »Es war mir ein großes Vergnügen, dich in Angst und Schrecken zu versetzen.«

Als wir aus dem Laubengang kommen, aktivieren wir eine Reihe von Bewegungsmeldern. Das grelle Licht blendet mich so stark, dass ich kurz nichts mehr sehe.

»Los! Weitergehen!«, motzt Maclin mich an.

Hinter dem Haus befindet sich ein weitläufiges Privatgrundstück, man hat Winterroggen angepflanzt, der jetzt fast neongrün leuchtet. Ein paar Meter weiter befinden sich ein kleiner Stall und eine Koppel. Wahrer Reichtum definiert sich in Dallas nicht nur über Haus und Garten, sondern über die Größe des Gestüts.

Maclin bohrt mir den Lauf seiner Waffe zwischen die Schulterblätter und weist auf den Stall.

»Tor aufmachen!«

Ich gehorche, schiebe die Türen auseinander und betrete die Stallgasse. Zwei Verschläge kann ich von hier aus erkennen, ein Pferd, den Hals über die halbhohe Boxentür gereckt, starrt uns erwartungsvoll an. Neben dem Pferd steht der dunkelhaarige Mann, den ich zuerst in der *Circus Bar* gesehen habe und der mir später in *Delano's Boxing Gym* mit der Waffe gedroht hatte. Mit derselben Waffe, die er auch jetzt wieder in der Hand hält.

Das Gatter der zweiten Box öffnet sich schwungvoll und das Pferd geht ruhig hinaus, es folgt einem Mann, der es am Seil führt. Im grellen Licht wirkt sein Gesicht wie in Stein gemeißelt. Er hält ein langes Messer in der Hand, mit dem er mir jetzt bedeutet, wo ich stehen soll. Seine Cowboystiefel sind aufwändig verziert. Sie unterscheiden sich allerdings von denen, die er bei unserer letzten Begegnung trug.

Mein Fluchtinstinkt ist offenbar deutlich zu erkennen, denn der Mann mit den Cowboystiefeln warnt mich. »Bitte nicht, Detective.«

Ich trete ein paar Schritte vor, aber nur so weit, dass ich den Kartellsoldaten und Maclin nicht aus den Augen verliere.

Alfonso Ruiz Zena mustert mich schweigend. Dann, als hätte er sich zu einer Entscheidung durchgerungen, holt er tief Luft und widmet sich wieder dem Pferd. Er schlingt dem Tier den Arm um den Hals und legt ihm mit der anderen Hand das Messer an die Halsschlagader. Der Pferd schnaubt sanft, die Augen sind halb geschlossen, der Körper wirkt entspannt.

»Pferde habe ich immer geliebt. Aber sie sind leider sehr dumm. Vertrauensselig. Das Gegenteil von manchen Menschen, könnte man sagen«, erzählt Zena im Plauderton.

Dann zeigt er mit dem Messer auf mich. »Ich glaube nicht, dass du dumm bist. Wie bist du aus dem brennenden Haus entkommen?«

Ich muss schlucken. »Auf einem Besen, wie sonst?«

Er verzieht die Lippen, aber nicht zu einem Lächeln.

»Hab dir doch gesagt, dass die Schlampe ständig das Maul aufreißt«, sagt Maclin verächtlich.

»Nein. Du lässt dich von der Angst nicht einschüchtern. Du fürchtest dich, kämpfst aber trotzdem.« Er tippt sich mit der flachen Messerseite an die Schläfe. »Das kenne ich gut.« Dann wendet er sich Maclin zu. »Im Gegensatz zu anderen.«

»Was ist das hier?«, frage ich, um Zeit zu gewinnen.

»Bis vor einer Stunde hat das Anwesen einem Konkurrenten gehört«, sagt Zena. »Eine Art Banker, der für das Nuevo-Juarez-Kartell Geld gewaschen hat. Ich dachte, dass er vielleicht weiß, wo das Heroin ist. Aber offenbar hatte er keine Ahnung.«

»Er ist tot«, sage ich.

»Ja.« Er klingt, als wäre es völlig banal. »Du hast viele Tote gesehen, glaube ich.« Das Messer zeigt erst auf mich, dann beschreibt er einen großen Bogen damit. »Der Tod umgibt dich.«

»*Kostucha*«, flüstere ich. Der Tod in Weiß.

Er nickt, als hätte er verstanden.

»Wir haben auch einen Namen für den Tod. *La Pelona.*«

Das Messer sitzt wieder an der Halsschlagader des Pferdes, er bürstet das Tier damit gegen den Strich und rasiert ihm so das glänzende Fell. Darunter liegt nackte dunkle Haut.

»Uns holt der Tod in Gestalt einer Frau.« Das Kratzen des Messers hallt durch den stillen Stall, Fell rieselt zu Boden. »Vielleicht verstehst du das besser als andere.«

Maclin kann nicht ruhig stehenbleiben, er will sich offenbar aus dem Staub machen, bevor das Unausweichliche geschieht. »Wir sollten das jetzt zu Ende bringen«, sagt er.

»Wusstest du über den Sergeant Bescheid?«, fragt Zena.

Ich schüttle den Kopf. Mittlerweile zittere ich am ganzen Körper und kann den Blick nicht vom Messer abwenden.

»Dein Sergeant hier ist leider süchtig nach Glücksspielen. Er hat Schulden bei sehr gefährlichen Leuten.«

Am geschorenen Hals des Pferdes hat sich eine dünne Linie gebildet, winzige aufgereihte Perlen, scharlachrot. Das Pferd rührt sich nicht, nur die Muskeln zucken. Und in diesem Augenblick bekomme auch ich einen Krampf im verletzten Bein.

»Ich habe dem guten Mann einen Ausweg geboten. Für jeden toten Player unseres Konkurrenten Nuevo Juarez habe ich einen Teil seiner Schulden bezahlt. Und wenn er mein Heroin findet, begleiche ich die ganze Summe von einhunderttausend Dollar.« Zena beobachtet emotionslos die frische Wunde am Hals des Pferdes und das Blut, das an seinem Hals herabläuft. Ein Tropfen landet auf dem Boden, glitzert im Licht.

Also war Maclin selbst der Mörder. Nicht Craddock, nicht Ryan, nicht Seth. Wenn ich Maclin jetzt ansehe, erkenne ich das, was mir schon längst hätte auffallen müssen: Ganz oben auf meiner Liste für Dr. Theo stand Maclin, wie der Hauptverdächtige auf einer identischen Liste, die wir bei Ermittlungen aufs Whiteboard malen. Wer ist besser positioniert, um einen Mord zu vertuschen, als ein ehemaliger Ermittler der Mordkommission?

Maclin fixiert mich mit unverhohlenem Hass. Wie Onkel Benny schon früh bemerkt hat, kann ich bestimmte Dinge einfach nicht ruhen lassen. Ich hatte Maclin unter Druck gesetzt, ohne das Ausmaß seiner Korruption zu erahnen oder auch nur den blassesten Schimmer zu haben, wie weit er gehen würde, um Zweifel an meinen eigenen Fähigkeiten, meinem Team und meiner psychischen Gesundheit zu säen. Die Bibelverse, die man bei den Toten gefunden hatte, waren nur ein Teil seiner perfiden Strategie.

»Aber mein Heroin ist immer noch verschwunden«, fährt Zena fort. »Und der Sergeant hat einen Zeugen zu lange am Leben gelassen.« Er tätschelt seufzend das Pferd. »Meine Zeit hier ist abgelaufen.«

Er führt das Tier zurück in seine Box und schließt das Tor. Dann stellt er sich vor mich und hält mir das lange, vom Pferdeblut verkrustete Messer an die Kehle.

»Dein Sergeant hat versagt. Was, wenn ich dir dasselbe Angebot mache? Einhunderttausend Dollar.«

»Was soll der Scheiß?«, ruft Maclin. »Ich finde den Stoff, gib mir nur ein bisschen mehr Zeit ...«

Ich spüre einen Stich. Die Messerspitze hat meine Haut durchtrennt, warmes Blut rinnt mir langsam über die Brust. Ich will schreien, aber die Erinnerung an Onkel Benny umhüllt mich wie ein warmes Handtuch. Ich sitze an seinem Krankenbett. Er stirbt an Krebs, ich halte ihm die dürre Hand. Ob er Angst hat, frage ich ihn. Er grinst. »Wenn du diese Erde nach getaner, harter Arbeit und frei von Schuld verlässt, hast du ein gutes Leben geführt.«

Meine Welt ist auf das brutale Gesicht des Mannes geschrumpft, der jetzt vor mir steht. Er sieht mich erwartungsvoll an, die Zähne gebleckt wie ein Raubtier. Im grellen Licht hat er auf einmal eine verblüffende Ähnlichkeit mit Paul Krasnow, dem Mann, der meinen Bruder ins Verderben gestürzt hat. Mein Bruder, mein treuer Beschützer, war so schnell in den Sumpf der Korruption abgerutscht. Wie leicht wäre es, jetzt zu nicken und damit mein Leben zu retten. Für meinen Bruder war der Betrug an mir schlimmer gewesen als der an sich selbst. Andrew hatte sich lieber ins Meer gestürzt, als damit zu leben.

Versinke nicht in deinem eigenen Sumpf, flüstert Onkel Benny.

Einhunderttausend Dollar. Ein Nicken – und du überlebst, denke ich.

Ich atme tief ein. »Nein«, sage ich.

»Worauf wartest du noch?«, kreischt Maclin hysterisch.

Zena nickt seinem Soldaten zu, dann ertönt ein Schuss. Ich zucke zusammen, spüre aber keinen Schmerz. Die Pferde wiehern schrill, dann geht Maclin zu Boden, die Hand an der Brust. Der Soldat schießt ihm zwei Mal aus nächster Nähe in den Kopf. Maclin zuckt noch kurz, dann ist er still.

Instinktiv habe ich nach meiner Medaille gegriffen und

halte sie mit beiden Händen fest. Als Zenas Blick auf mich fällt, zähle ich innerlich die Sekunden, bis auch ich erschossen werde. Oder aufgeschlitzt.

Doch Zena schiebt sich gemächlich das Messer zurück in die Scheide an seinem Gürtel. »*Con dinero baile el perro.* Verstehst du das?«

»Jeder Mensch hat seinen Preis«, sage ich.

»Außer dir, wie es scheint. Aber bilde dir nicht ein, dass das, was ich jetzt tue, etwas mit Mildtätigkeit zu tun hat. Ich habe meine Gründe.« Er weist seinen Soldaten an. Die beiden verschwinden, und ich bleibe allein mit dem toten Maclin zurück.

Mit weichen Knien sinke ich zu Boden, beuge mich vor, bis meine Stirn den kalten Betonboden berührt. Als das Zittern aufgehört hat, krieche ich in eine der Boxen, so weit weg wie möglich von der sich rasant ausbreitenden Blutlache neben Maclins Kopf. Mit dem Rücken zur Tür atme ich tief ein und aus. Es duftet nach Heu und Pferden. Irgendwann kommt mir der Gedanke, dass ich mein Handy aus Maclins Auto holen und die immer noch blutende Wunde an meiner Kehle verbinden sollte, aber allein der Gedanke, mich bewegen zu müssen, ist mir schon zu anstrengend, also bleibe ich sitzen, die Knie eng umschlungen. Nach einer gefühlten Ewigkeit ertönen in der Ferne die ersten Sirenen.

35

29. Januar 2014
Home Sweet Home

Ich liege im Bett – das ich normalerweise mit Jackie teile – und lausche den Geräuschen aus der Küche. Jemand hantiert mit Töpfen. Der Duft von frisch aufgebrühtem Kaffee und Hefegebäck aus dem Ofen erfüllt das Schlafzimmer. Ich schlage die Decke zurück und setze mich vorsichtig auf.

Nach einer Weile traue ich mich, ins Bad zu humpeln. Vor dem Spiegel ziehe ich mir vorsichtig das von Jackie aufgeklebte Pflaster von der Kehle und inspiziere den ungefähr zweieinhalb Zentimeter langen Schnitt zwischen meinen Schlüsselbeinen. Er ist so fein, dass er auch von einem Chirurgen stammen könnte, aber die Haut an der Wunde ist rot und entzündet, und ich bin sicher, dass ich eine Narbe zurückbehalte.

Ich weiß nicht, warum Zena mich verschont hat. Es erscheint mir kaum realistisch, dass es an meiner Unbestechlichkeit gelegen haben könnte oder an der Tatsache, dass ich mich aus den Flammen retten konnte. Instinktiv würde ich eher vermuten, dass ich damit seine Eitelkeit verletzt habe und er es irgendwann nochmal drauf anlegen wird, mich zu bestechen. *Ich habe meine Gründe*, hatte er gesagt. Keine Ahnung. Es ist aber auch sinnlos, mir heute darüber den Kopf zu zerbrechen.

Jackie steht mit einem dampfenden Kaffeebecher im Türrahmen. Sie drückt ihn mir in die Hand und küsst mich. In dem Moment klingelt es an der Tür, danach folgt ungeduldiges Klopfen.

Jackie verzieht das Gesicht. »Das sind Reporter.«

Ich stelle den Becher ab und ziehe sie fest an mich heran. »Wir ignorieren sie einfach«, flüstere ich ihr ins Ohr.

Sie löst sich aus der Umarmung. Ihr Ausdruck ist mir vertraut. Ich habe ihn schon oft gesehen, wenn sie vor Gericht in Fällen von Kindesmisshandlung aussagt: kontrolliert, aber wuterfüllt, gefährlich fokussiert, souverän.

»Ich habe sie bereits zweimal gewarnt«, sagt sie.

Ich folge ihr in die Küche. Sie geht durch die Hintertür in den Garten und am Haus vorbei nach vorn. Das will ich mir nicht entgehen lassen. Mit dem Becher in der Hand haste ich ins Wohnzimmer, nur in Shorts und T-Shirt, und stelle mich vors große Fenster. Die Reporter entdecken mich sofort, wie die Aasgeier haben sie das Haus umzingelt.

»Detective Rhyzyk«, ruft eine Reporterin. Sie kommt so nah ans Fenster, wie sie kann, ohne die Hecke niederzutrampeln. »Wir hätten ein paar Fragen zum Mord an Sergeant Maclin gestern Abend. Wurden Sie verletzt? Wie sind Sie dem Mörder entkommen?«

In diesem Augenblick kommt Jackie um die Ecke, sie ist mit unserem Gartenschlauch bewaffnet. Breitbeinig stellt sie sich auf den Rasen und dreht das Ventil voll auf. Die erste Ladung erwischt die Reporterin mit voller Wucht. Sie kreischt wie angestochen und versucht verzweifelt, ihren glätteisencoiffierten Haarhelm zu schützen. Erst als sie völlig durchnässt ist, wendet sich Jackie den anderen Reportern und Kameraleuten zu, die sich fluchend in alle Winde zerstreuen.

»Schönen Tag noch!«, ruft sie ihnen hinterher, bevor sie das Wasser wieder abstellt.

Als sie – diesmal durch die Haustür – wieder hereinkommt,

sind ihre Wangen attraktiv gerötet und sie grinst wie ein Honigkuchenpferd. »Nur weil ich Vegetarierin bin, macht mich das nicht zum Weichei.«

Eine wonnevolle Stunde lang können wir unser gemeinsames Frühstück genießen, bevor es erneut klingelt. Aber dieses Mal ist es Brant, Seths Kumpel von der Sitte.

Ich nehme ihn mit ins Arbeitszimmer und schließe die Tür. Er rückt sehr nah an mich heran, sein Gesicht ist ernst.

»Gegen Maclin wurde schon seit geraumer Zeit wegen seiner Glücksspielsucht ermittelt«, sagt er. »Eine ganze Gruppe von verdeckten Ermittlern hatte ihn im Visier, sind ihm zu illegalen Spielhallen gefolgt und haben seine Aktivitäten bei digitalen Glücksspielen überwacht. Die Interne Ermittlung war ebenfalls im Boot. Wir haben sein Auto mit einem Tracker versehen, auf diese Weise konnten wir dich gestern Nacht am White Rock Lake aufspüren. Jackie wusste, dass du nach deiner Laufrunde in Maclins Wagen gestiegen bist. Als dein Handy nicht mehr erreichbar war, hat sie sich Sorgen gemacht und Tom Craddock angerufen. Zeitgleich hatte Kevin Ryan herausgefunden, dass Maclin Gary Bukowsky verhaftet hat, und sich daraufhin sofort bei der Internen Ermittlung gemeldet. Es waren also eine Menge Leute unterwegs, um nach dir zu suchen.«

Er hält kurz inne. »Auch Seth«, fügt er dann hinzu.

»Ja, ähm … wir hatten gestern Abend eine kleine Auseinandersetzung.«

»Seth hat die ganze Zeit mit uns zusammengearbeitet, Betty. Wir waren am Glücksspiel dran, aber Seth hat durch Chuffy Bryant und das gestohlene Heroin die Verbindung zwischen Maclin und dem Sinaloa-Kartell aufgedeckt. Die Feds waren auch im Boot, genau wie die DEA. Er hat dich nur nicht eingeweiht, weil du suspendiert warst und deine Dienstbefugnis eingeschränkt war, außerdem hat man es ihm untersagt – die Anweisung kam von den Feds, nicht von uns. Glaub mir, er hätte dir gern mehr erzählt.«

Ich höre mir alles stumm an. Brant lehnt sich weiter vor. »Ich weiß, dass er ein Drogenproblem hat. Ein großes. Und er wird alle Freunde brauchen, die er hat, um da wieder rauszukommen.«

Als ich Brant zur Tür bringe, schließt er mich kurz in die Arme und sagt: »Er braucht dich, Riz.«

Den Rest des Tages verbringe ich mit Jackie. Wir machen ganz normale Sachen. Das Glück des Alltags. Um vier klingelt es schon wieder. Der Paketbote. Er liefert eine Schachtel, in Blockbuchstaben an mich adressiert. Ich reiße das Packpapier auf und öffne den Deckel. Darin befindet sich ein Baumwolltuch, das ich entferne und die Sankt-Michaels-Medaille darunter freilege. Sie ist abgenutzt, hat mehrere Dellen. Drei Generationen von Rhyzyk-Frauen haben sie getragen. Evangeline Roy hat sie mir gestohlen, und ich war sicher, ich würde sie nie wiedersehen.

Mit großen Augen lese ich Jackie die Botschaft auf dem mitgelieferten Zettel vor: *Die Rache ist mein, spricht der Herr. Aber ich werde ihm dabei helfen, und zwar bald. Evangeline Roy.*

Mit erstaunlich ruhigen Händen stelle ich die Schachtel auf den Wohnzimmertisch. So lange habe ich Angst gehabt, mich gefragt, ob und wann sie wieder in mein Leben treten wird. Jetzt habe ich endlich die Bestätigung, dass ich nicht paranoid bin.

Mit der Medaille in den Fingern gehe ich ins Schlafzimmer, befestige sie an der dazugehörigen Kette und streife sie über. Jetzt habe ich zwei Medaillen, eine ruht auf der anderen. Alt und neu, Vergangenheit und Gegenwart, direkt unter der frischen Wunde. Ich nehme mir den Dime, den ich vor so vielen Wochen auf die Kommode gelegt hatte, und schiebe ihn mir als Talisman in die Hosentasche.

Die Nachricht von Evangeline verbrenne ich, bis nur noch Asche übrig ist. Sie hat mich gewarnt, dass sie noch nicht fertig ist mit mir.

36

4. Februar 2014
Fuel-City-Waschanlage und Taco-Stand

»Abbitte leisten«, so nennt es James Earle, der, wie ich herausgefunden habe, Wayne ein Zimmer bei sich angeboten hat, solange er die Meetings besucht und das Zwölf-Schritte-Programm durchzieht, nüchtern und clean bleibt. Überraschenderweise – oder auch nicht – geht James auch wieder zu Meetings. Mal sehen, wie's läuft, hat er gesagt. Keine Versprechungen. Ein Tag nach dem anderen. Ich stelle mir gern vor, wie die beiden in einer Mega-Rauchwolke im Kreise ihrer Mitsüchtigen stehen und eimerweise Kaffee in sich reinkippen.

Auch ich habe Abbitte zu leisten, bei vielen Menschen in meinem Umfeld. Zuerst bei Jackie. Ich wohne jetzt wieder im Haus, aber nur auf Bewährung. Wir gehen zur Paartherapie.

Leider nicht bei Dr. Theo, der noch ein bisschen mit mir allein weiterarbeitet. Ich habe ihn damit aufgezogen, dass es wahrscheinlich besser so ist, denn Jackie würde sich nicht so leicht von ihm bezirzen lassen wie ich. »Ich wünschte, ich hätte mehr Patienten, die so sind wie Sie«, hatte er lachend gesagt.

»Aufregend?«, hatte ich gefragt.

»Belassen wir es mal bei ›fordernd‹«, lautete seine Antwort.

Nehmen Menschen Schaden bei dem, was sie tun? Diese Frage hatten wir bei unserem letzten Treffen erörtert. Mordermittler versuchen, Morde zu lösen, Tag für Tag. Zersetzt diese ständige Nähe zu unnatürlichen Todesfällen das Gute in den Ermittlern? Oder fühlen sich Menschen zu bestimmten Gebieten hingezogen, weil sie dort etwas finden, was sie auch in sich tragen, eine dunkle Seite, Zorn, Unmenschlichkeit?

Und was sagt es dann über mich aus, dass ich seit zehn Jahren auf verlorenem Posten gegen Drogendealer kämpfe? Dr. Theo meinte, es sei wohl ein bisschen von beidem, und die Tatsache, dass ich mir diese Fragen stelle, beweise nur, dass ich noch nicht ganz vom rechten Pfad abgekommen sei.

Ich freue mich tatsächlich auf unsere Therapiestunden. Vielleicht ist auch das ein Zeichen, dass es mir langsam besser geht.

Abgesehen von Fragen der psychischen Gesundheit (meiner und die der Welt) treiben mich eher alltägliche Dinge um. Ich gehe wieder zur Arbeit, keine achtundvierzig Stunden nach Maclins Tod war ich offiziell wieder im Dienst. Und vierundzwanzig Stunden später hatte ich das gestohlene Heroin gefunden.

Das verdanke ich allerdings auch Tom Craddock. Wir saßen mit Kevin Ryan in *Norma's Café* und zerbrachen uns den

Kopf über mögliche Verstecke, als im Hintergrund *Love Me Tender* erklang und Tom, der absolute Elvis-Fan, dabei mitsummte. Da fiel es mir wie Schuppen von den Augen: Außer dem *Alamo Motel* gab es nur einen anderen Ort, den Chuffy und Pearla gemeinsam hatten, ja, sie hatten sogar beide noch einen Schlüssel dafür: *The Old Mill Restaurant* im Fair Park! Die Kollegen hatten das Restaurant zwar damals flüchtig durchsucht, genau wie alle anderen Orte, an denen Chuffy sich aufgehalten hatte, aber niemand hatte daran gedacht, in die hohle Elvis-Statue zu schauen. Ich war sicher, dass wir im Körper des King zwei Kilo mexikanisches Heroin finden würden. Und Bingo!

Die Suche nach Zena geht weiter. Nach seinem Auftritt in der Villa Bella Vista hatte er sich in Luft aufgelöst. Aber jetzt gibt es wenigstens ein Phantombild, Fingerabdrücke und Details seiner Herkunft. Selbst wenn er umgebracht wird oder wir ihn finden, was früher oder später passieren wird, wartet sicher schon ein Nachfolger, der in seine Fußstapfen treten wird, vermutlich sogar in seine Alptraumstiefel.

Ich denke an alle Menschen, die jemanden an die Drogensucht verloren haben. Craddock, Ryan. Euell Tilton.

Und dann ist da noch Seth, mit dem ich seit Maclins Tod kein Wort mehr gewechselt habe. Ich muss auch bei ihm Abbitte leisten. Keine Ahnung, ob er es schafft, trocken und clean zu bleiben, aber ich habe ihm Unrecht getan. Ich habe den Mann, der mir so nah war wie ein Bruder, des Mordes verdächtigt.

Ich fahre auf den Parkplatz von *Fuel City* mit dem vertrauten verrosteten Bohrturm und der lebensgroßen Büffelstatue aus Bronze. Er ist fast voll, aber neben einer alten Telefonzelle finde ich noch einen Platz. Wie der Büffel ist auch diese Zelle Teil der Vergangenheit. Nostalgie ist ein passendes Gefühl für diesen Tag. Heute jährt sich der Todestag meines Bruders.

In der Ferne sehe ich Seth warten, er sitzt an einem Picknicktisch in der Nähe der Weide mit dem Longhorn-Bullen, der mit seinem faltigen Maul das dünne Gras kaut. Ich berühre beide Medaillen in der Hoffnung, dass sie mir Glück bringen, danach taste ich nach dem Dime in meiner Hosentasche.

Ich werde Seth von den Dingen erzählen, die jetzt zu meinem Leben gehören. Mary Grace wird schon bald ein Kind bekommen, in unserem Haus. Sie hat sich auch schon einen Namen überlegt: Elizabeth.

Auch dass ich wieder laufe, täglich, werde ich ihm sagen. Dass meine Alpträume vorbei sind, obwohl ich weiß, dass Evangeline Roy und Zena noch immer frei herumlaufen und auf Rache sinnen, was bei mir immer wieder Beklemmung auslöst. Ich werde ihm gestehen, dass ich ihn vermisse, dass es mir unendlich leidtut und dass ich ihn brauche. Was sonst?

Ich steige aus und gehe auf ihn zu. Er steht auf, um mich zu begrüßen, schließt mich fest in die Arme. Es fühlt sich gut an.

Danksagung

Tausend Dank an meine Agentin Julie Barer, die vor über zehn Jahren bereit war, mit einer bisher unveröffentlichten Autorin zu arbeiten. Jetzt – Wunder über Wunder! – veröffentlichen wir unser fünftes Buch. Herzlicher Dank geht auch an meinen Lektor Joshua Kendall, der mit Geduld und messerscharfem Verstand die wichtigen Elemente zeitgenössischer Kriminalliteratur erkennt und mir geholfen hat, viele Klippen zu umschiffen, um zur wahren Geschichte zu finden.

Danken möchte ich außerdem Brant Hickmann (a. D.) vom Plano Police Department für seinen Humor, die spannenden Geschichten aus dreißig harten Jahren im Dienst der Verbrechensbekämpfung; Theo und Lorin Theodosiou für ihre Klugheit und herzliche Gastfreundschaft; David Hale Smith, dafür, dass er mich überhaupt erst dazu gebracht hat, Krimis zu schreiben; Daniel Hale für seine zuverlässige Unterstützung; Dave und Mitzi Nix für ihr Wissen über West Texas; und Joe Lansdale für seine Freundschaft und großzügige Förderung.

Mein Erfolg wäre nichts ohne die anhaltende Betreuung durch Mulholland Books und Little, Brown und Company: Michael Pietsch, Reagan Arthur, Pamela Brown, Emily Giglierano, Sabrina Callahan, Ben Allen und Nicky Guerreiro.

An der Veröffentlichung eines Buches sind viele Menschen beteiligt, aber die wichtigsten sind die Redakteurinnen, die das Manuskript mit akribischem Einsatz auf Hochglanz polieren. Ich danke Pamela Marshall und Allan Fallow für ihren Einsatz.

Dank geht auch an meine Familie und Freunde, die mir bei

diesem Buch mit all seinen Höhen und Tiefen zur Seite standen, seid gesegnet. Und last, but not least, Jim David, du bist und bleibst, für immer, mein Sonnenschein.

Hammett Prize
Shamus Award

Lisa Sandlin
Ein Job für Delpha
Kriminalroman
Aus dem amerikanischen Englisch von Andrea Stumpf
Herausgegeben von Thomas Wörtche
st 4779. Broschur. 350 Seiten
(978-3-518-46779-4)
Auch als eBook erhältlich

»Nach ein paar Seiten weiß man schon, was für ein großartiges Buch das ist.« *Peter Körte, FAS*

Beaumont, Texas, Golfküste, 1973. Delpha Wade kommt nach vierzehn Jahren Knast in die Kleinstadt und versucht, wieder Fuß im bürgerlichen Leben zu fassen. Mit viel Chuzpe ergattert sie sich die Stelle als Sekretärin bei dem jungen Privatdetektiv Tom Phelan.
Das Duo stolpert bald über ein Komplott in der Ölindustrie und bekommt es mit einem üblen Killer zu tun. Und wie es der Zufall will, begegnet Delpha ausgerechnet dem Mann wieder, der sie einst ins Gefängnis gebracht hatte …

»Ein großartiges Stück Kriminalliteratur, welthaltig, witzig, stark im Milieu.« *Tobias Gohlis, Deutschlandfunk Kultur*

»Ein fabelhafter, geerdeter 70er-Jahre-Kriminalroman.«
Sylvia Staude, Frankfurter Rundschau

suhrkamp taschenbuch

Weitere Informationen erhalten Sie unter www.suhrkamp.de oder in Ihrer Buchhandlung.